为了人与书的相遇

[游走于文明之间]

张信刚 著

大中东行纪

Reflections on the Greater Middle East by H. K. Chang

[修订版]

广西师范大学出版社

· 桂林 ·

图书在版编目(CIP)数据

大中东行纪：世界并非静悄悄 / 张信刚著 .
—桂林：广西师范大学出版社，2011.9（2019.3 重印）
ISBN 978-7-5495-0662-0
Ⅰ . ①大… Ⅱ . ①张… Ⅲ . ①游记 – 作品集 – 中国 – 当代
Ⅳ . ① I267.4
中国版本图书馆 CIP 数据核字（2011）第 148283 号

地图审图号：GS（2016）1663 号

广西师范大学出版社出版发行
广西桂林市五里店路9号　邮政编码：541004
网址：www.bbtpress.com

出 版 人：张艺兵
全国新华书店经销
发行热线：010-64284815
山东新华印务有限责任公司

开本：965mm×635mm　1/16
印张：26.75　字数：208千字　图片：236幅
2011年9月第1版　2019年3月第11次印刷
定价：69.00元

敬献给

引导我开阔视野的先父与家母

大中东

是人类文明最早出现的地区

是历史上不同文明冲突与交融最为显著的地区

是当今世界各种矛盾集中表现的地区

传统中东地区：

埃及、以色列、巴勒斯坦、约旦、黎巴嫩、叙利亚、伊拉克、沙特阿拉伯、也门、阿曼、阿联酋、卡塔尔、巴林、科威特、伊朗、土耳其

中东外缘地区：

利比亚、突尼斯、阿尔及利亚、摩洛哥、埃塞俄比亚、厄立特里亚、吉布提、索马里、苏丹、希腊、塞浦路斯、马耳他、亚美尼亚、格鲁吉亚、阿塞拜疆

目 录

［修订版绪言］这里绝非静悄悄

一、前言和定义

2010 年底，本书第一版书稿已大致完成，内容包括我个人在“大中东”地区居住与旅游的经历和观感，各地社会、政治和经济的概况，以及各国历史与文化的综述和比较。

正在积极准备出版的时候，北非和中东爆发了“阿拉伯之春”。无疑，“阿拉伯之春”使本书受到更多读者的注意，而读者对于《大中东行纪》的兴趣也可能因此从我个人的体验和认知，转变到本地区的政治斗争、社会转型和文明困境。

然而，一本专谈当前局势的书，很难令多数读者详加咀嚼，细细回味；而对于一个地区的历史沿革和文化传统缺乏基本认知的读者，也很难真正了解这个地区的社会变化和政治动态。

另一方面，“阿拉伯之春”出现后，几个阿拉伯国家里数目庞大的年轻人起到了冲击社会稳定的作用。他们许多人都受过良好教育却不能顺利就业，他们憎恨本国权贵的跋扈，但对外国社会的“公平正义”过分理想化。他们能够上网联络同道者，勇于和善于表达意见，自认

蓝色清真寺——奥斯曼帝国时代建筑艺术的辉煌杰作，位于土耳其伊斯坦布尔

为（并且确实是）社会的未来，但是对未来并没有一致的理念。

所以，尽管《大中东行纪》在2011年出版时全世界都已经熟悉了“阿拉伯之春”这个西方媒体创造的词汇，地缘政治和大国角力的痕迹几乎无所不在，各国青年人的能量得到宣泄，本书的重点仍然放在作者五十年来亲身在“大中东”地区行走、观察与思考的综合心得。

数十年来，全球的新闻焦点经常在“大中东”——从阿以四次战争到国际石油危机，从巴勒斯坦难民到黎巴嫩内战，从伊朗革命到两伊战争，从两次海湾战争到“九一一”和“基地组织”（Al-Qaeda），从“阿拉伯之春”的充满希望到阿拉伯国家的深重苦难，从乌克兰多番政争到克里米亚重归俄罗斯，从希腊民粹政府面对债务危机到土耳其民选政府逐渐走向专权，从叙利亚内战到“伊斯兰国”猖獗，从恐怖主义连连暴行到欧洲在难民问题上进退失据，从伊朗签署核问题协议到以色列的愤怒……最近，土耳其、叙利亚、也门、沙特阿拉伯和叙利亚

马耳他首都瓦莱塔一景

的形势都有一年前无法预见的发展；俄罗斯在叙利亚更为主动，土耳其与俄罗斯交恶又再和好，沙特与伊朗却断绝了外交关系。这些令人目不暇接的新闻在在提醒我们，要了解 21 世纪的全球政治态势，不能不继续盯住“大中东”。

因此，根据最近五年来国际局势的变化，加上最近几次访问的观察心得，我把《大中东行纪》梳理了一遍，增补了对五年来主要变化的陈述，并加入不少背景资料与个人感想。

此外，我重写“绪言”，增加了篇幅，希望读者能够对这个本来就“并非静悄悄”，而现在变得“绝非静悄悄”的地区稍多些概括性的认识。

在继续讨论“大中东”之前，我想回忆一段旧事。我第一次上外国历史课是初中二年级。课程属于实验性质，没有教科书，教材由任课老师自己编写，自己刻钢版，再由校工油印装订，分几次发给我们。老师大约三十几岁，说话带有浓重的河南口音；他讲“美索不达米亚”（Mesopotamia）这个绕舌的词时特别有味道。从这门课我知道了苏美尔人首先发明车轮和文字，也第一次听到“肥腴弯月”（Fertile Crescent，现在通称“肥沃新月”）这个名词。老师的讲解使我从此对世界上的不同文明特别感兴趣，以至于后来在不同文明之间游走了五十年，到过一百多个国家。在这里我要向六十三年前给我启蒙的董道明老师致以深切的怀念与敬意。

“大中东”在哪里？

让我首先定义较为狭义的“中东”。中东（Middle East）指东北非、西亚和东南欧相交的地区，第二次世界大战时由美国军方开始使用。

18、19世纪，欧洲人以自己为中心，把埃及、巴尔干半岛南部（主要是今日希腊）、小亚细亚（今天土耳其的亚洲部分）和黎凡特（地中海东岸地区，详见后）称为“近东”（Near East）。（其实这些地区对印度人来说应该是“近西”！）第一次世界大战后，奥斯曼帝国在黎凡特、阿拉伯半岛和美索不达米亚（伊拉克）的属地被英、法两国瓜分。这些前奥斯曼属地与原来的“近东”混合起来，再加上东方的波斯（伊朗），在一战后被一些欧美人士合称为中东。

二战时，美军把北非和希腊以东的地区视作同一个战略单元，并在埃及设立了“同盟国中东供应中心”，“中东”一词自此在国际上广泛使用。

今日的学者和媒体一般认为，中东地区包括土耳其、埃及、巴勒斯坦、以色列、黎巴嫩、叙利亚、约旦、伊拉克、沙特阿拉伯、也门、阿曼、阿联酋、卡塔尔、巴林、科威特、伊朗这十六个国家。除了以色列，其余十五个都是以穆斯林人口为主的国家，因此“中东”主要是穆斯林地区，也是伊斯兰世界的核心区域。这是考虑中东问题时的主轴。

与中东地区相毗连的还有位于尼罗河（Nile River）上游的苏丹（在埃及之南）以及位于北非的利比亚、突尼斯、阿尔及利亚、摩洛哥（在埃及之西）这五个非洲阿拉伯国家。中东十六国加上五个非洲阿拉伯国家可以合称为“文化中东”。在这二十一国里，除了以色列，都是穆斯林国家；除了土耳其、伊朗和以色列，其余十八个都是阿拉伯国家。

在中东地区的边缘还有十个历史上与中东关系密切，未来命运也难以与中东切割的国家。它们是地中海东部的岛屿国家马耳他、塞浦路斯，巴尔干半岛南部的希腊，高加索山脉南麓的亚美尼亚、格鲁吉亚、阿塞拜疆，以及非洲之角的埃塞俄比亚、厄立特里亚、吉布提、索马里，合称“中东边缘十国”。在这十国中，阿塞拜疆、吉布提、索马里三国的主要人口是穆斯林；吉布提和索马里的主要官方语言是阿拉伯语，因此是阿拉伯联盟的成员。而马耳他、塞浦路斯、希腊、亚美尼亚、格鲁吉亚、埃塞俄比亚和厄立特里亚七国的主要人口是基督教徒；它们是与伊斯兰文明核心地区最为接近的基督教国家。

在本书里，我把文化中东二十一国和中东边缘十国合称为大中东，共计三十一国。

大中东三十一国中，二十三个是穆斯林国家；在这些穆斯林国家中，除土耳其、阿塞拜疆、伊朗外，其余二十个国家都是阿拉伯联盟（共有二十二个成员）的成员国。因此可以肯定地说，伊斯兰信仰和阿拉伯语文是大中东的两个基本元素。

大中东面积辽阔。它的西端面临大西洋；北缘较为参差，自西向东分别毗连地中海、巴尔干半岛、黑海南部、高加索山脉北麓、里海南部、土库曼斯坦南部；南缘则自西而东分别面对撒哈拉沙漠、南苏丹、肯尼亚、亚丁湾和阿拉伯海；东部与阿富汗、巴基斯坦相连。

总体而言，大中东是亚、非、欧三大洲相交的区域。

二、“中东”的地理与历史

中东地理简介

大中东地域辽阔，这里先集中讲传统上的中东（十六国）。中东的面积也很广阔，地形复杂，包含了对人类发展起到重要作用的河流、海洋、平原、高山和沙漠。

为了便于读者掌握中东概况，我杜撰了一个认识中东的“六六法则”，把中东在地理上分为六区，在历史上分为六段。现在按“六六法则”的第一个“六”字，把中东按地理位置分为六个地区：(一）阿拉伯半岛；（二）半岛之东北的美索不达米亚；（三）半岛之西北，地中海东岸的黎凡特；（四）半岛之西的尼罗河谷及周围的沙漠；（五）地中海之北、黑海之南的安纳托利亚（Anatolia）；（六）美索不达米亚和安纳托利亚之东的伊朗高原。

这六个地区在人类文明史上都扮演过重要的角色，其中一个原因是它们海路陆路都能通达，彼此之间易于交往，因此具有相当的统一性和连续性。现在简述如下：

（一）阿拉伯半岛是地球上最大的半岛，它的西面是红海，南面是亚丁湾和阿拉伯海，东南面是阿曼湾，东部是波斯湾（或称阿拉伯湾）。半岛地势整体由东北向西南逐渐上升；位于半岛西南部的也门海拔约三千五百米，其西南边缘则又直落到红海。半岛的四周边缘区素来四通八达，但是内陆炎热干燥，大部分是山地和沙漠；有些内陆地区几千年都没有过外来人口。

（二）阿拉伯半岛之东北有两条发源于安纳托利亚的大河，底格里斯河（Tigris）和幼发拉底河（Euphrates）；它们分别自北向南流，从远处逐渐接近，在巴格达（Baghdad）几乎相遇却又分开，各自再奔流近四百公里才交汇而成为阿拉伯河（Shatt al-Arab）。阿拉伯河缓缓向南流淌一百六十公里之后注入波斯湾。这两条河流所形成的“两河流域”

著名的吉萨金字塔与狮身人面像

被希腊人称为“美索不达米亚”，是人类最早进入文明时代的地区。

（三）阿拉伯半岛的西北濒临地中海东部；这个地带被欧洲人称为黎凡特（Levant，拉丁文意为“日升之地”，指地中海东岸地区，包括塞浦路斯、巴勒斯坦、以色列、黎巴嫩、叙利亚和约旦西部）。从幼发拉底河谷向西绕过叙利亚沙漠的北缘，再沿地中海东岸的一条狭长地带（即黎凡特西部）进入尼罗河峡谷，形状有如新月。这个地带气候温暖、雨量丰富，适于作物生长，所以被称为“肥沃新月”。肥沃新月地带的降雨由地中海向东吹向陆地，所以近海的平地和山脉的西麓很湿润，山脉之东就只能是牧地；牧区向东延伸到叙利亚沙漠的西端成为石灰岩地区，直到美索不达米亚。屹立在西部沃野与东部荒原之间的是东西方陆路交通必经之地大马士革（Damascus）——今天备受全世界关注的叙利亚首都！犹太教和基督教的诞生地耶路撒冷（Jerusalem，意为“和平之城”）和世界最古老的城市杰里科（Jericho）

都在黎凡特，两者相距不到四十公里。

（四）阿拉伯半岛之西是亚洲与非洲之间的桥梁西奈半岛；西奈半岛之西就是尼罗河的狭长河谷与三角洲；尼罗河谷与三角洲的周围都是沙漠。这个地理特征使尼罗河不仅是埃及的生命之源，也是内陆非洲与地中海世界的纽带；因此古埃及文明兼具非洲、地中海和肥沃新月三种元素。

（五）与阿拉伯半岛并不直接毗邻的是安纳托利亚（土耳其的亚洲部分，希腊人称为小亚细亚）。安纳托利亚北面是黑海，西面是马马拉海与爱琴海，南面是地中海，很容易与外界交通。中部是高原，属于大陆性气候；东南部有高耸的托罗斯（Taurus）山脉，山之南是地中海气候。托罗斯山脉的东南支脉是底格里斯河与幼发拉底河的源头。

（六）伊朗高原在美索不达米亚和波斯湾的东北；高原之北是里海，之南是俾路支斯坦（Baluchestan）。形成伊朗高原西部界限的是绵延两千公里的扎格罗斯（Zagros）山脉；它的西北端接近高加索山脉，东南部分延伸到波斯湾之东。伊朗高原虽然称作高原，全境的海拔差别却很大，最高峰超过五千米，最低处是负三百米；高原的东北部与东部有大片盐碱荒漠。通过波斯湾和阿拉伯海，伊朗很容易与阿拉伯半岛以及印度次大陆往来。

中东：文明的曙光

大约一万二千年前，地球进入现在的间冰期，天气变暖，沙漠在原本有许多植被的地区开始形成。许多原来住在温热带的人群为了追捕适于寒冷的驯鹿等动物，开始向北方迁移。由于中东不少地方有充分的阳光、雨水和泥土，野生的植物和动物种类繁多，这里的人可以在同一片土地上同时以捕猎动物和采集谷类果实为生。

此后不久，中东不少地方开始出现了种植和饲养，有意识地生产并且储存食物成为主要的生活方式（陶器也因而出现），定居成为必要。

这就是农业革命的起源，也是人类文明的起源。历史学家把农业革命（大约是一万年前）之后的时期称作新石器时代，直到铜器时代的到临（大约是六千年前）。农业发展以后，多余的食物可以养活更多人口，使一部分人从事手工业、贸易和其他工作，城镇因而出现。

目前已知人类最早的新石器时代城镇是位于巴勒斯坦约旦河西岸的杰里科，距今大约九千年。他们留下了颇大面积的房屋群，估计能住两千人；主要是圆形的泥屋或砖屋，建筑在石块地基上，多数只有一间房，但也有三间房的。这些泥屋或砖屋进口处有木制的门框，进门后要下台阶。虽然没有加固的防卫工事，杰里科的四周有一道在石质土地里开凿的深沟，并且有一座四米高的墙。若干世纪后改建的杰里科遗址就有了颇为坚固的碉堡和高达八米的石塔，城墙也增高到五米。考古学家判断，杰里科的主要农产品是小麦和大麦，也蓄养山羊。居民还从事贸易，换取安纳托利亚的黑曜石和红海的贝壳等远方物品。

在安纳托利亚南部也有一个新石器时代古镇的遗址——加泰尔山丘（Çatal Hüyük）。这是一个大约建于八千五百年前，有六千居民的社区；长方形的平顶砖屋整齐划一，有门有窗，但彼此相连，形同一座复杂的大堡垒。遗址里储存着几种谷类、豌豆、浆果等，居民饲养牛和羊，有首饰，能用黑曜石制造武器和镜子。有专用于拜神的屋子，估计已有专职祭司，崇拜的对象是一个女神。由于这里的房屋整齐划一，统治者应该要比杰里科的统治者更有权威。因为这个市镇很富有，所以经常有附近的部族来此劫掠；房屋相连，建筑瞭望台就是加泰尔山丘社区的防卫措施。

从新石器时代到今天，人类经过了铜器时代、铁器时代、工业革命和信息革命，生活的方式经过了多次巨大的改变。但是这些改变所依靠的是社会进化而非生物进化；今天的人类和十万年前的人类没有解剖学上的差异。文明的发展在全世界范围内素来很不均衡：生产方式、社会组织和意识形态相差极大。一般而言，地理环境是历史发展的一个决定性因素。

《耶稣领洗》，洛伦佐 · 洛托（Lorenzo Lotto）油画作品，约 1554 年

在美索不达米亚和尼罗河谷，由于有河水可以灌溉农田，最早发展出能够动员大量人力和物力以便引水灌溉的社会组织：这两个地区先后出现了（超越于部落的）"国家"这种政治形式以及崇拜某些特定神灵的宗教信仰。两个地区的国王逐渐被认为是神祇的化身，具有无上权威。在成功地利用河水灌溉，因而扩大农业生产的状态下，新的社会组织开始细化，社会分工，除了国王和农民，还出现了官员、祭司、士兵、工匠、商贩等。人类文明发展的曙光由此在中东出现。

中东历史六千年

大约五千二百年前，美索不达米亚的苏美尔人首先发明了象形的楔形文字，同时或稍后，埃及人又创造了另一套象形文字。自此，中东的历史进入了有文字征信的时代。按上面提到的“六六法则”，我把中东有文字记载的历史分为六个时期：(一) 各族相继争辉时期（公元前4000 年—前 550 年）；(二) 波斯—希腊霸权时期（公元前 6 世纪—公元 7 世纪）；(三) 阿拉伯—伊斯兰帝国时期（7—11 世纪）；(四) 突厥语族霸权时期（11—19 世纪）；(五) 欧洲列强霸权时期（19—20 世纪上半叶）；(六) 独立后混乱时期（1950 年至今）。

(一) 各族相继争辉时期 (公元前 4000 年—前 550 年)

苏美尔人（Sumerians）的族源不详。他们在公元前 40 世纪定居美索不达米亚南部，建立了世界上第一批城邦国，如乌鲁克（Uruk）、乌尔（Ur）、拉格什（Lagash）；这个城邦体系维持了两千多年。早期苏美尔人为记载重要事件或签订合同，把表意的图像刻在泥制的圆柱形印章上，滚动盖印就可以重现图像。在这些图像的基础上，苏美尔人在公元前 35 世纪发明了书写在泥版上的文字。(在人类文明史上，文字的使用是农业革命和工业革命之间最重要的里程碑。) 此外，苏美尔人的宗教首先从崇拜自然现象转变到尊奉具有人的行为方式的神祇。苏美尔人的口传史诗《吉尔伽美什》(*Gilgamesh*) 讲述公元前 37 世纪的一个国王的英雄事迹，是已知的世界上第一部文学作品。天文学上，苏美尔人发明阴历，把一年定为十二个月，以月的盈虚计算日期。技术方面，苏美尔人先是用手转轮塑造陶器，接着又发明了车轮。正当苏美尔人富有创造活力时，青铜器大约在公元前 29 世纪出现在美索不达米亚。铜制的兵器，农具、车轮，让苏美尔人如虎添翼。说美索不达米亚是人类文明的摇篮，一点也不夸张！苏美尔人兴盛的原因是发达的农业可以使许多人免除农业劳动而从事其他工作，而苏美尔人的消亡则是因为长期引河水灌溉农田之后，土壤逐渐盐化，农业减产，导致经济衰落。

阿卡德人（Akkadians）的祖先源自阿拉伯半岛，说一种闪米特（Semitic）语言，定居在美索不达米亚北部的阿卡德（Akkad）。他们很早就和苏美尔人密切交往，彼此借用对方的语言长达几个世纪。在苏美尔人渐显疲态时，阿卡德人于公元前24世纪抢占了美索不达米亚南部的一些城邦国，建立了阿卡德王国，逐步取代了苏美尔人。阿卡德人也长于天文和数学，把一天定为两个十二小时，每小时六十分钟；在四千年前就会计算平方根和立方根。阿卡德的国王萨尔贡（Sargon I，约亡于公元前2284年）是世界上第一个有青铜塑像的国王。

亚摩利人（Amorites）是说另一种闪米特语的族群。他们在公元前20世纪取代阿卡德人，建立了古巴比伦帝国。国王汉谟拉比在公元前18世纪前颁布了人类史上第一部法典。与法典几乎齐名的是公元前19世纪时用阿卡德文字改编的史诗《吉尔伽美什》。大体上，巴比伦帝国的社会制度和文字与苏美尔和阿卡德时代没有太大的差异。

喀西特人（Kassites）源自里海东北亚欧草原，是说印欧语系语言的部族。喀西特人很早就进入美索不达米亚定居，后来逐步统治了美索不达米亚的南部；公元前16世纪时赫梯人南下击败巴比伦，之后撤回安纳托利亚，喀西特人乘势取得美索不达米亚南部的统治权。他们继续使用巴比伦的楔形文字和制度。此后三百年是美索不达米亚群雄并起的时期。在喀西特时期，铁器开始在美索不达米亚出现，据称是赫梯人从安纳托利亚带下来的。

亚述人（Assyrians）说一种闪米特语。他们在公元前30世纪定居在美索不达米亚北方，公元前13世纪依靠从赫梯王国传入的战车征服了全部美索不达米亚；后来因为领土太大，改为间接统治，但是从来不容许任何力量挑战自己。亚述人的特征是残暴，对敌人毫不留情。公元前9世纪，为了寻求更多的自然资源和拓展商道，亚述人再度扩张领土；公元前840年时，帝国的范围西至埃及，北达安纳托利亚，南临波斯湾，东据伊朗高原。之后，在国王赛纳克里布（Sennacherib，公元前705年—前681年在位）统治时，又多次用兵，并在美索不达米亚北方底格里斯河岸的尼尼微（Nineveh）修建了一座富丽堂皇的王宫。但亚述人在美索不达米亚南部的恐怖统治并不牢固。公元前614年，美索不达米亚南方的巴比伦人和刚统治波斯的米底人（Medes）联盟，两年之后亚述帝国就被彻底毁灭，尼尼微被巴比伦—米底联军夷为平地，再也没有复兴。

新巴比伦人（Neo-Babylonians）主要是住在美索不达米亚最南部说闪米特语的迦勒底人（Chaldeans）。他们于公元前 612 年灭了亚述帝国之后建都巴比伦（Babylon），所以被称为新巴比伦人。国王尼布甲尼撒（Nebuchadnezzar）时，新巴比伦成为西亚最强大的国家。他征服耶路撒冷，并把大批犹太人带回巴比伦；他还修复了古巴比伦城的城门。但是尼布甲尼撒去世不久，波斯人就在刚建立的阿契美尼德王朝统领下轻松地拿下了巴比伦城。新巴比伦上层没有料到会被袭击，因此根本没有抵抗就投降了。用上釉的鲜艳彩色砖砌成的巴比伦城墙和空中花园也因而得以保留。

以上是按照时间顺序简介在美索不达米亚相继称雄的七个族群和他们所建立的国家。由于他们之间的血统和语言经过长期融合，彼此之间的差异并不太大，所以古代西亚的文化具有延续性。其中很重要的一个特色就是楔形文字的持续使用保证了官方文书和官方语言的互通性；与此密切相关的是古代中东地区的共同语言，这就是西亚几种闪米特语言混合而成的阿拉米语文(Aramaic)。耶稣说的就是阿拉米语；阿拉米文也延续至今还在叙利亚和伊朗的东方基督教会的礼仪中使用。

以下再按时间次序简介生活在古代中东却不在美索不达米亚的四个民族和他们建立的国家。

埃及人（Egyptians）创造的古文明离不开尼罗河，而埃及历史一般是从公元前 3150 年尼罗河的上游（上埃及）和下游（下埃及）统一讲起；埃及的象形文字大约也是从这时开始。古埃及经过了早王国（公元前约 3100 年—前 2770 年）、古王国、第一中间期、中王国、第二中间期、新王国、第三中间期、晚期（公元前 664 年—前 332 年），共经历了大约两千五百年，二十二个王朝，直到亡于马其顿的亚历山大。（从那时起直到 1953 年，埃及的统治者都不是本地人。）埃及古文明最为灿烂的时期是新王国时期，而军事力量最为强大也是在新王国时期（曾占领黎凡特，势力到达幼发拉底河）。在两千多年的上古历史中，埃及人创造了辉煌的文明，这包括许多建于不同时代的金字塔、装饰别致的木乃伊、精致传神的塑像、细腻悦目的绘画，以及饶有趣味和神秘感的象形文字。总体来说，埃及的古代文明很平和安详，其中最主要的元素是宗教；它影响到政治、文学、建筑、艺术和日常生活的方式。虽然埃及文明开始的时间和美索不达米亚文明相差只有几百年，而且彼此一向有不少联系，但是两者却有显著的差别。这可能要从地理环境来解释。首先，美索不达米亚的气候令人不舒服，两条河流不定期地泛滥，会令人觉得自然界对人的生活无助。而且美索不达米亚是在一个宽阔的平原上，不能防止外来者的进犯，因此这里的居民需要随时准备军事行动。与此相对照，埃及的尼罗河很靠得住而有助于生活。河两岸的土壤非常肥沃，每年夏天的泛滥不但会及时退去，让农民得以种植，河水还会带来新的富有养分的淤泥。此外，尼罗河谷四周都是沙漠，再就是红海，因此埃及几乎没有受外敌侵犯的威胁。两相对照下，埃及的神像往往带着微笑就不难理解了。

赫梯人（Hittites）说一种古印欧语，于距今约三千六百年前在安纳托利亚中部兴起，建立统治大半个安纳托利亚的国家，边境达到黎凡特，并曾经一度南下美索不达米亚，也曾占领过埃及。赫梯人的强盛应该归功于安纳托利亚丰富而易采的铜、铁、银矿石，这给了他们很大的财力进行战争和开拓疆土。铁器的使用和利用战车作战是赫梯人带到美索不达米亚的。赫梯的楔形文字不同于美索不达米亚和埃及的文字，但也是刻写在泥制平版上；20 世纪初发现了两万多片，不久就被破译，所以现在我们对赫梯人的历史知之颇详。

希伯来人（Hebrews）　**以色列人**（Israelites）　**犹太人**（Jews）初始是一个游牧于美索不达米亚南部的说闪米特语的部族。公元前 19 世纪，亚伯拉罕（Abraham）带着族人穿过叙利亚沙漠到达迦南（Canaan，叙利亚西南部）；他的后人又从迦南去了埃及，成为埃及法老的奴隶。几百年后，在英雄人物摩西（Moses）的带领下，希伯来人逃离埃及，在西奈半岛游走了几十年。摩西劝化了希伯来人崇拜并且信仰雅威（Yahweh，后来称耶和华），是亚伯拉罕和他的儿子以撒（Isaac）、孙子雅各（Jacob）的神。因为《圣经 · 创世记》记载雅各被称为“以色列”（Israel，意为“与神角力者”），自此希伯来人又自认是以色列人。他们在摩西的继承人约书亚（Joshua）的领导下通过战争进入“流淌着奶与蜜”的迦南。公元前 1005 年，以色列人在大卫（David）的领导下打败了入侵迦南的非利士人（Philistines），建立了以耶路撒冷为首都的王国，大卫的儿子所罗门（Solomon）继承他的宏图，在耶路撒冷建了神庙，放置当希伯来人在沙漠中游走时上帝给他们的“约柜”（Ark of Covenant）。所罗门死后，大卫的王国分裂为两个王国：北方的称作以色列，南方以耶路撒冷为中心的称作犹大（Judah）。从此希伯来人或以色列人又称犹太人。公元前 722 年，以色列国被亚述人所灭，按亚述惯例被夷为平地。公元前 586 年，犹大国被新巴比伦人征服，神庙被烧毁，犹太人的上层被俘虏到巴比伦。综观希伯来人的历史，他们人数不多，力量也不大，但却是古代中东最有影响力的民族。首先，他们是世界上三大一神教的源头。第二，希伯来人的十诫是很高的道德标准，也是把道德法律化的典范。第三，希伯来人的超越性神学使信仰者敢于做自然界的主宰，不必惧怕风雨雷电，甚至是山石、树木、河流；近代西方的科学进展和古代希伯来人的世界观有很强的关系。

腓尼基人（Phoenicians）说的是迦南地区的闪米特语，公元前 15 世纪开始定居在黎凡特地区的地中海沿岸。他们长于造船和航海，以海上贸易为主要经济活动。在海外有不少殖民地，最远达到直布罗陀海峡。曾与罗马人在地中海对抗长达两百年的迦太基（Carthage）就是腓尼基人在北非的殖民地。腓尼基人对世界文明做出了很大的贡献，那就是他们发明了拼音字母。腓尼基人的字母可能是参考了叙利亚一带更早出现的文字，但是他们创造了简单易写的二十二个字母。由于他们从事航海，这种字母得以传播到远地。从字母这个概念来说，现在全世界所有用字母拼音的书写系统都是腓尼基字母的受益者。

一般读者对中东上古史可能不甚清楚，所以这篇“绪言”特别加以介绍，并用与其他历史书不同的方法，把持续三千五百年的中东上古史以族群分类，用十个段落概括。不论这个方法是否有利于巩固读者的认知，我必须在这里做一点补充：自农业革命以来，人类文明史中一个频繁出现的主题就是，善于移动作战的游牧人口经常袭击农耕人口的城镇，却往往选择留在城镇，成为定居农业人口。在中东，这个现象也一再出现，以上和下面要提到的一些人口都经过了这样一个转化的过程。

由于本书许多篇章都会介绍中东地区的中古史和近现代历史，读者在平日阅读中也有不少机会接触这部分中东史，这里我就不多用篇幅。在以下的段落中，我将对最近两千五百年的中东历史以越近代越浓缩的方式加以简述。

（二）波斯—希腊霸权时期（公元前 6 世纪—公元 7 世纪）

从公元前 6 世纪至公元 7 世纪,波斯阿契美尼德帝国（Achaemenid Empire），亚历山大帝国及其后的塞琉古（Seleucid）王国，罗马帝国与帕提亚帝国（Parthian Empire，中国古代称之为安息），拜占庭帝国与波斯萨珊帝国（Sassanian Empire），连续控制中东长达一千二百年(时间相当于从中国春秋时期到盛唐时代)。

首先，阿契美尼德帝国不止据有波斯高原、美索不达米亚、阿富汗、中亚各地，也控制了小亚细亚和埃及，使波斯文化进入地中海世界，长达两个世纪。公元前 332 年，马其顿的亚历山大攻占埃及，接着又征服波斯阿契美尼德王朝本身。亚历山大早逝，他的部将塞琉古（Seleucus）家族继续统治亚洲地区,托勒密（Ptolemy）家族统治埃及。这就是历史学家所称的“希腊化时代”（Hellenistic Period），一直延续到公元前 30 年。

罗马人在希腊化时代用了一百多年逐渐占领小亚细亚（安纳托利亚）、肥沃新月和部分美索不达米亚。因为希伯来人曾经抵抗罗马人，所以罗马占领了希伯来人的土地后，把这块地方改以当初曾与希伯来人争夺这片土地的非利士人的名字命名，称为“非利士人之地”(Philistine)，之后被本地人转音称作巴勒斯坦(Palestine)。公元前30年，罗马击败托勒密王朝，占领埃及，成为大部分中东地区的新主人。

从公元前247年到公元651年，波斯的帕提亚帝国和萨珊帝国先后以底格里斯河东岸的泰西封（Ctesiphon）为首都，连续统治大半个西亚长达九百年。在希腊、安纳托利亚、埃及和黎凡特等地，罗马帝国逐渐转用希腊的语言和宗教仪式；这个东方化了的罗马帝国被近世史学家称作拜占庭（Byzantine）帝国。这段时间，亚欧大陆上商贸繁荣，交通主干被一位19世纪的德国地理学家称为“丝绸之路”。

由于争夺领土（如亚美尼亚）、商业利益和宗教原因，信奉祆教（Zoroastrianism）的波斯王朝与东罗马（拜占庭）帝国冲突不断。双方后来都到了精疲力尽的地步，各自的百姓也都受尽了赋税和兵役之苦。这时正是需要一个救世主！

（三）阿拉伯—伊斯兰帝国时期（7—11世纪）

伊斯兰教的创始人穆罕默德约公元570年出生于阿拉伯半岛西部的贸易中心麦加（Mecca）。四十岁时他因梦中得到真主之命而开始宣扬伊斯兰（Islam，意为“顺从”），信仰单纯的一神教，不拜偶像。他的少数跟随者以虔诚的信念和无比的勇气传播伊斯兰，在他去世前统一了阿拉伯半岛上各自拥有不同偶像的众多阿拉伯部落。他去世后不到一百年，伊斯兰的力量已经东到印度河，西达大西洋。8—10世纪是伊斯兰的巩固期和黄金期。新建的巴格达富裕繁荣，阿拉伯人在教义学、教法学、哲学、天文学、数学和医学上都有辉煌的成就。公元10—11世纪，巴格达是（逊尼派穆斯林的）阿拔斯（Abbasid）王朝的政治和文化中心，与科尔多瓦（西班牙城市，由北非穆斯林统治）、拜占庭帝国的首都君士坦丁堡以及中国北宋的首都开封是世界上四个最繁荣的大都会。11世纪起，波斯人和新近皈依伊斯兰的突厥语民族在伊斯兰世界里力量上升，经常以军权干预政权。11 世纪中叶，波斯人组成的什叶派布维希（Buwayhid）王朝占领巴格达，阿拔斯王朝的哈里发沦为傀儡。这时，突厥语族建立的塞尔柱（Seljuk）王朝的领袖突格里勒（Tughril）率兵进攻巴格达，赶走了布维希人。哈里发身着先知的斗篷出城门迎接，任命他为阿拔斯帝国的摄政王、“东方与西方的国王”，并加封“苏丹”（Sultan，即最高统治者）的称号。

（四）突厥语族霸权时期（11—19 世纪）

公元 1071 年，一支塞尔柱人的军队在安纳托利亚的曼齐克特（Manzikert）击败拜占庭军队，俘虏了拜占庭皇帝。从此突厥人大量涌入安纳托利亚。先是塞尔柱王朝建都于中南部的科尼亚（Konya），不久又有许多突厥人的公国在拜占庭帝国最后一片亚洲领土上纷纷成立，都自称是开拓伊斯兰疆土的加齐（Gazi）。13 世纪，奥斯曼加齐的儿子奥尔罕开始进入拜占庭帝国的欧洲地区。1453 年，君士坦丁堡陷入奥斯曼人手中，拜占庭帝国灭亡；君士坦丁堡改名为伊斯坦布尔。1517 年，奥斯曼打败主要是由突厥裔将领组成的埃及马木留克王朝，将哈里发的职位移到伊斯坦布尔，由奥斯曼苏丹兼任，直到 1922 年。从 1520 年到 1920 年的四百年间，奥斯曼帝国先是领土不断扩张，国势持续上升，到 1700 年之后进入了逐渐萎缩和衰弱的周期。

（五）欧洲列强霸权时期（19—20 世纪上半叶）

19 世纪，英国、法国、俄罗斯和意大利先后控制中东地区的不同部分。他们利用民族主义鼓吹希腊、罗马尼亚、保加利亚等国争取独立，又以债权人的身份以及保护奥斯曼帝国境内基督教徒的理由干预奥斯曼内政。一次大战时，奥斯曼官员错判形势，与新近兴起的德国结盟，以求对消英、法、意、俄的压力。一次大战德国战败后奥斯曼帝国全面崩溃，英、法瓜分了奥斯曼帝国在美索不达米亚、黎凡特和阿拉伯半岛西部（伊斯兰两大圣城在此）的领土，意大利夺了利比亚和厄立特里亚，俄罗斯则巩固了它在高加索地区的控制。目前中东各国的版图大致是根据这四个欧洲殖民国家过去的管辖区而划定。

（六）独立后混乱时期（1950 年至今）

二次大战后美国与苏联进行冷战；以色列建国成功，但和阿拉伯国家长期对抗。美国建立巴格达条约组织，囊括了伊朗、伊拉克、土耳其等几个大国；苏联则在埃及、叙利亚和南也门取得优势。1979 年，埃及与以色列建交，美国将埃及纳入自己的轨道，可谓一大斩获，却又因为伊朗发生伊斯兰革命而痛失一局。这一年是中东地区的一个转折点。

1990 年，苏联开始解体。美国因为伊拉克进攻科威特而发动海湾战争，突显世界唯一超级强国的实力。从此美国在中东的力量骤增，以色列与阿拉伯国家相比也更为强势。这一年是全世界以及中东的另一个重要转折点。

2001 年 9 月 11 日，在苏联进入阿富汗期间由美国和巴基斯坦协助建立的“基地组织”发起对美国的恐怖袭击。美国和它的盟国出兵阿富汗，继而于 2003 年出兵占领伊拉克，抓获萨达姆·侯赛因（Saddam Hussein），大量起用与美国关系良好的什叶派政客，取代萨达姆领导的复兴党。这些外来因素使中东社会的固有矛盾更加彰显，终于导致 2011 年的“阿拉伯之春”和利比亚、也门以及叙利亚的内战。

三、大中东的伊斯兰传统

伊斯兰教于公元 7 世纪兴起于阿拉伯半岛西部，创始人穆罕默德被尊为先知，是穆斯林社群的宗教、政治和军事领袖。他本人和几任继承人（哈里发 [Khalifa]）东征西讨，扩张迅速。公元 8 世纪初，以大马士革为首都的倭马亚（Umayyad）王朝的领土西至大西洋，东达印度河。继之而起的阿拔斯王朝在巴格达建立新都，继承并发展了希腊与波斯文明，于10世纪时创造了辉煌的伊斯兰文明。

在这个文明里，宗教涵盖个人和社会生活的各方面，并没有“政教分离”的概念。伊斯兰法律（Sharia）源自《古兰经》（*Quran*，真主的启示）与《圣训》（*Hadith*，穆罕默德言行的汇编），但是后来的宗教学者发展出整套的教法学、教义学等。诗歌是阿拉伯文学的主要形式，历来受到穆斯林统治者喜欢，虽然《天方夜谭》是世界最著名的阿拉伯文学著作。阿拉伯哲学主要源自古典希腊，阿拉伯学者又做出不少创新。伊斯兰世界的数学、天文学、医学在中世纪绝对领先于任何其他文明。在整个伊斯兰世界里，9—11世纪的伊拉克和11—14世纪的西班牙是今天大多数穆斯林引以为荣的典范；穆斯林学者、犹太学者和基督教学者和平相处，互相补充。他们在巴格达把大量希腊和波斯典籍翻译成阿拉伯文；在西班牙的穆斯林、犹太及基督教学者共同把几个世纪以来的重要阿拉伯文著作翻译成拉丁文。正是这些被译为拉丁文的阿拉伯文著作填补了中世纪欧洲的学术短缺，使后来的欧洲学者得以进行“文艺复兴”（Renaissance，意为“再生”）。

自9世纪起，伊斯兰世界出现了实质独立的地方政权。由于哈里发名义上仍是全体穆斯林的领袖，地方统治者一般不敢僭越，只自称埃米尔（Emir），也有的自称马立克（Malik）或苏丹，自行铸造银币，并规定臣民在周五聚礼的祷文中加念自己的名字。伊斯兰统治者在自己的辖区内统揽军事、外交、司法、贸易、教育等，拥有绝对权力。统治者依靠军队，通过地方士绅和部族首领维持政权，又经常把收税的工作分包给各地富豪。

伊斯兰统治者原则上依照《古兰经》和《圣训》施政，以宗教区分臣民：穆斯林是一等公民；犹太教徒、基督教徒和琐罗亚斯德教徒是二等公民，称为“有经者”（Ahl al-Kitab），享有宗教自由和相当程度的自治权，但要交纳人丁税（jizyah）；其他人称为“不信者”（kufr，英译“infidel”），在社会上被蔑视。因为基督教徒、犹太人和琐罗亚斯德教徒一方面受到宽容，另一方面不愿意交人丁税，所以先后被穆斯林征服的地区（埃及、波斯、黎凡特、西班牙和阿纳托利亚、中亚）都有许多人转奉伊斯兰教。

伊斯兰社会早期是由城市工商阶级构成。虽然阿拉伯帝国后来并入许多游牧部落和大量农民，但伊斯兰统治者向来重视商业活动。在哈里发帝国盛世，货币统一，道路通畅。后来的地方统治者尽管经常互相征伐，但对工商业依旧重视；他们会派出市场巡察员，维护商业道德与秩序，兴建商旅客栈（caravanserai）以促进贸易。

统治者定期直接倾听子民的申诉和要求，因此一些宫殿里有接见百姓的厅房。诗人在伊斯兰社会地位崇高，统治者会经常宴请诗人，而赴宴的诗人则会绞尽脑汁用华丽的辞藻颂扬真主、阿谀君王。统治者也会笼络宗教学者（ulema），使他们在周五聚礼讲经（khutbah，汉译“呼图白”）时拥护自己，并在必要时由宗教法官“穆夫提”（Mufti）做出符合自己利益的教法裁决（fatwa）。

苏非主义（Sufism）是伊斯兰教中的一种神秘主义，它的出现反映了许多穆斯林无法从刻板的正统教义与仪式中得到心灵满足。苏非们用祈祷、冥思、音乐、舞蹈等方法寻求与真主合一的直接体验。由于大批本来信奉萨满教（Shamanism）的中亚游牧民族在10—12世纪转奉伊斯兰，之后的苏非仪式因而带有若干萨满教的痕迹。自12世纪起，正统伊斯兰与苏非主义开始相互渗透，各地的伊斯兰社会出现了许多苏非教团（Tariqa，又译“道门”）。苏非教团一般在世袭教主（shaykh，又译“谢赫”）的领导下，有固定的礼拜和修行的场所，也形成社会上的互助组织，因此在政治上和经济上具有相当的影响力。

欧洲勃兴之后，由于中东地区与欧洲接近，伊斯兰社会接触欧洲近代文明较印度和中国为早。奥斯曼帝国在18世纪末期就聘请法国军官开办新式军官学校，并在19世纪中叶开始自上而下的改革运动；埃及在19世纪初开始引进欧洲的军事和邮政制度。

一百多年来，大中东地区伊斯兰国家的穆斯林可分为三个类型。

第一类是愿意向西方学习、接受国家世俗化概念、倾向不分宗教的民族主义的“西化派”，主要是军人和专业人员。第二类是希望通过伊斯兰复兴而振兴社会的“伊斯兰主义者”（Islamists），包括许多在伊斯兰社会具有崇高地位的宗教学者；其中的温和派鼓吹建立符合伊斯兰教义的现代社会，激烈派则敌视西方文化，主张清除一切违反伊斯兰教义和礼仪的外来习俗。第三类是教育程度不高、居大多数的中下阶层，他们有朴素的宗教认同和民族感情，看法较易受伊斯兰宗教学者的影响。

经过百余年的演变，这三类穆斯林目前在不同国家的比例各不相同。他们之间力量的消长将会决定大中东地区的未来，而居于关键地位的当然是今日在中东各个穆斯林国家占人口比例很高的年轻人。

从 20 世纪 70 年代中期开始，在发达国家的推动下，世界进入了全球化与信息化时代。与此同时，在全球范围内也兴起了伊斯兰复兴运动。

这两大趋势使所有伊斯兰国家都面对外界和内部的双重挑战。虽然不同国家的应对有异，但大中东伊斯兰国家的整体表现是政治民主化迟缓，经济全球化滞后。这就意味着它们可能要面对国内纷扰和在国际竞争中落后的双重危机。

四、现状与未来

大中东发展的困局

政治制度落后

在大中东的二十三个穆斯林国家中，有君主制、君主立宪制和共和制三种政体。不论实行哪种制度，当政者大权独揽的现象非常普遍，“家天下”的色彩浓厚，家族、部族联盟往往是支持政权的主要力量。

当拉丁美洲和亚洲各国纷纷摆脱威权政治、逐渐进行民主化之时，多数穆斯林国家的当权者在西方各国政府和媒体的压力下，只以“我国情况特殊”来推诿，或者“口头上附和，行动上拖延”。穆斯林国家都没有民主传统，移植西方的制度也未必有效，但故步自封绝非长久之计。

沙特阿拉伯和伊朗这两个隔波斯湾相望的能源大国，一个自认是逊尼派伊斯兰的正统，另一个是什叶派伊斯兰的当然中心；一个亲西方，另一个则反西方；最近两国断绝了外交关系，成了死敌。但它们却一致地实行政教合一制度，严格执行大体相同的伊斯兰教法。

埃及、叙利亚、伊拉克、利比亚和阿尔及利亚都是20世纪中叶时，由军人通过革命建立的世俗化政权。这批军人当政后，在政治上压制伊斯兰主义者，在经济政策上初期照顾社会的中下阶层，因此得到普通百姓的拥戴。当政若干年后，他们的家人和亲信者都已成为权贵，在政策上逐渐偏向上层，令社会贫富悬殊，引起一般百姓的不满。后来，这批统治者逐一变成共和制下的君王；是“阿拉伯之春”改变了他们的命运。

也门和索马里隔亚丁湾相望，两国都相当贫穷落后，虽然借用“议会”等现代名词，实际上没有脱离教派、部族、地域政治的传统。也门经过多年内战后，1990年由南、北也门合并而成；双方之间既有逊尼派与什叶派之争，也有地域性的历史宿怨。受“阿拉伯之春”的影响，也门老百姓在2011年用连续示威赶走了老总统，但他继续留任执政党领袖；两年后老总统借着他原有的政治联系加上什叶派宗亲的力量进行复辟。目前也门等于回复到了1990年前的南北分裂状态。(受伊朗支持的)什叶派胡塞武装占有首都萨那和（受沙特阿拉伯、卡塔尔等国支持，迁都到亚丁的）主要是逊尼派组成的“政府军”最近两年来打打停停。联合国和阿拉伯联盟虽然都参与调停，也都没办法让一个部落和地域传统深厚的国家走上以宪法为治国原则的轨道。

索马里19世纪时分别属于英国和意大利，近二十年来不同部族的军阀混战，加上美国、埃塞俄比亚等国的军事干预，现在实际上有三个政权。在西部和北部的两个政权还能实行有效统治；面对印度洋的主要部分，名义上由占领着首都摩加迪沙（Mogadishu）的激进伊斯兰主义者统治，实际上是不同派系军阀各自为政、海盗猖獗、恐怖分子为患，根本难以出现统一政权的“失败国家”。

在这二十三个国家中，土耳其的经济最为发达，政治制度到 2016 年夏天也一直最为坚实稳定。自 1923 年成为共和国后，经过阿塔图克（Mustafa Kemal Ataturk，又称凯末尔）积极推行世俗化和西方化，土耳其奠定了现代世俗化国家的基础，经济上逐步进行工业化。1938 年阿塔图克去世后，土耳其又经过半个世纪由军人监督文人政府的“训政”时期，最近十年来实现了步入常规的民主选举制度。土耳其经过八十年的“激进世俗派”（radical secularists）执政之后，最近十几年来民选的政府是伊斯兰政党；而现任总统似乎有很重的“苏丹”情结，几乎早已“下定决心，排除万难”，要做土耳其的伟大领袖。这说明历史发展的趋势必须用“长时段”来观察：伊斯兰的文化和社会传统的确很坚韧，正如儒家传统在中国不可能轻易地被“打倒孔家店”或是“破四旧，立四新”的短期运动所消灭。然而，土耳其的两股伊斯兰力量在 2014 年分裂，在 2016 年 7 月里发生的武装政变，以及随后的大规模逮捕审讯也增加了土耳其今后的不稳定性。

经济缺乏竞争力

经济上，大中东的穆斯林国家可以分为产油国和非产油国。

产油国的国民收入虽然较高，但石油价格受局势影响，收入不稳定。近几年油价低落使产油国收入难以持续增长，甚至可能会捉襟见肘。这些国家总人口量偏低，人力资源储备不足；高技能的人才大半要从外国招聘，低技能的人力更是缺乏。总体来说；海湾国家的“外劳”人口往往多于本地总人口。一旦经济持续不景气，外劳撤退，这些看似富裕繁荣的国度将会陷入困境，难以克服。

产油国大都未能实现经济多元化，仍属于“单一经济”。在全球提倡低碳经济的呼声中，美国成为世界能源出口大国，中东的石油出口国可能会面对供过于求的危机。当然，这要看欧美国家的新能源发展到什么程度，以及新近工业化的国家是否真正能够把化石能源的消耗量控制住。最可能的情况是，中东产油国最大的主顾将会从 20 世纪的欧美国家转成 21 世纪的亚洲国家如中国、印度、泰国和越南。

当然，阿联酋（特别是迪拜）和卡塔尔已经成为中东的金融中心。它们用手中的石油、美元在世界各地投资，既能分散风险，又有相当的回报。

大中东非产油国的一般情况很不理想。除了土耳其和突尼斯之外，近年来人口压力加大，经济增长缓慢，失业率居高不下，社会上贪污腐败随处可见，人心愤懑却又涣散。在最近三十年的全球化过程中，这些国家在全球产业链中的地位明显落后于东亚和东南亚国家。

文化传统受挑战

当今世界上，除了经济和文化领域明显占优势的西方发达国家之外，其他国家都面对一个挑战：如何一方面保持自己的文化传统，另一方面在日益缩小的地球上具有竞争力？

这个挑战对大中东的穆斯林国家来说格外严峻，因为这些国家内部都有激进的伊斯兰主义者及受到西方同情和支持的西化派。在面对全球化带来的挑战时，它们必须要找到国内两种力量都能认同的发展模式，才能避免内耗。

举例来说，在许多穆斯林国家，女性的教育程度和社会参与度较男性低许多，西化派精英主张提高女权，但是传统派（包括许多女性）的思维还很难改变。一个社会如果忽视它一半人口的智能开发，又想要在知识经济时代具有竞争力，的确极为困难。看似文化冲突的“女权”问题，实际上是社会和经济发展路向的选择。

根据“阿拉伯之春”以后在突尼斯和埃及的抽样调查，有四分之三的穆斯林女青年赞成女性应和男性接受同等程度的教育，并且以与男子同工同酬的方式在社会上工作。根据我个人在土耳其、黎巴嫩、叙利亚、伊朗、阿塞拜疆等国的观察，如果把以上在埃及和突尼斯所做的抽样调查也在上述几国展开，结果应该不会有什么差别。这就是说，在大中东大半穆斯林国家下一代的工作人员中，会有相当大的能够称职而且满意地工作的女性。这对未来伊斯兰世界的经济与社会发展将会影响深远。

动荡的国际环境

现代人想到“大中东”，脑中的关键词必然是：能源争夺、以色列、伊斯兰教规、恐怖主义、反恐战争、美国影响，等等。

正是因为大中东地区拥有全球最多的能源储量，又有博斯普鲁斯海峡（the Bosphorus）、苏伊士运河、亚丁湾、波斯湾和霍尔木兹（Hormuz）海峡等交通孔道，才会有一百多年来欧美列强对大中东各国的觊觎与侵占。欧洲殖民主义者的侵凌迫使许多穆斯林力图自新自强，因而产生了 20 世纪初的现代伊斯兰复兴运动，其具体表现之一是埃及穆斯林兄弟会的成立。

英国在一次大战之后控制巴勒斯坦，允许犹太人在将近两千年来一直是巴勒斯坦人居住的土地上建立犹太人的“家园”；二战中犹太人受到纳粹的种族灭绝威胁，遂使战后的联合国基于对犹太幸存者的同情通过决议案，让犹太人在巴勒斯坦（犹太人两千年前的老家），建立一个现代国家以色列。二战之前就开始向巴勒斯坦移民的一百多万犹太人，成为这个新国家的创建者。由于犹太人在美国的成就和力量，美国政府一向全力支持以色列；同时以色列也是美国在中东地区最坚强的基地和盟友。

美国对以色列的偏袒以及许多欧洲人对穆斯林的轻蔑，使得激进伊斯兰主义的号召力自 1980 年之后持续增强。以色列与西方的作为扭曲了大中东地区许多穆斯林的心态，也使本地区穆斯林国家统治者的腐败与无能得到了一个借口。这确实是中东国家人民的不幸。

阿拉伯联军跟以色列四战四败，造成阿拉伯人长期的压抑感，导致少数人非理性的思维和行动。海湾战争之后，美军进驻一向被沙特阿拉伯王室宣称为“伊斯兰圣地”的阿拉伯半岛，引起伊斯兰极端分子极度不满，恐怖主义因而得以快速发展。“九一一事件”中的十九个恐怖分子中有十五人是沙特阿拉伯籍，就颇能说明恐怖主义猖獗的心理背景。“九一一”之后，恐怖主义能够在全球招募人员并且建立了一个国际网络，应该和普通穆斯林感受到的歧视以及伊斯兰社会的领导者们善于空谈而无所作为有很大的关系。

恐怖主义今后虽不会消失，但是从阿拉伯各国最近的变局中可以看出，大多数阿拉伯人绝对不会赞成对西方进行“圣战”，更不要说用恐怖手段建立一个包括全世界穆斯林的“伊斯兰酋长国”。但这并不是一个令人欣慰的情况，不参加恐怖活动不等于心中没有芥蒂或是怨愤。

一百多年前由列强在阿拉伯人居住的土地上划定的国界，是一个殖民主义者不顾地理条件和民族、语言、教派人口分布的分赃方案。但是这个由殖民帝国主义者官员在谈判桌上划出来的疆界，已经在一般阿拉伯人的意识中固化；阿拉伯世界现在只是一个文化概念，而不复是当初泛阿拉伯主义者所盼望见到的政治实体。

“阿拉伯之春”

2010 年 12 月，一个突尼斯小贩的自焚，改变了北非和中东地区的历史进程。

小贩死后，突尼斯各地群众以社交媒体互相联络，持续大规模示威，当权二十三年的本·阿里（Zine El Abidine Ben Ali）被逼出走。接着，埃及的群众又以社交媒体为联系方法组成各种团体，长期占领开罗市中心的胜利广场，推翻了掌权三十年的穆巴拉克（Hosni Mubarak）。两人不久都被起诉并且判重刑。两国都修改了宪法，并且依据新宪法选举了新政府。结果埃及选出的穆斯林兄弟会的候选人担任总统还不足两年就被军人推翻并判处死刑，令埃及回到已经持续八百年的军人治国传统。相对而言，突尼斯的民主法治基础较为坚实，但仍然出现过几次暴力和暗杀事件，目前正在通往民主和法治的道路上徘徊。

正当突尼斯和埃及闹得不可开交之际，波斯湾岛国巴林占人口百分之八十的什叶派群众冲击逊尼派王室，政府以武力镇压。由于沙特阿拉伯的支持，巴林的“阿拉伯之春”不但没有鲜花绽开，事后巴林王室还对什叶派示威者秋后算账。巴林的什叶派多数至今仍是敢怒而不敢言。

2011 年春，利比亚的反对派在北约诸国的支持下，从街头示威转入武装斗争，战火遍及全国。北约空军对利比亚进行战略轰炸和战术掩护，内战以反对派告捷结束；在位四十二年的卡扎菲（Muammar al-Gaddafi）和他的两个儿子死于非命。1958 年从君主制进入共和制的利比亚现在分裂为两个政权和若干小块，以部落为基础的军阀们和各派恐怖分子正在进行混战。

也门在 2011 年出现两派势力的冲突，首都萨那（Sanaa）战火纷飞。在位三十三年的萨利赫（Ali Abdullah Saleh）在去留之间迟疑了数月之后，终因受伤而出走。两年后，他结合自己统领的政党和倾向于他的什叶派胡塞武装试行复辟，夺回萨那和不少地方，逼使继任的政府迁都到南也门的亚丁（Aden）。于是现在也门回复到 1990 年之前的南北分治状态。由于沙特阿拉伯、埃及和伊朗的介入，也门局势近来又有改变；目前胡塞武装力量占优势，已经在萨那成立了自己的政府，但是沙特阿拉伯也增加了对也门的轰炸。

在“阿拉伯之春”的呼声高涨时，叙利亚先静后乱。2011 年夏天，在突尼斯和埃及总统被逐将近半年之后，叙利亚出现了连续多日（主要是青年人）的示威浪潮。此后，西方各国、土耳其和沙特阿拉伯、卡塔尔等国声言要在叙利亚实现“政权更迭”，武装并且协调各个反对派力量。经过几年的惨烈内战，死伤几近百万人，逃亡国外的难民接近八百万；各个城市，甚至是小镇，大都有一群群的建筑残骸和一堆堆的瓦砾。巴沙尔·阿萨德（Bashar al-Assad）依靠国内亲政府力量和伊朗、俄罗斯的支持，坚持了四年多，始终没有被替换，而且其间还经过了一次全国大选得到连任。最近“伊斯兰国”（英文缩写先是 ISIL，后来称为 ISIS；阿拉伯文的缩写是 Daesh）的扩张和残暴表现授予俄罗斯直接介入叙利亚内战的理由，也迫使美国和它的盟国不得不打击这支残暴但却对他们一心想要除去的阿萨德政权最有威胁力的武装力量。近几个月来，阿萨德政府开始反攻，夺回几个城镇，包括早已成为废墟的历史名城巴尔米拉（Palmyra）；目前正在积极准备收复接近土耳其的全国最大商业城市阿勒颇（Aleppo）。土耳其在这场“内战”中，一方面想要拔掉阿萨德这个眼中钉，一方面又怕让叙利亚的库尔德族坐大，心理十分复杂。

摩洛哥、约旦、黎巴嫩等国的激进伊斯兰力量也在寻找机会，可能随时会造成风潮。

美国于 2011 年刺杀了“基地组织”头目本·拉登（Osama bin Laden），将全球反恐怖主义斗争带入新阶段，也使美国奥巴马（Barack Obama）政府得以修改它的中东政策。近十几年来美国中东政策的明显失误就是没有预见到它所发动的伊拉克战争将萨达姆时代的大量军人逼入了死胡同，把他们推向极尽残暴的“伊斯兰国”组织，因而加强了“伊斯兰国”的作战和管理能力。

其实，美国和整个西方的战略家、政客与媒体都犯了一个错误，那就是他们不能易位思考，经常自以为是，他们太容易忽视西方曾经带给阿拉伯世界的痛苦，而又觉得凡属正常人都会喜欢并且想学习西方。因此他们认为，中东地区多数穆斯林对于两百多年来受到的侵凌屈辱以及今日欧美社会对穆斯林仍然存在的误解与轻蔑，可以被西方现代化力量的强大吸引力轻易地化解。他们很不现实地要在伊拉克战争之后推行“大中东民主化”，认为穆斯林国家的多数人会拥抱西方的（也是一部分穆斯林知识分子所认同的）价值观和代议民主制。他们对中东这个历史久远且复杂的地区把错了脉，把阿拉伯社会的一次大痉孪乐观而轻率地称为“阿拉伯之春”。

一个尚未现代化的社会（不论是基督教、穆斯林或是其他类型）在安全而有饭吃与建设西方的民主制度之间永远会选择前者。苏联解体后，西方国家过猛地向全世界力推西方的议会民主以及当前西方的人权观，在全球范围内收效并不理想。前苏联阵营中的东欧和中亚各国之中，只有捷克、波兰和波罗的海几个有颇高的文化水平和人均收入的国家才算是真正进入了民主社会的轨道，其他的国家都只是披上了民主制的外衣实行威权政治或是宫廷政治。在“阿拉伯之春”五年半之后，我们可以看到，只有人均教育和收入比较高的突尼斯达到了在宪法的框架下东摇西摆地依据法律选择政府。利比亚的青年人当初是何等热情和勇敢！而今利比亚的基本安全保障安在？埃及的年轻人本就是从西方化和伊斯兰化两个方向去反对独裁、贪腐而世俗化的穆巴拉克集团；穆巴拉克下台被收监之后，全民选举的结果是激进的伊斯兰主义者穆斯林兄弟会大胜。一年多之后，当军队决定要动手再度收拾穆斯林兄弟会时，大批年轻人又以社交媒体为工具走上街头，要求穆尔西（Mohamed Morsi）总统下台，让军人轻易地完成了政变。至于也门、叙利亚和伊拉克，无论怎么看都见不到“阿拉伯之春”的好处在哪里。

将来中东各国无论谁下台谁上台，不论美国、欧盟、俄罗斯、土耳其、伊朗、沙特阿拉伯、埃及等采取何种政策，阿拉伯各国人民已经遭受到苦难，并且从这几年的动乱中得到教训；中东地区未来的社会发展和政治生态必将出现深刻的变化，并且是复杂而不易预见的变化。

必须要说的是，近年来阿拉伯国家所出现的一系列动乱既是一百年来由欧美主导的国际秩序变化的后果，也是两百年来阿拉伯文化传统与欧洲所代表的现代性之间矛盾的表现，更是几百年来阿拉伯世界所积累的内在矛盾的总爆发。

此外，近五年来高加索地区也有变化。曾经领导玫瑰革命的格鲁

作者摄于叙利亚首都大马士革的倭马亚清真寺（建于 7 世纪末）

吉亚前总统在政争中失败而逃亡，目前已经加入乌克兰国籍，被任命为乌克兰新政府的方面大员。亚美尼亚和阿塞拜疆之间的领土之争最近也突然激化。俄罗斯境内北高加索地区的分离主义和恐怖主义威胁还没有真正减退，这使得整个高加索地区的情势呈现很大的内部和外部张力。

以上这一切都说明，我六年前称为“大中东”的地区确实是危机丛生，很值得关心世界的人们密切注视和进一步了解。

三条道路 · 两个选择 · 一点看法

大中东地区的政治和社会发展已经进入了一个新时代。当然，最近经过政权变动的国家一定会经过一段调整期，贫穷、落后、贪污等现象也会持续相当一段时间。然而，改变的时机毕竟出现了。最近几年的政治动荡既反映各国的内部矛盾，也有大国博弈的因素，更表现出各地单纯的百姓冀求通过变革获得美好生活的愿望。

两个困难选择

对所有三十一个大中东国家来说（包括从来未曾沦为殖民地的土耳其、伊朗和埃塞俄比亚），它们的领土和人口组成是由一百多年前的大国角力所决定的，本地区的人民没有机会参与。

今天，摆在这些国家面前的两个现实问题是：政治如何民主化？国家应否世俗化？对不同国家来说，可供选择的空间很不相同。

先说政治民主化。民主的真谛是人民有权利选择并监督政府，目的是寻求幸福生活。一个国家如果没有大量受过教育并且具有公民意识的人民，即使有选举的程序，也难以达至平等而有效的参与，因此选民也难以通过投票得到幸福生活。此外，截然相左的国家认同和严重的民族、宗教冲突，很难用投票解决。否则，英国何至于在很长时间里遭受爱尔兰共和军的恐怖袭击？不幸的是，大中东地区的国家多数都有民族和宗教冲突，因而，它们民主化的选择空间就颇受限制。

譬如说，库尔德族有自己的语言和文化传统，也有固定的居住区域。20 世纪初的地缘政治使库尔德人的居住区域分别属于土耳其、伊朗、伊拉克和叙利亚。多数的库尔德人想要有自己的国家，但他们无法靠投票达成这个目的。而土耳其和伊朗等国也不可能以推行民主来解决它们的“库尔德问题”。

波斯湾西部岛国巴林的王室是 18 世纪从阿拉伯半岛迁移到岛上的逊尼派穆斯林。他们赶走了属于什叶派的波斯恺加王朝（Qajar Dynasty），垄断了收入丰厚的珍珠业。19 世纪，巴林成为英国的保护国。1932 年，巴林打出阿拉伯世界的第一口油井，改变了整个阿拉伯半岛的战略地位。今日巴林人口的四分之三是什叶派，十五年前开始实行君主立宪制度，但一切大权仍然在国王家族手中。五年前，巴林政府出动军队镇压示威，死伤不少；示威平定后，政府解雇了许多人，进行“秋后算账”，然而这不但没有受到西方国家的谴责（美国海军第五舰队的司令部就设在巴林），反而得到沙特阿拉伯的强力支持。就现实力量的对比来看，只要西方不把五年前对付利比亚的卡扎菲和目前对付叙利亚的阿萨德的力量用来对付巴林王室，巴林人民的实际选择就非常有限。

再说国家世俗化。这是法国大革命之后出现的概念，即公民可以有信仰自由，但国家不可尊奉任何宗教。世俗化对大中东边缘区的几个基督教国家固然也是挑战，但是还不至于成为太严重的问题。对于已经非常现代化的以色列来说，“世俗化”指的是以色列的犹太人可以不信犹太教，阿拉伯人可以继续信仰伊斯兰教或是基督教，但是犹太教是国教；犹太教大拉比（Chief Rabbi）这一个法定的职位就说明了以色列不算是世俗化国家。犹太人曾经长期在欧洲遭受迫害，所以今日以色列的宗教特色反而成为西方国家认为它应该被保护的原因。

对大中东的众多伊斯兰国家来说，政教分离是一个极难解决的课题。由于先知穆罕默德的教导，不少伊斯兰学者认为，国家世俗化等于是背弃伊斯兰传统。

奥斯曼帝国末期，帝国内部以基督教徒为主的地区（如希腊）纷纷在列强支持下独立。在帝国大厦将倾之际，奥斯曼上层借苏丹兼任哈里发的理由，鼓吹“泛伊斯兰主义”（Pan-Islamism），企图以宗教来维系帝国境内的穆斯林人口，尤其是在英、法鼓动下日益离心的阿拉伯人。奥斯曼帝国崩溃后，土耳其共和国废除苏丹制度，解散苏非教团，由政府管理宗教寺院和财产，以世俗法律替代伊斯兰教法。八十多年来，世俗主义在很大比例的土耳其人身上留下了明显的烙印；他们虽然与伊斯兰主义者经常宣辩，但几乎没有共同语言。黎巴嫩、叙利亚、伊拉克和埃及都是世俗化政权，其中一个原因是它们国内都有大量基督教徒，而它们早期的领导人也都提倡包括基督教徒在内的阿拉伯民族主义（Arab Nationalism）。

同样是世俗化，埃及与土耳其在程度上就很不同。土耳其 1982 年的宪法明文规定土耳其是一个世俗化的、民主的共和国，而埃及 2014 年经过公民投票通过的新宪法规定公民有完全的信仰自由，政党不可以宗教为基础组成，但是规定埃及的国教是伊斯兰教。

在今日大中东的穆斯林国家，强人倒下后，军人集团势必会在新政权中扮演举足轻重的角色。如果新政权选择国家世俗化，必将令参与推倒强人的伊斯兰主义者强烈不满，造成社会进一步分化；如果新政权强调伊斯兰教法，它就很难与一向遭军人集团压制的激进伊斯兰主义者划清界限，不仅会遭到西方国家的疑忌，也会令国内许多受到西方价值观影响的专业人士不满，从而影响经济和社会的发展。这又是一个艰难的选择。埃及军人最近用政变的方法推翻了民选的伊斯兰主义政府，并且再度宣布穆斯林兄弟会非法。这说明埃及在世俗化和伊斯兰化之间的变动颇大；这样的局势基本上是无法持久的，只能用军事力量维持。至于经过穆斯林兄弟会网上教育的下一代的军人领袖是否会坚决摒弃伊斯兰主义，只有未来才能给出答案。

三条发展道路

自从突尼斯和埃及政局剧变，以及叙利亚陷入毁灭性的内战之后，全世界许多媒体都在猜测将来中东各国会走什么样的发展道路？

在大中东三十一个国家中，实际上只有伊朗、埃及和土耳其这三个国家有可能成为他国模仿的对象。恰巧，这三个国家各有不同的语言与文化传统，也各有其吸引力和影响范围。

伊朗是由什叶派教士控制的伊斯兰共和国。伊朗的十二伊玛目什叶派相信他们早期的领袖第十二位伊玛目并未死去，只是选择隐遁，日后将会重返人间。在此之前，他的职位由为数极少的阿亚图拉（Ayatollah）暂代，因此阿亚图拉在宗教上的宣示一定正确。这个信仰很类似于天主教认为教宗是耶稣在世上的代表，因此不会犯错的信条。虽然目前伊朗实行的是神权政治，但什叶派的教义比逊尼派更容易接受新事物，更加重视“公众议决”（Ijma）的法学原则，因此与现代民

作者 2000 年摄于哭墙（Wailing Wall）广场

主概念没有本质的冲突。西方传媒往往忽视一个事实：伊朗在霍梅尼（Ruhollah Khomeini）去世后很平稳地过渡到新的领导团体，而且每四年举行一次有多人参选并且有实质竞争的总统选举和国会选举。

埃及是阿拉伯世界无可争议的地理和文化中心，因此阿拉伯联盟总部设在开罗。后穆巴拉克时代的军人已经用行动证明了我五年前所做的预测：埃及军人们不可能真正远离政治。毕竟，埃及历史上的马木留克王朝（13—16 世纪）都是由非世袭的军事将领出任苏丹。随后的奥斯曼统治时期也是由军事首长决定大政。独立六十多年来的埃及实际上就是由军事集团推选代表担任总统。今后埃及的军事集团如何在与美国保持良好关系的同时，能够革除贪污，改善经济，赢得大多数穆斯林和基督教徒的支持，合法地压制激进伊斯兰主义者，并促成世俗派与伊斯兰主义者的合作，将是本世纪内阿拉伯世界的大事。

土耳其在民主化进程和经济发展两方面的成绩都很可观。但是它的内部矛盾也不容低估。库尔德人占全国将近四分之一的人口，短期内很难与突厥族裔同心同德。在尊重世俗化的基本原则下，执政的正义与发展党（AKP）在 2014 年第四度以大比例赢得了国民议会的选举，党魁埃尔多安也第一次由全体国民直选成为总统，并且逐渐引入了许多朝伊斯兰化移动的立法与行政条例。与此相对照，凯末尔亲自创建的政党（CHP，即土耳其共和人民党）已经沦至无足轻重。这当然会引起许多坚决世俗派的惶恐。但是，一股既要伊斯兰也要现代化的新力量也已经在土耳其出现；在专业人士和工商业者之中，用“天助自助”的信念取代传统上许多穆斯林所倾向的宿命论的新价值观正在悄然兴起。这可能是土耳其经过八十年的摸索之后，对大中东其他穆斯林国家的魅力之所在。然而，要断言土耳其的成功为时尚早。现任总统的政策，行政措施和个人作风都让许多曾经支持他的土耳其人困惑甚至痛心。而最近发生的迅速失败的军事政变导致埃尔多安政府对葛兰运动成员的大规模逮捕和审问，引发土耳其社会两股伊斯兰力量的全面冲突。作为一个历经百年艰辛的穆斯林组成的社会，如何成功地过渡到包容而平和的多元社会，却又不失去伊斯兰的基本信仰和宗教行为，土耳其至今还没有提供一个良好的途径。

一点个人看法

2004 年、2006 年、2009 年和 2014 年，我四次在土耳其两所大学做学术访问，几次听当地人说起西方一些战略家认为：既然伊斯兰力量无法消灭，一个“浅绿”的穆斯林国家的“身教”要比西方政府和传媒的“言传”更有影响力。根据这个说法，西方战略专家情愿土耳其由温和伊斯兰政党执政，因而暗中扶持这样的力量。

不论这个说法是否属实，它背后的逻辑的确代表一种思维的突破，而它的预见已经被近几年的一些事实所证明。

伊朗的革命领袖霍梅尼非常反对当代西方文明，曾称美国、英国为“撒旦”(Satan,即“魔鬼”)。在犹太教、基督教和伊斯兰教的教义里，撒旦是上帝的敌人、地狱的主人，邪恶无比。但是上帝（真主）也承认撒旦的本领是能诱惑人。在这一点上，霍梅尼的比喻可能比他的原意更加恰当。如前所言，在所有的中东穆斯林中，都有相当一部分人认同现代西方的价值观与政治制度，伊朗也不例外。

西方现代文明的确有诱人之处——生活富裕、选择自由、公民权利等，都具有强烈的普适性。假如大多数人民想要与“魔鬼”共舞，当权者大加挞伐也未必能够奏效。那些由于意识形态而拒斥和扬弃西方近代文明的政府，不论是在外交上亲美的沙特阿拉伯，还是反美的伊朗，都有可能在大中东的新格局中被自己的人民摒弃。

埃及19世纪末的伊斯兰学者穆罕默德·阿布杜（Muhammad Abduh）是伊斯兰复兴运动的早期鼓吹者。他反对西方的侵略和本国的封建君主制；认为宗教可以和科学合作，信仰可以与理性互补。他主张逊尼派法学家应该改变12世纪以来认为“创制之门”已闭的保守传统，使用早期伊斯兰教法学者所拥有的“独立判断”之权，重启“关闭”的“教法大门”。

依我看，“大中东”地区哪个穆斯林国家能够涌现大批“独立判断”、尊重科学的学者，在大众接受的教法范围内找到可行的现代化途径，哪个国家就会成为“大中东”穆斯林国家未来发展的模式。而这一途径最简单的表述方式与中国“五四”时期所提倡的“德先生”和“赛先生”很接近，那就是：“伊斯兰+民主+科学”。

[上辑]

大中东外缘：舛错的命运

埃塞俄比亚：人类的起点
埃塞俄比亚：非洲之角的雄狮
厄立特里亚：红海西南的孤立古国
亚丁湾风云：也门
亚丁湾风云：索马里与吉布提
苏丹：曾经的非洲第一大国
北非：貌相似而实不同的四国
北非：马格里布文化速写
摩洛哥：真正日落的地方
希腊：金融和债务危机中故地重游
希腊：古典希腊文化与西学东渐
拜占庭：说希腊语的罗马帝国
塞浦路斯：大国博弈下的岛国
从罗得岛到马耳他：医院骑士团的故事
高加索：欧亚交界线上的东西对峙
亚美尼亚：历史的伤痕
格鲁吉亚：斯大林的故乡
阿塞拜疆：诗人与石油之国

埃塞俄比亚：人类的起点

人类走出非洲

对世界上大多数人来说，位于东非的埃塞俄比亚是一个遥远而陌生的国度，但它却是人类祖先的发源地。

1974 年考古学家在埃塞俄比亚发现了一副三百二十万年前的女性骨骼化石，现在陈列在埃塞俄比亚国家博物馆的一个玻璃柜橱里。她被学者们昵称为“露茜”（Lucy）。“露茜”能仅靠双足行走而无需用前肢触地来保持平衡。1994 年，又发现了一副四百四十万年前的雄性类人动物（hominid）的骨骼。他也可以用双足直立行走，但脑容量较“露茜”要小。这说明人类的进化是先直立行走，然后头颅才变大变重。此外，在埃塞俄比亚还发现了二百五十万年前的石制工具；在肯尼亚发现了二百万年前的化石上有人类远祖用双足行走的脚印。

科学家们认为人类的远祖大约是一百七十万年前由非洲东部游走到世界各地的。他们某些留在非洲东部的后裔在大约十万年前进化为现代智人（Homo sapiens），并再度“走出非洲”，这就是今日人类的直接祖先。人类基因图谱的研究表明，今天全世界所有人类都有可能是由十万年前的同一祖先繁衍而来，间接支持了“走出非洲”的理论。

我这个“游走于文明之间”的系列文字由埃塞俄比亚写起，可以说是顺理而成章。遂自评曰：既符合科学知识，又带有人文情怀，还兼及国际政治。

曲线留学

约半个世纪以来，我在世界各个不同文明区域学习、工作、游历和考察，也是从埃塞俄比亚开始的。

1962 年我从台湾大学毕业，服了一年兵役之后，和当时大多数同学一样，准备到美国留学。但是我有一个一般人所没有的问题，那就是我父母早前已申请移民美国，只因当时美国的移民法给华人的名额很少，要等许多年才能轮到，所以他们就先离开了台湾，到非洲东部的埃塞俄比亚工作；我的弟弟妹妹们也因此都离开台湾到美国念书去了。美国驻台北“领事馆”的一位华人雇员看了我的留学申请表之后跟我说：你只身在台，又有明显的移民倾向，拿不到留学签证的；如果你一旦被拒绝签证，别地方的美国领事馆也不会给你发签证。你父母不是在埃塞俄比亚吗？你不如就到他们那里去办签证。

我火速禀告在埃塞俄比亚的父母。他们通过台湾派驻西非喀麦隆的“使馆”办理了侨居证明，然后我去办理留学护照的探亲加签。拿到了出境证后，开始买飞机票。

当时没有电脑，旅行社职员需要反复翻阅各航空公司的一本本厚厚的航班时间表来为顾客订位，然后要等几天才能通过 telex 得到航空公司的确认。为我办票的那位中年职员对我十分照顾，他认为我父母既然要花一笔可观的路费让我“曲线留学”，不如就一路上观光个够，长点见识。所以他特意找了几个转机不方便的班次让我搭乘，这样我就可以按规定享受航空公司的招待，在一流酒店里“等候”转机。

1963 年 7 月中旬，我开始了当时没有意识到的亚非文明之旅。第

现藏于埃塞俄比亚国家博物馆内的人类老祖先"露茜"

一站是香港，接着是曼谷、孟买、贝鲁特（Beirut），然后到埃塞俄比亚的首都亚的斯亚贝巴（Addis Ababa）；小住两天后，飞到古都贡德尔（Gonder），见到了阔别三年的父母亲。

三千年文明古国

埃塞俄比亚是非洲的文明古国，旧称阿比西尼亚（Abyssinia）。它的面积是英国的五倍，自然景观十分奇特引人，有高原峰峦，也有低于海平面一百多米的低地；有茂密的森林，也有荒芜的沙漠。大约三千年前，阿拉伯半岛南部的示巴（Sheba）女王跨过红海，统治了现在的埃塞俄比亚地区；她同时又和北方的犹太国往来密切，传说曾和所罗门王（King Solomon）生了一个儿子，就是埃塞俄比亚的开国之君。埃塞俄比亚的统治者历来喜欢强调犹太国和示巴女王的王统。最

已被弃置的埃塞俄比亚犹太村落（2010 年）

后一位坚持这个王统的就是二次大战前奋力抵抗意大利侵略的塞拉西（Haile Selassie）皇帝。我到埃塞俄比亚的时候，老皇帝年事已高，但仍然紧握大权，不让太子问政。那时他刚刚压制了一个军人趁他出国访问时发动的政变。政变中，没有权柄的太子发表了准备接大位的声明。老皇帝回国后问太子是怎么回事，太子解释说是被军人胁迫的。老皇帝只冷冷地说：我就是被杀死也不会背叛我的父亲。

在埃塞俄比亚占主导地位的阿姆哈拉族（Amhara）是非洲人和南阿拉伯人的混血，相貌上和阿拉伯半岛南部的人差得不很多，眼亮、鼻挺、唇薄，但皮肤更黑一些。阿姆哈拉语（Amharic）与阿拉伯语（Arabic）、希伯来语（Hebrew）同属于闪米特语族。虽然这几个民族在文化上很有渊源，比如说，男童都要行割礼，都不吃猪肉，但两千年来他们却因为历史大趋势的差异而走了很不同的道路。

犹太人于公元 2 世纪被罗马人赶出家园，四处流散，他们因为需要精神力量而保持了犹太教信仰。位于非洲东部的埃塞俄比亚在 4 世纪时成为世界上最早信奉基督教的国家之一；与埃及的科普特教会（Coptic Church）一样，埃塞俄比亚正教相信耶稣只具有单一神性，不是既具神性又有人性的二元统一体。起初文化较为低落的阿拉伯人在 7 世纪时信奉了兴起于阿拉伯半岛西部的伊斯兰教，增强了民族凝聚力，将信主独一的信仰与仪式传播到全世界，使伊斯兰教成为今日大中东地区的主要宗教。

我在埃塞俄比亚的时候，境内还有几万名相貌、衣着、语言与阿姆哈拉族人几乎没有区别的犹太人。许多人就住在贡德尔附近的乡村里，被称作“法拉沙”（Falasha），意思是被放逐的人。这些人的祖先可能是公元 2 世纪罗马人将犹太人驱赶出巴勒斯坦时来到埃塞俄比亚的。埃塞俄比亚奉基督教为国教之后，这些犹太人由于不肯改变信仰而受到歧视，不能拥有田产。因此他们许多人都从事裁缝、瓦匠、画工、商贩等个体劳动，与中世纪世界各地犹太人的遭遇大致相同。但是他们在 20 世纪末期的经历却又和其他地方的犹太人很不相同。

埃塞俄比亚的犹太人

我父母受聘于世界卫生组织，协助埃塞俄比亚建立一所全新的医学院和附属医院，所以当时贡德尔有许多来自各国的医生和他们的家属，形成一个社交圈。在这个圈子里，有两位不属于世界卫生组织、自费到贡德尔为附近老百姓义务看病的以色列医生。

男的是在中国哈尔滨出生长大的俄国犹太人，十八岁时移民以色列，能说几句简单的汉语，自称是半个中国人，因此对我们一家三口十分友善。女的是自幼说法语的摩洛哥犹太人，1948 年阿以战争后，随父母移民以色列。有一次那位男医生带着我开了四小时车去青尼罗河（Blue Nile）的源头——塔纳湖（Lake Tana）南端的小镇去看病人。一路上他为我讲解埃塞俄比亚的历史，还带我到附近一个埃塞俄比亚基督教堂去看很有历史价值的宗教绘画。这是我第一次对埃塞俄比亚的历史与文化开始有些认识。

1984 年，新闻报道中说以色列把近万名埃塞俄比亚的犹太人空运到以色列；后来报上说这些埃塞俄比亚的犹太人是经过精心策划、非常有组织地分批步行到苏丹边境，然后由以色列特工接应，登上飞机。我立即想到了这两位对我很友善的以色列医生。莫非他们二十多年前除了在贡德尔附近照顾病人，还负有其他任务？1991 年，以色列再次出动大批运输机把数万名埃塞俄比亚犹太人秘密空运到以色列。

这些本来过着中世纪般生活的黑皮肤的乡下人，突然被带进了由欧洲犹太人建立的高度现代化的社会，初时受到相当的歧视。二十多年来他们在以色列学习、适应、奋斗的过程是一次大规模的活生生的社会学、心理学和人类学的实验，也是真正的“游走于文明之间”。

“肃静”·“回避”

埃塞俄比亚位居高原，易守难攻；历史上曾是强国，所以一般人有较强的主体意识。在全非洲都沦为欧洲殖民地的 19 世纪，它是非洲唯一保持独立的国家。20 世纪 60 年代初，非洲去殖民化取得显著成绩，非洲国家提倡非洲意识，决定建立“非洲统一组织”，永久会址很自然地就设在埃塞俄比亚的亚的斯亚贝巴。

因为那时我刚到过“小巴黎”贝鲁特，所以觉得亚的斯亚贝巴的市容很不够体面。但是许多埃塞俄比亚人所表现出来的自尊和自信却是十分明显，给我的印象很深刻。

我父母所在的贡德尔是埃塞俄比亚 17—19 世纪的首都，没有一丝现代城市的气息。市中心的王宫和碉堡已年久失修，破旧不堪。贡德尔的老百姓比亚的斯亚贝巴的市民在衣着上显得更为贫穷。许多人都穿着又脏又旧的已经变成灰色的白长袍。苍蝇经常在人的口、鼻和眼角停留，而脸被苍蝇占领的人们似乎也不太在意，隔上好一阵子，才

作者与父母摄于住宅阳台（1963 年）
作者摄于贡德尔的 16–19 世纪的王宫
埃塞俄比亚航空公司飞机在贡德尔机场（1963 年）

挥动一下手中的小蝇刷。

最令我不习惯的是他们的封建传统。中国古时候官员乘车或坐轿上街，都是前呼后拥，有小吏要百姓“肃静”、“回避”。在 1963 年的埃塞俄比亚，但凡有皇族或高官乘汽车从尘土飞扬的马路上经过，路人都须停止走动，并且弯腰看地面，不许抬眼，待车子过后才能再行动。有的人还背过身去，向着路边弯腰，不知是否想表示绝无偷看之意。我在台湾曾经偷看过鲁迅的作品。每见到这个光景，心中就想到鲁迅对于中国历史时代的评断：“一，想做奴隶而不得的时代；二，暂时坐稳了奴隶的时代。”

由于埃塞俄比亚的卫生条件很落后而国内人才又很短缺，世界卫生组织决定从各国招聘人员，开办一家医学院，我父母因此才有机会到这个遥远的国度工作。而我也因之要绕道埃塞俄比亚前往美国留学，从此改变我的人生道路。

埃塞俄比亚：非洲之角的雄狮

“Coffee”与“Kaffa”

1963 年 7 月，我从台湾到埃塞俄比亚的贡德尔；月底，顺利地拿到了美国签证。我当然万分欣喜，给我签证的领事却说这是他的幸事。这不但是他第一次给要去斯坦福大学的留学生做英语口试，也是他第一次发签证给中国学生。此后一个月，这名中国学生几乎成了“社交蝴蝶”，晚上参加不少家庭“派对”，白天一会儿和埃塞俄比亚小伙子们打篮球，一会儿跟伊朗姑娘学骑马，一会儿又跟以色列医生开车走访小乡村。

当然我也学到不少。埃塞俄比亚的主食称为“injera”，是大麦发酵后烤成的略带酸味的松软大薄饼；进餐时肉类和蔬菜放在饼上，用手撕下一小块饼，包着菜往嘴里送。餐后必喝咖啡，因为埃塞俄比亚是咖啡的原产地。我学到，咖啡先是从埃塞俄比亚传到也门，然后传到伊斯兰朝圣之地麦加，再由麦加传播到整个中东地区。16—17 世纪时由奥斯曼土耳其人将咖啡传到欧洲各地。今天，除了埃塞俄比亚，全世界都把这种饮料称为咖啡，因为埃塞俄比亚的“卡发”（Kaffa）地区至今仍然漫山遍野都是咖啡树。

我也知道了尼罗河八成以上的水量来自青尼罗河，而它的源头就在贡德尔以南一百多公里的塔纳湖。埃塞俄比亚和埃及早在五千年前就有了贸易，但当时的路线可能是沿着红海而不是沿尼罗河来往。埃及人将红海西岸的地区，即今天的埃塞俄比亚和厄立特里亚，称为“邦特地区”(Land of Punt)。

8 月底，我告别父母，到厄立特里亚的首府阿斯马拉(Asmara)三日，主要是为了治一颗发炎的门牙，也顺便游览了这个曾被意大利刻意建设的新城市。这三天中令我印象最为深刻的倒不是比首都亚的斯亚贝巴更为现代化的阿斯马拉，而是红海之滨的古旧小城市——当时埃塞俄比亚的唯一海港马萨瓦（Massawa)。

我从阿斯马拉乘飞机经喀土穆（Khartoum，苏丹首都)、开罗、雅典、罗马、苏黎世和巴黎等地略作游览，再搭机去纽约。

安内与攘外

经联合国通过，埃塞俄比亚与前意大利殖民地厄立特里亚 (Eritrea)于 1951 年组成联邦；1962 年埃塞俄比亚把经济发展程度较高，曾经被意大利统治将近半个世纪的厄立特里亚强行改为一个行省，引起许多当地人不满，于是出现了厄立特里亚独立运动。埃塞俄比亚政府以高压手段对付。

当时埃塞俄比亚的邻国有苏丹、索马里、法属索马里兰（即吉布提)和肯尼亚。它和前二者有边界纠纷及跨界民族的问题。这些问题一部分是英国统治苏丹时和意大利统治索马里时留下来的；一部分也是因为位处“非洲之角”的埃塞俄比亚（包括厄立特里亚）和索马里（包括法属索马里兰）自古就是亚、非之间频繁交往的地区。埃塞俄比亚要想在“非洲之角”占有高屋建瓴之势，就必须对厄立特里亚和索马里这两个面海地区维持控制力。

贡德尔城外一景（1963 年）

在埃塞俄比亚境内，苏丹人和索马里人分别住在西部和东部，他们彼此的形貌和语言不同，却都是穆斯林。因此他们一个朝西、一个朝东的离心力给占统治地位、信奉基督教的阿姆哈拉族人相当大的威胁。此外，埃塞俄比亚境内还有几十个信仰传统自然宗教而语言各不相同的民族。这是任何埃塞俄比亚政府必须面对的内政难题。

在阿姆哈拉民族内部，贵族骄纵专横，官僚贪污弄权，百姓蒙昧无知。我当时的印象是，一般阿姆哈拉族的年轻人既不满他们的统治者，也无法与反对阿姆哈拉族统治的其他民族团结。贡德尔医学院里占主流的基督教学生和穆斯林学生时而会因伙食等问题发生摩擦。幸好埃塞俄比亚正教的信徒也不吃猪肉，否则矛盾就可能会更为尖锐。

1974 年，带有马克思主义色彩的军人推翻塞拉西皇帝，建立了共和政体。厄立特里亚的局势并没有得到好转，内战持续多年。同时期，埃塞俄比亚连年闹饥荒，死去近一百万人，终于不得不于 1993 年承认厄立特里亚独立，失去了唯一的海港马萨瓦。两国边境至今仍然关闭，

喜来登酒店窗外所见的亚的斯亚贝巴市貌（2010 年）

埃塞俄比亚目前海运物资要靠已然从法国独立了的吉布提用铁路转驳。

上世纪 90 年代初，埃塞俄比亚推行社会主义的军人政权垮台。现在埃塞俄比亚实行从西方引入的议会民主，但是并不顺利，大选之后往往需要由西方观察员判定选举是否有效。

艰难的现代化

从我初识埃塞俄比亚至今，已经超过半个世纪，当初少不更事的青年如今已是满头银发。古老的非洲王国又怎么样了呢？带着这个疑问和几分怀旧，我于 2010 年 1 月从也门的首都萨那飞到亚的斯亚贝巴，接着又到贡德尔，共作了六天的探索。

刚下飞机就出了状况。我和许多乘客的行李都没有随人上飞机，因此要逐个填表登记，并被公司地勤人员告知：等候通知，行李到了再来机场认领。乘客对这种处理方式群情哗然，但谁也没办法改变现实。

埃塞俄比亚航空公司在非洲其实颇有名气，在香港也常做广告。但是我在世界各地的经验告诉我，任何一个文明古国要想经营一家现代化的航空公司，绝不是买些新型客机，再培养一批本国的飞行员就能成功的；以客为尊的服务态度和地勤人员的素质需要相当长的时间才能培养出来。

亚的斯亚贝巴的市容要比半个世纪前进步许多，但仍然难以和亚洲的任何大城市相比。我预订的是喜来登酒店，进去后却大吃一惊：这是我到过的最有气派的喜来登。听说是一个早年移民美国的埃塞俄比亚商人回国兴建的，刻意要把这家酒店打造成世界一流。因为当时非洲首脑会议即将举行，房间临时加价，要五百六十欧元一天！不过我还计划观光市区，不能只在豪华酒店里享受一流设备，所以第二天就转到另外一家相当一般的旅馆。

非洲首脑会议的主会场在中国援建的非洲统一组织大会堂。为了免受道路管制和被军警反复搜身，我没去参观。我选择去了国家博物馆朝拜人类的老祖宗“露茜”，又去了圣乔治大教堂参观了埃塞俄比亚正教的艺术，当然还免不了去找一家中国餐馆祭一次五脏庙。这家近年来新开的中国餐馆比我1963年在亚的斯亚贝巴吃过的中国餐馆要正宗许多，而相隔近半个世纪到非洲开创餐馆的两位老板的创业艰辛也就必然有所不同。

在餐馆里听说，中国正修建一条连接埃塞俄比亚和苏丹的铁路，也派有地质调查队；中国移动、华为等大公司在埃塞俄比亚有不少业务。在路边的地摊，我随手拿起一个很薄的塑料盘子，翻过来一看，原来也是Made in China。

古都贡德尔的市区扩大了许多，还添了一两家挺不错的酒店，但很难说是更现代化了。毛驴拉车、尘土飞扬的图景依旧；小贩依然随处摆摊，人们仍是到处蹲着谈天。最明显的“现代化”是汽车多了，再就是男人大都放弃了长袍而改穿西装裤，多数人也不再赤脚，而是穿上了球鞋。

旧皇宫修复得还不错，卖门票的人能说简单英语。一群身上挂着导游牌子的人在入口处招揽客人，我选了一个中年男子。他的英语还不错，也颇为尽责地给我讲了一些历史和政治典故。但是他最希望我做的是第二天雇他陪着去（我当年曾经去过的）塔纳湖游览。我告诉他我已经在下榻的酒店订好了汽车和导游。他问我要付多少钱，我不肯说。傍晚回到酒店时，柜台职员告诉我，第二天预订的车子不能去了，旅游公司的经理稍后会来见我。晚饭时经理来到酒店，客气地向我赔不是，说如果我同意，他可以帮我找另外一辆差不多的车和另一个导游。我根本没有办法不同意。第二天早上 7 点钟，我依约到酒店大堂，只见头一天我在皇宫的那位导游笑盈盈地迎了上来：他就是我的新导游！有道是：强龙不压地头蛇。我真是服了这位地头蛇导游，也更加认识了在埃塞俄比亚这样的地方，人际关系和利益关系确实很复杂。

我当然不会放弃一访我父母曾经工作过的医学院。它早已由埃塞俄比亚政府接管，规模扩大了，但依然十分简陋。我父母当年工作过的外科手术房和产科病房的外貌几乎没有什么改变。在外面焦急地等候消息的病人家属和四十七年前几乎是一个模样，令我不胜唏嘘。到了院长办公室，我递交名片，说明自己的来意，希望能和院长打个招呼，秘书抱歉地说院长到亚的斯亚贝巴开会去了。她礼貌地邀请我到学院会议室兼院长会客室参观。会议室墙上挂着一排照片，其中赫然有家父当年的两位上司——医学院院长和世界卫生组织负责主管的照片。家父去世已近二十年，想来这两位比家父年长的院长和主管也已作古了。

家父母当年从台湾到埃塞俄比亚辛勤协助开创的医学院，这些年来的进步似乎不很明显。对比我和妻子 1990 年从美国回香港参与创建的香港科技大学，如今已是人才济济，枝繁叶茂，不禁感到一个社会的发展总趋势往往是个人事业成就的最主要因素。

埃塞俄比亚一向是傲视非洲之角的雄狮；它的地理环境促成了它

贡德尔郊区市场一景
埃塞俄比亚西北部小镇一景

的历史发展和文化传统。在这样的地理和人文土壤上建设现代化国家，道路的确十分艰难。回想中国近一个半世纪以来的现代化过程，观诸中国社会的一些现象，从非洲之角东望华夏神州，我也颇有感悟。

在贡德尔大学医院病房外的病人家属（2010 年）
世界卫生组织在贡德尔租用的宿舍（作者父母曾在此居住）

厄立特里亚：红海西南的孤立古国

初游红海之滨

历史上，红海两岸一直是亚、非、欧三洲贸易的要道。16 世纪，奥斯曼人控制了红海。19 世纪初，埃及脱离奥斯曼帝国后继之而威慑红海。19 世纪后期苏伊士运河的开通更加凸显了红海的作用，也引起了那时方才统一的意大利对这个地区的觊觎。它看准了还没有被殖民化的非洲之角，于 1885 年夺取位于红海西南部的海港马萨瓦，接着又占领埃塞俄比亚东北部的一片土地；1896 年命名这块殖民地为“厄立特里亚”，以阿斯马拉为首都。（见《埃塞俄比亚：非洲之角的雄狮》篇）意大利在厄立特里亚除了移民、经商、传教、修铁路，还锐意建设阿斯马拉；但它实行种族隔离，禁止意大利人和本地人通婚，在公共汽车上和电影院里非洲人只能坐在后面。

1963 年 8 月底，我在阿斯马拉逗留了三天，见到有钟楼高耸的天主教堂，颇为堂皇的埃塞俄比亚正教教堂，还有肃穆的圆顶清真寺。住宅区有整齐的欧式小洋房，当然也有在墙边搭建起来的棚屋和散落在小街小巷里的泥土矮屋。马路上汽车不多，但是有许多意大利制造的轻便摩托车。虽然当时厄立特里亚有人在闹独立，局势不稳定，但仍有许多意大利人和美国人住在那里，因为美国在附近有一个大型雷达站。

正是因为阿斯马拉有一个不小的欧美人社区，所以有几位欧美来的私人医生在这里开业。我到阿斯马拉的主要目的是找一位牙医治疗一颗顽强抵抗消炎药片的门牙。多谢这颗终于在阿斯马拉落土而不是被我和血吞的门牙，让我有机会在厄立特里亚独立之前就访问了这个国家。

除了游览阿斯马拉市区，我还乘公共汽车到马萨瓦作一日游。除我以外，乘客都是本地老百姓，半数人都赤着脚，大家把衣物用品尽力往车顶的行李架上堆。去时，行李是以生活器皿为主；回程时，有人把活鸡也提进车里带进城。从阿斯马拉到马萨瓦几乎是直落两千五百米，汽车一直在山中迅速盘旋，车程大约三小时。从气候温和的阿斯马拉一路下山，到达红海边的马萨瓦简直是炎热难当。那天是星期日，路上行人不多，但所有行人都和高原地区的居民一样，身上裹着棉布长袍。后来才知道那是避免被太阳灼伤和避免因为蒸发而导致身体失水的最好办法。与我去过的基隆和香港相比，马萨瓦这个海港城市可说是乏善可陈。但是它无比炎热的气候和位居海洋与高原之间的地理位置令我对这个红海的重要海港城市印象非常深刻，当时就很希望能有机会再来一趟。回程时，在热不可当的车里，司机驾轻就熟地左旋右转和邻座乘客的强烈体味对我形成两大威胁。一路上我只有靠苦思当初美艳的示巴女王是如何登上高原的，才幸免于在车内出现晕车并发症，害己又害人。

敌人的敌人是朋友

2010 年 1 月我去东非，一是为了怀旧，二是为了实地走访索马里海盗出没的区域。

厄立特里亚几十年来虽然也有进步，但是很孤立，对外交通很不

意大利人在阿斯马拉修建的天主教堂（摄于 1963 年）

阿斯马拉街景（1963 年）

作者 1963 年由阿斯马拉前往马萨瓦港乘坐的公共汽车

便。我时间实在有限，很遗憾地决定不去重访阿斯马拉和马萨瓦。厄国政府近年支持一部分奉行极端伊斯兰主义的索马里军阀，因为埃塞俄比亚支持另一派军阀。其实，厄立特里亚的五百多万人口中，基督教徒和穆斯林大约各占一半，极端伊斯兰主义者照理不应该得到厄立特里亚政府的支持。但是在“敌人的敌人便是朋友”的指导思想下，与埃塞俄比亚有宿怨的厄立特里亚很可能打开了日后会令它后悔的“潘多拉之盒”。

厄立特里亚依语言划分有九个民族，其中最主要的是提格里尼亚族（Tigrinya）和提格雷族（Tigre），分别占人口的五成和三成。这两个民族和埃塞俄比亚的好几个民族都是东非人与南阿拉伯人融合的结果。最早统治非洲之角的阿克苏姆（Aksumite）王国的首都距现在的厄立特里亚只有五十公里，离红海也只有一百七十公里。今天的厄立特里亚就是当年阿克苏姆王国的中心区域，由此经过红海向阿拉伯、埃及和地中海地区输出黄金、犀牛角、象牙、兽皮，还有奴隶。希腊人把他们接触到的黑人称为“烧黑了脸的人”，以阿克苏姆为首都的东非王国就被称作“Ethiopia”（埃塞俄比亚），意思是“烧黑了脸者之国”。

阿克苏姆王国在 4 世纪初就已信奉基督教，比罗马帝国还要早。他们把《圣经》由希腊文翻译成当时使用的吉兹文（Ge’ez）。今天埃塞俄比亚的通用语言阿姆哈拉语和厄立特里亚的两个主要语言都是从吉兹语演变而来，它们都属于闪米特语族，也都用吉兹字母书写。打个比方：吉兹文好比是拉丁文，目前除了宗教仪式之外，已经没有人使用；阿姆哈拉语有如意大利语，与吉兹语最为接近，而提格里尼亚语与提格雷语则有如西班牙语与葡萄牙语。

两个秃头抢梳子

1963 年我初次访埃塞俄比亚时，它刚取消了厄立特里亚的宪法而将之改为一个行省，当地人民不满的情绪是可以预料的。以后长达三十年的战争给埃、厄双方都带来了巨大的生命和财产损失，也使双方都失去了经济和社会发展的时机。埃、厄两国的自然环境恶劣，经常发生饥荒；人民生活穷困，又多半不识字。有人说，埃、厄两国的战争，就像两个秃头为了抢一把梳子而打架！近年来两国各派军队驻守边界，但是双方逃荒的饥民却经常为求生而进入对方的国境，这对当政者真是一大讽刺。

一般非洲人对外国人都很友善，但埃塞俄比亚与厄立特里亚是例外。埃塞俄比亚地处高原，易守难攻，它除了曾被意大利夺走厄立特里亚这片土地，从来没有沦为殖民地；对外国人他们一般是矜持而自尊。厄立特里亚人从 13 世纪以来一直被南边的阿姆哈拉人统治，16 世纪以后又连续遭受奥斯曼人、埃及人和意大利人的侵略。这就形成了他们强烈的排外心理，对外国人有明显的疑惧与敌视。当年厄立特里亚的基督教徒和穆斯林分别组成两个民族解放阵线，但彼此合作，而战士们也都能奋战不屈。这应该与他们共同的排外心理有关。

厄立特里亚于 1993 年正式独立后，1998 年与埃塞俄比亚再度开战，致使联合国派遣维和部队入驻，但维和部队不久就因厄国的不合作而撤出。后来，它又和西边邻国苏丹有争端，再与东南面的邻国吉布提为边界而发生武装冲突。现在厄立特里亚在国际上十分孤立，国内粮食缺乏，要靠逃往外国的侨民汇钱救济，人均收入比邻国都要低。埃、厄两国数十年战乱不已，结果民生凋敝，代价不可谓不大。

依我看，埃、厄之间的对立本来是可以避免的。假如埃塞俄比亚的塞拉西皇帝或是取代他的军人领袖能有当年周恩来、邓小平的眼光和胸怀，同意让厄立特里亚高度自治，“五十年不变”，也许就不会演变成今日双输的局面！

亚丁湾风云：也门

乳香和没药

也门位处阿拉伯半岛西南部，是整个半岛地势最高的地区。早期埃及与非洲南部以及亚洲的贸易大多通过红海进行。但是红海的风浪很大，并不便于船只航行。自从三千多年前骆驼被引进阿拉伯半岛之后，也门就成为亚、非、欧贸易的重要转口地：从印度等地来的货物经海路运到也门后，一般由骆驼队沿阿拉伯半岛西部的陆上商道运往地中海地区。这样，也门很早就有了比阿拉伯半岛其他地区较多与外界接触的机会，因此也就有了较高的文明。示巴女王去耶路撒冷拜访并考验所罗门王的这段故事（见《埃塞俄比亚：非洲之角的雄狮》篇）可能只是传说，阿拉伯半岛由南至北同属"闪米特"语言区则是无可置疑。伊斯兰教的创始人穆罕默德的出生地麦加和他后来成功建立伊斯兰社会的麦地那（Medina）都在从也门通往地中海地区的商道上；他本人年轻时代以沿这条商道贩运货物为生，因此对犹太教文明和基督教文明都有相当的认识。

红海的"咽喉"地区是阿拉伯半岛和东非早期人与货的交往点，

这也是今日非洲之角的人种、语言和生活方式都有明显的“闪米特”痕迹的缘由。

也门自古就盛产乳香（frankincense）和没药（myrrh）。根据《圣经·新约》，耶稣诞生后第十二天，有三位智者带着礼物来朝拜他；其中那位呈献没药的智者应该是也门人。罗马帝国改奉基督教之后，传统宗教仪式中不可少的乳香变得不那么重要了，也门的财源也随之减少。但是在亚洲各国，乳香仍然很受欢迎，郑和就到过也门，并带回来大量的乳香和药材。

咖啡、茶、Khat

历史上从也门经过的最重要的世界性产品是也门人“无心插柳柳成荫”的咖啡。咖啡源于埃塞俄比亚，6 世纪起埃塞俄比亚人逐渐习惯了饮用这种稍具刺激性的饮料。有一次埃塞俄比亚的军队越海进攻也门，军人们身上都带着脂肪掺咖啡的“饭团”当作营养品和提神剂。埃塞俄比亚的咖啡树大约就是在这之后被移植到南也门靠红海的城市摩卡（Mocha）。咖啡传遍中东后，人们心中最为正宗的阿拉伯咖啡（Coffea arabica）就是从味浓而颗粒较小的摩卡咖啡豆磨制出来的（后来美国人把一种咖啡、巧克力和奶油的混合饮品称为“Mocha”，与摩卡咖啡豆毫无关系）。一如茶的故乡在中国，茶叶又以中国出产的为最好，但是世界上从“茶经济”赚钱最多的是英国，咖啡是从也门传到世界各地的，也门的咖啡豆也被认为是上品，但是全世界从“咖啡经济”赚钱最多的肯定是美国。

在亚丁湾附近还有一种叫做 khat 的植物，外形无异于路边的杂草，草汁有刺激性，许多人都喜欢咀嚼 khat 的叶子。它的作用类似于咖啡但是价钱便宜过咖啡；常嚼它会上瘾，所以 khat 是一种受欢迎的大众性消费品，在亚丁湾地区随处都能买到 khat。在也门等地区，khat 的销售就像烟酒一样，是一个很大的生意，大部分都由有权势的家族垄断。

无缘变有缘

1963年我要从台北飞到埃塞俄比亚探亲，旅行社起初的建议很合理：从印度西部的孟买（北纬19°）向西飞到英属亚丁（北纬13°，也门南部大城），第二天从亚丁向西飞到就在附近的吉布提（北纬11°），小停后再向西南飞往亚的斯亚贝巴（约北纬10°）。这是我第一次听说亚丁和吉布提，它们分别是英、法两国的殖民地，感到很新奇，期待可以到那里看看。机票都已订好了，旅行社得知亚丁有左翼分子正在闹革命，所以建议从孟买向西北飞到地中海边的黎巴嫩首都贝鲁特（大约北纬35°），再向南折回到亚的斯亚贝巴。在当时的台湾，“左翼分子闹革命”可是非同小可，多花钱也得绕道而行。于是我首次和也门无缘。

也门附近海域有质地良好的珍珠。采珠是一件高难度和高风险的工作；采珠者要屏住一口气下降到深海，采得珍珠后还不能过快升回水面以免导致“潜水夫症”。我在上世纪70年代初曾研究过深海生理学，有人建议我去也门实地测量采珠者的生理参数。我很感兴趣，看了不少关于也门采珠者的资料。可是当时也门政治局势又不稳定。原来在埃及支持下，北也门军人在1962年推翻了统治北也门的王室，成立了“阿拉伯也门共和国”；自1963年起在南也门“闹革命”的“左翼分子”于1967年赶走了英国人，建立起“也门民主人民共和国”，倾向苏联。南北双方冲突多年，直到1990年才正式统一。所以我在1970年代仍然无缘到也门。

2007年退休后，我设法遍游大中东地区。因为战争和恐怖分子的因素，只好避开阿拉伯半岛东北部的伊拉克和西南部的也门。2010年初，我去再访了年轻时曾去过的埃塞俄比亚，并去看了年轻时没缘见到的吉布提。回程时，原定搭乘班机从吉布提向西南飞到埃塞俄比亚的首都亚的斯亚贝巴，因为原定航班取消而被航空公司安排先向东北飞到也门的首都萨那（在北也门），在机场等几个小时，再飞亚的斯亚贝巴。别的旅客都叫苦连天，纷纷投诉，我却因而得以一睹也门首都萨那的一角。四十多年来，两次想进入也门而不可得，这次竟然阴错阳差不由自主地进入了也门，真是无缘变有缘，得来全不费工夫。

红海的咽喉

最近这些年，再不关心时事的人都会听说过索马里海盗在亚丁湾附近劫持各国船只。“非洲之角”这个名词在新闻中也经常出现。从地图上可以看到，穿过苏伊士运河驶入红海的船只，通过也门和吉布提之间的“咽喉”就进入也门和索马里之间的亚丁湾，然后才进入印度洋。

索马里的海岸线很长，北临亚丁湾，南向印度洋，呈 V 字形包住“非洲之角”。以索马里为基地的海盗起初多在亚丁湾作案，后来为避免被各国护航军舰截获，多选择在海域广阔的阿拉伯海或是印度洋犯案。

亚丁湾得名自南也门（前英属亚丁）的重要海港亚丁。前些年一艘美国海军舰艇在亚丁附近被恐怖分子驾着满载炸药的小艇炸毁，亚丁这个古老的城市才广为世人所知。这里只说亚丁湾北岸的也门，南岸的索马里和吉布提下篇再谈。

公元 7 世纪伊斯兰教兴起，迅速席卷了整个阿拉伯半岛。阿拉伯人由以氏族和部落为基础的社会，正式转变为以伊斯兰教义为指导思想的政教合一的新兴政治实体——国家。照理大家认同的对象也应该由部落转向国家，但其实不然。东征西讨所向披靡的阿拉伯军队仍然主要依部落划分战区和管辖区，又经常以部落为分发战利品的单位。由于中古时期伊斯兰社会的生活方式改变得很缓慢，旧传统根深蒂固，转移认同对象也就十分缓慢。在阿拉伯军队东征西讨的过程中，不少军人都是从也门的部落出去，落籍在大中东许多地区。时至今日，许

也门和索马里人喜欢嚼用的 khat

多北非人仍然会说他的祖先属于也门的某某部落。

早期伊斯兰教上层为了宗教领导权和政权而发生了多次内战。坚持只有穆罕默德的堂弟（又是女婿）阿里（Ali）的后裔才能担任伊斯兰政教领袖的人结为阿里党，被称为什叶派（意为“党人”；对什叶派较详细的介绍请见有关伊朗和伊斯兰教的篇章）。什叶派的第五任领袖（称为“伊玛目”）宰德（Zaide）在 8 世纪中叶的一次起义中牺牲，他的部分后人逃到也门，于 10 世纪在也门建立起一个宰德派的家族政权。从 16 世纪到第一次世界大战结束的近五个世纪中，宰德家族政权臣属于奥斯曼帝国，1918 年恢复主权。这个家族的统治一直延续到 1962 年北也门建立共和国，历时超过一千年，应该是世界历史上传位最久的朝代。

也门是阿拉伯半岛上人口最多的国家，大约有两千六百万人，几乎全是穆斯林。全国人口中大约四成属于宰德派，主要居住在北也门，共分为四百多个部落。略超过半数的人口是逊尼派，在南也门占绝大多数。1990 年，南北统一为“也门共和国”，军队也已整合为一。这样看来，也门似乎应该“明天会更好”。然而，实际情况绝非如此。

社会发展与“内战”

1990 年也门南北统一。未统一前的北也门总统萨利赫担任统一后的也门共和国的总统。他前后在位三十三年，本身属于宰德派，但很能够周旋于阿拉伯半岛上各个逊尼派国家之间，也善于利用各反对派之间的矛盾进行个人统治，并继续沿用由各个部落分享战利品的古老传统。尽管也门的国家架构采用西方的形式，它的社会依然以部落为组成单位。无论是议会的席次、内阁的任命，还是军队的指挥权，都有氏族和部落之间的角力；一些部族也拥有国家军队编制之外的独立武装。国家对一般也门老百姓来说仍然颇为抽象，氏族和部落才是他们效忠和依附的对象。但是首都萨那和亚丁等城市的居民开始具有现代公民意识，开始逐渐淡化了氏族和部落在他们身上的烙印。

然而，几十年来伊斯兰教的复兴又将一部分公民对国家的认同转移到超国界的宗教认同。萨利赫与埃及的穆巴拉克等人都是职业军人出身，坚决反对属于激进伊斯兰主义的穆斯林兄弟会，也不能容忍超国家的“基地组织”。在这一点上，穆巴拉克和萨利赫是美国和西方国家的盟友。但是他们的独裁专权、贪污敛财、培养儿子，不仅受到国内人民的憎恶，也无法得到西方社会的支持。

在也门这样的传统穆斯林社会里，从西方兴起的现代思潮与他们自身的社会和文化传统显得很不调和。西方人对穆斯林社会的偏见和做法，包括对以色列的支持，会使一些反对西方又对本身社会制度不满的年轻人容易受人教唆而走向极端。

2009 年圣诞节前，企图在飞往美国底特律的飞机上合成并引爆身上炸弹的那个尼日利亚学生就是一个例子。他是在也门时思想开始转变并接受恐怖袭击训练的。

2011 年，在北非“阿拉伯之春”的影响下，大量也门老百姓上街示威反贫穷、反失业和反贪污。在大国主导，经过海湾国家出面协调后，总统萨利赫被迫离职流亡国外，副总统哈迪出任代总统，继而又被选为任期两年的总统。2014 年起，支持萨利赫的宰德派胡塞武装力量在不同地方集结成军，攻击政府设施。

2014 年 11 月，哈迪在两年任期即将届满前辞职，于是胡塞武装进驻首都萨那和总统府，宣布成立革命委员会，接管总统和政府的权力。2015 年 1 月底，哈迪在自己的老家亚丁自行恢复总统职位，并宣布亚丁为也门的临时首都。于是也门再度南北分裂，回到 1990 年之前的情况。这次的分裂和以往不同的是，除了支持萨利赫的胡塞武装和支持哈迪的力量之外，也门还有由不同境外恐怖集团组成的军事力量，其中主要的是“基地组织”和“伊斯兰国”武装力量。在最近一年来的也门“内战”中，各方都用残暴手段对待异己，而受到伤亡的老百姓也很难分得清谁是施暴者，谁是自己的保护者。在内战的同时，美国在也门也不时展开反恐行动，打击“基地组织”和“伊斯兰国”。

2015 年 3 月，胡塞武装进入亚丁，哈迪流亡沙特阿拉伯。3 月下旬，登基才两个月的沙特阿拉伯新国王萨尔曼（Salman）决定进入也门大举轰炸胡塞武装占领区，平民死伤惨重。胡塞武装寄望于得到同属什叶派的伊朗的支援。虽然伊朗谴责沙特以及其他几个阿拉伯国家的入侵和轰炸，并表示支持胡塞武装，但是它自己并不愿意花太大的力气来帮助一个距离遥远，连信仰都不真正相同的宰德派什叶穆斯林所建立的政权。即使如此，沙特阿拉伯和伊朗这两个中东大国还是为了包括也门“内战”的原因相互交恶，断绝了外交关系。沙特空军的轰炸激化了也门内战，各国（包括中国）纷纷用军舰撤侨。

2016 年初，在联合国的斡旋下，也门内战双方开始谈判，并且原则上同意停火；由于停火具体内容尚未商定，沙特阿拉伯还没有停止轰炸。2016 年 8 月，胡塞武装成立自己的政府，在控制全国的路上又走出了一大步，因而引起沙特阿拉伯再度大举轰炸。今后的发展的确很难预料。

三千年的文明古国，印度洋地区和地中海地区彼此贸易的枢纽，如今落到这步田地，能不叫人唏嘘？

亚丁湾风云：索马里与吉布提

彪悍的索马里人

1993 年 10 月，美国驻索马里的特种部队乘直升飞机冲入首都摩加迪沙的一家酒店，俘虏了多名索马里人，但撤退时遭到大批“老百姓”的包围。激烈交火后，美军死伤多人，多架直升飞机被击落或受损，一名飞行员被俘。不久，饱受舆论批评的克林顿总统宣布定期撤出驻索马里的“维和”部队；经谈判后，索马里的军阀同意释放美国飞行员并交还美军遗体，美国也同意不再与这一派军阀为敌。

美国派军到索马里“维和”，是因为 1991—1992 年索马里军阀混战，奉行激进伊斯兰主义的一派占领了首都。美国想用飞机加精锐部队解决问题，然而那次奇袭却成为美国在越战之后损失最为惨重的军事行动。

美国应该知道彪悍的索马里人很不容易对付，而且颇有来历。

居住在非洲之角外缘地区的索马里人和埃塞俄比亚的几个民族都是东非和阿拉伯半岛长期交往和融合的结果，外貌相似，语言也都属于非亚（Afro-Asiatic）语系；但索马里语属于库希特（Cushitic）语族，而埃塞俄比亚的阿姆哈拉等语言却与阿拉伯语和希伯来语更为接近，属于闪米特语族。

索马里人总共大约有一千八百万，几乎全都是穆斯林，分别住在索马里、埃塞俄比亚、吉布提和肯尼亚等国，索马里境内还不到一千万人。但是就这不到一千万人，又有许多不同的方言与部落。因此索马里以阿拉伯语作为官方语言，也因此是阿拉伯联盟的成员之一。二十多年来索马里给阿拉伯联盟和整个国际社会带来不少困扰。

四千年前，索马里人首先驯服了骆驼，成为红海地区的重要商贩，之后骆驼再传到北非和阿拉伯半岛。从公元 7 世纪起，索马里人经历了相当漫长的伊斯兰化过程，11 世纪终于完成。15 世纪末，葡萄牙探险家达 · 伽马到索马里时，见到四五层楼的华丽建筑，大为赞叹。

1840 年，英国打败了大清帝国，但是此后四次进攻索马里都被击退。一直到 1920 年，它凭着空中轰炸才将索马里的西部变为保护国。意大利也是在 1927 年法西斯上台后，动用大量军力才把索马里的东部和南部据为殖民地。

“失败国家”

今天，索马里是一个支离破碎的“失败国家”，军阀割据，海盗猖獗。

索马里之所以支离破碎有其内在和外在的因素。内在因素是索马里社会一直以氏族和部落为基础，分为许多互不从属的政治力量。外在因素则是殖民主义者当初分而治之；近年来埃塞俄比亚又出兵支持一派军阀，而“基地组织”则与另一派关系密切。

这些年来索马里共和国的政府实际上已不存在。西北部的原英属索马里兰（Somaliland）的主要人口是伊萨（Issa）族，大约有三四百万，其中最重要的是迪尔氏族。他们在 1991 年索马里内乱刚开始的时候，就在原先被英国管辖的五个省宣布独立，自称“索马里兰共和国”，二十年来国家机器运转得颇为有效；首都设在内陆近埃塞俄比亚的哈尔格萨（Hargeisa），据说治安良好，社会宁静。由于索马里是阿拉伯联盟的一员，而许多阿拉伯国家内部都有分离主义者，“索马里兰”得不到阿拉伯联盟的认可，也就更得不到国际上的普遍承认。

2010年初，我到吉布提旅游时，本打算从吉布提东部由陆路进入“索马里兰”，以满足我遍游非洲之角的愿望。吉布提有旅行社代办入境手续，两天就能来回；英语在“索马里兰”的普遍度一如法语在吉布提，所以对我来说是万事俱备，只欠东风。东风就是我的决心。当时听一位欧洲游客说，由于非洲首脑会议即将召开，无分加入非洲统一联盟的“索马里兰”可能会借机制造什么事件以吸引大家对它的注意。他说哈尔格萨近来有些不安定因素，街头出现了平时见不到的持枪士兵。我害怕吉布提和索马里兰之间的边境在我入境后关闭，决定在吉布提多留两天。

“索马里兰”的东邻是索马里共和国东北部的几个省，正好位于非洲之角的尖角上。它们在1994年宣布“暂时独立”，表明愿意在将来情况许可时，以联邦制与索马里的主体重新统一。这个地区自称“邦特兰”（Puntland），是古时埃及对红海南部地方的称谓。“邦特兰”和“索马里兰”这两个不太为世人所知，又不被国际承认的“国家”却有严重的领土纷争，但似乎不至于酿成战争。在余下的索马里共和国东部和南部的几个省里，各派军阀各有自己的武装力量和武器供应，自行在自己所治的地区立法、征税，和中国在民国初期时各地军阀割据的情况颇为相似。

海盗之所以猖獗正因为索马里是一个“失败国家”。由于位处红海口，索马里海域在历史上就经常出现海盗，曾经颇让控制红海商贸的罗马人和奥斯曼人头痛。最近这些年索马里沿海的渔民没有了法律的保障和约束，纷纷下海为寇，据统计每年能收入十亿美元的赎金。更有军阀为海盗购买快艇和卫星定位系统，成了世界海运的一大问题。美国、欧盟和中国等因而派遣军舰在亚丁湾附近护航，它们的基地之一就是我去过的吉布提。

小住吉布提

吉布提是位于红海南端，夹在厄立特里亚、埃塞俄比亚和“索马里兰”之间的小国，人口只有八十万，主要是埃塞俄比亚的阿法尔（Afar）族和说索马里语的伊萨氏族。它的首都是亚丁湾的重要海港吉布提，人口约六十万，占全国人口的四分之三。法国在 19 世纪末期把吉布提及其周围的一片半沙漠地带划为法属索马里兰。1960 年索马里独立前，吉布提也有要求独立的呼声，当时在法国主持下仓促地举行了一次公民投票，结果反对独立者获胜。不过法国终于在 1976 年同意允许吉布提独立。

吉布提的官方语言是法语和阿拉伯语，和索马里一样，都是阿拉伯联盟的成员。在东非之角，吉布提最小，但其外交政策却面面俱到：亲法、亲阿拉伯、亲埃塞俄比亚，同索马里的各个派系都维持联系，与美国和中国也都友好。激进伊斯兰主义在这里没有什么市场。

我刚下飞机就雇了一个能说流利法语的司机，带我在市区和郊外参观了一天。他对中国的印象十分良好。他告诉我，他们的海港由阿联酋的迪拜承包经营，但中国正在为吉布提修建一个规模更大的新海港。看完了海港，他非要带我去看中国大使馆不可。壮观新式的使馆门前挂着一条横幅，欢迎中国护航舰队的官兵到访吉布提。我没有事情要办，只下来拍了张照片就走了，这可能令大使馆的门卫和安全官员莫名所以，也许还空紧张了一场哩！

我住的喜来登酒店里也住了不少穿军装的欧盟军官，好像在开一个会议。喜来登酒店附近就是法国军官宿舍，因为法国始终在这里维持几千名驻军。

酒店大堂的前台有一位能说汉语的女职员。她在北京语言大学念过四年书，但是回国后一直找不到可以用到汉语的工作，只能在以英语为工作语言的喜来登酒店任职。因为临时决定不去“索马里兰”，我决定要在吉布提多住一晚，但是酒店已经客满，这位吉布提姑娘就主动为我向经理要求给我找一个房间。经理说实在是没有房间了，我只

吉布提市区一景

吉布提行人、山羊和垃圾

吉布提一家商店的售货员

一群吉布提青年和他们的玻璃罐咖啡

能退而求其次，搬到法国军官宿舍另外一边的没有海景的一家酒店去。搬行李时，这位热心的姑娘利用她自己的午餐时间陪我把两件行李运到几百米外的酒店（当时正值午餐时间，根本找不到愿意只走三百米的出租车司机）。一切安顿了之后，我正要千谢万谢这位好人，她突然宣布她的姐夫是导游兼司机，并且斩钉截铁地替我决定，今后两天由她姐夫带我到各地游览，包括送我去机场。傍晚，她开开心心地陪着她姐姐和姐夫来找我谈路线和议价。和头一天那个会说法语的司机比起来，我只能说这位能说汉语的姑娘真不简单。他姐夫没吃亏，我没省钱。她的那顿午餐也没白牺牲！

富国穷民

尽管有许多外国人在吉布提花钱，吉布提的市容和商业仍然乏善可陈。在市中心有几个算是不错的餐馆：我吃过一次埃塞俄比亚餐，菜式和价钱与亚的斯亚贝巴的餐馆差不多。在一条僻静的街上，有一家中国餐馆，门口张贴着菜肴的照片，还有汉字说明。看来，这里是中资公司人员和修建港口人员的好去处。近两年来，吉布提的华人数量又大为增加。

吉布提市的北区主要是本地人居住，房屋和街道比南区更为破旧。在一条大街上我看到一堆垃圾，有几只瘦山羊在垃圾里找东西吃，山羊背上站着几只乌鸦，几个妇女正从羊身边若无其事地走过去；山羊仍旧低头在垃圾堆里找东西吃，连羊背上的那只乌鸦都不被路过的人类所惊扰，继续在山羊背上找鲜美的小虫吃。

我想到迪拜租用海港每年付出的两亿美元租金，各国军人的花销，以及吉布提与埃塞俄比亚共营的专为后者转运货物的铁路收益，实在很难解释眼前看到的破落景象。在郊区的半沙漠地带，有些牧民似乎还过着和他们几千年前的祖先差不多的生活。

导游告诉我：现任总统比他的前任，也就是他伯父，要能干得多，因为他为吉布提订出了发展计划，并带来了大笔收益。又说他一路上都在嚼的 khat 是由总统的弟弟负责专卖。

所有这些观察，都要摆在大中东地区和阿拉伯世界的现实里观察才有意义。

在这个广大地区的众多国家中，吉布提是最小的几个国家之一，但是它却是这个地区中非常安定，老百姓没有太多积怨而需要上街发泄的国家。从这一点来看，我认为吉布提占了两个便宜：第一，地理；第二，还是地理。

第一个地理是指吉布提和它的四邻相对隔绝，四周不是沙漠就是海洋，没有人口集中的区域，缺少老百姓容易走出去的路径。这样相对孤立的国家，比较不容易受到外部政治氛围的影响，所以"阿拉伯之春"对它影响不大。

第二，由于吉布提扼守红海南大门的战略地位，凡是希望利用这个地方的强国都不会希望把这里搞乱，美国、法国、日本、埃塞俄比亚、意大利和中国莫不如此。

我的导游所赞佩的总统盖莱先生 1999 年由他的伯父、吉布提的开国总统提名，当选总统。年轻时他在一家伊斯兰经学院学习，又曾在法国接受过警察训练，后来一直在警务和情报部门工作。2005 年，他在没有对手的选举中再度当选总统，投票率接近百分之八十，得票率则为百分之百。我去吉布提之后不久，吉布提修订宪法，允许他第三次竞选总统。2011 年，他又获得六年的新任期。

其实，在他第一任总统任期内，我经人辗转介绍曾在香港一个豪华酒店里和他以及几位吉布提高级官员吃过一顿饭。当他听说我在 1963 年几乎经过吉布提去埃塞俄比亚时，便很热情地邀我到吉布提，并说一定要去找他。像任何政治人物一样，他没有告诉我怎样才能找到他。所以，尽管我在吉布提到处都见到他的照片，而我时间也有富余，我还是先后雇了两位导游司机为我介绍这个地理位置重要、发展潜力很大，但周边颇不宁静的小国家，连总统府的门都没靠近。

吉布提的各国军事基地

吉布提地理位置极为重要。它与亚丁都位于红海的南门曼德海峡之侧，等于是一南一北扼守印度洋和红海之间的交通。这就是为什么19世纪中叶，正当英法合作开凿苏伊士运河的时候，这两个殖民帝国分别占领了亚丁和吉布提，据为自己的殖民地。

1963年，英国和法国都已经放弃了在印度洋区域以及亚洲任何地方的殖民地（香港仍在英国治下），但是两国仍然尽力保留它们在亚丁和吉布提的殖民地。我想它们的主要目的是要继续扼守通过红海的交通。

1967年，英国不得不放弃亚丁。1977年，法国允许吉布提独立，但是保留了它的军事基地和几千名驻军，一直到现在。

自从索马里海盗猖獗以来，美国继法国之后在吉布提建立了自己的军事基地，驻军超过四千名。欧盟为了防范索马里海盗，也在吉布提建立了指挥部。最近日本又把自己在印度洋里的势力扩展到吉布提，设有停泊和补给中心。意大利在吉布提也有几百人的兵力。

2015年底，消息传出，吉布提同意将一块良好地点租给中国，用以修建一个海港，租约十年，和美国基地的租期相同。海港建成后将会是中国在海外的第一个军事基地。这一协议的宣布时间，正好是在中国大力推动“一带一路”战略之际，也是中国在非洲大量投资之后不久。所以，这个基地虽然不大，而且距离中国本土非常之远，它的长远战略意义应该不难看出。

中国也同意出资修建一条连接吉布提和亚的斯亚贝巴的铁路，以取代法国人在二次大战前修建的旧铁路。（如果一切发展顺利，这条铁路还可能会继续向西修建，一直到达非洲西部大西洋之滨。）

这些消息传出之后，互联网上的中文表达和美国各方对此的反应十分不同。我认为，国人所表达的兴奋和豪迈未免太过乐观和富于感情；要穿过印度洋补给和支援在吉布提的基地绝不是一件简单的事。而美国人因为怕中国能够就近侦测美国基地的动态而感到不安；这却又似乎和美国军事基地遍布全球的现实颇不相称。

真正值得一赞的是善于利用自己优势的小国吉布提：既然你们都有兴趣来我们家，那么谁肯给钱谁就来。你们都说是为维护和平而来，总不会在我们家里闹腾吧！

苏丹：曾经的非洲第一大国

夜窥尼罗河

1963年8月25日，我从厄立特里亚的阿斯马拉乘飞机去开罗，在苏丹的首都喀土穆转机。

到达喀土穆机场大约是晚上8点钟，去开罗的飞机凌晨2点起飞。机场很简陋，没有冷气，出境和入境的人共用一个房间。这个房间直通街道，有一个军装人员站在门口检查证件。我见到有人出去了又再进来，又看见街上有出租车来往。本来我对这个城市就有好奇心，既然要在机场等几个小时，不如设法出去一趟。我于是去问那个军人能不能出去看看都市夜景以及青尼罗河与白尼罗河的汇合处，又一再说我是路经此地，机会难得，等等。他问我要了护照和机票，翻来覆去看了几遍，然后说，“你把护照和机票留下，我给你三个钟头”。我高兴得立刻把护照和机票交给他，出门找了一辆出租车，要司机直奔喀土穆市区。

当时天色已暗，除了一些建筑物的灯光之外，什么也看不清楚，照相机一点都没用处。到了城区没多久，司机把车停下，告诉我旁边就是尼罗河。我问他这是青、白尼罗河的交汇处吗？他可能是不明白我的意思，也可能是懒得理会我这个问题，只说这就是大家看尼罗河的地方。刚看到河水，在黑暗中也没看清楚是否有两条河，我脑中却忽然闪过一个念头：机场那个军人要是下了班，或是到时不肯认账，我连个收条都没有，可怎么办？身上开始透汗，也不知是热得还是吓得。于是顾不得眼前的河水是青是白，叫司机立刻赶返机场。

曾经的非洲第一大国

苏丹曾经是非洲最大的国家，世界上第十大国，比英国大十倍有余。但是从 2011 年夏天开始，过去苏丹的南部独立，成为南苏丹共和国；苏丹因而失去了约六十二万平方公里的面积和一千二百多万人口。目前，苏丹是非洲第三大国（第一是阿尔及利亚，第二是刚果民主共和国），面积大约是一百九十万平方公里，人口约四千万，但分成将近六百个族群，讲四百多种语言或方言。

自从南苏丹独立后，苏丹全国人口中约百分之九十七是穆斯林，大约百分之七十是阿拉伯人，另外是阿拉伯化的土著民族或是土著与阿拉伯人长期混血所形成的族群。苏丹北部（以及今日埃及南部）素称努比亚（Nubia），这地方的人三千年前曾经一度统治过埃及。今天苏丹的北方人以阿拉伯语为母语，居民自认是阿拉伯人，但肤色较北非人要黑，这是近千年来阿拉伯人与努比亚人融合的结果。

2010 年 4 月，苏丹举行了二十多年来的首次全国大选。1989 年以军事政变上台的巴希尔（Omar al-Bashir）蝉联总统，他所领导的统治联盟也获得胜利。

但是，自 2005 年南北内战结束以来，实行自治的南苏丹的政党事先宣布不参加这次选举。他们说情愿寄希望于即将举行的公民投票，因为他们有信心，公民投票的结果一定是南部与北部苏丹成为两个国家，并会获得国际的保证。其实在巴希尔当选总统的前十年间（2000—

1885 年 1 月 26 日，马赫迪起义者攻入苏丹首都喀土穆，英国政府的殖民代表戈登被刺死。

1896 年，李鸿章访问英国时在圣保罗大教堂悼念戈登。太平天国运动期间，统率“常胜军”的戈登和统率淮军的李鸿章是“战友”。后戈登被调往非洲任苏丹总督，1885 年被杀。

2010 年），苏丹的石油产量飞跃增加，平均国民所得增加了三倍。在这个形势下，作为苏丹阿拉伯人及军事领袖的巴希尔根本无须舞弊，他 2010 年连任总统是意料中事。果然，由于大家都对这个当时的非洲第一大国将要一分为二更为重视，连一贯指控他是战犯的西方人权团体都承认了 2010 年的选举结果。

我的苏丹同学

古人说："行千里路，读万卷书。"因为我曾经有机会经历"八千里路云和月"，所以我就有了"读书破万卷"的动机，尽管未必真能做到。但是"读书破万卷"之后是否能够像杜甫说的那样"下笔如有神"？那可就真是只有天晓得了！

总之，因为我曾经到过埃塞俄比亚和苏丹，所以如果报刊上有关于埃塞俄比亚和苏丹的新闻，我就自然会多留意一些。

我在美国西北大学念博士的时候，有一个年纪比我大几岁的苏丹留学生，念的也是工程博士。在一次偶然的机会里，我和他谈起当时苏丹的内战以及南北苏丹人的区别，他大感惊讶。他说他在美国好几年了，除了研究非洲问题的专家之外，几乎没有人知道苏丹是个什么样的国家，更不要说知道如何分辨南北苏丹人了。我乘势又露了一手，告诉他我曾经在埃塞俄比亚住过两个月，到过青尼罗河的源头，还曾路过喀土穆四小时。奇怪的是，他并没有因此和我更加热络，而是客气地结束了我们的谈话。

大约 1967 年，他拿到博士学位后就回国了。不久，从别的苏丹学生那里传来消息，说这位博士回国后被任命为国防部长。我这才醒悟到，苏丹和埃塞俄比亚为了尼罗河水的使用权，也为了跨境民族的问题素来不睦，这位国防部长很可能早就知道他将会加入苏丹的高层政治圈，所以根本不想和我这个不相干的外国人谈这些敏感问题。

1969 年，苏丹军人尼迈里（Nimeiry）发动政变，后来成为总统。

我到现在也不知道，我这位同学在苏丹的宦海里究竟是沉了还是浮了？

但是，四十多年前我就知道的苏丹内战却有了结果。2005 年，内战双方协议停战，苏丹南部自治。后来经过国际协调，双方同意将南部苏丹的前途交由公民投票决定。

离婚容易分家难

2011 年 1 月，正当阿拉伯国家陷于“阿拉伯之春”的动荡之际，苏丹南部举行了公民投票。结果很清楚：超过百分之九十八的南部人赞成独立，苏丹政府承认这个结果。

2011 年 7 月 9 日南苏丹共和国（Republic of South Sudan）正式诞生；首都是位于白尼罗河上的朱巴（Juba），在原来苏丹的最南部，很接近乌干达和刚果民主共和国。原来苏丹五分之四的石油储藏与产量都在南苏丹。几十年的内战固然有语言与宗教的原因，但是最主要的理由还是为了控制石油资源。现在南苏丹已经独立，关于石油资源的控制权终于可以得到解决了吧？事实证明，情况远不如当初鼓吹独立者所期盼或是宣传的那样。

南北两个苏丹现在面对许多问题：首先，南苏丹是一个内陆国，没有任何海港，它生产的石油必须要经过苏丹才能外销；苏丹控制石油管道的运输量，双方如何分配收入？第二，尼罗河水的使用权究竟该如何分配？第三，双方原来各有许多游牧人口在对方居住，这些人在南苏丹建国后国籍和居住地点如何界定？

最重要的是，南苏丹自从独立后，各个组成民族和部落开始互相冲突。独立五年来，它始终被列于“脆弱的国家”（Fragile States）——即以前“失败的国家”（Failed States）——的名单上，而它的人均 GDP 也没有什么变化，仍然不到一千美元。

达尔富尔问题

苏丹算是解决了它的南苏丹问题，但它还有另一个大难题，那就是苏丹西部达尔富尔（Darfur）地区的冲突。十几年前，西方的媒体、人权团体和几个国家的政府就指控苏丹政府支持阿拉伯民兵屠杀非洲土著黑人，抢占他们的土地和石油资源；国际刑事法庭宣判巴希尔是战犯，要通缉他。西方也曾有人把矛头指向中国，说中国为了石油利益，不肯出力阻止苏丹的种族灭绝。最近几年中国的态度比以前更为积极，做了不少调解，对达尔富尔问题的缓和起到了作用。

历史上，苏丹的牧民和农民不断为土地和水源发生冲突。最近这些年，在西北部边境的牧民因为人口增加、土地放牧过度而大批向南迁移，占领了许多农业部落的村庄，引起武力冲突以及后者的武装解放运动。冲突的双方都是黑色的非洲人：牧民们自认是阿拉伯人（即阿拉伯化了的非洲土著）；农民不是阿拉伯人，却也是穆斯林。苏丹政府偏袒说阿拉伯语的牧民恐怕不假，但要说这是屠杀非洲的黑色人种恐怕就不准确了。

许多西方人同情非阿拉伯人的农民。其中一个原因是苏丹社会有浓厚的激进伊斯兰主义气氛；“基地组织”在苏丹颇有生存的土壤，并设有分支，以致西方一些官方和媒体把苏丹称为“恐怖主义输出国”。

无论从历史或是现状看，要合理而和平地解决达尔富尔问题确实十分困难。

苏丹问题的历史因由

且不说能否解决达尔富尔问题，在讨论苏丹问题时，人们应该注意三个历史因素，明白问题的由来。

首先，19 世纪欧洲列强瓜分非洲的时候，经常在谈判桌上划定边界，丝毫不照顾边界两边居民的部落、语言和生活方式，更不会询问他们的意愿，也很少考虑到山脉、河流、沙漠等自然的地理边界。20世纪独立的非洲国家因此产生了大量边界纠纷以及部族或部落冲突。今天苏丹和好几个邻国都有这类矛盾；达尔富尔问题就和它与利比亚、乍得、中非共和国边界附近的跨界民族有关。其次，英国在治理苏丹（名义上是英国和它的保护国埃及共管）时，有意分化阿拉伯人与非阿拉伯人，穆斯林和非穆斯林。英国以防止疟疾为由，禁止北部的阿拉伯人到南部，也禁止南部人到北部，但又鼓励基督教传教士在南部传教。其结果是助长了苏丹南部人和北部人各自不同的认同。第三，苏丹人在19世纪末反抗英国殖民者时，曾依赖他们最有力的社会资源，即中世纪的伊斯兰文化传统；蔓延很广且持续十几年的“马赫迪（Mahdi，即救世主）运动”就是以伊斯兰的神秘主义为号召进行的反英抗争。时间已经过去了一百二十年，但当前苏丹社会仍旧弥漫着浓厚的伊斯兰主义思潮。历届苏丹政府，包括现任总统巴希尔本人，都强调伊斯兰教法的重要性，在处理社会冲突时往往不依据苏丹独立时接受的英国留下的普通法。这几个原因使苏丹很难解决它的棘手问题，也使它很难得到西方国家的理解与同情。

对我个人来说，就是因为英国人在苏丹留下了英语（它与阿拉伯语并为苏丹的官方语言），我才能够在喀土穆用护照作抵押，作了一次极短暂但是记忆深刻的苏丹之旅。

北非：貌相似而实不同的四国

一位突尼斯小贩的自焚

在突尼斯首都之南约二百五十公里处的西迪布吉德（Sidi Bouzid）地区首府里，有一位二十六岁的大学生依靠在街头卖水果养活一家八口。2010 年 12 月 17 日，他因为没有摊贩执照而被一位女性警员没收了水果车和他借来的秤，并且当众掌掴他。这个被羞辱的男性小贩立即跑到地区政府去告状，但没人理会他。在冲突发生一小时之内，小贩没告知家人，就提着罐汽油回到政府楼里，把汽油淋到身上，引火自焚。

在场的人把他送到医院，但两周后不治身亡。小贩自焚当时有人用手机拍下片段，把视频上载到网上。接连两天，小贩的母亲、家人和大批群众到地区政府示威，遭到强行制止，又有人将这些场面拍了下来，放到互联网上。三天之后，示威从地区首府蔓延到首都突尼斯，群众要求在位二十三年的总统本 · 阿里下台，位于卡塔尔的半岛电视台（Al Jazeera）连续跟踪报道，壮大了示威者的声势。

2011 年 1 月 14 日，本 · 阿里辞职，流亡沙特阿拉伯。其后不到一个月，在位近三十年的埃及总统穆巴拉克在群众连续示威和美国压力下黯然离职。也门、巴林、叙利亚也发生持续的大规模示威和政府镇压；利比亚更爆发了内战，引来联合国的干预和北大西洋公约组织的连番空袭，最后政府垮台，总统卡扎菲被杀，全国陷入混乱，至今尚未稳定。而也门和叙利亚的情况就更为复杂而令人痛心。

突尼斯一个小城里的一名小贩自焚，本来不会受到国际媒体的关注。但是这个事件通过网上媒体的传播，居然能够引发如此广泛而强烈的反响，并且由此导致阿拉伯世界全面的政治动荡与变革。这就令人在看到现代信息传递手段的威力的同时，意识到阿拉伯世界必然存在着深层次的社会问题。

我无意在这里对阿拉伯世界的政治、经济、文化和社会做全面的分析，只想比较一下利比亚、突尼斯、阿尔及利亚和摩洛哥这四个位于非洲北部且有着相似历史和文化背景的国家，检视它们之间的异同，以及存在的问题。

相似的历史文化

在阿拉伯文里，利比亚、突尼斯、阿尔及利亚和摩洛哥统称为马格里布（Maghrib），意思是日落的方向。

马格里布的原居民是柏柏尔人（Berbers），他们大约在九千年前由埃及移入这片广大的地区，分成许多以农牧经济为主的部落，也出现过较大规模的王国。

地中海南岸地区从公元前 2 世纪到公元 5 世纪是罗马帝国的一部分，而内陆的沙漠和绿洲则主要是由柏柏尔部族控制。公元 7 世纪，阿拉伯穆斯林军队由埃及西进，迅速地征服了整个北非。

经过一千四百年的通婚与文化融合，柏柏尔人已经全部伊斯兰化，大部分也都阿拉伯化。同时，北非的阿拉伯部族在这里繁衍了一千四百年之后，无论在语言上、宗教信仰上还是生活习惯上也都具有柏柏尔特色。北非对当初的阿拉伯帝国首都来说是"天高皇帝远"，政治上从来都不曾听从大马士革或巴格达的号令。

对今天的北非四国来说，很重要的两段历史经验是奥斯曼帝国三百年（16—19 世纪）的统治和欧洲殖民主义一百多年（19—20 世纪）的掠夺。

今天这几个国家的名称和疆界以及国内行政区域的划分，大多是承袭自奥斯曼或是欧洲殖民时代。奥斯曼帝国把它在北非的领土分为三个辖区，各以其首府命名：阿尔及尔（Algiers）、突尼斯（Tunis）和的黎波里（Tripoli）。这就是今天阿尔及利亚（Algeria）、突尼斯（Tunisia）和利比亚（Libya）这三个国家的由来。摩洛哥（Morocco）远在大西洋之滨，奥斯曼人的统治从来没有真正到达那里。

奥斯曼时期有许多以北非为基地的穆斯林海盗，欧洲人称他们为"Barbary Pirates"或"Turkish Corsairs"。他们除了掠夺货物，还把欧洲俘虏卖为奴隶。一如早期的西班牙、英国和法国把他们的海盗视为自己"综合国力"的一部分（Corsairs 就是法国政府支持的海盗），奥斯曼帝国当局对这些穆斯林海盗不仅不查禁，甚至给予庇护，因为这除了是一项重要收入，有时还可以用来抵御外敌。从 19 世纪开始，欧洲各国和美国都以自己的力量解决海盗问题。

但是接踵而至的，就是欧洲殖民主义者在北非进行系统化的掠夺。殖民掠夺发生在大家记忆犹新的近代，这段历史对北非人民的心态是一个不可忽视的因素。

现在，北非的人口几乎都是说阿拉伯语的穆斯林。因此基督教徒和穆斯林的任何摩擦，以及犹太人和阿拉伯人的任何冲突，都会在北非引起强烈的反响。

地中海北岸的西班牙、法国和意大利，与南岸的北非四国来往一向频繁。它们在 19 世纪到 20 世纪是北非四国的宗主国，而今天却是数以百万计的北非人的寄居地和"阿拉伯之春"之后难民潮的目的地。近年来这几个国家经济发展放缓，高失业率和财政赤字成为长期性问

摩洛哥最高的建筑——卡萨布兰卡的哈桑二世清真寺的宣礼塔

题。因此，许多欧洲人对大量北非移民享用教育、医疗和其他社会福利非常不满。这些理由再加上近来的恐怖袭击，造成了欧洲各国政治上的重要议题。欧洲政客们在选举中的言论传到北非，当然又会引起另一种不满情绪。

由于近几十年来北非各国的人口急速上升，年轻人的人口比例很高，就业机会明显不足。如果移民欧洲这条路一旦封死，就不啻使这四个北非国家失去了一道安全阀门。因此，今日北非的社会确实存在着不稳定的因素。一个突尼斯小贩的自焚可以引起如此巨大的社会震撼，就说明这个偶然性之中存在必然性。

不同的发展轨迹

这四个国家中，利比亚因为地理位置最接近奥斯曼帝国的本土，受其统治的时间也最久，直到 1912 年才成为意大利的殖民地；二次大战时它是“沙漠之狐”德国隆美尔将军与英美联军作战的主战场；英、美获胜后，在利比亚成立了军政府。

阿尔及利亚距离法国最近，1830 年起就被法国入侵，1905 年被法国完全吞并，成为法国领土的一部分；几十年间超过一百万法国人跨海移民到阿尔及利亚。1962 年，阿尔及利亚得以独立是阿尔及利亚人多年游击战的结果。

突尼斯在北非虽是地理小国，却是文化大国。它既是当年迦太基的所在地，又是罗马帝国非洲部分的首府，并且是中世纪伊斯兰文化的中心。1883 年突尼斯正式成为法国的保护国；它的人口欧化程度比较高，今天在社会上和许多家庭里仍然是法语与阿拉伯语并用。

摩洛哥是“真正日落之地”（Al Maghrib）。进入 20 世纪，几个欧洲列强都对它十分觊觎；经过西班牙、法国、英国和德国之间的几轮交手，法国于 1912 年将摩洛哥作为它的保护国。今天摩洛哥是相对稳定的王国。

在这几个国家的独立过程中，由于地理条件、社会传统以及领导人风格的差异，它们各自经历了颇为不同的非殖民化过程，也演变出今日颇有差异的政治生态。

利比亚：国王、独裁狂人、各派混战

19 世纪末期，利比亚出现了一个由苏非学者赛努西（Muhammad ibn Ali as-Sanussi）创立的新式教团，大本营在东部的昔兰尼加（Cyrenaica）地区，信众遍布各地，成为宗教、政治和商业上的一股力量。1911 年意大利入侵后，赛努西教团带领民众进行了多年的游击战。二次大战意大利战败后，英国托管利比亚，认为可以和赛努西家族的领袖伊德里斯（Idris）合作。

今天的利比亚在意大利入侵前是三个不同的行政区域，即西北部的的黎波里塔尼亚（Tripolitania）、西南部的费赞（Fezzan）和东部的昔兰尼加，分别以的黎波里、塞卜哈（Sabha）、班加西（Benghazi）为首府。它们各有一套行政体系和税收来源；各地上层人士也有地方利益，平民多数认同于自己所属的部落和区域。"利比亚"是 1929 年由意大利人推出来的殖民地的名字，一般人对"利比亚"并没有认同感。英国交出托管权之前，通过多次协调才让各地上层人士同意成立一个新的"利比亚联合王国"（United Kingdom of Libya）。1951 年，英国属意的伊德里斯成为这个新国家的国王。

1969 年，年仅二十八岁的上尉军官卡扎菲发动政变，放逐国王，上台执政。卡扎菲对自己出身的部落很忠诚，曾积极推广伊斯兰，还为此出版了一本"小绿书"；他又以非洲人自居，与非阿拉伯、非穆斯林的非洲人十分亲密。这位个性奇特、政策怪异多变的"上校"其实也不难理解。他的基本政治哲学就是：要保持权力，就得有人效忠，就要与人利益；至于对手，打得过就不手软，否则也可以妥协。

2011 年，在突尼斯出现的"阿拉伯之春"首先传到埃及，导致强人穆巴拉克倒台下狱。不久，利比亚也发生了暴乱和战斗。

摩洛哥卡萨布兰卡的博物馆
卡萨布兰卡的街道

摩洛哥非斯（Fes）古城内精致的装饰艺术，与西班牙南部摩尔人的艺术风格相似

这时，几十年来被卡扎菲压制的几种社会力量纷纷抬头。其中有多股力量组建民兵，占据地盘，并且找到了外国的援助。

几个月内，多年来掌握军队、行政、情报和金融机构的卡扎菲父子不仅无法压制反对势力，还被北约空军持续轰炸，又被国际法庭宣判为战犯。卡扎菲父子被击毙后，利比亚陷入了三年的混乱状态，几个不同的极端伊斯兰主义势力由此站住了脚跟。其中一个组织暗杀了美国驻利比亚的大使和另外三名外交官，引起美国对中东政策的检讨和辩论。

2014 年，通过欧美式的一人一票选举，利比亚成立了应该是具有民意基础和正当性的全国政府。不幸的是，虽然在三年内战中数万名利比亚人丧失生命，几十万人外逃成为难民，新政府还是无法终止内战。

九十年前被意大利法西斯政权拼凑起来的富有宝贵的石油蕴藏的利比亚，目前看来很难得到和平与统一。仍在进行的内战把全国分为四大板块和许多零星的小区；最大的一片由效忠于全国政府的军队控制，西方国家和亲西方的埃及和阿联酋政府支持这个政权。还有三大片领土和人口分别由三个不同的伊斯兰主义势力占据：从被卡扎菲压制多年的穆斯林兄弟会蜕变而成的政府控制着的黎波里地区之外的西北部，有土耳其、卡塔尔和苏丹的支持；比穆斯林兄弟会更加原教旨主义的萨拉菲派控制西南部；“伊斯兰国”所建立的利比亚省主要控制的黎波里和班加西之间接近地中海的地区。

展望五年之后的利比亚，很难想象人们会认为从 2011 年到 2021 年的十年动乱比卡扎菲政权统治时期更好，也很难看到利比亚人在 2021 年时对往后十年的日子会有一个大家都认同的蓝图。

突尼斯：从独裁的总统到颠簸的民主

由于突尼斯在奥斯曼人统治时已经有自治的能力，法国不敢贸然出兵，而是等到 1881 年，在法国出兵阿尔及利亚五十年之后，才利用一个借口占领突尼斯；1883 年，法国将突尼斯收为保护国。

此后的六十年里，法国很重视突尼斯的教育和基础建设，同时通过了各种征用土地的法律，静悄悄地将突尼斯最好的耕地变为法国人的农庄。

在大批去法国学习的突尼斯年轻人中，有一位索邦（Sorbonne）大学毕业的律师名叫布尔吉巴（Habib Bourguiba）。他在二次大战前就出版刊物，组织政党，以游行争取民主与自治。1956 年，旧日的突尼斯大公（Bey）复位，布尔吉巴出任首相。次年，突尼斯改为共和国，布尔吉巴任总统。

布尔吉巴任总统三十年，大力推行教育，规定学校一律以法语授课。他是妇女解放的推动者；突尼斯在他任内废除了一夫多妻制，也培养了许多女性官员和专业人员。然而，他受限于自己所出身的社会传统，不但倾向个人独裁，也没有设法建立定期更换领导人的制度。1974 年，布尔吉巴成为突尼斯的终身总统。1987 年，他八十三岁时，由他一手提拔的副总统找了一批医生签字证明总统已经失去判断能力，由副总统接任总统。在“阿拉伯之春”中第一个被逼流亡的突尼斯总统本·阿里，就是当年逼他下台的那位副总统。

与利比亚不同，“阿拉伯之春”的发源地突尼斯是阿拉伯世界里人口素质最高的国家。因此，突尼斯在革命后的变化也与利比亚不同。

本·阿里流亡沙特阿拉伯之后，突尼斯宪法法院决定由副总统出任代理总统，并任命看守内阁；各方同意半年后普选产生制宪议会。在这段时间里，法院先是允许过去被禁的伊斯兰政党恢复活动，后又在舆论压力下禁止原来的执政党参与政治活动。从这些变化来看，突尼斯在革命后所出现的既不是暴民政治，也不是总统一人退任而由他的老部属继续当权的局面。

在 2011 年秋季的制宪议会选举中，温和伊斯兰政党复兴运动获胜。经过三年的政治斗争与协商，2014 年完成新宪法的制定。宪法规定突尼斯为共和国，以伊斯兰为国教，但不以伊斯兰教法为国家法律的基础；

总统由人民直选，五年一任，最多可以两任。

依据新宪法的第一次选举是在 2014 年 10 月，世俗派中间政党（包括许多前执政党的盟员）突尼斯呼声党击败复兴运动成为议会第一大党；总统选举于 12 月举行，经过两轮投票，呼声党的创始人埃塞卜西（Beji Caid Essebsi）当选。

回顾突尼斯“茉莉花革命”五年来，既有可喜的进步，也有可惜的挫折。不同观察者带着不同眼镜，自有不同的感受。

平心而论，突尼斯举行了阿拉伯世界第一次开放而自由的选举，并且实现了第一次通过选举而达致政权转移。但是在同一时段，两位左翼政党的主要人物被暗杀，群众冲击安全部队，恐怖分子针对外国游客发动袭击等屡次发生。

独裁总统流亡五年之后，突尼斯的民主正在颠簸而行。未来的政局发展如何还很难预料；可以确定的是，言论与集会自由在突尼斯已经有了保证。

阿尔及利亚：游击战和布迈丁

在北非四国中，阿尔及利亚人口最多，面积最大，是法国的三倍半。阿尔及利亚原本被纳为法国的一部分，独立前境内有超过一百万法国人，包括以《局外人》（*L'Étranger*）一书闻名全球的诺贝尔文学奖得主加缪（Albert Camus）。

因此，阿尔及利亚的独立运动肯定更为艰难。阿尔及利亚的民族解放阵线（Front de Libération Nationale）采取游击战方式，而这场游击战得到各国不少左派知识分子的支援。出生于加勒比海法属马提尼克的法农（Frantz Fanon）参与了阿尔及利亚的独立战争，并写了一本对殖民地革命很有影响的书——《全世界受苦的人》（*The Wretched of the Earth*）。

法国在亚洲丧失印度支那三国之后，右翼势力更加强调阿尔及利亚是法国本土的一部分。由于第四共和国政局不稳定，部分军人于

1958 年发动政变，拥护已退休的戴高乐将军重新上台，建立第五共和国。戴高乐曾去阿尔及利亚视察，在当地法国人的集会中说了一句非常著名的话："Je vous ai compris!"（"我理解了你们！"）戴高乐也理解世界大势之所趋，决定让非洲的殖民地选择独立。此后，一百多万被称为"Pieds-Noirs"（黑脚）的法国移民陆续返回法国。

阿尔及利亚于 1962 年独立时，由本 · 贝拉（Ahmed Ben Bella）出任总统，但不久就被国防部长布迈丁（Houari Boumedienne）取代。布迈丁在位十三年间，建立了阿尔及利亚今日的宪政体制。他本人受过完整的伊斯兰教育，不过 1978 年他以四十六岁的壮年去世时，留下的是一个军人专政的世俗化政权。

但是，阿尔及利亚是伊斯兰传统很深厚的国家。1991 年底的选举前，军人眼见他们的"民族解放阵线"可能会输给激进的"伊斯兰救世阵线"，就临时取消选举，自此开始历时十余年的内战，大约有二十万人因此丧生。

阿尔及利亚的当政者一般具有社会主义和反殖民主义思想，对邻国摩洛哥的王室也有"先天性"的不满，两国之间的领土纠纷至今未能解决。

布迈丁曾说过这样一段有预见性的话：今后几十年，数以百万计的南半球的人将会到北半球去。他们不是以朋友的身份前往，而是去征服。他们的子孙将会征服你们。我们的妇女的子宫将会带给我们胜利。

今天，数以百万计的欧洲人，特别是法国人，对这个预言感到不寒而栗。

摩洛哥：善于自保的穆罕默德后裔

摩洛哥虽然孤悬在非洲的西北角，但是从来都不平静。进入 19 世纪，摩洛哥需要与不同的殖民国家交往。当时的苏丹们曾用过"以夷制夷"的策略，但是没有办法阻挡西班牙占领它北部和西部的领土，也不能不让欧美国家的商业获得免税权，更没能防止法国在 1906 年先对它的银行、海关和警察进行“保护”，并在 1912 年正式把它变为保护国。近二十万法国人曾在此居住，而法文至今仍然被摩洛哥各界广泛使用。

二次大战中，摩洛哥一方面要和英美交好，一方面又要应付有权“保护”自己的法国亲纳粹的维希（Vichy）政权。因此摩洛哥的最大城市卡萨布兰卡（Casablanca，阿拉伯名为 Dar el Beida）就成为各国间谍互相刺探底细的好地方。

战后，经过各国协商，摩洛哥于 1955 年恢复独立。先前被放逐的穆罕默德五世回国统治这个王国。他的儿子哈桑二世（Hassan II）惯于打击反对派，但也有能力和魄力组织三十万人的“绿色进军”（Green March），徒步走进西班牙占领的西撒哈拉，迫使西班牙放弃这片矿藏丰富的土地。

现在当政的穆罕默德六世生于 1963 年，年富力强；虽然也是大权独揽的君主，却很会争取民意，也善于制造尊重人权的开明形象。在国际问题上，他不但亲美，与以色列关系良好，还任命一位摩洛哥犹太人当他的私人顾问。我与这位受法国教育、和我年纪相仿佛的顾问曾经见过一面，他很明显地表现出他对摩洛哥的忠诚和对阿拉伯文化的认同。

始于突尼斯的群众示威在摩洛哥也出现过几次，穆罕默德六世以低姿态处理，答应尽快进行宪法改革，至今社会没有出现不稳定。

穆罕默德六世属于自 17 世纪以来一直统治摩洛哥的阿拉维（Alaouite）王朝。这个从摩洛哥南部一个小地方起家的家族自称拥有一个特殊的世系：他们与 10 世纪时出身于阿尔及利亚的法蒂玛王朝（Fatimids）的创建者一样，都是穆罕默德的女儿法蒂玛和他的堂弟阿里的后裔。单凭这一点，这个“Alaouite”（意为属于 Ali）家族就颇有一套能让他们“国祚永续”的自保本领。

北非：马格里布文化速写

Couscous 与摩尔人的艺术

1981—1982 这一年，我在巴黎大学任客座教授。工作之外，希望一家人都能对欧洲有更多的认识，结果很令我们满意。回想起来，当时有两个对我产生很大影响的意外收获。

第一个收获是交了几个北非朋友，从他们那里了解到一些我几乎一无所知的北非情况。我们学会了吃北非人日常的食物 couscous（库斯库斯）和 tagine（塔金汤）。Couscous 是用小麦制成的小颗粒，蒸熟后加上煮的羊肉或鸡肉、蔬菜等一起吃；tagine 是有锥形陶器盖子的圆形陶锅，有些像中国的砂锅，在 tagine 锅里煮出来的肉类加上各种蔬菜也叫 tagine。

第二个收获是我们一家假期里驾车到西班牙南部的安达卢西亚（Andalusia）转了一大圈。我从此知道这个具有阿拉伯风格的欧洲地区的名字来自阿拉伯语的“Al-Andalus”，意思是“汪达尔人（Vandals）之地”！西班牙与葡萄牙被北非的摩尔人（Moors）统治了将近八百年。在科尔多瓦（Cordoba）见识了巨大的清真寺；在塞维利亚（Sevilla）

参观了世界闻名的阿尔卡扎（Alcazar）王宫城堡；在格拉纳达（Granada）欣赏到后期摩尔人修建的极为精致的阿尔罕布拉（Alhambra）王宫和庭园。这趟安达卢西亚之行初次接触到的摩尔人的伊斯兰建筑和装饰艺术，令我大开眼界。自此，我对伊斯兰文化发生了浓厚的兴趣。

不易磨灭的柏柏尔文化

1992 年我开车去爱尔兰西部海边的戈尔韦（Galway）游览，恰巧投宿在一家已经为数不多的说盖尔语（Gaelic）的家庭旅店里，把主人夫妇和他们小女儿的对话录了音。这个收获令我兴奋莫名，甚且至今仍然非常自得。

安排到摩洛哥旅游时，我提出的特别要求就是要访问一个说柏柏尔方言的家庭。

这是因为北非的原居民是柏柏尔人。大约九千年前，北非仍然到处是青葱的植物，撒哈拉沙漠比现在要小很多。柏柏尔人的祖先从埃及逐渐向西迁徙到大西洋之滨，并且深入沙漠的南缘。大约三千年前北非从阿拉伯半岛引入了骆驼，两千多年前马匹也进入了北非。此后柏柏尔人从早前小型部落社会演变成若干范围较大的王国，并且发展出颇为广泛的贸易网络。

柏柏尔人分布的地域很广，有许多不同的方言，但都属于柏柏尔语族。一如非洲东北部的库希特语族与阿拉伯半岛的闪米特语族，柏柏尔语族也是非亚语系的一部分，和非洲的其他几个语系很不相同。

在摩洛哥中南部的一个小乡村里，导游把我们领到一户人家。外祖母、母亲和一个十岁的小女孩都能说当地的柏柏尔方言。用过薄荷茶后，小女孩说想要给我妻子手上绘图，本地人称之为“henna”，本是一种装饰，据说也有辟邪的功用。

摩洛哥许多女人的手上或脚上都画着花纹。妻子看她们母女手背上的花纹很漂亮，也就应允了。回到旅店，她想洗掉可能是小艺术家的第一个作品，哪知有机颜料的绘图不可以由人随意消灭。此后十几天，她每天都必须以手背上的装饰向人展示柏柏尔文化！

手上作画的那半个小时给了我机会问问题。导游和祖母以摩洛哥南部的阿拉伯语交谈，然后给我翻译成英文；我和那位妈妈用法语直接对话。这家柏柏尔人彼此之间说当地的柏柏尔语，我当然录了音。

在北非四国中，摩洛哥的柏柏尔人最多，据说占总人口的六成。这是以家庭语言来统计的。如果以血统计算会非常困难。当初阿拉伯人是从遥远的东方来到这个“日落之地”，人口和当地柏柏尔人相比一定颇有悬殊。摩洛哥的历史就是在柏柏尔人与阿拉伯人的斗争和融合中发展的。可以确认的是中世纪阿拉伯人的文化同化力量很强，一如近代的英国和法国。

为了保护原居民的文化，摩洛哥现在有柏柏尔语的电台和电视节目，正如法国和英国也有凯尔特语（Celtic）的广播（我在爱尔兰曾录音的盖尔语是凯尔特语的一支）。

世界正在通讯手段的高速发展中进行着无法阻挡的全球化。在这个过程中人们又开始珍惜文化的多样性，设法保存受到威胁的语言与风俗。

柏柏尔语是一个很好也很重要的例子。它和爱尔兰的盖尔语，甚至和中国的苗语一样，应该得到保存，但是也很难使它们复兴起来。工业化的代价是生物多样性的缩减，全球化的代价似乎就是文化多样性的式微。

你方唱罢我登场

黎巴嫩的腓尼基人虽然很早就经常到北非进行贸易，但一直到公元前 6 世纪才在地中海南岸建立迦太基这个殖民地。迦太基和罗马为了争夺地中海的霸权，进行了一个世纪的战争。迦太基的领袖汉尼拔（Hannibal）曾于公元前 218 年率领九万大军，连同许多大象，渡过直布罗陀海峡，穿越比利牛斯山和阿尔卑斯山，到达意大利半岛北部，企图从背后袭击罗马，但时运不济，没有成功。罗马人最终在公元前146年攻陷迦太基。为了不让迦太基有机会复兴，罗马人在迦太基的农田里撒了大量的盐。罗马后来在北非设置了几个省，建立了不少城市；北非也成为罗马的主要粮食供给地。今天北非任何国家都有不少罗马时代的遗址。

公元5世纪，来自欧洲东北部的汪达尔人经过西班牙入侵北非。他们大肆烧杀劫掠，破坏了罗马人的物质文明与社会制度，尽管不久即撤离，对北非的影响却极为长远。最主要的是由于罗马人建立的社会体制崩溃，北非各地又恢复了部落制度，人们以部落为个人安全的保障，因此也是认同的对象。这个制度至今仍然在北非的政治生活中发挥相当的作用。

阿拉伯人是最后进入北非而能长期在此生根的民族。公元7世纪，阿拉伯穆斯林在攻占了巴勒斯坦与叙利亚之后，迅速进攻埃及。接着，远征军直奔马格里布，在667年就攻下了迦太基，682年到达摩洛哥的丹吉尔（Tangier），这期间还分兵南下撒哈拉沙漠。拜占庭军队和柏尔人并没有投降，而是联合抗击阿拉伯军。7世纪末，阿拉伯人又发动了新一轮的进攻，锐气更不可挡。公元698年，阿拉伯军再陷迦太基，把这个古城完全摧毁。

自此整个北非开始了伊斯兰化和阿拉伯化的过程。今日北非各国的人口是阿拉伯人与柏柏尔人一千三百多年大量混血的结果；此外也有一部分土耳其人、西班牙人、意大利人、法国人和撒哈拉沙漠南部非洲人的血统。

圣奥古斯丁

公元4世纪末生活于希波城（Hippo，位于今突尼斯和阿尔及利亚的边境）的圣奥古斯丁（St. Augustine）是一位罗马统治下的柏柏尔人。

他母亲曾梦到他将会成为主教，因此倾注心力培养他。他受过天主教洗礼，但是无法信服，因此又改信摩尼教（Manichaeism）并钻研新柏拉图主义，但也不能满足他的心灵。在一个偶然的机会里，他听说了隐修者圣安东尼的故事，而且读到了耶稣的名言："去吧，卖掉你的所有，把它送给穷人，你的财富在天上。"于是他再度领洗信奉基督教，并建立一所修道院，在那里讲道四十余年，成为早期基督教最重要的神学家之一。

他首先提出人类原罪的教理和正义战争的概念，著有《上帝之城》和讲述他个人经历的《忏悔录》，成为基督教的经典作品。

奥古斯丁生活于基督教刚确立"三位一体"信条的时代。有一个广泛流传的故事：奥古斯丁曾苦思其中奥秘而不能理解。一天傍晚他在海滩散步，看见一个小男孩在沙上挖了一个洞，并且用一个贝壳不停地盛上海水往洞里灌。奥古斯丁忍不住问小孩为什么这样做，小孩一本正经地回答说，他想把海里的水都灌进那个洞里。奥古斯丁同情地说：孩子呀，大海的水是那么多，你这洞只有这么小，你怎么能把所有的海水都灌进这个洞里呢？说完这句话，圣奥古斯丁心中灵光一闪，悟出一个道理：人的头脑如此之小，上帝是无穷之大，人脑怎么能装得下上帝"三位一体"的奥妙呢？

早期基督教的神学理论与奥古斯丁的神秘主义是不可分的，"先信仰，再理解"也是中世纪神学家的特征。

伊斯兰教的第四圣地

伊斯兰教的三个圣地是麦加、麦地那和耶路撒冷。这三个城市都和伊斯兰的信仰有很深的渊源，在《古兰经》中也多次提到。北非的穆斯林相信，突尼斯的凯鲁万（Kairouan）是第四个圣城，这并非因为它的年代久远，而是因为它在北非的地位是任何其他城市所不能比拟的。很多人也相信，去凯鲁万朝拜七次，等于去麦加朝圣一次。

柏柏尔女孩为客人做彩绘
学习戴眼镜的柏柏尔男童

摩洛哥的招牌菜 tagine
一位柏柏尔妇女准备招待客人

伊斯兰征服马格里布的最大功臣非穆罕默德的族人奥格巴·伊本·纳菲厄（Oqba ibn Nafi）莫属，而创建新城凯鲁万的正是此人。

公元667年，奥格巴率领一支骑兵纵队，从利比亚的地中海岸出发平定南部沙漠和费赞地区的部落叛乱，巩固了阿拉伯人在这片土地上的统治。奥格巴于是被任命为北非地区的总督。

公元670年，奥格巴在沙漠里修建了一座新城市，就是凯鲁万。从现代科学眼光来看，在沙漠地区建立城市最需要水源。围绕凯鲁万的修建，有一个与水源有关的传说，而这个传说可谓与麦加的圣泉——渗渗泉（Zamzam）的传说一脉相承，所以在柏柏尔人的心中更加巩固了对伊斯兰的信仰。

阿拉伯人和犹太人的共同祖先亚伯拉罕的妻子撒拉（Sara）与妾哈哲尔（Hager）不和，于是亚伯拉罕不得已地把哈哲尔和儿子伊斯玛仪（Ismail）留在麦加附近的沙漠中。小伊斯玛仪口渴极了，就用脚跟在沙上用力击捣，不久水就从他的脚下流了出来，成为所有穆斯林都熟知的渗渗泉，是去麦加朝圣的人都想去饮水的圣泉。

传说奥格巴有一天骑马时，坐骑踩到沙里的一个杯子，把杯子拿起来后，水就从那里涌了出来；而这个杯子，又正是多年前从麦加神秘失踪的那个杯子。奥格巴于是决定在这里建造一座新城。

凯鲁万从670年开始建造，671年兴建北非最古老的清真寺，人们一般称它为奥格巴清真寺。9世纪，清真寺重建，设立凯鲁万伊斯兰大学。从此凯鲁万不止是阿拉伯人在北非统治的指挥中心，还成为伊斯兰教在北非的传播中心。

今天的凯鲁万仍旧是大批虔诚的穆斯林前往祈祷的圣地，但绝不是观光客购物的好地方。依我看来，坐在一杯咖啡后面，去观察那些从咖啡座前面走过的戴着茉莉花的男人，是对这个文化中心和它那独特的节奏所能表现的最大敬意。

摩洛哥：真正日落的地方

真正日落的地方

公元 8 世纪初，阿拉伯远征军司令策马至直布罗陀海峡南岸的丹吉尔，只见夕阳沉落在茫茫大洋中，往前再也看不到土地，认为这就是世界的“极西”，因而不再前进。在阿拉伯语里马格里布（Maghrib）意为“西方”，即“日落的方向”，泛指北非四国，然而只有面对大西洋的摩洛哥才是“真正日落的地方”。

我第一次看到“真正日落的地方”是在 1998 年 8 月。那天天气很朦胧，我站在西班牙最南端的小镇塔利法（Tarifa）的城堡上，尽管用望远镜，也只能看到轮廓而看不清楚面貌。就像巴西作家科埃略（Paulo Coelho）的著名小说《炼金术士》（*The Alchemist*）里那个牧羊童，我立志有一天要从塔利法渡海到丹吉尔。

2010 年 11 月，我终于登上了从塔利法到丹吉尔的渡轮。下船时，码头大堂里熙熙攘攘，但见不到预先约好的导游。接通了电话，原来他还在路上，要迟到四十分钟。我和妻子在附近的一个露天咖啡座，边等他边观察过往的各色人等。我注意到许多摩洛哥男人都穿着带有尖帽的长斗篷（jellaba），也有不少人穿尖头的拖鞋。我去过很多阿拉伯国家，从来没见过这样的装束，想来这是柏柏尔人的传统服装。

这里让我想到在丹吉尔出生的14世纪的柏柏尔大旅行家伊本·白图泰（Ibn Battuta）。他走得比《炼金术士》里那个牧羊童可远多了，不止去了牧羊童一心向往的金字塔，还在印度和中国住过相当长的时间。离家二十八年后，他回老家时受到苏丹的欢迎，并奉苏丹之命把他的见闻写成了享誉全球的游记。

余生也晚，没遇到过游记中提及的慷慨苏丹们，也没遭遇到大风中翻船的险境。但这些年来我常单枪匹马在“大中东”各地游走，是否在潜意识里受到伊本·白图泰的影响？

色彩斑斓的国家

摩洛哥的地理很有特色。它的最北部隔直布罗陀海峡与西班牙相望。海峡南岸的东端是近几个世纪一直被西班牙统领的休达（Ceuta）；休达正对着西班牙南端的近几个世纪以来一直属于英国的直布罗陀。海峡的西端就是丹吉尔，是去欧洲最直接的海港。

摩洛哥境内，在地中海之南不远的内陆有一道与海岸几乎平行的利甫（Rif）山脉，再稍南有从东北向西南倾斜的中阿特拉斯（Middle Atlas）山脉和高阿特拉斯（High Atlas）山脉，再往南是反阿特拉斯（Anti-Atlas）山脉。摩洛哥的气候、植被、民族、语言和生活方式被这三道山脉大致分成四个区域：最北是地中海型，最南是撒哈拉沙漠型；历史上摩洛哥的心脏地带是中阿特拉斯地区和高阿特拉斯地区。当然，大西洋沿岸是另一个型态。近代建成的两大城市——首都拉巴特（Rabat）和经济中心卡萨布兰卡就在大西洋沿岸。

在大西洋之东、地中海之南和中阿特拉斯山脉之北各约一百公里的肥沃平原上，有两个相比邻的文化名胜。

一个是建于公元2世纪的罗马古城沃吕比利斯（Volubilis）的遗址，

其中的神庙、运动场、精致的庭院和马赛克地板，在在说明古代地中海文明的发达。

每当在新疆见到汉代的烽燧，都会惊叹汉帝国的西陲居然到达如此的远方。在摩洛哥看到罗马帝国西陲的气势恢弘和优美精致的古城遗址时，我再一次体认到，公元 2 世纪时的东西两大帝国确是各有千秋。

附近的另一个文化名胜是建于山丘上的小城，叫做穆莱 · 伊德里斯（Moulay Idris），得名于它的开创者——穆罕默德的堂弟（兼女婿）阿里的玄孙伊德里斯（Idris）。8 世纪中叶，阿拔斯王朝兴起后，他由麦加逃难至此，受到柏柏尔人的接待和拥护，在这片西方乐土上建立了第一个阿拉伯人的什叶派王国。

在这个小城里转了一圈后，我又不禁想到 8 世纪末的唐朝。当时大唐盛世的巅峰已过。杜甫在他的《哀王孙》中，就有“豺狼在邑龙在野，王孙善保千金躯”之句。他当然不知道有阿拉伯落难王孙在摩洛哥重建基业一事，但是他却看到“铁马长鸣不知数，胡人高鼻动成群”（《黄河二首》其一）。

摩洛哥是一个风物宜人、色彩斑斓的国家。以历史的深厚久远、文化的绚丽璀璨、物种的丰富、山河的秀丽，特别是以人们的容貌变化和衣着特色作衡量，它可能是我去过的国家之最——印度是明显的例外。

三个活着的故都

自伊斯兰教传入后，摩洛哥经历了六个本地人建立的王朝，其中三个为阿拉伯人所建，三个是柏柏尔人所建。这些王朝盛衰兴替的因由，自然引起史家的评析，其中不少看法相信对今日各地的统治者仍有“殷鉴不远”的作用。这几个王朝在摩洛哥所留下的有形的都城不但是人类的文化遗产，也是今天摩洛哥旅游业巨大收入的来源。

全世界保持得最好也最有特色的中世纪古城，就是最初由伊德里斯王朝所建的非斯（Fes）。

由于原来的王都太小，伊德里斯二世选中了中阿特拉斯地区的一个有河水流过的山谷兴建新都。在打地基的过程中，据说挖出来一把重达三十公斤的金斧头。阿拉伯文中斧头叫“非斯”，所以这个都城就以“非斯”为名，至今已经有一千二百年的历史。

今天的古都非斯是一个游人如织的迷宫，道路错综复杂，有的狭窄到只能通过一只小毛驴。这里有清真寺、大学，也有餐馆、旅店，当然最多的是销售各种工艺品的商店。我们参观了铜制器皿、地毯和瓷制马赛克的作坊。最有特色的是包括鞣革、染革、制革三道工序的手工作坊。这些工作既辛苦又肮脏，在印度和日本，只有社会最底层的贱民才从事皮革工作。摩洛哥自古以来就以皮革制品著称，而在穆斯林社会里没有种姓和固定阶级之分，我不清楚制革工人是否代代相传。为了支持那些辛苦的手工业者，我以极差的砍价本领买了三十年来第一件皮夹克和好几双预备送人的尖头皮拖鞋。那天是星期五，老板大概心里想到马上要去清真寺祈祷，要做到童叟无欺，所以结算时自动削价，另外还送给我们两个皮制眼镜套。

现存的非斯古城里有几十个清真寺。在中午召唤祈祷的广播响起之前，穿斗篷的导游快步领我们去了一个颇为隐蔽但又可以容下数百人的清真寺。他要进去祈祷，放我们一小时假。各类人等匆匆进入清真寺，不一会儿就挤满了。在其他大都市里，人们在这种情况下就会在清真寺外的街上或广场上朝着壁龛（Mihrab）的方向成排祈祷。可是在非斯的小巷子里，人们只能往里挤。

非斯不止是伊德里斯王朝的首都，从 13 世纪起它也是南部的柏柏尔人在摩洛哥建立的马林王朝（Merenids）的首都。所以，今天的非斯古城分为两个不同时代的区域。

离非斯不太远的另一个古都是梅克内斯（Meknes）。从 10 世纪起，它就是在非斯的阴影下存在的小城。17 世纪中叶兴起，现在仍然掌权的阿拉维王朝选中在此大兴土木。梅克内斯面积比非斯大，人口超过五十万。它给我留下的两个鲜明印象是阿拉维王朝的创建人穆莱·伊斯玛仪(Moulay Ismail)的巨大陵墓和皇城外面广场上形形色色的摊贩，包括一些卖药的江湖郎中。梅克内斯建成三百年后，寂静肃穆的王陵与城墙外熙攘叫唤的小贩，究竟“谁是主人谁是客”，未来应该会提供更清楚的答案。

毫无疑问，今日摩洛哥最吸引人的都市是马拉喀什（Marrakech），摩洛哥的名字就是从这个城市的名字演变而来。

11 世纪中叶，摩洛哥出现了一个以南部柏柏尔人的部落联盟为主要力量，以宗教改革为先导，以统一摩洛哥为目标的宗教军事政治集团，最初是由一位酋长和一位教长的联盟任领导。他们立志“清教”，用虔心敬事真主号召群众，但没有立即成功。其后的继承人组成了一支宗教武装力量，在今天塞内加尔（Senegal）驻扎练兵，将基地称为拉比特（Al-Rabit，意为“驻扎地”）。这支带有平民主义思想的军事力量逐渐把当时在宗教信仰和修持上已经松弛的柏柏尔人组成了一支坚强的力量，称为“穆拉比特”(Al-Murabit，即“驻扎者”)，西班牙人和其他欧洲人以其讹音称之为“Almoravids”。

穆拉比特统一了摩洛哥，建都于马拉喀什，又向北渡海征服了统治西班牙和葡萄牙的摩尔人，一直打到今天的巴塞罗那（Barcelona)。穆拉比特王朝统治北非和西班牙一百余年。当时有许多西班牙的建筑师、学者和匠人来到摩洛哥，促使北非和西班牙进行了大规模的文化交流。

一如 14 世纪北非学者伊本·赫勒敦（Ibn Khaldun）的论述，穆拉比特王朝不能逃避历来此类王朝的宿命。他们为维护封建贵族和军阀的利益，对农牧民征收重税，另一方面又使狂热的伊斯兰教法学者得势。最后朝政腐败，帝王昏庸，以致南部另一个柏柏尔部落借着统一宗教、坚持真主独一性的旗号，建立了新王朝。

这个新王朝在北非和西班牙厉行“独一无二的真主”运动，迫害基督教徒和犹太人，被称为“穆瓦希德”(Al-Muwahhid)，意即“信

沃吕比利斯遗址一角
沃吕比利斯遗址的卫生设备

非斯：世界上保存最为完整的中古城市之一

梅克内斯王宫广场

主独一者”；欧洲人取其讹音，称之为“Almohads”。他们统治北非和西班牙也有一百多年，造成了不少破坏，但也留下了一些饶有特色的清真寺。

幸好我们接受了旅行社的建议，在马拉喀什多停留了几天，能够较为悠闲地去参观当地有名的景点，比如王宫、城门、穆拉比特时代和穆瓦希德时代的清真寺等。1981 年去西班牙旅游，引起我对伊斯兰及其建筑和装饰艺术的兴趣。2010 年在马拉喀什又看到与三十年前看到的非常类似的建筑与装饰艺术，感到十分欣喜和满足，更再度认识到中世纪伊斯兰文化的精致与优美。

还值得一提的是三个旧都城里都有犹太区（mellah）。从 10 世纪到 20 世纪中叶，在西班牙、葡萄牙和马格里布的重要城市都有相当数量的犹太人，他们在这些地方的文化和经济生活中做出了许多贡献。遗憾的是，自从 1948 年阿以几次战争以来，犹太人逐渐离去，多数移民到北美洲、法国和以色列。我在非斯、梅克内斯和马拉喀什所见到的几乎空置着的犹太区就是这段历史的三个注脚。

呼吸欧洲的空气

哈桑二世（1999 年去世）曾经说：摩洛哥是一棵根植在非洲，但叶子呼吸欧洲空气的大树。

由于欧洲近在咫尺，摩洛哥的树叶几乎不可能不吸取欧洲的养分。迦太基的汉尼拔大概是最著名的从摩洛哥到欧洲去呼吸的非洲人。公元 7 世纪，摩尔人曾经越过比利牛斯山，直抵今天法国的图尔（Tours）。公元 11 世纪的穆拉比特和 13 世纪的穆瓦希德军队也都曾经深入西班牙。

公元 14 世纪起，特别是 16 世纪西班牙各地广设宗教法庭时，穆斯林和犹太人不断逃亡到摩洛哥，于是摩洛哥收容了大批欧洲的人才。

19 世纪，摩洛哥大部分归法国治理，小部分由西班牙治理。位置最靠近欧洲的丹吉尔则是国际“自由港”，各国的船只和货物在此都无需缴税。

今天摩洛哥的第一大城卡萨布兰卡是法国人在非洲建设的新型城市。20世纪末期，哈桑二世聘请了一位法国建筑师在大西洋滨的一个岩峰上修建了可以容纳十万人同时祈祷的清真寺和广场。典型北非风格的方柱形宣礼塔高达二百一十米，是摩洛哥最高的建筑物。寺内和广场上的装饰是摩洛哥全国六千位能工巧匠用了几年时间精雕细琢的作品。由于工程浩瀚，所费不赀，引起许多非议，但人们也不能不为这座建筑物的宏伟与精美而赞叹。

好莱坞电影《北非谍影》（*Casablanca*）使全世界许多人都知道在大西洋东岸有这么一个大城市。影片里的Rick’s Cafe成了今天卡萨布兰卡许多酒吧和咖啡馆的范式，包括一个干脆就叫做Rick’s Cafe的“山寨版”。

摩洛哥所有的重要城市里都有一个旧区和一个新区。旧区称为medina，阿拉伯语的意思是市镇，里面街道狭窄弯曲，房屋鳞次栉比；新区叫做ville nouvelle，是法语“新城市”的意思，街道宽阔笔直，两旁是欧式楼房。摩洛哥独立前，大约有二十万法国人住在这些新城市里；今天也有十万名欧美各国人散居在摩洛哥各地。

新城市里的居民都是当地的上层和中上层；旧城里住的主要是工匠、小生意人和一些中下层平民。真正的穷人，多半是新近由乡下进城的，大都住在市郊的棚户区。

摩洛哥城市的住宅区划分了这些人的社会地位。但是他们之间似乎有着相当一致的价值观，那就是照顾家人的利益。国王和大臣，将军和富商，小贩和农民，擦皮鞋的小童和老人，以及大批的失业者，莫不如此。

我们的导游是一位能说英语和法语的新兴中产者，来自南部乡下一个榨橄榄油的小商人家庭，他一般不做祈祷。我们在摩洛哥的最后几天很接近穆斯林的重要节日“宰牲节”（Eid al-Adha）。他早就说好

非斯市内的一家地毯商店
沃吕比利斯罗马遗址的马赛克地板

摩洛哥风情

要替家里买十只肥羊，到时宰了分给乡亲们吃。一路上他天天打电话询问买到了几只什么样的羊。他告诉我们，他父母的住房是他出钱修建的，妹妹上学也是他供养的。我发现，我越是在发展中国家游历，越觉得离开中国不是很远。

然而，摩洛哥城市里有着大批呼吸了欧洲空气的中产阶级，也有许多受激进伊斯兰思想影响的市民。前者盼望社会更加现代化，渴求政治上的自由和生活上的自主；后者责怪政府专权却又不能满足他们的生活需要，同时还偏离了他们奉为正道的宗教信仰。

在大中东地区所有国家都处于巨变的浪尖或边缘的时刻，这棵长在真正的日落之地的大树，能否因为根深枝壮而顶得住将要来袭的飓风呢？

希腊：金融和债务危机中故地重游

希腊与中东的碰撞融合

2010 年 2 月，就在全球华人欢度春节的时候，我隐约感觉到国际金融海啸的第二波可能要在希腊登陆。3 月初收到邀请，要我 4 月中到土耳其讲学一周。于是我决定早几天出发，再到希腊探访一趟。第一次到希腊已是半个世纪之前了，之后也只去过一次。

毫无疑问，希腊是现代欧洲文明的发源地。它也是从伊拉克到巴勒斯坦的“肥沃新月”文明的继承者。公元前 9 世纪，希腊人从米诺斯人或是腓尼基人那里学到使用字母，由此创造了希腊字母。公元前 5 世纪起，波斯帝国统治小亚细亚（现在土耳其的主体），势力直达爱琴海（Aegean Sea），并且曾经三次进攻希腊。公元前 4 世纪，亚历山大征服波斯，使希腊和埃及、黎凡特、美索不达米亚以及波斯彼此相连为一个帝国。从公元前 2 世纪起，罗马帝国和它的继承者拜占庭帝国统治小亚细亚和埃及将近一千年，小亚细亚的文化和语言因而希腊化。公元 12 世纪起，信奉伊斯兰教、说突厥语的塞尔柱人和奥斯曼人又统治小亚细亚八百多年，统治巴尔干半岛五百多年，将大部分领地伊斯兰化和突厥化。因此，希腊文明的许多遗迹，包括最著名的特洛伊（Troy），都在今天土耳其境内；希腊的许多岛屿，如著名的罗得岛（Rhodes），距离土耳其海岸不过咫尺之遥。

多世纪来的共同生活经验使今天的希腊和土耳其既有政治的争议，又有文化的重叠。文化重叠最直接的例子就是饮食。两国人都会用一根旋转的柱子烤肉；土耳其人和希腊人日常吃的生菜（salad）也几乎是一样的；两国都视一种用大茴香酿制、加水之后会变为乳白色的烈酒为国酒，希腊人称之为 Ouzo，土耳其人称之为 Rake。1923 年，土耳其和希腊经过战争后签订了《洛桑条约》（Treaty of Lausanne），进行领土和人口的交换。因此今天的希腊和土耳其确实是你中有我，我中有你。

当前中东地区不稳定因素之一是地中海东部的岛国塞浦路斯。它与土耳其、叙利亚、黎巴嫩和以色列的距离都很近，因此是一个方便国际恐怖分子和间谍活动的地方。塞浦路斯自从 1960 年从英国手中独立后，尤其是 1974 年土耳其军队入侵之后，实际上是希腊裔和土耳其裔人口南北分治的岛屿，从来没有过真正的统一和国家认同。

由于希腊位于地中海的东北部和巴尔干半岛的东南端，自从 2011 年叙利亚内战以来，希腊便成为海上难民的登陆之地和陆上难民的西进北上之路。

无论从地理位置上看，从历史文化角度看，还是由当今国际政治现实来看，希腊的命运都与它东面的几个国家无法分开，因此我认为它是“大中东”的一部分。但是作为欧洲文明的源头，它和欧洲更是紧密相关，是欧盟无法甩脱的一员。

2010 年 4 月 8 日傍晚我到达雅典，第二天的报纸就有一条消息，说希腊政府在一个月之内就要破产。而早前希腊的公务员总工会曾经发起大规模游行，抗议政府提出的削减开支方案。在希腊有巨大投资和商业利益的德国，坚持要希腊先改革，然后才能用欧盟的钱解救希腊的危机。一年多之后，经过多次谈判以及希腊政府的节约开支计划，希腊的财政危机仍然未能获得缓解。这个危机一直拖了四五年。

希腊的债务危机引发了希腊政府的变动，也暴露了欧盟的弱点。经过几年的拖欠、示威、要挟、谈判、救急，再拖欠、再谈判、再救急，全民公投，勉强妥协，希腊当今的民粹主义政府终于采取了一些欧盟所要求的节俭措施，欧盟在希腊偿还债务的期限上又一次给予宽容，并且再度给予救急款项。根据最近几年的数字，希腊政府欠下的总债务是希腊全年 GDP 的百分之一百五十到百分之一百七十五，即平均每个希腊人欠外国债主三万到四万美元。在这样一个窘困的财政状况下，没有人愿意勒紧裤带，政客们为了选票也不愿推出有效的节约方案和结构性改革。他们想的只是如何赢得下一次的选举。

2016 年夏天，我又有机会去了希腊的罗得岛、圣托里尼岛和雅典。前两个海岛历来是旅游胜地，与以前没有什么差别。雅典则是经过了“阿拉伯之春”与债务危机的双重冲击。由外观上，看不到巨大的改变。但是在心理上以及居民的情绪上，我却清楚地体会到欧盟当前的困境。希腊人对于福利社会的依赖，以及对于工作时间的计较，对我这个常住香港的人来说，实在是太求自己享受而不顾全大局了。德国、英国、法国人如果有他们的福利和舒适的生活方式，还有他们各自的支撑点。希腊人的要求基本上超过了他们国家的物质条件和经济水平。这样过日子的长期结果会是什么，正是欧盟主要国家既不能不管，却又管不了的困境之所在。

然而，希腊作为大中东危机的一部分，它在难民危机中，可以作为欧盟的减震器。但是在避免欧洲失去全球竞争力方面，希腊的贡献是什么？我还没有找到答案。

轮胎店里的“跨文化研讨会”

这里我要回述一下我第一次到希腊的情况。

1963 年，我在埃塞俄比亚探访我父母的时候，他们那里 Firestone

汽车轮胎的代理商是希腊人。他告诉我，他父亲在二次大战前来到埃塞俄比亚，一直做汽车轮胎生意。他又说，其实住在希腊境外的希腊人比住在本国的人口还要多。

听到我父亲和我用中文交谈的时候，他告诉我们，他很高兴听到真正的中文，因为在希腊语里，如果遇到艰深难懂的文字，就会说“这是中文”，正如同英文里常用的“This is Greek to me”。我说，我们中国人在这种情况会说：“This is like a book from Heaven！（这简直是天书！）”他立刻说：“A book from Heaven”就是《圣经》嘛！难道中国人都看不懂《圣经》？

我认为，我生平第一次参加的“跨文化研讨会”，是 1963 年在埃塞俄比亚古都贡德尔的一个汽车轮胎店里举行的。

这位以卖汽车轮胎养家的跨文化学者知道我即将去希腊之后，给了我一个“tip”（粤语译为“贴士”），说希腊的出租车司机和礼品店商人对外国游客经常会狠宰一刀，千万要当心！

大约两个星期之后，我到雅典游览两日，一切顺利，没有被宰。我当时想，轮胎店老板对我的警告有些言过其实。

当时希腊还是君主政体。游览节目之一就是参观身着古装的皇宫卫士换岗。当然，位于雅典城中央山顶上，建于两千五百年前的卫城（the Acropolis），特别是雄伟壮丽的帕特农（Parthenon）神庙是任何游客绝不能错过的。除此之外，我的收获不能算很大。主要原因是我那时对希腊神话里那些关系复杂的神灵知道得太少，看了这里忘了那里，至多是拍几张照片，证明曾经“到此一游”。坦白说，希腊神话里的那些故事对我来说不啻是“天书”。

但是我也有我自己的独特观察。在埃塞俄比亚时，见到的本地人都很瘦，一般人的小腿由膝盖削直而下直到脚踝。到了希腊，见到好多有腿肚的小腿，再对照博物馆里的人体雕像，我的印象是希腊人无论古今身材都很匀称。

“三世三公”

1967 年，我正在美国西北大学读博士。希腊军人利用国王与总理的政治斗争发动政变。康斯坦丁国王被迫逃亡国外，与他不和的总理乔治 · 帕潘德里欧（Georgios Papandreou）则被监禁。后者的儿子安德雷亚斯 · 帕潘德里欧（Andreas Papandreou）曾担任西北大学的经济学教授，此后一直在报纸和电视上抨击军政府的独裁和美国政府的支持与纵容。

几年后，这位教授带着他的美籍妻子回希腊参与政治，组成亲西方的社会主义政党联盟，于 1981 年当选总理，继承了他父亲的事业。在他领导下，希腊加入了欧洲共同体，并且引进了很多西欧发达国家的福利制度。希腊在安德雷亚斯 · 帕潘德里欧执政的十五年间吸引到很多外来投资，经济势头很旺盛，比其他巴尔干半岛国家，包括它的强邻兼对头土耳其都要好得多。

他有一次在飞机上邂逅了一位空中小姐，引出一段白首红颜的恋情。但由于他的政策深得人心，这段喜新厌旧离婚再婚的绯闻也没有影响到他的政治生涯。他连任三届总理，1996 年病逝。

最近备受财政赤字困扰，多次上电视节目辩解政策的希腊总理乔治 · 帕潘德里欧是安德雷亚斯之子，被军人监禁的那位与他同名的总理之孙。祖孙三代人都能担任总理，说明豪门政治、血缘关系在希腊社会还是很重要。社会党联盟多年执政，使公务员系统臃肿，福利政策又过于“慷慨”，今天的财政危机也就其来也有自了。

“流动的宴席”

2010 年 4 月的雅典，春暖花开。我在大街小巷流连，到处都是熙熙攘攘的餐厅和咖啡座，恰如海明威形容的巴黎那样，是一个“流动的宴席”。我在雅典城内最高的 Lycabettus 山顶眺望远处，千万座白色

从酒店阳台远眺雅典卫城
正在换岗的皇宫卫士（1963 年）；该仪式保留至今

4月里阳光和煦的雅典有如流动的宴席
雅典街头出售的面包

的方形住宅大厦填满了几个山谷，和远方蔚蓝的海水相映成趣。我住的旅馆就在 Lycabettus 山腰，从我房间的阳台上可以看到卫城的全景。

我花了三个钟头仔细地参观了去年才开放的新卫城博物馆（The New Acropolis Museum）。它坐落于雅典卫城附近，建筑新颖壮观，展馆的设计能使历史感和真实感相结合，而展品的安排也是繁简有度，井然有序。据说重建一个全新的卫城博物馆是希腊著名演员，也是希腊第一位女文化部长 Melina Mercouri 的倡议。可惜她在 1994 年就已经去世了。

除了博物馆，雅典为了 2004 年的奥运会大兴土木：地铁系统非常现代化而又富有文化气息与艺术感，许多旧建筑都焕然一新，体育场馆的新颖就更不必提了。

民富国穷

我参加了一个自雅典沿海岸线向南的半日巴士游。这仅仅半日的游览解开了我对雅典的繁华与经济危机并存的困惑。

一路上依山傍海的地方都是崭新的现代化别墅，几乎家家都有游泳池和花园。导游说这都是最近十几年里发了财的人所建。这些人平时在雅典赚钱，周末到别墅小住，所以沿海公路上的高级餐馆极多。

那天晚上 9 点钟左右，我拖着疲惫的身体到旅店附近一家餐厅去吃晚饭。门口有警卫站岗，里面布置得很精致而有品位。一看菜单，知道原因了。但是既来之则安之，何况地方很舒适，人也不多。哪知道在吃到一半时，人开始多了，喧嚷到不亚于星期日中午在香港饮茶。

食客都是坐奔驰、宝马之类的好车来的，由司机开进这条窄街。在我对面用餐的是一对美籍希腊人，他们是芝加哥的房地产开发商，也想在希腊找机会。从他们口中，我知道在希腊投资需要计算另一笔在美国不许报账的“隐形成本”。他们说，希腊社会要有关系才能办事。上学、看病、买飞机票都要认识人；需要政府批准的事还要有送礼的渠道,而政府的规定永远在变,官员们可以随时说你手续不全或是违章。这顿饭不便宜，但是很值。它让我体认到另一个文明古国在现代化过程中的一个侧面。

离开雅典时，我习惯性地要旅馆的门卫替我叫一辆出租车。他迅速地帮我找到一辆，司机能说不错的英文。到了飞机场，他说要六十五欧元，而价码表上明明是三十二欧元。我和他理论，他却说，可是我可以给你开九十五欧元或者任何价钱的发票，不是对你我都好吗？我给了他四十欧元，心中突然想起许多年前那位轮胎店老板给我的忠告。

后来我从报纸上看到一则消息：从人造卫星照片，可以见到雅典近郊有几万个家庭游泳池，而根据希腊政府的税收记录，只有几百个业主申报了自己的游泳池。我想起早前中国媒体上时常提到的“国富民穷”，这回我可是找到了一个“民富国穷”的例子。

希腊：古典希腊文化与西学东渐

“西哲”与“西学”

我在台湾读大学的时代，一些醉心西方文学的“前卫”青年喜欢讨论古希腊的悲剧，也有些不食人间烟火的朋友会讲些普罗米修斯盗火到人间的故事，当然还有一位著名诗人写下了“今夜的星空很希腊”这个名句。对他们来说，这比讨论后羿射日、嫦娥奔月，考究燧人氏故事的由来和咏颂“昨夜星辰昨夜风”要“现代”得多。且不论这些人的文化取向如何，他们的言行确实是“西风东渐”的明证。

“西风东渐”这个语词在许多护卫国本者的口中总有一丝无可奈何的意味。但是，人们对于只有一字之别的“西学东渐”又应该如何看待呢？

明清之际，西学之东渐可说是从意大利人利玛窦（Matteo Ricci）1583年来华传布天主教开始。我认为利玛窦在东西文化交流史上最大贡献是他首次把希腊古典时代的数学介绍到中国来。他用传授以理性主义为基础的学问作为传播信仰的手段，以此打开了某些中国士人通往神灵世界的心扉；他也使更多中国士大夫认识了一种以往从未接触过的知识领域和思维方式。

对于完成于公元前300年的“欧氏几何”(Euclidean Geometry),大臣徐光启除了心中霍然闪出一片亮光，也许还杂有几分疑惑：为什么希腊人在我国战国时代已经具有如此精密深邃的推理方式？假如与孔夫子同时代的毕达哥拉斯（Pythagoras）能把数学视为一种理性而客观的科学，推导出放之四海而皆准的定理，那么孔子所提倡的“礼、乐、射、御、书、数”中的“数”是以什么为根据呢？

此后，接着被介绍到中国来的古典希腊哲学、天文学、地理学、医学、建筑学、美学（包括绘画与雕塑），无一不令肯花工夫去认识这些成就的中国知识分子深为折服，因而颇怀敬意地把从古希腊文明派生出来的近代欧洲文明称为“西学”，隐然感到“西哲”在许多方面可能胜过中土的先哲。

希腊不只在西方，而且在包括中国在内的东方，被毫无疑义地认为是一个文化大国。

希腊人的文化认同

其实，希腊是欧洲东南部的一个小国。人口大约一千万，面积约十三万一千平方公里，全境约八成是山地，有一千四百个岛屿，海岸线弯曲，长达一万一千六百公里。希腊的地理环境不适宜大规模耕种，也不容易建立亚洲和埃及的农业社会所产生的帝王制度。但是希腊的地理适合航海贸易。所以希腊的文化从来都以出海贸易和移民为基本形式。它位居地中海东部，与小亚细亚的赫梯帝国和埃及都接近，吸收了它们的文化，大约在公元前3000年就能铸造颇为精美的青铜器，也能制作细致的彩绘陶器。这个时期的希腊文化中心在克里特（Crete）岛上，后来传入希腊半岛和小亚细亚的西部。

虽然希腊人并不属于同一个政治组织，但是他们有共同血缘与语言，有同样的神灵崇拜与神话。各种全希腊的竞技（如奥林匹克运动

海神波塞冬（Poseidon）神庙，位于面对爱琴海的苏尼翁角（Cape Sunion）
雅典卫城帕特农神庙

希腊国家图书馆
吹风笛的街头卖艺者

会）、诗歌比赛和戏剧演出使他们有共同的文化认同。四千年来，希腊人的语言一直没有很大的改变。尽管他们的统治者和政治归属屡经变更，希腊人的自我认同一直保持了下来。

我在加拿大的麦吉尔大学任教时，有一位希腊同事。他思维敏捷，情感强烈，言辞犀利。因为他知道我去过希腊，有一回他跟我提起他每天晚上都给他那五岁的儿子念一段荷马的叙事诗。据传是盲诗人荷马在公元前 8 世纪所著的叙事诗——《伊利亚特》（*Iliad*）和《奥德赛》（*Odyssey*），是希腊文学的奠基作品和无上瑰宝，里面充满了精彩感人的情节和爱国爱乡的情感，其基本精神就是希腊人一定要团结才能免于灾祸的降临。我问他，儿子年纪那么小，能懂这么深奥的文学作品吗？他不假思索地回答：小时候他爸爸也教他念这些，小时候只能懂一部分，大了自然就会懂。这就是他们希腊人的文化基因，没有这些还能有希腊人的文化认同吗？

八个年份划分的历史

大体说来，希腊的全部历史可以用八个年份来划分。

第一个是公元前 800 年左右。希腊人此时已借用并改进了腓尼基人所创造的字母，产生了《伊利亚特》和《奥德赛》这两部不朽的文学作品。希腊在这个时期展现了经济、政治和文化的巨大进步。

第二个是公元前 479 年。希腊击败了波斯的第三次进攻，成为地中海世界的霸主；这是希腊的雅典、斯巴达最为强盛和古典文明最为兴旺的时期。雅典自由民之间的民主政治和斯巴达奴隶主的全民军事化制度可以说是古典希腊城邦政治的两种典型。苏格拉底、柏拉图、亚里士多德等人是古典希腊哲学和科学的代表人物。

第三个是公元前 323 年。这一年亚历山大大帝（Alexander the Great）逝世；此前，他的马其顿王国已经征服了希腊的各个城邦，以及埃及、叙利亚、波斯、中亚各地和印度河流域的一部分。他的去世标志着古典希腊的终结，也是希腊文化向四周扩散的“希腊化时代”的开始。因为尼罗河每年都会泛滥，改变耕地的面积与形状，所以丈量土地成为非常重要的工作。也就是在这个时期，几何学（geometry，意为“土地之度量”）达到了高峰。

第四个是公元前 30 年。罗马的奥古斯都（Augustus）征服埃及与小亚细亚，罗马帝国的力量达到顶峰。但是，罗马人的宗教信仰、生活习惯、建筑、修辞学、美学都转向希腊学习；政治上的征服者变成了文化上的被征服者。

第五个是公元 330 年。罗马的君士坦丁皇帝（Emperor Constantine）决定把首都迁到位于黑海口的拜占庭（Byzantium），改名为君士坦丁堡（Constantinople）；五十年之后罗马帝国奉基督教为国教。再不久，在罗马和君士坦丁堡各有一个皇帝。公元 476 年，西罗马帝国被属于日耳曼民族的西哥特人灭亡。东罗马帝国（East Roman Empire，即拜占庭帝国）在两个世纪后则完全希腊化，正式用语改为希腊文。

第六个是公元 1071 年。这是拜占庭帝国衰亡的起点，也是小亚细亚逐步突厥化的开始。

第七个是公元 1453 年。奥斯曼突厥人攻占君士坦丁堡，东罗马帝国正式灭亡。希腊成为奥斯曼帝国的一部分。

第八个是公元 1830 年。虽然经过近四个世纪的奥斯曼统治，希腊人由于教会自治，始终保持了民族和文化认同。19 世纪，西欧的民族主义开始在希腊人中传播。这时欧洲著名的知识分子，如英国诗人拜伦、雪莱，法国作家雨果等，为希腊独立鼓吹并筹款。1830 年欧洲列强承认希腊为独立国。

在下一篇中，我会简单地描绘一些拜占庭时代和奥斯曼治下的希腊文化风情画。

永远的文化大国

近几年我时常在内地作有关中国文化、西方文化以及伊斯兰文化的演讲。听众最常提的问题是："你如何看李约瑟难题？"也就是"既然中国在16世纪之前的科学技术一直领先西方，为什么现代科学和工业革命没有在中国出现？"

我常说："让我回答一个相关的问题，那就是，为什么现代科学出现在西方。"现代科学之所以出现在西方有三个要素：古典希腊文明、中古伊斯兰文明和近代欧洲的文艺复兴及启蒙主义。

假如说古典中国文明的主要关注点在人的今世和社会伦理，古印度文明的主要关注点在人的心灵活动和自然界(包括一切生命)的创生、持续和毁灭的过程，古埃及文明的主要关注点在神灵与统治者的结合和身后世界，古典希腊文明更多的关切是在寻找自然界的奥秘和发现真理的途径。因此在所有古代文明中，希腊文明更加注重客观真理和理性思维。

许多古代希腊著作被翻译为阿拉伯文，并成为早期伊斯兰文明的学术根源。无论在实际的学科如天文、地理和医学，还是在抽象的哲学、法律和教义中，伊斯兰学者都大量借鉴了古典希腊的著作。即使在宗教法律的解释中，伊斯兰学者也承认并且注重模拟推理和众人公决的原则。

12世纪之后，正统伊斯兰趋向保守，失去了思维创新的动力。但是，同时期的欧洲却逐渐从几百年的梦魇中苏醒。通过西班牙、西西里和北非各地的接触，许多欧洲学者把大量阿拉伯文的著作，包括很多早期翻译自希腊文的著作转译成拉丁文。这些著作随着纸和印刷术的应用使欧洲的教育普及起来，学术氛围浓厚起来。15世纪，奥斯曼人占领希腊以后，许多希腊学者流亡到西欧，成为欧洲上层子弟的教师，从而使原先被保存下来的希腊文著作也发挥了积极的作用。

文艺复兴时代的人本主义，启蒙运动的理性主义，都以希腊古典

2 世纪罗马皇帝哈德里安 (Hadrian) 的图书馆

著作为滥觞。这就是现代科学出现在西欧之原因所在。这也是为什么不论今天的希腊陷于何等严重的金融或是政治危机，它将是永远的文化大国。

拜占庭：说希腊语的罗马帝国

拜占庭帝国的本质

拜占庭是古希腊时代位于博斯普鲁斯海峡与黑海交汇处的一个村落的名字。公元 330 年，罗马皇帝君士坦丁把首都从罗马迁移到这个战略要地之后，将它改名为新罗马，后来又改称为君士坦丁堡。

历史上从来就没有过“拜占庭帝国”。公元 1453 年，为抵抗奥斯曼突厥人而战死在君士坦丁堡城墙上的第九十五位也是最后一位罗马皇帝，并不知道他自己是“拜占庭”帝国的皇帝。

东罗马帝国灭亡二百年之后，一位德国历史学家首先用“拜占庭”这个词来指东罗马的政治、文化、历史等。后来的历史学家一而再、再而三地援引这个用法。

从本质上看，“拜占庭帝国”是由罗马政体、希腊语言（与文化）和基督教这三大元素所组成。也就是说，罗马贵族在古希腊文化的领土上与本地人共同生活，大家逐渐皈依了基督教，但仍用罗马的政治结构和法律治理国家。

君权、军权、神权、教权

罗马帝国自从奥古斯都之后，皇帝一般由军事领袖们相互推选，是国家至高无上的领袖，有军队指挥权、征税权、施政权、立法权和司法权。同时，早期罗马皇帝还有和中国“天子”类似的超越于法律而近乎“神”的地位。纵观世界历史，“枪杆子里出政权”是一个普遍现象，这个说法在早期欧洲的表现就是罗马帝国由军人当皇帝。

罗马帝国迁都君士坦丁堡后不久，基督教成为国教，皇帝也是基督教徒，所以很难再继续以人扮“神”。拜占庭皇帝对宗教领袖有很大的影响力，但宗教领袖又要为皇帝加冕和祈祷，所以两者之间有若干制衡。总体而言，大权操在掌握军权的皇帝手中。

在西部被日耳曼人占领的地区，罗马帝国已然灭亡，没有了皇帝，因此罗马的拉丁教会成为保存罗马传统的唯一社会力量，罗马教宗自然也就成为西欧社会的最高精神领袖。但精神领袖有时还会被有野心的封建领主挟持，所以罗马教宗自己又和封建领主一样，也拥有领土与军队。耶稣说：“上帝的归上帝，凯撒的归凯撒。”良有以也！

君士坦丁皇帝与“三位一体”

今天世界上通用的“公元”纪元，用意是以耶稣出生的那一年为一个新时期的起始。但在当时，一个犹太男童诞生在罗马帝国辖下的巴勒斯坦，是一件根本不会被人注意的小事。

耶稣诞生三百多年后，罗马皇帝君士坦丁在梦中受到启示，让罗马士兵作战之前把基督名字的简写画在军旗和盾牌上，第二天战争果然大胜。从此他倾心基督教，并决心把耶稣从犹太教里的一个宗派领袖升格为地中海世界的救世主。君士坦丁以皇帝的身份于 325 年在尼西亚（Nicaea，即今天土耳其的伊兹尼克 [Iznik]）召开了基督教的第一次大公会议，试图解决当时基督教不同领导人对教义的不同见

雅典市中心建于 12 世纪的拜占庭风格的圆顶教堂

解。其中最难以调和的是对于上帝“三位一体”的理解。在各方争执不下的情况下，君士坦丁皇帝一锤定音，决定独一无二的上帝又分为本质上属于一体但位格不同的圣父、圣子、圣灵三位。

这时他还没领洗成为基督教徒，但因为他是皇帝，所以就有对宗教的发言权。

皇后 · 舞娘

拜占庭帝国最杰出的皇帝是查士丁尼（Justinian，527—565 年在位）。他既有领军恢复西罗马失土的雄图，又有扎根希腊建设东罗马的决心。他在君士坦丁堡修建了许多重大工程，最著名的就是经典拜占庭建筑圣智大教堂（Hagia Sophia）。他也制定了许多法律，有关政治、财务方面的以拉丁文撰写，有关民生、社会的则以希腊文撰写。他去世后，拜占庭帝国就正式转为希腊化了的罗马帝国，拉丁文逐渐远离了人们的生活。

查士丁尼和他的皇后蒂奥多拉（Theodora）都不是贵族出身。他出生在马其顿的农民家庭；她则是马戏团驯兽师的女儿，遇到未来的皇帝之前，一直是一个脱衣舞演员。在某些时刻，蒂奥多拉比查士丁尼意志更坚强也更果断。

查士丁尼大兴土木，征税很重，不少平民因此对他不满。在某次传统的星期日马车比赛后，平时支持绿色车队的平民和支持蓝色车队的上层市民起了冲突，结果“绿营”和“蓝营”双方掀起街头暴动，不久人群就开始放火，并冲击皇宫。局势紧迫，查士丁尼考虑出城暂避。蒂奥多拉此时义正词严地说：外面闹事的是绿党和蓝党，你是紫色的（皇帝穿紫色袍），所以你哪里也不能去，只能留在城里平息骚乱。

东西基督教会的分裂

拜占庭和它的“盟友”威尼斯为了它在意大利南部的领土和威尼斯在东部的贸易特权，时有摩擦。待到占领西欧的日耳曼族渐渐有了自己的力量，代表西欧的拉丁教会和代表拜占庭帝国的希腊正教也就刚好在这个时期产生了不少教义和教规上的龃龉。

公元1054年，罗马教会和希腊教会正式破裂。双方互相宣判对方为异端，并因此作出等于宣判对方入地狱的互相“开除教籍”（Excommunication）的绝罚。双方的分歧点本来都是可以当作“内部矛盾”处理的问题，但在东西两方各有自己的利益的情况下，可小可大的问题造成了持续将近一千年的东西教会的分裂。

拉丁教会和希腊正教都承认尼西亚大公会议的决议：上帝（或称天主）是“三位一体”的。但是，东正教认为是圣父化生圣子又化生圣灵；拉丁教会认为，圣父化生圣子之后，圣父和圣子共同化生圣灵。这应该说是神学上的分歧，不是人人关心的问题。其实，双方的歧异是在分裂之后才更为被人注意，说明这个神学问题是东西教会分裂的口实而不是主要的原因。

分裂的其他表面理由还包括：安息日是否要守斋，弥撒中圣餐的面包应否用不发酵的面？

一直到20世纪末，两位各自被认为是耶稣在世上代表的宗教领袖，即天主教的教宗和东正教的大牧首，才言归于好，互相撤回1054年的决定。一千年来双方信众的亡灵究竟去了哪里，历史也说不清楚。

"硬实力"与"软实力"

公元5世纪末，西罗马帝国灭亡。东罗马拜占庭帝国雄视巴尔干半岛、意大利南部、小亚细亚和地中海东部各岛屿长达五百年。第11世纪起，又在领土缩小、强敌环伺的情形下继续生存了将近五百年。前后一千年的王统传承和对外统御，超过中国历史上任何朝代。

拜占庭的立国之道就在于它能把经济力量与军事力量配合使用，让它们相互促进。它长期是地中海贸易的中心，亚欧交通的枢纽。众多的海港、大批的船舰、多民族的人口使它的经济充满活力。

拜占庭政府经济力量很强，有许多固定收入。第一，所有通过博斯普鲁斯海峡和达达尼尔海峡的船只都要交纳通航费，只要有力量执行就可以坐地收钱。第二，政府垄断境内的粮食和丝绸贸易。

希腊人最早认为中国的丝是树上长的，早期它只能从波斯买中国的产品。但是在6世纪中叶，查士丁尼派了两个教士到中亚当商业间谍，把那时中亚人早已学会的养蚕术和制丝术学到手，并用两只挖空了的竹手杖带回去一批蚕茧，呈交给皇帝。

拜占庭帝国公元4世纪初发行的金币，一直到11世纪中叶在亚欧各地都是通用的货币。它的成色维持八百多年不减，发行量保持稳定，深受各国商人的信任，简直就是"中世纪的美元"！

军事上，拜占庭多世纪来一直有一个秘密武器"希腊火"（Greek fire）。那就是可以像近代的火焰喷射器一样，从船上喷射出一种硫黄和硝石的混合物，能够在海面上长时间燃烧而不熄灭。

拜占庭的“软实力”就是它的文化。一个是宗教，另一个是语文，而两者是连在一起的。拜占庭“软实力”最为明显的例子是对斯拉夫民族的教化。9世纪时，一个多瑙河之北斯拉夫民族的小国国王，请求拜占庭派人去他的国家传播基督教。拜占庭派了长期在北方居住、通斯拉夫语的Cyril和Methodius两兄弟。他们除了宣扬基督教义之外，还以希腊文的大写字母为基准，创造出一套今天斯拉夫民族通用的西里尔字母（Cyrillic alphabet），并用这套字母拼写的斯拉夫文翻译了《圣经》。

大部分斯拉夫民族，如俄罗斯和乌克兰，都是因此才有了文字和民族宗教。斯拉夫教会把这两位希腊兄弟视为圣人，拜占庭的“软实力”不可谓不强矣！

一个独眼人和九十九个瞎子

9世纪末，保加利亚的国王曾在君士坦丁堡留学，并受洗为东正教徒，被称为“半个希腊人”。但是他就任国王后，企图以保加利亚人为核心建立一个神圣同盟，并对拜占庭发动进攻。他虽没有成功，但是此后一百年间保加利亚人仍然持续有取拜占庭而代之的野心。

公元1014年，拜占庭皇帝在马其顿亲自应战保加利亚军队，大获全胜。他把俘虏的保加利亚士兵分为一百五十队，每队一百人，下令将每队中的九十九人的双眼挖掉，将剩下一人的一只眼挖掉。然后命令这个独眼人带领其余九十九个俘虏回家。保加利亚国王见到这个惨状，第二天就一命呜呼！

自此以后，保加利亚就没有再威胁过拜占庭帝国。

第四次“十字军”东征后在黑海南岸的特拉布宗所建的圣智教堂，与伊斯坦布尔的圣智教堂同名

有这样的朋友，还需要敌人吗？

历史真是充满讽刺！罗马人本是希腊人的亲戚加邻居，他们征服希腊人之后信奉了基督教，不久被一批北方的民族灭亡。罗马的国号要靠希腊人继承，灭掉罗马帝国的北方民族倒成了基督教的捍卫者。

1095 年，罗马教宗倡议欧洲人组成“十字军”，对占领圣地的异教徒穆斯林进行圣战。“十字军”前后一共发动了七次大规模的东征。他们的敌人和目标都应该很清楚，那就是占领耶路撒冷和盘踞在巴勒斯坦和今天黎巴嫩、叙利亚一带的穆斯林。

怎知“十字军”第四次东征时（1204 年），竟然占领了君士坦丁堡，洗劫三日，并且把拜占庭瓜分为若干小公国，其中有拉丁公国，也有希腊人自立的公国。拜占庭在希腊的许多海港和其他岛屿都变为威尼斯所有。此后虽然拜占庭又夺回君士坦丁堡并且恢复了运作，但是元气已伤，难以振作了。

“落日照大旗”。此后，拜占庭帝国花了一千余年搭建的舞台，就只等从蒙古高原经过八百年西游而来的奥斯曼突厥人，来展现他们结合突厥、阿拉伯、波斯和希腊文化的奥斯曼风采了。

塞浦路斯：大国博弈下的岛国

“上帝的归上帝，凯撒的归凯撒”

我上初中时曾读到过一条新闻：地中海东部海岛塞浦路斯的居民与英国殖民当局展开武装斗争，不是为了独立而是想要和希腊统一。这给我留下了深刻的印象。

从此我对塞浦路斯的情况一直保持兴趣。后来知道，塞浦路斯位于希腊之东，土耳其之南，叙利亚之西，埃及之北，地理位置十分重要。岛上以希腊人为主，也有土耳其人；英国和土耳其都不愿意它成为希腊的一部分。

1960 年，经过几年的外交谈判，塞浦路斯在英国、土耳其和希腊的“共同保证”之下被宣布“独立”，由一向主张与希腊统一的希腊正教大主教马卡里奥斯（Makarios）出任总统。基督教的传统是“政教分离”。耶稣就说过，“上帝的归上帝，凯撒的归凯撒”。伊斯兰的哈里发都是宗教领袖兼政治领袖。但在 20 世纪的希腊正教社区里有一位大主教，在他自己并不希望见到独立的家园，被人拥立为“世上的凯撒”，这不能不说是一个奇特的现象。但是如果考虑到塞浦路斯是在伊斯兰文化圈边缘的地中海东部，这个现象也就不怎么难以解释了。这本《大中东行纪》也包括塞浦路斯，就更是理所当然了。塞浦路斯独立之后，英国继续拥有岛上军事基地和附近领海的主权。我开始明白为什么一向支持希腊的英国竟然会和土耳其一道，反对塞浦路斯加入希腊。从1963年到1974年，塞浦路斯岛上的希腊裔居民与土耳其裔居民冲突不断，名义上统领全体国民的“大主教”总统完全发挥不了统御的作用。

塞浦路斯问题

1974年，希腊的军人独裁政权受到国际舆论的压力和国内的强烈反对后，决定使用“民族主义”这个险招，在塞浦路斯策动政变，推倒了“大主教”总统，直接要求与希腊合并为一国。

这一招激怒了土耳其，于是以保护土耳其裔塞浦路斯人为名，占领土裔人口居住的塞浦路斯北部，促使部分北部的希腊裔居民逃往南部。希腊军政府的险招未能奏效，在土耳其出兵后不久就被推翻。

1980年，土耳其军人也发动政变，更换民选的文人政府；新上台的内阁同样以民族主义作为争取民心的手段。

此后，虽经美国和联合国多次调停，双方始终不能取得协议。1983年，土裔塞浦路斯人在土耳其的“协助”下宣布成立“北塞浦路斯土耳其共和国”（Turkish Republic of Northern Cyprus），并且开始接受来自土耳其的就业移民。希腊右派军人的谋略真是“赔了夫人又折兵”。

今天的塞浦路斯是一个分裂的国家。在这个总面积不到一万平方公里，居民总数略超过一百万人的岛上，其中大约八十万希腊裔人口（还有少数亚美尼亚人［Armenians］和说阿拉伯语的马龙教派基督教徒）组成塞浦路斯共和国，统治全岛约六成的面积；另外大约二十万土耳其裔人口组成“北塞浦路斯土耳其共和国”，统治不到四成的土地。前者受到国际社会的普遍承认，2004年单独加入欧盟，目前

塞浦路斯古代绘画

使用欧元；后者只有土耳其和阿塞拜疆两个国家承认。

塞浦路斯一直是美国的棘手问题，因为土耳其和希腊都是美国在“大中东”的盟友以及北大西洋公约组织的成员。他们之间如果互动干戈，会让美国感到“亲者痛，仇者快”。所以美国多次派出特使从中斡旋，好不容易才达到目前依据双方认可的界线分治的状态。

南、北塞浦路斯之间的界线正好穿过塞浦路斯共和国的首都尼科西亚（Nicosia），双方在人口稠密的地方短兵相接，很容易爆发冲突，所以联合国曾经沿边界线上的一条大街设置缓冲区。

2002 年，美国驻香港总领事高乐圣（Michael Klosson）升任美国驻塞浦路斯大使。他到任不久后，曾经发过一封电邮给他在香港的朋友，大意是说他很怀念在香港的日子，欢迎香港的朋友到尼科西亚去看望他们夫妇。又说，他的新工作很富挑战性；他也喜欢塞浦路斯的气候和生活环境，但是不习惯走到哪里都要有几名保镖跟着。

他的最后一句话很有意思，至少会令他的某些朋友不想很快就去塞浦路斯找他。当时“九一一事件”刚过不久，所有美国外交官都需要加强保护，何况是驻在热点国家的美国大使，而且还是参与塞浦路斯谈判的高层人员！

塞浦路斯的希、土双方最近终于得到相对的和平，开放了边境。设在关键地带的联合国缓冲区已撤除，曾经把尼科西亚一分为二的那条大街于 2008 年再度开通。

至于整个塞浦路斯问题如何解决，还需要更多时间和双方更多的智慧。

不算遗憾的遗憾

我多次到土耳其、希腊、以色列、黎巴嫩和埃及这些塞浦路斯的邻国，几次考虑要去一游，但每次都因为时间不便而没有成行，这应该算是我在大中东游走的一个遗憾。但是我又不以为这是个真正的遗憾，因为我自己对前往塞浦路斯有个不很理性的犹豫。这个犹豫来自一部根据约翰 · 勒卡雷（John le Carré）的间谍小说《女鼓手》（*The Little Drummer Girl*）改编的电影。电影拍得实在逼真而且惊心动魄，我每次考虑是否要去塞浦路斯，就似乎能看到在街上走路和在海滩晒太阳的巴勒斯坦恐怖分子、以色列特工，以及被情人利用从事秘密工作的女子。

小说家和电影导演当然有丰富的想象力，但是塞浦路斯在国际地缘政治上扮演的敏感角色和它内部的民族矛盾却不是虚构的。希望岛上的情况越变越好，让我可以没有这个遗憾。

爱神的出生地

塞浦路斯在大约一万年前就已经有人类文明的出现。岛上有不少早期村落的遗迹，包括可能是世界上最早的水井，有九千年历史。在一个约九千五百年前的墓中，也葬有一只八个月大的猫，这说明塞浦路斯很可能是人类最早驯服猫的地方。

公元前 1500 年，克里特岛上的人开始迁往塞浦路斯，所以这里出土的陶器和青铜器明显有克里特岛希腊文明的痕迹。塞浦路斯在古希腊文明中还有一个颇为特殊的地位：根据希腊神话，爱神阿芙洛狄忒（Aphrodite）出生于塞浦路斯。

在古典希腊文明的成型阶段，塞浦路斯没有占据过主要的地位，因为它距离孕育希腊文明的希腊本土、爱琴海和小亚细亚西岸都很远。但是它对欧亚之间的贸易却具有特殊的枢纽位置，而这个地理位置使塞浦路斯一方面多个世纪来一直受到希腊文化的影响，另一方面也在不同时期受到亚洲强国的“青睐”。

英、法“惨胜”

从公元前 700 年前起，塞浦路斯就在大中东地区的大国控制之下。赫梯人、亚述人、埃及人、波斯人、罗马人先后统治过这个风景优美、气候宜人的小岛。公元 400—1200 年之间，除了几次短暂的间隔，它始终是拜占庭帝国的领土，被认为是面向欧洲的“东方大商场”。

12 世纪，“十字军”攻入巴勒斯坦后，塞浦路斯先是被英国国王“狮心”理查（Richard the Lionheart）占领，经过几次易手，岛上的“十字军”力量维持将近二百年，是“十字军”的海军基地。从 15 世纪起，地中海上的贸易强国威尼斯成为塞浦路斯的新主人。

在这几个世纪里，塞浦路斯岛上的人可以分为两类：一是占统治地位的“法兰克人”（Franks，这是当时比较文明的拜占庭人和阿拉伯人对西欧人的称呼），另一部分是被统治的本地希腊人。

1570 年，正在巅峰状态的奥斯曼人从威尼斯人手中夺下了奥斯曼帝国二百五十年持续扩张的最后一颗珠宝——塞浦路斯。

其后在奥斯曼人三百年的统治下，塞浦路斯的希腊正教信徒可以依据“米勒特制度”（Millet System）实行自治；塞浦路斯和希腊本土的联系也因为彼此都属于奥斯曼帝国而更为紧密。

进入19世纪，奥斯曼帝国已经颓败衰落。在英、法、俄等新兴强国的鼓励和协助下，希腊人经过十年的革命战争，于1830年自奥斯曼帝国中独立，建立了由丹麦贵族出任国王的君主国。

1878年，俄国在与奥斯曼帝国的一次战争中取得胜利，逼迫奥斯曼帝国签订一项条约，承认由多瑙河至爱琴海的“大保加利亚”独立。欧洲列强不愿见到它们在巴尔干半岛的影响力被削弱，于同年由德国宰相俾斯麦（Otto von Bismarck）主导的“柏林会议”（Congress of Berlin）上不承认这个条约，决议让罗马尼亚和塞尔维亚分别独立；“小保加利亚”（和今日的领土相仿）成为奥斯曼帝国内的一个独立公国；其余的巴尔干领土由奥斯曼保留。由于英国在这次会议上最肯为奥斯曼帝国说话，奥斯曼帝国同意把塞浦路斯割让给英国。在英国国王“狮心”理查强夺塞浦路斯七百年之后，他的后人又巧取了这个地理位置重要的小岛。

塞浦路斯的故事应该就此结束。然而，我不能不把它和后来发生在东亚的另一个故事联系起来。

俄国这次与西欧列强交手之后并不是完全的输家。1895年，中日甲午战争后，新兴的日本强迫衰朽的中国签订《马关条约》，台湾与辽东半岛割让给日本。俄罗斯当时正在远东地区扩张，不愿意见到日本抢先一步夺走辽东半岛。于是伙同当年在柏林会议上逼迫它让出“大保加利亚”的德国和法国，强迫日本把已经吞进口中的辽东半岛吐出来，而由中国追加三千万两白银的战争赔款作为补偿。

英国和法国在1878年的柏林会议也不是完全的赢家。列强在巴尔干半岛划定的新国界使希腊、保加利亚、阿尔巴尼亚、塞尔维亚和罗马尼亚都不满意，彼此之间冲突不断。1913年的巴尔干战争使这个本来完全在奥斯曼帝国控制下的半岛成为世界上的火药库；

公元前 75 年意大利的
阿芙洛狄忒雕像

1914—1918 年的第一次世界大战就是从巴尔干引爆的。一次大战德国固然惨败，奥斯曼帝国更是由此消亡，但英国和法国也只能说是“惨胜”。

从罗得岛到马耳他：医院骑士团的故事

从十字军说起

罗得岛是古希腊文明的核心地区之一；马耳他今天是欧盟的成员国，也是阿拉伯联盟的一员。这是两个我十分喜欢的地方。要从罗得岛写到马耳他，就不得不先谈欧洲十字军。

公元11世纪末，塞尔柱突厥人（Seljuk Turks）大举进入拜占庭的领土安纳托利亚（即小亚细亚）。尽管希腊正教和拉丁教会业已分裂，拜占庭皇帝还是要求罗马教皇协助抗击穆斯林。

这时西欧已经从几个世纪的混乱和破坏中逐渐恢复，经济有所发展，文化渐露生机，基督教（即天主教）是社会的中坚力量。基督教徒开始对长期占领西班牙和西西里的穆斯林采取攻势。

罗马教皇乌尔班二世（Urban II）于1095年号召信徒夺回被穆斯林占领的圣地耶路撒冷。各地的贵族和平民随即组成军队，开赴巴勒斯坦进行圣战。他们相信杀死异教徒是为了荣耀耶稣基督，为捍卫信仰而死于战场会成为殉教者而升天。他们的衣饰上画着十字架，所以称为“十字军”（Crusaders）。

十字军一共发动过七次大规模东征，前后持续二百余年。1099 年十字军攻下耶路撒冷，建立了一个拉丁公国，其后又在巴勒斯坦、叙利亚等地建立了几个拉丁公国，与当地的穆斯林势力进行斗争。

整体而言，十字军运动的最大受害者是拜占庭帝国。颇具讽刺性的是，十字军第四次东征（1204 年）的目标竟然是君士坦丁堡。大肆劫掠之后，十字军在君士坦丁堡和其他几块拜占庭领土建立起拉丁王国，以致拜占庭帝国支离破碎，自此元气大伤。

十字军的最大受益者是西欧，特别是意大利。大规模的十字军动员和补给促进了各地的生产和贸易，也促使欧洲建立起税收和财政制度。通过十字军运动，西欧与亚洲之间的贸易得到推动，从而造就了威尼斯、热那亚等当时的贸易强国。

在长时间和大规模的交往中，西欧人吸取了许多东方的生活方式和知识，包括先进的阿拉伯医学。而医学正是我把罗得岛和马耳他联系在一起的原因。

几经转变的医院骑士团

十字军运动兴起前，一些天主教的修士在耶路撒冷建立了医院和招待所，救助患病和贫困的朝圣者，并以施洗者约翰（St. John the Baptist）之名为团体命名。十字军到达之后，这些修士也参与战斗，但继续办医院救治伤兵，成为最早采用阿拉伯医术的欧洲人。

12 世纪初，他们得到罗马教皇批准，成立一个修道会兼具战斗力量的骑士兵团，称为“The Order Knights of the Hospital of St. John of Jerusalem”，简称为“圣约翰骑士团”（Knights of St. John）。

后来许多出身贵族、善于战斗的骑士加入这个医院骑士兵团，逐渐成为一个在当地具有主权性质的统治团体，但受罗马教皇监督。

圣约翰骑士团有说多种不同语言的团员，所以骑士团以语言划分为不同的支队，每个支队有自己的统领和管理会议；食宿和责任分工

作者与“罗得岛骑士”

都以支队为单位。虽然骑士分为八九个语言支队，但所有正式文件都使用拉丁文，日常生活和工作则用法语。

12 世纪末，伊斯兰世界的英雄人物萨拉丁（Saladin，即 Salah ad-Din）击败十字军，占领耶路撒冷。圣约翰骑士团认为他们不久就会回去，所以将总部迁至耶路撒冷附近。13 世纪末，埃及的马木留克奴隶军团将十字军势力完全驱逐出巴勒斯坦。圣约翰骑士团退至塞浦路斯，但无法立足，遂于 1309 年克服罗得岛上居民的抵抗，成为这个著名岛屿的主人，并更名为罗得岛骑士团（Knights of Rhodes）。

这个本以照顾病患为宗旨的宗教慈善机构历经二百多年战乱后，蜕变为一个著名岛屿的统治者。

骑士团的团员分为三等：骑士（knights），必须是贵族出身；另外的教士（chaplains）与辅士（serving brothers）也不可以是奴隶的后代。

从这一点看，圣约翰骑士团和把他们驱逐出巴勒斯坦的马木留克军人恰恰相反；后者全是从中亚和高加索等地买来的奴隶兵，凭军力取得政权。不过两者之间在组织上有很大的相似处：双方都是以宗教兵团之名进行统治；领袖由上层成员互相推选，属终身职，但不世袭。

公元1523年，奥斯曼帝国最伟大的苏丹苏莱曼大帝（Suleiman the Magnificent）亲自督军，攻下了罗得岛这个十字军的最后一个据点。失去了领土的罗得岛骑士向教皇求助，获得西班牙国王兼神圣罗马帝国皇帝查理五世（Charles V）的同意，于1530年得到位于西西里之南的马耳他和戈佐（Gozo）两个小岛的统治权。为了象征性地显示西班牙对这两个小岛的主权，查理五世规定罗得岛骑士团每年要向西班牙国王和西西里总督各交一只马耳他猎鹰作为租金。进驻马耳他之后，骑士团又易名“马耳他骑士团”（Knights of Malta）。

郁金香花纹瓷器

2008年10月初，我到罗得岛参加一个国际文化论坛。论坛的开幕仪式和晚宴在首府的历史性建筑——罗得岛骑士大统领（Grand Master）的宫殿里举行。虽然已经过了五百年，宫殿仍然气势非凡。

在罗得岛的历史中，最为当今岛上居民称道的是当初曾被抗拒的罗得岛骑士二百余年的统治。16世纪上半叶欧洲最强大的奥斯曼帝国围困罗得岛，要苏丹亲自督军才能攻下，说明岛上居民已经认同他们的拉丁统治者。

骑士大统领宫殿四周的围墙给人厚重的历史感。在它周围的中世纪古城里，另一个吸引人的文化景观是苏莱曼清真寺，由攻下罗得岛的奥斯曼苏丹所建造。在风光旖旎的东部小镇林都斯（Lindos），我一面喝咖啡，一面观看绘有郁金香花纹的瓷器。我问店主，这些纪念品是土耳其瓷器还是希腊瓷器？店东含混其词地说，都是一样的。她也许是搪塞我，但说的确是历史事实。

一个小岛上兼有希腊文明的古迹，拜占庭时代的遗风，拉丁十字军骑士团的宫殿和碉堡，奥斯曼人的清真寺，现代欧洲人的生活方式，又勃发出旅游业的活力。罗得岛的确迷人。

马耳他掠影

马耳他位于地中海中部正中间，在西西里岛之南约一百公里，距的黎波里和突尼斯市各约三百公里。所以它被迦太基人作为进攻西西里的基地（迦太基位于今天的突尼斯），又成为罗马人进入北非的跳板。今天，它是非洲人前往欧洲最便捷的通道，因为马耳他是欧盟的一员。近年来突尼斯和利比亚发生动乱，许多人都到马耳他寻求庇护。

我 2008 年初去马耳他旅游，主要是被它的独特语言和多种文化基因所吸引。

岛上最早的移民应该是腓尼基人。腓尼基人来自地中海东岸（约在今黎巴嫩），后来在北非建立了盛极一时的迦太基，为了和罗马争夺地中海世界的霸权而发生过三次战争，最终惨败。那时岛上的语言是腓尼基语。后来拜占庭领有马耳他，但没有移民，所以马耳他没有受到希腊文化的影响。8 世纪到 12 世纪，阿拉伯人在马耳他统治了四百多年，给马耳他的语言（包括地名）留下了今日的遗产。13 世纪西班牙人赶走阿拉伯人，统治西西里和马耳他，马耳他岛上的居民大批改宗天主教，在语言中加入了许多西西里语的词汇。今天马耳他的官方语言马耳他语（Maltese）是在腓尼基语和阿拉伯语的基础上，加上西西里语的词汇和部分语法，以拉丁字母拼写。全世界只有八十万人使用马耳他语。

圣约翰骑士在马耳他首先要克服本地士绅的反对。他们在岛上的统治还未巩固，奥斯曼的大军就于 1565 年追踪而至。在骑士团大统领瓦莱塔（La Valetta）的领导下，马耳他实行“广储粮，高筑堤，不出战”的政策，结果奥斯曼军在 1566 年无功而返。这时正是欧洲宗教战争的年代，马耳他骑士们的胜利使他们名声大噪，要求入会者增多，包括很多富有的贵族依规定把五分之四的财产献给骑士团。骑士团同时也是天主教的修会，团员都是修士，要发神贫、贞洁和服从的誓愿；因此马耳他骑士团成为非常富有的宗教组织。

18 世纪法国大革命时期，骑士团的领导层很多都是法国贵族出身，所以他们支持路易十六，反对共和。当时尚未称帝的法兰西第一共和国的执政（Consul）拿破仑对这个十字军时代的残留团体很是不满。他在征服意大利后，决定 1798 年远征埃及，这是十字军之后欧洲军队第一次入侵伊斯兰心脏地区。在往埃及的途中，拿破仑顺道先攻下马耳他，并驱逐马耳他骑士团。他所入住的马耳他骑士团大统领的宫殿，就是今天游客可以参观的马耳他国会和总统府。

马耳他骑士团大统领的宫殿始建于 17 世纪，比起在 14 世纪修建的罗得岛宫殿当然高明许多。恰是这个原因使它的可参观性也低了很多，因为它的豪华不及欧洲后文艺复兴时代的宫殿，历史价值又不及前文艺复兴时代地中海东部的那些宫殿。

马耳他的引人处在于首都瓦莱塔（Valletta）的市区街道、面海的高堤和狭窄的海港。由于海岸曲折，瓦莱塔与它相邻的两个小城形成一个饶有趣味的旅游圈。我和妻子用了一整天时间乘坐公共汽车一段一段地游览，几次停下来品尝各种当地的特产 Qubbajt（英文称 Maltese nougat，是一种由榛子或杏仁和蜂蜜制成的糕点）。

马耳他最有特色的旅游景点是位于岛中央的姆迪纳（Mdina）。它是腓尼基人在公元前 800 年就开始修建的一座老城。现在的名字却是阿拉伯人定下的："姆迪纳"是阿拉伯文"麦地那"（意为"市镇"）的变音。在这个具有阿拉伯名字的市镇里，最值得参观的建筑是圣保罗大教堂。早期基督教的奠基者圣保罗被小亚细亚的罗马法官判刑，他以罗马公民的身份到罗马向皇帝上诉，船行至马耳他时遇险搁浅，于是圣保罗在马耳他居住了三个月。传说这期间他劝化了不少人皈依基督教。

马耳他的面积只有二百五十平方公里，各地的特色却是不少。其中

罗得岛东部小镇林都斯
马尔萨斯洛克渔港

最给人鲜明印象的是南部一个叫马尔萨斯洛克（Marsaxlokk）的海湾和同名的小渔港，港内绘上鲜艳色彩的摇橹渔船和那些晒得黑黝黝的船夫是游客拍照的上好素材。而我还发现了另一个好去处，一家名叫“南苑饭店”的粤菜馆。

第一次当家做主

1964年，马耳他从英国的殖民地成为一个独立国家，这是有着自己独特的语言与文化身份认同的马耳他人三千年来第一次做自己的主人。

他们怎么会从英国人手中独立呢？1798年拿破仑登上了埃及的土地后，他的地中海舰队就被英国的纳尔逊（Nelson）摧毁。此时法国想从埃及撤走军队都没有足够的舰只，更不要说顾及刚到手的小岛马耳他。于是英国就意外地得到一个殖民地，并逐渐将其发展成地中海贸易的转口港。苏伊士运河开通以后，英国在马耳他建造了一个很大的船坞，给马耳他带来了繁荣。二次世界大战时，马耳他作为英、美两国反攻西西里的集结地，发挥了重大的作用。

1960年，英国已经无法保留如此多的殖民地。所以尽管马耳他并没有反殖民地运动，英国也让它独立。

作为欧洲最南部的天主教国家和唯一有阿拉伯文化联系的国家，只有八十万人口的马耳他很认真地扮演它自己兼具双重文化的角色。2008年2月，正当我在马耳他的那几天，欧盟和阿拉伯联盟的外交部长们在瓦莱塔召开首次联席会议，讨论如何加强合作，增加贸易和投资。

仅仅三年之后，阿拉伯世界发生了巨变。可以肯定，当时没有一个参加会议的部长能够预见：马耳他会被卷入利比亚的大动乱，且成为内战双方和北约都想借重的国家。今天，马耳他仍然是不少北非难民进入欧洲的跳板。

有主权没领土

虽然从 2011 年 5 月开始，马耳他被卷入利比亚内战，“从罗得岛到马耳他”的故事还不能结束，因为被拿破仑赶走的马耳他骑士团的下落还没有交代。

离开马耳他之后，马耳他骑士的大统领和主要官员流亡到俄罗斯，受到沙皇保罗一世的保护。1802 年英国和法国签约议和，英国承认法国的共和政体，并协议让马耳他骑士团回到马耳他继续统治。一如 1530 年，当地人民反对这个他们无权参与的决定，游说英国继续留在马耳他，英国于是同意接受这个当时没有什么价值的小岛作为殖民地。

空有主权却没有领土和人民的马耳他骑士团面对现实，决定将总部迁至当年马耳他驻罗马的大使馆。二百年来，马耳他骑士团轮换了六代终身大统领；现任大统领是自 1120 年在耶路撒冷建团以来的第七十八位。

最近一百多年，这个宗教兵团又回到它的老本行，以开设医院和救济灾民为主要工作。这个“主权体”和世界上九十几个国家有外交关系，在八十个国家派有大使或代表，还是联合国大会的永久观察员。

马耳他骑士团在马耳他共和国设有大使馆。自 1991 年起，马耳他骑士团又租赁了首都瓦莱塔附近一个三面环海的要塞，租期为九十九年。

故事要到 2090 年也许才有完结篇。但令我难解的是：人类所有的政治关系都是由人定出来的；任何国家内部的架构或国际关系的范式都可能有例外，而例外的存在一般都以特殊力量为基础。至今仍能自铸硬币和发行邮票的马耳他骑士团的“主权”是一个不易理解的例外。它的特殊力量来自何处呢?

高加索：欧亚交界线上的东西对峙

2008年8月8日夜晚，我在北京鸟巢观看奥运会开幕式后，沉醉于“同一个世界，同一个梦想”之中。第二天新闻传出，格鲁吉亚向境内的南奥塞梯（South Ossetia）自治州动武，引起俄罗斯立即出兵。这场突然爆发的战争，加上持续多年的车臣战争和北高加索的恐怖袭击事件，都说明高加索地区的形势非常复杂。

高加索山脉横亘于黑海与里海之间，自西北向东南绵延约一千公里，海拔多在三千到四千米之间，最高海拔超过五千米。山脉之北的欧洲部分属温带气候，山脉之南的亚洲部分为亚热带气候。山脉两侧有山峰、高原、平原、沙漠，也有湖泊、河流、森林、草原，动植物种类繁多，很适于打猎、畜牧和种植。

很多学者认为，高加索是人类文明的发源地之一，与美索不达米亚（即“两河流域”）在时间上差不多。大约四千年前进入新疆的吐火罗人（Tocharians）和三千五百年前进入印度半岛的雅利安人（Aryans）都是从北高加索地区出发的。稍晚一点，俄罗斯草原上的游牧民族斯基泰人（Scythians）也曾入侵高加索。

此后，欧洲的佛利金人（Phyrigians）、希腊人、罗马人、拜占庭人，

格鲁吉亚古代的文化中心姆茨赫塔，位于首都第比利斯之北两河交汇处

亚洲的亚述人、米底人、波斯人、阿拉伯人、突厥人、蒙古人，先后在高加索地区驻扎军队和建立行政区。由此可见，高加索在历史上一直是一个东西方交接和对峙的地方。

民族、语言博物馆

高加索山脉南北两麓的总面积大约是四十万平方公里，约为广东省的两倍，总人口不到三千万人，是广东省人口的三分之一。然而，高加索有超过五十个民族与语言群体。

19 世纪的人类学家将欧洲、北非、西亚的肤色浅、鼻梁高、体毛多的人统称为“高加索人种”（Caucasoid），俗称“白种人”。一般“白种人”的语言如不是印欧（Indo-European）语系（如伊朗语、俄语、西班牙语）就是非亚语系中的闪米特语族（如希伯来语、阿拉伯语），但高加索早期居民的语言却属于独特的“高加索语族”。

北高加索现在属于俄罗斯联邦，分为几个自治共和国。有说高加索语的原居民，如东部的达吉斯坦人（Dagestani），中部的车臣人（Chechens）和印古什人（the Ingush），以及西部的切尔克西亚人（Circassians）。也有不算“原住民”的奥塞梯人（Ossetians），主要住在高加索山脉中部，说东伊朗语。当然还有俄罗斯人。俄语是北高加索最主要的语言，俄罗斯东正教和逊尼派伊斯兰教是这里的两大宗教。

南高加索最著名的原住民是格鲁吉亚人（Georgians）。他们于公元 4 世纪中叶信奉基督教，5 世纪时创造了至今仍然使用的字母。近年来在新闻中屡屡出现的阿布哈兹人（Abkhazians）住在格鲁吉亚的西北部，处于实际独立的状态。在格鲁吉亚西南角与土耳其相邻的阿扎拉（Adjara）自治区，居民大半是穆斯林，实际上也等于是独立的。这三种人都是高加索的原住民，但说不同的高加索语。

高加索地区说印欧语的族群主要是亚美尼亚人。大约两千年前，他们由小亚细亚迁入高加索地区；公元 301 年，亚美尼亚成为世界上第一个以基督教为国教的王国。今日的亚美尼亚教会和埃塞俄比亚教会一样，独立于罗马天主教与东正教之外，在耶路撒冷旧城里各占一席之地。亚美尼亚的文字创于公元 400 年前后，比格鲁吉亚文字略早，也一直沿用至今；两者都比俄罗斯字母早六百年。

高加索地区由于到处都是崇山峻岭，各部落与族群之间素少往来。即使没有不同历史时期的入侵者，这个地区的语言已很复杂。两千年前罗马征服高加索时，要雇用八十多名通译方能和本地人打交道。

突厥人、蒙古人与波斯文化

公元 10 世纪开始，许多突厥部落纷纷从北方草原南渡阿姆河（Amu Darya），进入今天的阿富汗、土库曼斯坦和伊朗境内。其中最强大、向西迈进得最远的一支是塞尔柱突厥人，于 11 世纪在西亚建立起幅员辽阔的王国。塞尔柱突厥人大量进入高加索后，伊斯兰在这一地区声势大增，许多本来信仰基督教或其他宗教的高加索原居民逐渐转奉伊斯兰教。

13 世纪中叶，蒙古人征服伊朗和高加索地区，建立伊儿汗国，首都在高加索南缘的大不里士（Tabriz）。起初，波斯—伊斯兰文明遭受破坏。但不到一百年，蒙古统治者大都皈依伊斯兰教，改说突厥语或波斯语，并接受波斯文化。15 世纪初，中亚一个突厥化的蒙古军人帖木儿（Timur，西方人称之为 Tamerlane）征服整个西亚，包括高加索的主要部分。

帖木儿的儿子迁都至阿富汗的赫拉特（Herat），汗国宫廷自此并用波斯文和突厥文。他们在中亚和西亚大事修建清真寺和伊斯兰经学院，发展科学，提倡文学和艺术。波斯文化于是在突厥化的蒙古人手中得到复兴。

俄罗斯的经略

俄罗斯人于 13—15 世纪被草原民族蒙古人和本属突厥裔的鞑靼人统治。15 世纪后，俄罗斯人摆脱了蒙古人和鞑靼人的控制，以莫斯科公国为核心，向四周扩张。18 世纪初，俄国彼得大帝将国都迁至波罗的海之滨的圣彼得堡，但这丝毫没有影响俄罗斯向东南方的高加索拓展领土。1722 年，波斯萨法维王朝覆灭，高加索地区不少小王侯纷纷拥兵自立。这些小汗国受到继起的波斯阿夫沙尔王朝（Afsharid）国王发兵讨伐，纷纷向俄罗斯求救。正是前门拒狼，后门迎虎！

俄罗斯在扩张过程中，很得力于一批亦农亦兵亦盗的哥萨克人（Cossacks）。他们多数是波兰人和乌克兰人，集结成群，开辟土地，实行自治。托尔斯泰的名著《哥萨克》就描写了他们在高加索地区为沙皇效力的事迹。

18 世纪末，俄国已然吞并了大部分北高加索，将达吉斯坦人、切尔克西亚人与奥塞梯人置于俄罗斯统治之下。19 世纪，通过对波斯和奥斯曼帝国的战争，俄罗斯蚕食了大半南高加索，把格鲁吉亚、亚美尼亚和阿塞拜疆纳入其版图。

20 世纪初，有一名格鲁吉亚神学院的修士，信仰马克思主义后易名斯大林（Joseph Stalin），并与同伴贝利亚（Lavrentiy Beria）在高加索鼓唱无产阶级革命。十月革命来临时，兴起于欧洲的民族主义浪潮席卷南高加索各民族。1918 年，格鲁吉亚、亚美尼亚、阿塞拜疆这三个信仰不同宗教、说写不同语言文字的民族各自成立了独立的共和国。1922 年，布尔什维克的红军压境，取消了这三个共和国，另组成“外高加索社会主义共和国”（Socialist Republic of Transcaucasus）。苏联的第一任民族事务委员会的主任就是斯大林。斯大林当政时期，南、北高加索地区的行政版图及民族划分屡有改变：1936 年，外高加索共和国又分为亚美尼亚、格鲁吉亚和阿塞拜疆三个苏联的加盟共和国；1941 年，北高加索的车臣人和印古什人因被指支持德国纳粹而遭集体流放西伯利亚，斯大林死后被赫鲁晓夫批判，他们才获准还乡。

今日的南高加索

历史上任何大帝国的败亡和解体都有后遗症。一次大战前后奥斯曼帝国的颓败与灭亡直接造成今天的中东问题与巴尔干问题，还间接导致了现在的高加索问题。今天高加索问题的基本原因当然是沙皇俄罗斯帝国的解体；南高加索于 1918 年分裂为类似民族国家的格鲁吉亚、亚美尼亚、阿塞拜疆三个共和国就是最直接的结果。

格鲁吉亚与欧洲

1991 年 6 月，我参加女儿在哈佛大学的毕业典礼。当天获颁授荣誉博士并应邀发表演说的是苏联外交部长谢瓦尔德纳泽（Eduard Shevardnadze）。这位曾任克格勃（KGB）少将、格鲁吉亚共产党第一书记的苏共政治委员受到台下美国精英的热烈鼓掌。但就当他在美国

格鲁吉亚的一座古老教堂及修道院
亚美尼亚北部的一座老教堂
作者摄于大高加索山脉南麓，山北即为俄罗斯

接受喝彩时，他的家乡已经在一位长期政治异见者、英国文学教授的领导下宣布脱离苏联而独立。

独立后的格鲁吉亚立即陷入混乱与内战。那位富有民族主义激情的教授总统动兵镇压阿布哈兹自治州的独立倾向，终因不善统御国家而被迫逃亡到俄罗斯联邦的车臣共和国。1992 年，因苏联解体而失业的谢瓦尔德纳泽被家乡父老推选为格鲁吉亚的新元首。

谢瓦尔德纳泽之后的领导者和精英阶层想加入欧盟，以便像以色列那样，成为位于亚洲的“欧洲国家”。吊诡的是，格鲁吉亚自 19 世纪起就想依附俄罗斯进入欧洲，从而摆脱落后的奥斯曼帝国和波斯帝国，到了 21 世纪它仍然只能在欧洲之外盼望，并不比土耳其离欧洲更近。这说明，地理环境对历史的发展确实有莫大的影响。

格鲁吉亚贫富非常悬殊，官员贪污滥权的现象极为普遍，内部凝聚力很低。在它领土内已有南奥塞梯、阿布哈兹，以及新闻中较少提到的阿扎拉等实际上独立的自治州。首都附近有几十万从阿布哈兹被驱赶出来的格鲁吉亚族难民。此外，在它的东、南边境地区还分别有大量的阿塞拜疆人和亚美尼亚人。

这个状况对建设以格鲁吉亚民族为主的国家是很大的阻力。尤有甚者，民族团结也并不是一般格鲁吉亚族人的中心思想。正像世界许多其他未经现代化洗礼的地区一样，一般格鲁吉亚人仍以家族和家族所在的地区为效忠对象，对国家较少认同感。比如说，斯大林的故乡哥里（Gori）的大部分居民仍以这位同乡为荣，自愿为他守护设在城中的斯大林博物馆。

阿塞拜疆与石油

虽然格鲁吉亚不可能成为以单一民族为主的国家，但是亚美尼亚和阿塞拜疆却在苏联解体后经过战争和民族清洗，大致成了单一民族的国家。

在阿塞拜疆政府能有效控制的领土上，占人口九成以上的主体民族是信仰什叶派伊斯兰的阿塞拜疆人。他们与相邻的伊朗北部两省的居民同种同文同宗教，而伊朗境内的阿塞拜疆人数量远比阿塞拜疆共和国境内要多。这是对民族国家范式的另一种挑战。目前，阿塞拜疆分为不相连接的东西两部分，而东面的主要部分又有六分之一左右的领土被亚美尼亚实际占领，在这片领土上的居民目前已几乎全都是亚美尼亚人。

历史上，阿塞拜疆先后被波斯和俄罗斯统治过。20 世纪初，阿塞拜疆发现石油，吸引了欧美国家不少投资；欧洲财阀罗斯柴尔德（Rothschild）家族和诺贝尔（Nobel）家族就曾在此拥有许多资产。一次大战前，它的石油产量占全世界的一半。近年来，正是因为阿塞拜疆的石油储量很大（据统计可能超过伊朗），国际能源公司大批进入它的首都巴库（Baku），使那里呈现一派繁荣景象。

阿塞拜疆独立后的两任总统是阿利耶夫（Aliyev）父子。父亲当初做过阿塞拜疆共产党总书记，独立前是苏共政治局委员。他们父子的外交政策是亲近土耳其（两国的语言很接近），拉拢格鲁吉亚，力抗亚美尼亚，与美、俄尽量保持等距离。从巴库到土耳其东南部地中海城市杰伊汉（Ceyhan）的石油管道已经开通，它对欧洲和地中海的能源政治将会起到相当的作用。

亚美尼亚与大屠杀

亚美尼亚人历史上曾经很辉煌，最强盛时的领土比现在要大几倍。奥斯曼帝国的许多知识精英与商人都是亚美尼亚人。19 世纪上半叶，同是信奉基督教的希腊在英、法协助之下获得独立，这使得许多亚美尼亚人也想在俄国的庇护之下从奥斯曼帝国独立。一次大战前俄国与奥斯曼帝国几次冲突，奥斯曼人把亚美尼亚人居住的大片领土都割给了俄国。一次大战时，许多亚美尼亚人支持俄罗斯，因此遭到土耳其人（即信奉伊斯兰、说土耳其语的奥斯曼人）的报复。大批亚美尼亚人在各地被杀害或被驱赶到叙利亚沙漠中。土耳其官方至今仍拒不承认，但亚美尼亚人以及他们在欧美的支持者说这次大屠杀死难人数超过一百万。

亚美尼亚人的确是一个苦难深重的民族。中世纪以来他们就以长于学识和善于经商知名，与欧洲的犹太人颇有相似之处。在阿拉伯人、波斯人、奥斯曼人和俄罗斯人的统治下，他们曾经几次大规模逃亡以保全性命。

今天在北美、西欧、中东以及俄罗斯，亚美尼亚人很多，在政治、经济方面的影响力也颇强。1991 年亚美尼亚独立后，它的海外侨民十分支持政府收复在苏联时代被判给阿塞拜疆的“失土”纳戈尔诺－卡拉巴赫（Nagorno-Karabakh）。这就酿成了亚、阿两国在独立后的战争和两族人民大量的死伤与逃离家园。这场战争的时间恰巧与巴尔干半岛上波斯尼亚人和科索沃人遭塞尔维亚人“种族清洗”的时间相同，因此没有受到西方传媒的注意。

2016 年，部分由于俄罗斯和土耳其交恶，亲俄的亚美尼亚和亲土的阿塞拜疆在“纳戈尔诺－卡拉巴赫”发生军事冲突。近年来比较平静的南高加索有可能再度成为国际冲突的焦点。

南高加索的困境

我的亚美尼亚朋友告诉我，亚美尼亚人根据过去当邻居、同学和同事的经验，比较愿意与阿塞拜疆人做朋友，不喜欢“自大”的格鲁吉亚人。据说一般格鲁吉亚人也情愿和阿塞拜疆人交往,而不喜欢“狡猾”的亚美尼亚人。

无论如何，南高加索三国就是这样矛盾重重，危机处处。在这背后，有上千年的历史恩怨，也有当今国际政治的现实利益。今天住在高加索地区的任何一个民族的任何一项领土主张或对另一个民族的指控，都能找到历史的佐证。

所有高加索人都有沉重的历史包袱，而谁都没有经历过现代化洗礼。极端主义、贪污渎职、有家无国的现象十分普遍，绝不局限于某一民族或国家。

毫无疑问，南高加索三国都在转变中。其实无论是社会主义还是资本主义，民主政体还是专制政体，都需要在一定的社会和文化传统中实行。西方国家所实行的民主政体和它们近年来所推行的公民社会，目前在高加索地区还找不到合适的土壤。西方国家从前所奉行的民族主义和民族国家的概念，却在这个古老的民族博物馆里得到了强烈的共鸣。

即使没有大国之间地缘政治的较量，高加索地区也很难在短期内取得安定、民主和繁荣。

亚美尼亚：历史的伤痕

悲情历史

在高加索地区最具特色的族群是亚美尼亚人。他们说一种独特的印欧语，大约两千年前由小亚细亚迁入高加索地区，于公元 301 年建立世界第一个以基督教为国教的封建王国。亚美尼亚使徒教会（Armenian Apostolic Church）的延续性很强，今天的大牧首是一千七百年中的第一百三十二位。

我认识较深的三位亚美尼亚人，一位是我研究院时的同学，一位是我在蒙特利尔的邻居，另一位是我在南加州大学的秘书。这三个人分别在土耳其、法国和黎巴嫩出生，但都对亚美尼亚民族有很深的认同。

1988 年，亚美尼亚发生大地震。当时我在美国加州，目睹海外亚美尼亚人团结救灾，并形成了一个海外亚美尼亚人的政治运动，催涨了谴责土耳其“种族灭绝”的国际声势。我的秘书在黎巴嫩出生，在美国长大，但总说自己是亚美尼亚人。

在亚美尼亚的首都埃里温（Yerevan），我参观了亚美尼亚的国家历史博物馆、古籍博物馆，以及种族灭绝纪念馆。从这几个博物馆的陈列与介绍，也参照我认识的亚美尼亚人，我认为当今的亚美尼亚人有几点心理特质。

第一，对自己的民族十分自豪。他们认为亚美尼亚是人类文明的摇篮，今日亚美尼亚和土耳其边界（实际在土耳其境内）的亚拉腊峰(Mount Ararat)，是《圣经》里的诺亚（Noah）方舟之所在和亚美尼亚民族精神之所系。

第二，认为亚美尼亚不应该是面积只有三万平方公里的小国。历史上，亚美尼亚的统治区域曾经一度从黑海到里海，甚至达到地中海，包括今天的土耳其东部与伊朗北部；但是他们的居住区长期被阿拉伯人、突厥人、蒙古人和波斯人占领，受到异族和异教人的统治。在许多亚美尼亚人心中，它今后至少应该回复到 19 世纪初的状态。一次世界大战后，苏联尚未巩固前，亚美尼亚曾短暂独立并在列强协助下与濒临灭亡的奥斯曼帝国政府协议，将包括黑海重镇特拉布宗（Trabzon）在内的九万平方公里领土交给亚美尼亚。土耳其的凯末尔将军在战场上的胜利使这个协议成为泡影；随后苏联与土耳其签订条约，反而把战前由俄罗斯占领的重要城市卡尔斯(Kars)及其附近地区交还土耳其，又把亚美尼亚西南部的一片领土划给了阿塞拜疆。亚美尼亚人至今对这段历史愤愤不平。

第三，受宗教影响很强。没有亚美尼亚教会的文化维系力量，亚美尼亚民族可能早已灭亡。亚美尼亚教会有一句格言："有意识的死亡就是永生。"这句话对亚美尼亚历来的战士有巨大的助力，确实延续了亚美尼亚民族的生命。亚美尼亚人的宗教热诚至今依然。在亚美尼亚使徒教会的发源地埃奇米阿津（Echmiadzin）大教堂和其他地方的古老教堂里，很多衣着时髦的年轻人上香敬礼，虔诚祈祷。这和西欧教堂里的情况全然不同。在大牧首座堂的所在地，我看到一百多名神采奕奕的神学院学生列队行走，这在西班牙、意大利等国也是难以见到的。

第四，有一种被迫害者的悲情。在首都埃里温市郊的山上，政府修建了一座"种族灭绝纪念馆"，包括一处占地颇广的死难者长明火，供参观者致哀。所有和我交谈过的亚美尼亚人，毫无例外地认为，亚美尼亚是一个苦难深重的民族。

这些心理特质固然能为这个只有三百多万人口的小国提供很强的凝聚力，但是也使它在目前十分复杂的地缘政治中欠缺回旋余地。

战略制约

亚美尼亚的地理位置使它一向处于东西方冲突的前沿。公元前5世纪，它向波斯称臣；后来成为了罗马的附庸；信奉基督教之后又被波斯人统治；9—11世纪，来自西面的拜占庭吞并了它大部分领土。公元12世纪起，几度亡国，又都重建起亚美尼亚人的地方政权。17世纪，亚美尼亚被奥斯曼帝国和波斯萨法维帝国瓜分。18世纪，俄罗斯势力伸张到高加索地区，亚美尼亚人选择依附于俄罗斯以对抗波斯和奥斯曼帝国。

这个策略竟使它的核心部分成了俄罗斯的属地，亚美尼亚人从此分属俄罗斯、奥斯曼和波斯三个帝国。一次大战时，奥斯曼和俄罗斯是交战国，奥斯曼帝国的统治者认为境内的亚美尼亚人普遍有亲俄倾向，因而杀害和驱赶大量亚美尼亚人。其间曲折及死亡人数，亚美尼亚人和土耳其人各执一词。

这个大屠杀令亚美尼亚人誓死不原谅土耳其人。1988年，由于海外亚美尼亚人的支持，加上苏联内部问题重重，苏联的加盟共和国阿塞拜疆之内的纳戈尔诺－卡拉巴赫地区的亚美尼亚人乘机宣布脱离阿塞拜疆，并驱逐在这个区域内的与土耳其人同文同种的阿塞拜疆人。苏联解体后，亚美尼亚和阿塞拜疆分别独立，成为主权国。两国为纳戈尔诺－卡拉巴赫地区的归属进行了两年激烈的战争。1992年，纳戈尔诺－卡拉巴赫的阿塞拜疆人大都已经离去，所余人口中九成都是亚美尼亚人；他们举行全民投票，决定纳戈尔诺－卡拉巴赫要从阿塞拜疆独立出来，建立属于亚美尼亚人的纳戈尔诺－卡拉巴赫共和国

亚美尼亚首都埃里温市中心的歌剧院和人工湖
亚美尼亚教会发源地埃奇米阿津的年轻的神学院学生

参加斗鸡比赛的亚美尼亚人
一对亚美尼亚新婚夫妇
小教堂内正在举行周日弥撒

(Nagorno-Karabakh Republic)；目前全世界只有亚美尼亚一个国家承认它。亚美尼亚和阿塞拜疆从那时起陷入胶着状态，形式上算是两个“停火”的交战国，但是冲突随时可能再度爆发。事实上，近几年来屡次出现短暂摩擦和轻微伤亡。2016 年初，阿塞拜疆和亚美尼亚发生了较大规模的冲突，死伤数十人，联合国参与调停；国际互联网上的言论一面倒地支持亚美尼亚。

从较大的格局看，土耳其和亚美尼亚都有必要解决它们之间的历史问题。2008 年，土耳其总统以观看世界杯足球地区赛为借口，先后两度绕道格鲁吉亚（因为土耳其和亚美尼亚之间的边境是封闭的）会见亚美尼亚的总统以及阿塞拜疆的总统，寻求后者的谅解与支持。

经过这次“足球外交”，土、亚两国政府同意要通过谈判开通边境和建立正常的双边关系。但是，双方各有掣肘。土耳其的保守派民族主义者，包括一些军方与警方的上层，反对这个和解，并担心未来的赔偿代价；居住海外数代的亚美尼亚人比祖国同胞更爱国，坚持不能对土耳其做出任何让步。所以亚美尼亚政府坚决不同意土耳其提出的由国际学者调查 1915 年事件真相的建议，并以土耳其承认“纳戈尔诺－卡拉巴赫山地共和国”为开通双方边境的先决条件。阿塞拜疆的石油、天然气储量巨大，又是土耳其的小兄弟。这些条件意味着亚美尼亚目前不想真的和土耳其达成历史性的谅解，也不急于甩掉沉重的历史包袱，以便轻装前进。

诺亚方舟的港湾

亚美尼亚地方不大，人口不过三百二十万，但地形的变化和居民的生活方式却很不同。

亚美尼亚民族最为神圣的地方是亚拉腊峰，因为他们认为那是洪水过后，诺亚把方舟留下的地方。大多数亚美尼亚人看到这座高达五千一百六十五米、终年积雪的山峰，都会产生一种圣洁的感情。不幸的是，这座山峰在今土耳其境内，是一个可望而不可即的圣峰。在亚美尼亚旅游时，无论从什么角度，只要能够瞥见亚拉腊峰，导游总会提醒我们它就在那里庄严地等待我们的注视和摄影。

首都埃里温人口超过一百万，离土耳其边境不远，所以，全国三分之一的人口经常可以看得到亚拉腊峰。埃里温的市容有着明显的苏维埃烙印，但是它的歌剧院以及歌剧院前面的水池和广场却很富魅力，吸引大批本地人和游客在那里流连到深夜。

在亚美尼亚旅游，一个必须去的参观点是位于埃里温市郊的宏大的种族灭绝纪念馆，馆内有大量令人心酸的照片和遗物，以及许多难以证实的数字和指控。和这个令人沉痛的纪念馆相对应的是埃里温白兰地公司的酒厂，我用酒厂提供的白兰地，一浇参观种族灭绝纪念馆后胸中的块垒。

埃里温三十公里外有一座加尔尼（Garni）古城，现在留存的只有建于公元 1 世纪的罗马太阳神庙。这里是前基督教时期亚美尼亚的历史遗迹。

深蓝色的塞凡湖（Lake Sevan）在海拔一千九百米高的山中，是亚美尼亚的胜景之一，但我对它的印象倒不是它那晶莹清澈的湖水和湖畔的山色。我在星期日午前误闯进一个正在举行亚美尼亚宗教仪式的有一千年历史的湖滨小教堂，并且站在教堂里静悄悄地拍摄了一段司祭与信众一起朗诵亚美尼亚祷文的视频。从小教堂出来后，在一条小径上，我又见到一个中年人兴奋地举着一只雄鸡，后面跟着一老一少，似乎是前往附近某处参加周日的斗鸡。

在曾任苏共政治局委员长达六十年的前苏联元老米高扬（Anastas Mikoyan）的老家——亚美尼亚北部一个叫萨纳辛（Sanahin）的小乡村里，有两个可以互相比照的建筑物。一个是见证过超过一千年风霜的古老修道院，里面藏有一些经文佚卷；另一个是为纪念二次大战时设计米格战斗机的工程师、苏联元老之弟 Artyom Mikoyan 而建的纪念馆，里面有两架飞机。我当时很有冲动，想在这两个建筑物的地基上分别用汉字写上杜甫的名句——“文章千古事”，“社稷一戎衣”。

千年之后，如果有人去萨纳辛，破旧的小修道院可能还在那里接受风吹雨打，而那两架 MiG-15 飞机应该早已“飞上云霄不知处”了！

在亚美尼亚旅游期间，我感到亚美尼亚人做事很守规矩。我去药店买咳嗽药，用手势比划，药店职员明白了我的意思后，只给了我一种十分便宜后来却证明有效的本地产止咳糖浆。在亚美尼亚的博物馆买附加拍照票，票证收据一清二楚，和许多发展中国家的情况很不同。

但是这样的人民，在强敌环伺的地理环境、苦难深重的历史包袱和海外侨胞超爱国的三重制约下，能有机会做出正确的战略选择而过上安全、富足的日子吗？

格鲁吉亚：斯大林的故乡

不能通融的护照

“玫瑰革命”（Rose Revolution），申请加入北约，让美国在境内设置反导弹系统，压制国中之国的独立，以及与俄罗斯交战——格鲁吉亚，这个面积只有七万平方公里、人口不足四百万的小国，近几年来频频在国际头条新闻中出现。

格鲁吉亚的绝大部分领土在大高加索山脉南麓。山之北是俄罗斯联邦，包括时常发生恐怖袭击事件的北奥塞梯、印古什、车臣、达吉斯坦等自治共和国。小高加索山脉在大高加索山脉之南与它平行伸展，其西北部分在格鲁吉亚境内，东南部分则在阿塞拜疆境内。

我们一行乘车从亚美尼亚的北部进入小高加索山脉中的格鲁吉亚边境，办理出境和入境手续。一位旅客已经办好出境手续，但他的护照已没有空页可以贴上格鲁吉亚的签证纸，被拒绝入境。两边的旅行社人员隔着边界缓冲区用手机来回交涉，最终决定这位旅客要折回亚美尼亚，翌日乘飞机回香港。

这个旅游插曲虽然耽误时间，却给了我一个不寻常的观察机会。

我注意到，格鲁吉亚的边防人员仪容整齐，态度良好，按本子办事。这一点是许多东欧和西亚国家的边防人员比不上的。但他们作业流程的效率，相比北美、西欧和东亚的国家还是有很大的差距。

我还注意到，格鲁吉亚人作为高加索山区里的原居民，与从小亚细亚迁移到高加索地区的亚美尼亚人相比，肤色较白。这两个人口不多的民族比邻而居四千年，同样在一千六七百年前信奉了基督教。可能由于崇山峻岭的阻隔，仍然各自说他们独特的语言，并且用自己独特的字母书写文字。肤色的差异显示，他们之间的通婚并不普遍。

人类只要有交往，冲突和融合皆不可免。但民族融合又不是一件简单的事。四千年来，在中国广大的土地上，许多不同的部族能够融合为人口如此众多的汉民族，是一个罕有的例子。带着这个认知，我踏入了格鲁吉亚。

历尽劫波与“玫瑰革命”

格鲁吉亚的首都第比利斯(Tbilisi),坐落在姆特科瓦里河(Mtkvari,即库拉河）两侧的山谷里。传说一千五百年前的一位国王追逐一只受伤的鹿来到这里，鹿坠入硫黄温泉中，它的伤便愈合了，国王决定定都于此，取名“Tbilisi”，是“温暖”的意思。

一千五百年来，第比利斯城中的河水依然流淌，两面的山峰仍然耸立。但是这座“温暖”的城市却见证过太多历史的沧桑，遭受过太多兵燹的创痛。据统计，第比利斯总共被战火摧毁过二十九次！阿拉伯人、突厥人、蒙古人、波斯人、俄罗斯人都曾来这里烧杀掠劫过，也都曾在这里驻兵重建过。

我看到的第比利斯是一个欧洲风格的都市，几乎所有建筑物都是最近两百年内重建或新建的。近几年才修建的总统府、跨越姆特科瓦里河的新桥梁、我们住宿的喜来登酒店，使第比利斯焕发出一股 21 世纪的蓬勃朝气。

在南高加索三国的首都中，第比利斯最具气势，也最有多元文化的气息。在河西岸的旧城，我参观了一座建于 7 世纪的格鲁吉亚教会的大教堂，一座 13 世纪的亚美尼亚教堂，一座清真寺和一座犹太庙。

漫步于这个 18 世纪后重建的古城，我看到古董店里陈列着不需要文字解说的历史追忆：波斯笔盒、奥斯曼首饰、俄罗斯玩偶。这些很普通的物品向我诉说着这个城市一段段不寻常的历史，而这些历史多半不是格鲁吉亚人主动造成，而是第比利斯的地理位置所引发的。

也有例外。18 世纪末，格鲁吉亚国王为了抗衡波斯与奥斯曼帝国的压力，主动寻求俄罗斯的保护。结果可以说是引狼入室，格鲁吉亚从此被并入了俄罗斯帝国的版图，连历史比俄罗斯教会要长出五百年的格鲁吉亚教会都因此而进入了俄罗斯正教的怀抱。这段历史最明显的表征是今天所有的格鲁吉亚成年人都能说流利的俄语。

1989 年春，第比利斯连续发生反苏联示威，引起苏联政府的镇压，二十名在政府大楼前绝食者丧命。两年后，格鲁吉亚独立，曾领导反苏运动而入狱的一位英国文学教授被推选为第一任总统。

这位富有民族主义激情又很具个人英雄主义的总统，向穆斯林占多数、已宣布独立的阿布哈兹和南奥塞梯动兵，引发全面内战，最终非常讽刺性地逃亡到俄罗斯境内以反俄恐怖主义著称的车臣共和国，谣传他临终前还皈依了伊斯兰教。谢瓦尔德纳泽被请回家乡担任总统。尽管这位总统人脉深厚，组织能力很强，但他无法打赢内战，还经历了十几次行刺的图谋!

2003 年，被谢瓦尔德纳泽一手提拔起来、在美国受教育的萨卡什维利（Mikheil Saakashvili）率领大批市民手持玫瑰花冲进政府大厦夺取政权，并继任总统，完全倒向西方，这就是有名的“玫瑰革命”。

萨卡什维利在 2008 年北京奥运会开幕的当天，下令军队进攻南奥塞梯，引起俄罗斯的强烈反弹。俄军轻易地击败格鲁吉亚军，而西方国家并没有出手相助。如今俄罗斯和其他三四个国家已正式承认南奥塞梯及阿布哈兹是主权国；格鲁吉亚真可谓“偷鸡不成蚀把米”。

兼容基督教与伊斯兰教两种文化的小镇古达乌利（Gudauri）

在格鲁吉亚的不足四百万人口中，超过一百万住在第比利斯，其中有三十万是从阿布哈兹和南奥塞梯逃到第比利斯的格鲁吉亚族难民。这对第比利斯是沉重的经济和社会负担；再加上格鲁吉亚近年来贫富悬殊的现象十分严重，第比利斯的社会安宁令人担忧。

如果不看隐忧，今天的第比利斯倒是一个很开放进步的城市。在旧城我看到一家名叫“KGB – still watching you”（克格勃——仍在监视你）的咖啡馆，这是典型的西方式幽默。我还听说前克格勃将军——谢瓦尔德纳泽总统目前在第比利斯安度晚年。

2011 年 6 月之后，格鲁吉亚又有多次群众示威，反对政府的一些措施。萨卡什维利下令军警镇压，充分显示在野时的民主派当权以后的转变。2012 年，亿万富豪伊万尼什维利（Bidzina Ivanishvili）建立了一个反对党，以他自己儿子唱的一首歌《格鲁吉亚梦想》为名，继续寻求融入北大西洋公约组织，在当年的国会选举中成为格鲁吉亚第一大党。

一群参观文化村的小学生

2013 年总统选举，伊万尼什维利因为还不是格鲁吉亚公民，不能参选总统。“格鲁吉亚梦想”于是提名哲学教授马尔格维拉什维利（Giorgi Margvelashvili）为总统候选人，顺利当选总统；提名这时已取得公民资格的伊万尼什维利担任总理。

不到一年，伊万尼什维利突然辞职；“格鲁吉亚梦想”推出年仅三十一岁的加里巴什维利（Irakli Garibashvili）担任总理。两年半下来，格鲁吉亚与西方融合的外交政策并没有使它得到多少好处，经济情况很不理想。2015 年底，总理又突然宣布辞职。

关于格鲁吉亚的总统、总理的人事变动和他们的国籍，还有一个插曲。萨卡什维利从总统位子上退下来之后受到刑事起诉，决定流亡乌克兰。在 2013—2014 年乌克兰和俄罗斯的对抗中，他表现出坚决的反俄态度和旺盛的战斗力。因此被政变后就任乌克兰总统的波罗申科任命为位于黑海西北的敖德萨州的州长，并被授予乌克兰国籍。

斯大林的塑像

1953年，从报上读到苏联的头号人物斯大林去世，我才知道他原来是格鲁吉亚人。

这次我有机会到斯大林的家乡哥里，参观了斯大林博物馆。博物馆是一座堂皇的三层大楼，就在斯大林出生的小屋边上。馆内展出许多历史照片和物品。其中最为出名的是列宁（Vladimir Lenin）居中，斯大林和托洛茨基一左一右的照片。列宁是俄罗斯裔，据传有一部分鞑靼血统；斯大林是格鲁吉亚人；托洛茨基是犹太人。可见当年的苏维埃革命的确是在俄罗斯大帝国的基础上兴起的。陈列馆里的一面墙上挂着一幅绣有“万寿无疆”四个大字的红色锦旗，是斯大林七十岁生日时中国人民解放军第二野战军赠送的。

博物馆前有一个站在颇高的基座上的斯大林塑像。我们一行在塑像前面拍了不少照片，时间是2010年6月22日下午5时左右。路透社报道，格鲁吉亚当局于6月25日凌晨3时左右将这座斯大林的巨型塑像拆除。我们的照片真是“弥足珍贵”！

斯大林，这个鞋匠的儿子、神学院学生出身的职业革命者，是格鲁吉亚民族历史上最出名也最有权势的人。他领导苏联和国际共产主义运动近三十年。二次大战时斯大林领导苏联进行卫国战争，至今仍然被许多俄罗斯人怀念；他拒绝希特勒的建议，不肯用被苏联红军俘虏的德国元帅交换他那被德军俘虏的儿子，也令很多人感佩。他用极残暴的手段整肃异己，则被历史所唾弃。

此外他所做的一些不太为世人所熟知的决定，至今还影响着千万人的生活。

斯大林是苏联的第一任民族事务人民委员。生长于民族关系复杂的高加索地区，他对苏联境内的民族问题十分了解。他同意列宁关于少数民族聚居的地区应由本地区的民族实行自治的基本政策。不过为了“分而治之”，却又尽量使这些地区的疆界内包括另外一些民族。如今中亚几国的民族冲突都可以溯源到斯大林的政策。

二次大战时，斯大林以高加索原住民车臣人和印古什人同情纳粹为理由，将他们迁移到西伯利亚。最后由于赫鲁晓夫的公开批评，这些人才逐渐返回他们世世代代已经居住了几千年的北高加索。今天北高加索地区的分离主义和恐怖主义的起因也与斯大林不无关系。

斯大林 1911 年后从未再返故里。然而在不少格鲁吉亚人的心中，斯大林依然是格鲁吉亚的骄傲。也许这就是他的塑像一直要到 2010 年才从基座上被搬下来的缘故。

阿塞拜疆：诗人与石油之国

多年前，我看过一部杨紫琼主演的007电影《明日帝国》（*Tomorrow Never Dies*），讲的是各国为争夺石油而奇谋百出，故事发生在里海之滨的阿塞拜疆首都巴库。

2010年夏天我到阿塞拜疆，在巴库吃鱼子酱和烤全羊，看肚皮舞和吞火表演。虽然没见到幢幢谍影，我却看见巴库附近的很多石油钻探机和里海离岸不远处的钻井平台。

管道里的政治

公元8世纪已经有人在巴库开采石油；1846年机械钻井首次成功使用。19世纪后期，俄罗斯沙皇把巴库附近的石油开采权分块拍卖给国际资本家；20世纪初，巴库的石油产量占世界一半。瑞典的诺贝尔兄弟和英国的罗斯柴尔德家族在这里都拥有大量资产。

今天的巴库人口超过二百万，是世界瞩目的石油和天然气中心。全球几十家能源公司都在阿塞拜疆进行开采，通过管道将石油和天然气运往欧洲。目前，有一条自巴库经第比利斯到杰伊汉（Ceyhan，土

俯瞰巴库市区

耳其南部城市，位于地中海东北岸）的输油管，还有一条自巴库经第比利斯到埃尔祖鲁姆（Erzurum，在土耳其东部）的大输气管。

阿塞拜疆正像电影《明日帝国》描绘的那样，是国际地缘战略的重要一环。

在国际大博弈中，俄罗斯将其天然气经过乌克兰运送到德国等缺乏能源的国家，使它们对俄罗斯产生依赖，因而不能完全跟从美国。因此，减低德国等国家对俄罗斯能源的依赖就成为美国的大战略：以巴库为起点的两条管道就有这个作用；而拟议中由巴库穿过亚美尼亚直接到土耳其的南线管道，就更为理想。

在这个战略中，土耳其的重要性十分凸显。假如土耳其将石油和天然气经过地中海或是通过巴尔干半岛运往西欧，俄罗斯在欧洲的影响力必然减弱。但是由于欧盟至今迟迟不愿接受土耳其入盟，土耳其即使愿意和美国保持友好也不必非要照顾欧洲的需求。它可以和俄罗斯达成协议，让俄罗斯继续控制对德国等的能源供应，自己则可以在俄罗斯、高加索和中东、中亚寻求最佳利益。美国深明此理，所以一再对土耳其表示友好，并支持土耳其加入欧盟。

在本书的文章里，我一再表述一种观点：地理环境（主要地）决定文化的发展，而文化传统会影响历史的进程。土耳其和高加索三国有重要的地理位置、深厚的文化背景和复杂而纠缠不清的历史关系。当前的国际地缘政治把它们推上了世界舞台，使它们不能不各自寻找自己想要和能够扮演的角色。

阿塞拜疆与亚美尼亚的新仇旧恨

我从格鲁吉亚沿着大、小高加索山脉之间的平原进入阿塞拜疆。听说阿塞拜疆视亚美尼亚印制的地图为违禁品。入境时，我把在亚美尼亚买的“亚美尼亚共和国和山地卡拉巴赫共和国”地图放在行李箱上层最显眼的地方,以示“君子坦荡荡”。幸运的是我的箱子没被抽检。

在 1991—1992 年阿塞拜疆与亚美尼亚的战争中，亚美尼亚不止占领了阿塞拜疆的“纳戈尔诺－卡拉巴赫自治州”（主要人口为亚美尼亚人），还夺去了它周围的大片领土。大约一百万阿塞拜疆人被赶出或逃离了我那张地图上的“山地卡拉巴赫共和国”。与此同时，苏联时期一直住在巴库的几万亚美尼亚人也被迫离开。

一次大战前，巴库约有八万名俄罗斯人，五万左右阿塞拜疆人，四万余亚美尼亚人，还有很多波斯人和犹太人。1915 年前后，正当奥斯曼土耳其人在境内杀害和驱赶亚美尼亚人的时候，巴库的亚美尼亚人联通俄罗斯人杀害了大量阿塞拜疆人，因为后者和土耳其人同文同种，非常亲近。亚美尼亚人对土耳其人的行为可谓没齿难忘，而阿塞拜疆人对亚美尼亚人也有着满腔的新仇旧恨。

在当今大国博弈中，若要修建由阿塞拜疆经亚美尼亚到土耳其的南线能源管道，土耳其和亚美尼亚必须先和解，而这个和解必然牵涉到阿塞拜疆和亚美尼亚的领土纷争。这是美国面对的难题，而阿塞拜疆和亚美尼亚之间的僵持以及亚美尼亚和土耳其争拗，基本上都符合俄罗斯的战略利益。

然而，由于土耳其内政的转变和叙利亚的内战，俄罗斯和土耳其在其他层面关系不善，于是土耳其的东邻南高加索几国的国际战略地位有了新的改变。当然，土耳其和俄罗斯的关系如果改善，高加索几国的命运又会出现另一种情况。

多重文化遗产

阿塞拜疆因石油和天然气而兴旺，如果就据此认为它是一个没有文化的地方，那就错了。

阿塞拜疆位于高加索地区的东南部，许多世纪以来都在波斯文化圈内。波斯人在伊斯兰化之前信仰的琐罗亚斯德教（即祆教，俗称“拜火教”）以长明火作为祭坛，据传就是从巴库附近的一个天然气自燃的洞穴开始的。我在参观这个并不特别起眼的宗教重地时，心里想，地理真是能决定文化啊！

12 世纪时，一部分受波斯文化影响的突厥部族进入高加索山脉东南部和里海西南的一大片地区，逐渐形成了今天的阿塞拜疆民族(Azeris)。曾经盛极一时、统治波斯二百多年的萨法维王朝就是发展自这个区域。萨法维王朝强迫所有穆斯林信奉十二依玛目什叶派，时至今日几乎所有波斯人和阿塞拜疆人都是尊奉十二依玛目什叶派的穆斯林。

16—17 世纪，以逊尼派穆斯林保护者自居的奥斯曼帝国，与波斯萨法维帝国在小亚细亚东部和阿塞拜疆地区进行了一百五十年的拉锯战，结果是小亚细亚全属奥斯曼帝国，阿塞拜疆地区则归属波斯。进入 18 世纪，阿塞拜疆人趁萨法维王朝式微之际，建立了不少独立汗国，每个汗国又都修建宫殿和清真寺，还有华丽的商旅客栈。这些都是今天阿塞拜疆的文化遗产和旅游资源，也是帮助我了解高加索地区伊斯

巴库著名的处女塔，始建于公元前 7 世纪

12 世纪阿塞拜疆诗人内扎米的纪念堂

巴库之北几千年来连续喷火的天然气口，据传祆教（拜火教）用火坛祭礼即受此启发

巴库市区一景

兰文化的好媒介。

俄罗斯进入高加索地区后，与波斯又进行了长期的争夺战，在19世纪上半叶把阿塞拜疆地区的北部据为己有；因此今天伊朗的西北部有东、西两个“阿塞拜疆省”，而这两省之北就是本文谈及的“阿塞拜疆共和国”。俄罗斯占据阿塞拜疆之初，鼓励境内非东正教的波兰裔和德国裔人口以及亚美尼亚人迁居阿塞拜疆，并且大力把巴库建设成为一个繁荣壮观的都市。

俄罗斯这些政策，导致阿塞拜疆一百年来的两次民族冲突。另一方面，俄罗斯将近二百年的统治和建设，也使巴库具有突厥、波斯和欧洲三重文化性格，拥有许多优质的旅游景点和内涵。巴库的旧城更是被联合国教科文组织指定为世界文化遗产。清真寺与20世纪初的欧式建筑比邻而建，爵士乐师的脚在突厥游牧民族的毛织地毯上打拍子。我在巴库城中转了大半天，的确是受益匪浅。

俄罗斯人的统治使现在的阿塞拜疆人对他们的宗教不太执著。据我观察，阿塞拜疆人甚至比土耳其人更加不注重他们的教规与仪式。

伊斯兰文学的瑰宝

阿塞拜疆的第二大城市占贾（Ganja）于2006年庆祝了它的建城两千五百年。

在这两千五百年的历史中，占贾最杰出的居民是12世纪的诗人内扎米（Nizami Ganjavi, 1141—1209）。内扎米学问渊博，精通阿拉伯与波斯文学，深受苏非神秘主义的影响。他用优雅的波斯文写了五部长篇诗，称为《五卷诗》（*Khamza*），是波斯文和全体伊斯兰文学中的重要里程碑。

《五卷诗》中的《蕾莉与马杰农》是内扎米的代表作，根据阿拉伯传说而写成，叙述一对属于不同部族的青年男女为追求爱情而殉死的悲剧。诗中有这样的句子：“若不是胸中燃烧着爱你的情火，为你而流的泪水早已把我淹没；若不是眼中饱含为你而流的泪，忧伤之火熊熊早已把我焚烧成灰。”

内扎米《五卷诗》中的许多情节被细密画家反复绘成不同的具体形象，使他的诗作更加广为流传。一如在欧美各国没有人不知道罗密欧与朱丽叶，在华人世界里没有人不知道梁山伯与祝英台，在伊斯兰世界里没有人不知道蕾莉与马杰农的爱情故事。

جامعة قطر
QATAR UNIVERSITY

［下辑］

传统中东：历史的足迹

埃及：尼罗河畔与金字塔下

做客开罗大学

从十岁就知道埃及的尼罗河与金字塔。1963 年 8 月底，我从喀土穆乘飞机去雅典，途中路经开罗，在晨曦中看见尼罗河三角洲的田野，不免怦然心动。但是还要等待四十二年才能漫步于尼罗河畔。

2005 年 12 月，我在开罗大学作为期一个月的学术访问。开罗大学位于开罗市西南部、尼罗河西岸的吉萨（Giza）市。从我办公室到有五千年历史的吉萨金字塔的距离不超过十公里，然而我的主要精神并没有放在埃及的古迹上。

自 1517 年开始，埃及归属于奥斯曼帝国，一向由奥斯曼帝国的高级将领担任总督。1798 年，拿破仑率军进攻埃及，两年后撤军。在混乱中，奥斯曼帝国驻埃及的一位阿尔巴尼亚裔军官穆罕默德 · 阿里（Muhammad Ali）取得埃及的统治权，开创了一个名义上奉奥斯曼苏丹之名统治埃及，实际上却是独立的王朝。这个王朝一直延续到 1952 年。

穆罕默德 · 阿里启动了埃及近两百年的现代化进程。他于 1816 年建立了埃及的第一家工学院，1908 年扩建为“埃及大学”，埃及革命后又改名为“开罗大学”，直属由埃及总理担任主席的高等教育理事会。开罗大学共有三位校友先后获得诺贝尔文学、化学与和平奖。2005 年，开罗大学下辖十八个学院，有八千名教员，十八万名学生。

埃及另一所地位特殊的大学是爱资哈尔（Al-Azhar）清真寺兼大学，创建于公元 970 年。那时开罗（Al Qahira，意为“胜利者”）这个埃及的新首都刚刚开建。创建者是新近取得埃及政权的法蒂玛王朝；他们源自北非，属于什叶派中的伊斯玛仪派（又称“第七伊玛目”派），自从夺得埃及之后，便与以巴格达为首都的逊尼派阿拔斯哈里发王朝分庭抗礼，长达三个世纪。欧洲“十字军”东侵时，法蒂玛王朝于 12 世纪末期灭于为了抗击“十字军”而自叙利亚前来埃及的逊尼派军人。自此爱资哈尔转而成为逊尼派伊斯兰最重要的学术中心，至今八百多年来培养出无数伊斯兰学者。爱资哈尔大学现在既是伊斯兰传统的保护者，又是现代知识的传授者；除了宗教、文学、法律等科目外，它也设有医学等现代科目。爱资哈尔的重要性远不是一般的大学可以比拟。爱资哈尔清真寺是埃及伊斯兰教的司令部，它的主持人（在逊尼派伊斯兰教里称为“伊玛目”[imam]，意为“领经者”；在什叶派伊斯兰教中“伊玛目”一词具有更为神圣的意义，请见本书有关伊朗的章节）由埃及政府指派和支付薪俸。为了保证教士集团对统治者的支持，埃及历来的统治者都用荣誉和厚禄笼络爱资哈尔的高层学者。

美国的奥巴马总统于 2009 年在开罗发表了一个对穆斯林世界的重要演讲。演讲会由开罗大学与爱资哈尔大学联合主办，实在是再合适不过了。

埃及知识分子的身份取态

开罗还有两所学术实力颇强的大学：即 1919 年创办的开罗美国大学和 1950 年由埃及政府设立的 Ain Shams（意为“太阳”）大学。

作者在开罗大学校长办公室，墙上挂着穆巴拉克肖像（2005年）

在开罗的一个月里，我和这几所大学的管理层以及一些教员分别作了座谈交流。但是，我最大的收获还是来自与教员及学生们的私人交往。

开罗大学一位出色的教授是我上世纪80年代中期在美国南加州大学的博士生。他做学生时对西方文化持开放态度，但谨守伊斯兰教规，斋月时即使正在做实验也会按时祈祷。因为我曾带他到洛杉矶华人区的清真馆吃饭，他对我尊敬之外还非常亲近。这次重逢，见他留了胡须，对埃及政府高层表示诸多不满。他的妻子是南加州大学的经济学博士，当年我也认识，回国后在开罗美国大学任教。他们在家中宴请我们夫妻时，她和读大学的女儿都戴了hijab（覆盖全部头发的头巾）。他们夫妻二人都来自埃及的中上层社会，住在尼罗河畔一座颇为舒适的公寓大厦里。我的学生告诉我，他父亲生前是埃及工程师协会的会员，因而购买到一个由工程师协会筹建的公寓单元。若非如此，以他

作者的埃及助理，一位读英国文学的硕士生

们夫妻的收入根本无法买到这样的公寓；而两名正在读大学的子女将来更是不太可能过上他们夫妻目前的生活。两位留美博士，两个名牌大学的教授都无法买到舒适的公寓，而他们对子女的前途又极不乐观，这样的经济和社会环境会产生怎样的政治生态呢？

我也结识了一位自联合国教科文组织退休后回到 Ain Shams 大学的教授。他的国际视野和对多元文化的开放态度让我看到埃及精英中的另一种典型。他为我介绍了他的好友，一位极有社会意识的物理教授。这位教授是科普特基督徒，自己组织了一个推动公益的基金会。他带我去参观了一个基金会支持的项目：在开罗的中世纪旧区里根据现代环保意识改建了一座旧楼，用来培训家庭妇女从事传统手工业。这位老教授不无感慨地对我说，这些被培训的家庭手工业者的一大困难就是与中国制造的埃及工艺品竞争。

开罗大学指派了一个半工半读的念英国文学的硕士生作为我的秘

书。和大多数开罗大学的女生一样，她头戴 hijab，但经常穿牛仔裤。有一次我问她，在埃及人、阿拉伯人和穆斯林这三个身份中，她自己觉得哪一个最重要？她毫不犹豫地回答：穆斯林！

上世纪 70 年代末，我在加拿大麦吉尔大学带过一个埃及人博士后。我曾问他认为自己首先是阿拉伯人还是埃及人，他说他既是百分之百的阿拉伯人也是百分之百的埃及人，还说埃及自 1971 年开始使用的正式国名"阿拉伯埃及共和国"（Arab Republic of Egypt）正好反映了大多数埃及人的自我认同。在我和他两年多的接触中，经常会谈到文化、宗教、政治这类问题，但他从来没有特别强调他是穆斯林，在斋月里我也没有听他说起关于守斋的事。

从上世纪 70 年代、80 年代和 2005 年我接触到的三个埃及青年对伊斯兰的态度，我很了解为什么奥巴马总统 2009 年在开罗大学的演讲中几次引用《古兰经》，并将之称为"The Holy Quran"以示尊敬。

吊诡的民主与选举

2005 年底，在美国的压力下，埃及举行了有史以来最为自由开放的国会选举，以及第一次有一位以上候选人的总统选举。一向被政府压制，但近年来又被认为"不合法但受容忍"的激进（不是"极端"）伊斯兰主义政团"穆斯林兄弟会"席位大增，而过去一向被执政党分配到不少名额的妇女和科普特基督教徒则席位锐减。这真是一个吊诡的局面：在美国和其他民主力量的压力下，穆巴拉克总统治下的埃及政府终于放开管制，施行选举，朝西方式的民主迈进了一大步；但是埃及选民似乎对激进伊斯兰主义者更为支持，对男女平等和多元文化的价值观却不很认同。选举的结果凸显了两个互为表里的现象：一是埃及一般老百姓在最近这些年更加认同伊斯兰传统和更为坚信伊斯兰；二是以"Islam is the solution"（伊斯兰就是解厄纾困之道）为口号的穆斯林兄弟会在社会上有了更广泛的影响力。在这两个现象的背后是埃及人民对政府高层贪污腐败的不满，以及对全球化之下社会和文化变迁的焦虑。

埃及九成左右的人口是阿拉伯穆斯林，但埃及还有一成左右的科普特人（信仰穆斯林入侵前的埃及基督教的人口）和努比亚人（原居埃及南部和苏丹北部的黑色非阿拉伯族裔）。如何避免在开放的民主选举中出现“多数人的暴政”（tyranny of the majority），确实是值得鼓吹民主的人们仔细考虑的问题。

埃及版“阿拉伯之春”

2010 年 11 月埃及依期举行国会大选。穆斯林兄弟会和西化自由派的政党都是第一次参选；他们指控听命于总统穆巴拉克的国家民主党竞选时违规，计票时又舞弊。大选后这两个信仰很不相同的政党得到许多人的同情，为两个月后爆发的动乱与革命积蓄了民意力量。

2011 年 1 月 25 日，受到突尼斯的影响，在半岛电视台阿拉伯语频道的鼓舞下，透过社交媒体的发酵，大批埃及群众开始在开罗中心的胜利广场聚集示威，反对政府专权、腐败，要求穆巴拉克下台。军警连续几天用不同的方法镇压和驱散都无效，同时全国各地也都有大规模群众示威和军民冲突。

十八天之后，年已八十二岁、在位三十年的穆巴拉克宣布辞去总统职位，副总统苏雷曼将军出任代总统。紧接着，穆巴拉克被起诉并受到监禁。其他高层军人主持建立了制宪议会，通过临时宪法，选出临时国会；国会议员又组成委员会起草新宪法。

2012 年初，埃及根据临时宪法选出国会，半年后再根据国会通过的新宪法选举总统。穆斯林兄弟会的穆尔西在第二轮投票中以不到三个百分点的差别击败对手（前穆巴拉克手下的部长），当选总统。

这就是埃及在“阿拉伯之春”高峰时期的革命“三部曲”：一、民众起义推翻独裁军人；二、军人集团主导，律师 / 法官集团配合，有

上左：图坦卡蒙的面具　上右：图坦卡蒙和他的王后　下左：埃及象形文字
下右：埃及 Aten 神庙里 Akhenaton 法老、Nefertiti 皇后和他们的女儿向 Aten 进贡的雕刻

部分政客参与规划革命的进程；三、依据临时宪法和新制定的宪法以投票加任命两种方法组成全国立法和行政机构。

埃及革命的直接结果是，几十年来受到军人压制的伊斯兰宗教力量和西化较深的世俗派力量，以及其他一些社会群体得到了解放。伊斯兰宗教力量组成了至少四个政党参与竞争国会席位：一是理念最清楚、历史最长久、组织最严密的穆斯林兄弟会（大致属于逊尼瓦哈比派）；二是素来专事宣扬先知和四大哈里发时期的典范而极少从事政治活动的萨拉菲派；三是较温和的伊斯兰主义流派；四是受到穆斯林兄弟会排斥的苏非教团和其他穆斯林社团。除伊斯兰教力量和西化世俗派之外，左翼工会、科普特基督教徒、阿拉伯民族主义者等社会力量也各自组成政党或者政团，参加到不同的政治联盟中从事竞选。

美欧各国的政府和媒体曾在 2011—2012 年间大事宣扬“阿拉伯之春”，结果让穆斯林兄弟会在埃及上了台。这正是他们最不愿见到的结果。恰巧，埃及首位由民意选出来的总统穆尔西虽然惯于反抗、长于煽动，却不善于治国。

穆尔西认识到自己并没有足够的政治力量来实现穆斯林兄弟会的政治理念，所以他在一年的总统任期内几乎把全部精力都放在获取更多的权力上，而忽略了改善因为政治动乱而受损的国民经济和社会和谐。当有媒体或是群众对他表示不满时，他或者下令起诉记者、关闭媒体，或者用军警对付示威群众，比穆巴拉克有过之而无不及。

上任半年后，穆尔西公布暂时冻结宪法宣言，声称总统有权力决定国家事务，无需立法机构的认可或法院的复核。这个明显的独裁宣示引起大多数埃及人民的不满。

2013 年 6 月 30 日，穆尔西就任一周年时，很可能在军方鼓励和配合下，埃及全国各地有数以百万计的群众上街示威，也有穆尔西的支持者举行反示威；此时的埃及比穆巴拉克下台前更加具有爆炸性。第二天，八百年来一直在埃及居于统治地位的军事将领集团向总统穆尔西发出最后通牒：四十八小时之内解决政治纷争，否则军人将被迫采取行动以保卫国家。

2013 年 7 月 3 日，少壮军人的代表、国防部长塞西（Abdel Fattah al-Sisi）宣布冻结宪法、解散政府、逮捕总统穆尔西。军人暂时管理国家，等待下一次选举后再退回到营房里。

这个举动并不令人惊讶，就是一个典型的军事政变。令人惊讶的是，在西方媒体中，很少见到他们往日对其他地方军事政变的严厉谴责，也听不到多少对穆尔西的同情之声。

就在西方默许下，埃及又恢复了军人统治的老传统。这一次，军人集团决定不留遗患。不消几个月，穆尔西就因为暴力致人于死、越狱、泄露机密等罪名被分别判刑二十年和无期徒刑。（同一段时间，穆巴拉克的无期徒刑判决被减刑为三年，然后又被释放。）2014 年，塞西辞去军职，竞选总统，以高票当选。之后，数千名穆斯林兄弟会的干部被判重刑；有几次是几百人同时审判，一起被判死刑。穆斯林兄弟会的大量会产被没收，并被宣布为非法组织，后来又被定性为“恐怖集团”，因此在埃及彻底失去了存在的法律基础和社会条件。

2011 年 1 月时，我相信我的学生和他全家即使没有去胜利广场，也一定在为广场上的群众欢呼。

经过了这五年来的革命、选举、军事政变和再选举，他们会怎么看埃及的前途和他们自己的命运呢？

埃及：从“蒙昧时期”到“埃及学”

不同文化的参照

我刚到美国念书时，在斯坦福大学的室友是一个知识广博的人类学系研究生。他对埃及十分有兴趣，计划到那儿去做田野调查。我因为曾经到过尼罗河的源头和中游地带，所以我对埃及古代文明也很向往。他告诉我，埃及的象形文字(hieroglyphics)曾经失传了将近两千年，是 19 世纪“埃及学”兴起后才被重新认识的。他又说，埃及象形文字有三种元素：“phonograms”、“ideograms”和“determinatives”。我一听恍然大悟，告诉他，汉字的构成也有“形声”、“会意”和“假借”等，与埃及象形文字的来源要素不谋而合。

我们两人时常在晚饭后散步聊天，多半是讨论与文化相关的题目。有一次，我的室友说中国人常有“中国中心主义”的倾向。他又说，许多中国人误以为是中国独有的东西其实别的地方也有，就连“Middle Kingdom”这个英文词也不仅是指自以为位居世界中央的“中国”，因为在古埃及的历史中，从时间上讲，就有“Old Kingdom”、“Middle Kingdom”和“New Kingdom”。

尼罗河上游一景
卢克索的断壁残垣

尼罗河中游古都卢克索的一群小学生

和这位益友同屋一年多，由于有了新的观照点，我对中国文化的体会更为深刻了，对其他文化的理解和欣赏也增加了几分。我脑海中逐渐建构了一个更为有意义的参照系。这个参照系就好比是美国航天员从美国制造的太空舱里会高兴而清楚地看到美国的山河，同时也可以更清楚地看到整个地球的面貌。

神化的“法老”

从卫星地图上看，埃及全境的百分之九十五是沙漠，其余百分之五是贯穿南北的尼罗河谷与尼罗河三角洲。在今日埃及的八千多万人口中，大约百分之九十九住在仅占百分之五面积的尼罗河谷和三角洲，只有不到一百万人定居或游牧于广袤荒凉的沙漠里。

古时尼罗河每年泛滥，冲刷下来大量淤泥。河两岸的人们每年就在新泥土上种植，并在这种独特的生产和生活方式的基础上发展出了灿烂的文明。古埃及的宗教尊崇国家的统治者“法老”（Pharoah），认其为神。从公元前31世纪到公元前4世纪，共有大约二百余位法老统治过埃及。

公元前332年，亚里士多德的学生、年仅二十四岁的马其顿国王亚历山大打败波斯之后征服了埃及，并在尼罗河三角洲西部出海处建立了第一座亚历山大城。此后在继续东征波斯、中亚至印度河的途中，他建立了数十座亚历山大城。经过十二年的阅历，这位年轻的征服者对东方文明由鄙视变为尊重。他返回波斯时，身着波斯服装迎娶波斯公主，并要求众多部下也娶波斯妻子。亚历山大可说是提倡东西方融合的先驱。

亚历山大去世后，他的部将托勒密（Ptolemy）篡夺埃及政权，建立托勒密王朝。托勒密的后代统治埃及近三百年。这些希腊统治者说的是希腊语，崇尚的也是希腊文化，但是为了获得埃及子民的认同，却穿着埃及服装并自称是神化的“法老”。

亚历山大本人对希腊文明与东方文明的融合怀有诚意，因此愿意穿着如波斯人；托勒密王朝的“法老”神话，却可能只是统治者的权术。托勒密王朝的时代正是历史学家所谓的“希腊化时代”；希腊本土已经逐渐衰落，而希腊文化却因为亚历山大的远征而传播到埃及、西亚乃至中亚，并且和当地的文化开始融合。托勒密王朝的首都亚历山大城是当时世界上最发达的城市，有一座藏书丰富的图书馆，也有许多对世界文明做出巨大贡献的学者。欧几里得（Euclid）就是在亚历山大城创造了他的几何学。

“蒙昧时期”

2006年元旦，我在亚历山大城的旅店里遇见一群说粤语的游客，其中两位认出了我，叫我“校长”。原来他们是香港城市大学的校友，参加青年商会的旅行团到埃及。我除了有“他乡遇故知”的喜悦之外，还吃了一顿丰盛的晚餐。而这些学生不只为我“埋单”，还要听我讲述亚历山大在历史上的重要性。

托勒密王朝的最后一个统治者、“埃及艳后”克丽奥佩特拉（Cleopatra）恐怕已经不再认同于希腊。她为了保持王位和追求个人的幸福，先与罗马的英雄凯撒（Julius Caesar）恋爱生子，凯撒被刺后又嫁给罗马的将军安东尼。公元前 30 年，安东尼被凯撒的侄子屋大维（Octavius，即日后的罗马皇帝奥古斯都）击败后自杀，一直和安东尼并肩作战的克丽奥佩特拉于是服毒自杀，殉国兼殉情。

罗马征服埃及这个大谷仓后，实力大增，因此控制埃及对罗马十分重要。早期罗马的统治者也自称“法老”，迫害新兴的基督教。公元 4 世纪，罗马奉基督教为国教后，不再使用带有神的意义的“法老”名号。然而埃及教会（即科普特教会；希腊人、罗马人称埃及 [Egypt] 为科普特 [Copt]）信仰耶稣只具神性，并非神性人性并存的二元统一论，在 5 世纪被罗马教会判为异端。所以，埃及基督徒的处境并没有因为罗马帝国转奉基督教而得到改善。

公元 7 世纪，伊斯兰教兴起于阿拉伯半岛。阿拉伯人随即以雷霆万钧之势攻入东罗马帝国和波斯帝国的领土。640 年，阿拉伯军进入埃及。此后数百年，伊斯兰化和阿拉伯化在古老的埃及同步快速进行。属于东非含米特（Hamitic）裔的埃及人大量皈依伊斯兰教，并因而转用阿拉伯语。即使是埃及的基督教徒和犹太教徒，也都改以阿拉伯语为母语。

阿拉伯穆斯林坚持一神教信仰，对古埃及的多神信仰采取藐视态度。尼罗河谷的许多神庙、金字塔和其他古代建筑逐渐损毁，建筑上铭刻的文字也没能引起当权者的注意。埃及古代绚烂辉煌的历史被伊斯兰统治者认为是“蒙昧时期”，有如阿拉伯民族在穆罕默德接受天启之前的“蒙昧”状态。就这样，人类史上最璀璨的古埃及文明被遗忘了一千多年。

拿破仑在埃及开罗（J. L. Gerome 画作，1863 年）

科普特教会特别尊崇圣家（圣约瑟、圣母玛利亚和小耶稣）在埃及居住的经历

“埃及学”

公元 1798 年，拿破仑进攻埃及。这是“十字军”之后欧洲军队第一次进入伊斯兰世界的心脏地带。法国这次出兵因英国海军的干扰而失败，但是它也产生了拿破仑绝对意想不到的重大发现。

1799 年，法国士兵在尼罗河三角洲一个叫做 Rosetta（Rashid 之讹音）的村庄里发现了一块石碑，上面刻有三种文字，分别是古埃及的象形文字、古埃及后期使用的通俗化文字（demotic）和希腊文，据判定应是公元前 196 年所刻。一位法国学者用了二十年的时间，从这块后来被叫做罗塞塔石碑（Rosetta Stone）中找到了破译象形文字的关键，此后一百年里欧洲许多学者投身到“埃及学”的研究中，以科学的方法重新构建了古代埃及的历史，使它可以清晰地呈现在世人面前。

近代欧洲人凭借启蒙运动、理性主义和工业革命得到巨大优势，在美、非、亚及大洋洲掠夺剥削。他们当初的罪恶可谓罄竹难书，公正的现代欧美学者对这一点也不再讳言。

不过，欧洲社会所崇尚的理性主义和科学精神确实是促进人类进步的重大原因。可憾的是，工业革命所带来的效率观念和欧洲思想家们所揭橥的自由、平等和个人尊严等现代化的标志，在埃及（和其他一些发展中国家）并不易察觉。我经常见到的是社会地位尊卑的分野，是权力的滥用。哪怕是一个只有一丁点权力的人，也会摆出一副“我是个官”的脸孔；多数做微小服务的人，也经常伸伸手要“bakshish”（小费）。

且不论拿破仑的功过，他对理性主义的服膺和对科学的提倡肯定是对全世界的正面贡献。就连他进攻埃及这样的失算，也由于近代欧洲人的理性主义和科学态度而开启了一门崭新的“埃及学”，为我们了解人类早期的文化遗产提供了一个生动的案例。

埃及：阿拉伯世界的中心

固一世之雄也！

埃及位于非洲东北角，但有西奈半岛伸入亚洲；它虽是地中海国家，尼罗河又把它与中非洲连在一起。它的东部隔红海与阿拉伯半岛相望，西部沙漠则与利比亚沙漠共为一体。历史上，西亚的希克索斯人（Hyksos）、波斯人和阿拉伯人，尼罗河流域的努比亚人，地中海的希腊人和罗马人，北非的柏柏尔人都曾经统治过埃及，因此埃及的文化来源具有多样性。埃及一向有相当比例的科普特基督教徒，而且他们许多人成就杰出（如刚去世的前联合国秘书长 Boutros Boutros-Ghali），所以埃及社会的包容性素来很强。

今日埃及的人口、政治、经济、文化中心在尼罗河三角洲，而对尼罗河中下游地区居高屋建瓴之势的是上埃及的重要城市阿斯旺（Aswan）。我于 2005 年 12 月中，曾到阿斯旺一游，参观了五个不同性质、分别代表五个不同时期的景点。

大象岛是尼罗河中的一个大岛，也是阿斯旺最早的居民点。古时候，这里是非洲东部人顺尼罗河而下贩卖象牙的地方，有时他们由此

托勒密王朝时代修建于尼罗河上游的菲莱神庙一角
建于 9 世纪的图伦（Tulun）清真寺

古埃及最受欢迎的神祇——鹰神荷鲁斯（Horus）

就势征服下埃及，有人则是从这里被卖到下埃及为奴。威尔第（Verdi）为苏伊士运河通航庆典而作的歌剧《阿伊达》（*Aida*）就以这段历史为背景。

托勒密王朝时代修建的菲莱（Philae）神庙是朝拜女神伊希斯（Isis）的圣地（《阿伊达》中的一幕就发生在伊希斯神庙里）。庙里供着 Osiris（夫）、Isis（妻）、Horus（子）这三位在基督教兴起前香火最旺盛的埃及神祇。时至今日，他们仍然很受尊崇。20 世纪初英国人修建阿斯旺大坝后，这个神庙的底部被淹没了。20 世纪中叶埃及人再建阿斯旺高坝时，将整个神庙搬移到附近一个地势较高的岛上，保存了这个重要的文化古迹。

在阿斯旺市场里漫步是很大的享受。除了五颜六色的香料外，那几条街道也是一个绝佳的民族人种博物馆。我看人家，人家也看我。大半本地人会友善地向我微笑，有的还加上一句汉语“你好”！许多阿斯旺居民都有努比亚血统，肤色一般比下埃及人要黑。自从阿斯旺高坝兴建以来，住在水库区的几十万努比亚农民被转移到埃及各地。他们除了要改变生活习惯，还遭受到相当的歧视。半个世纪过去了，努比亚人已大多融入各地社会，脱颖而出成为埃及精英分子的努比亚人为数尚少。

埃及最负盛名的酒店可能是 19 世纪末英国人建造的瀑布旅馆（Cataract Hotel），它因为阿斯旺市郊的尼罗河第一个瀑布而得名。英国首相丘吉尔、德国的“沙漠之狐”隆美尔元帅、埃及的末代皇帝法鲁克都曾是这里的住客。英国小说家阿加莎·克里斯蒂（Agatha Christie）的名著《尼罗河上的惨案》（*Death on the Nile*）据说就是在这里写出来的。我面对万千年来滚滚向前的尼罗河水，想到无数活跃于此间的历史人物，不免有“固一世之雄也，而今安在哉”和“哀吾生之须臾，羡长江之无穷”的感触。

论古今中外的英雄豪杰，埃及的纳赛尔（Gamal Abdel Nasser）怎么都算是其中一个。1952 年，官阶仅拜中校的纳赛尔领导一个秘密的

"自由军官组织"推翻了英国支持的法鲁克国王，成立埃及共和国。这是自从马其顿的亚历山大征服埃及之后，两千三百年来，本土埃及人第一次取得国家政权。四年后，他强行收回苏伊士运河，引起英国、法国和以色列的联合军事进攻。当时正值东西方冷战"炙热"，也是反殖民主义声势浩荡的时代，美国在权衡利害之后，逼迫英、法、以色列撤军。自此，纳赛尔成为阿拉伯世界无可争议的领袖。

我从阿斯旺驱车南行一百公里，特地去看由阿斯旺高坝而形成的纳赛尔湖。狭长的人工湖边有延绵无际的高压线，尼罗河奔腾而下带来的淤泥日日夜夜沉积湖底。我不免有一丝悲戚：有一天纳赛尔这个名字将会和这个乌泥潭连在一起吗？

阿拉伯世界的文化巨人

自从伊斯兰化和阿拉伯化之后，埃及逐渐成为阿拉伯—伊斯兰文化的中心。12 世纪时欧洲"十字军"进攻埃及，法蒂玛王朝向当时主宰阿拔斯哈里发的塞尔柱突厥王朝求援。前来驰援的库尔德裔军人萨拉丁击败"十字军"后，废去法蒂玛王朝，在开罗建立阿尤比王朝(Ayyubid)。四传之后，阿尤比王朝被手下的"马木留克"奴隶军所灭。这些"马木留克"奴隶军人多数是突厥裔，自成一个封建地主统治集团，互选苏丹，不传子裔。在马木留克王朝统治埃及的二百六十七年间，埃及领土扩张，贸易发达，财政丰厚，文化也大有发展。今日埃及、叙利亚和黎巴嫩的著名宗教建筑多是马木留克时代所建。爱资哈尔清真寺也是在马木留克时代成为逊尼派伊斯兰的文化中心。

出生于突尼斯的伊本·赫勒敦生活在北非黑死病为虐后人口萧条、经济凋敝的 14 世纪，所以他在爱资哈尔潜心研究人口学、经济学、统计学等，被称为人口统计学之父。他又钻研各个民族和王朝的兴衰，著有《历史绪论》，认为历史的发展有其周期性的规律。这个观点影响了 20 世纪英国著名历史学家汤因比（Arnold Toynbee)。

19 世纪末，埃及成为英国的保护国。这时有不少维新派伊斯兰学者试图结合伊斯兰信仰与理性主义，力倡以改革来振兴伊斯兰社会。爱资哈尔大学毕业的穆罕默德·阿布杜到过欧、亚、非洲许多国家讲学。他曾撰文批评一夫多妻制的社会陋习以及社会腐败现象，认为埃及人民的贫困不是别的，而是“愚昧无知”。他还主张在伊斯兰教法中创新，要求穆斯林从只知一味“仿效”的枷锁中解放出来。

阿布杜的学生艾哈迈德 · 爱敏（Ahmed Amin）在开罗大学教授历史学。他从 1911 年开始，用了四十年的时间撰写了共八册的《阿拉伯—伊斯兰文化史》，参考了多个国家的资料，纠正了许多欧洲东方学者的错误与偏见，成为在阿拉伯国家里流传广泛、影响深远的学术巨著。

于 1988 年获得诺贝尔奖的纳吉布 · 马哈福兹（Naguib Mahfouz）不仅是埃及的小说之父，也是唯一获得诺贝尔文学奖的阿拉伯文作家。他一生住在开罗，写作生涯长达六十年，著有小说约五十部，其中传世之作是自传体的“开罗三部曲”，描述一个开罗家庭在英国殖民时代从 20 世纪 20 年代到 50 年代的各种兴衰变化。他反对宗教极端主义，主张政教分离和宗教容忍，因此受到宗教极端分子的攻击。1994 年，他被一个宗教极端分子用刀刺伤了颈部与右臂，从此不能从事写作。

我小时候在台湾读过当时“警备总部”还来不及查禁的“激流三部曲”（《家》、《春》、《秋》），感动得几乎不行。马哈福兹（1911—2006）在世的时间和始终与诺贝尔奖无缘的巴金（1904—2005）几乎相同，两个人都生活在受到殖民主义冲击的古老社会，他们也都是始终反对传统大家庭、反对“礼教”的文学巨匠。不同的是，埃及的极端保守者用刀刺伤了马哈福兹，中国的“革命者”却利用年幼无知的红卫兵去羞辱与伤害巴金。

而今安在哉

领导埃及建立共和制的纳赛尔生于 1918 年。他出生的时候，埃及在皇权精英的倡导下，已经进行了整整一个世纪的现代化改革。军队、学校和政府机构中的大量回国留学生，把欧洲的世俗化国家的概念和欧洲人的科学、民主和民族主义带回埃及；许多伊斯兰学者也希望能以振兴伊斯兰作为埃及自强和对抗欧洲的有效武器。大约同时，俄国发生十月革命，社会主义思潮在全世界开始快速传播。所以，纳赛尔的一生是伴随着阿拉伯民族主义、伊斯兰复兴运动和社会主义这三种思潮的发展与相互竞争而度过的。

我还能清楚地记得纳赛尔主政埃及十六年间的一些作为，可以肯定他倾向世俗化阿拉伯民族主义（或称泛阿拉伯主义），并带有社会主义色彩，但是反对伊斯兰主义。埃及在 1958 年和叙利亚组成联邦，两国都把国名改为“阿拉伯联合共和国”（United Arab Republic），虽然叙利亚几年后因为埃及人的跋扈而退出了联邦，埃及的国名在纳赛尔有生之年始终没有再更改。他在国内强力压制属于激进伊斯兰主义的穆斯林兄弟会。在国外，由于美国不支持埃及修建阿斯旺高坝，纳赛尔便从原先的不结盟政策转而接受苏联援助，并在埃及采取许多有社会主义性质的经济和社会政策。

由于纳赛尔的个人魅力，也由于埃及的人口数量、地理位置和历史上的重要性，纳赛尔时代的埃及确实是阿拉伯世界的中心。尽管埃及的方言与其他阿拉伯国家差别很大，埃及的电影和流行音乐却为整个阿拉伯世界所共享。当时，美国设法扶植沙特阿拉伯以钳制埃及在阿拉伯世界的影响力，但是效果不彰。由全世界二十二个阿拉伯国家组成的阿拉伯联盟，总部一直设在开罗。

纳赛尔去世后，埃及的政治方向开始转为亲美，它的世俗化阿拉伯民族主义也逐渐弱化。

我于 2005 年底看到的埃及，是一个教育相当普及、工业颇有水平、经济潜质良好的国家。但是它的国际政治影响力已经不高，文化“软实力”也逐渐式微。除了以往那些受大众欢迎的文化产品越来越少，让人讶异的是在这个亲美的国度里，居然找不到几家外文书店，也很少看到外文书刊的阿拉伯译本。我看到的是穆斯林宗教热诚的提高，是对基督教徒容忍的降低，还有就是平民对政府不信任的增加。

在纳赛尔湖畔思考埃及，我不禁想知道阿拉伯世界的中心将来会在哪里？

“阿拉伯之春”出现之前的2010年，一位在埃及留学两年刚回国的土耳其朋友告诉我，埃及一般人喜欢看的是土耳其电视剧，喜欢听的是美国流行歌曲。阿拉伯世界的文化中心已经在穆巴拉克当政的年代从埃及悄然移开。穆巴拉克下台后的五年也是整个阿拉伯世界（和大中东地区）文化停滞的五年。

2016年7月，我有机会到了“阿拉伯之春”之后的亚历山大港。这里本是埃及最为开放和西化的大城。经过这几年的折腾，市容显然比不上2006年底我所见到的。年轻人的装束和之前大致相同，一部分女性遵照伊斯兰传统戴头巾，一部分没有穆斯林的标记，但是在夏天还是不会穿短裙短裤。无论如何，埃及在阿拉伯世界的领袖地位因为这几年的社会动乱和经济乏力而不再。

一心一意想要填补埃及遗留的空位的是沙特阿拉伯。沙特有麦加、麦地那和穆罕默德的《圣训》，有石油、美元，也有雄心来担当这个重任。

可惜的是，沙特既没有足够的人才，也没有吸引人的文化。

我自己的看法是，埃及的混乱与停滞是从毛里塔尼亚到索马里的全体阿拉伯联盟国家的损失。

伊斯坦布尔：永远的郁金香之都

“没有地理，便没有历史”

法国历史学家布罗代尔（Fernand Braudel）有一个著名的观点：“没有地理，便没有历史。”

在黑海（Black Sea）和马尔马拉海（Sea of Marmara）之间有一条三十多公里长的博斯普鲁斯海峡。海峡之东是小亚细亚的最西部，顾名思义属于亚洲；海峡之西是巴尔干半岛的色雷斯（Thrace）地区，南邻希腊，北接保加利亚，属于欧洲。跨博斯普鲁斯海峡两岸，位居黑海与马尔马拉海之间的城市就是东罗马帝国一千多年的首都君士坦丁堡，也是继拜占庭帝国之后雄视亚、欧、非三洲六百余年的奥斯曼帝国的首都伊斯坦布尔。

据说当年奥斯曼军队在向君士坦丁堡进逼时，曾向附近的农民问路。农民们手指远处高高的城墙，用希腊文说：“Eis tan polin!”（朝城市去！）于是这座古都在奥斯曼士兵的口中就变成了“Istanbul”（伊斯坦布尔）。

我曾多次到伊斯坦布尔，在那里还住过五个月，可以肯定地说，

土耳其科尼亚城郊夜景
从博斯普鲁斯海峡的渡轮上看海峡西岸

伊斯坦布尔既有位居要津、气势恢宏、山明水秀的地理，又有看不尽、说不完、忘不掉的历史。

突厥人进入“罗马”

突厥人最初是在蒙古高原上的游牧部落群。他们说的突厥语与蒙古语、满语等同属阿尔泰语系，与印欧语系的语言以及闪米特语言很不相同。公元 6 世纪，突厥人在中国北方建立了一个辽阔的草原帝国。第 7、第 8 世纪时，突厥人的西翼向西迁徙至锡尔河（Syr Darya）与阿姆河下游的中亚腹地。自 9 世纪起，一部分突厥人皈依了伊斯兰，建立了喀喇汗（Karakhanids）王朝，后来以喀什为基地，自西向东对和田等塔里木盆地的绿洲城池发动圣战，逐渐将新疆伊斯兰化。另一部分突厥人则向西迁移，在里海东岸现在的土库曼斯坦地区发展，并逐渐渗入波斯境内，学习了波斯人的文化。公元 10 世纪，西突厥人的一支建立了强大的塞尔柱王国，实际上控制巴格达的哈里发，并于 11 世纪中叶进入小亚细亚。他们于 1071 年在今日土耳其东部的曼兹喀特（Manzikert）的一次具决定性的战役中俘虏了拜占庭皇帝，从此突厥人大批进入他们称之为“罗马”（Rum）的拜占庭帝国，建立了许多小公国，逐渐成为整个小亚细亚的新主人。

公元 13 世纪末，深入拜占庭世界最远的一支突厥人的首领奥斯曼（Osman）在小亚细亚的西北部以伊斯兰拓疆战士加齐（Gazi）的身份建立了奥斯曼小公国。他的儿子奥尔罕 · 加齐（Orhan Gazi）将势力扩张到欧洲的巴尔干半岛；奥斯曼公国的第七代首领、二十一岁的苏丹麦赫迈德二世（Mehmed II）于 1453 年攻陷君士坦丁堡，结束了罗马帝国一千五百年的王统。

奥斯曼家族的前十代君主，都是能征惯战、勤政善治的君主，持续了奥斯曼帝国二百五十年不断的扩张。到第十代“伟大的立法者”苏莱曼苏丹（1494—1566）时，当年的奥斯曼加齐小公国已成为地跨欧、

博斯普鲁斯海峡

亚、非三洲的大帝国：从亚得里亚海延伸到波斯湾，从埃及扩展到高加索。麦加、麦地那和耶路撒冷这三个伊斯兰的圣城都在它的管辖之下，红海成为它的内海；中欧的匈牙利和黑海北岸的克里米亚都是它的附庸。

古往今来，国之运祚，盛久必衰。苏莱曼苏丹去世后，奥斯曼帝国逐渐失去往日的活力。但是，奥斯曼家族仍然统治帝国长达六百多年，直到一次世界大战结束后奥斯曼帝国才寿终正寝。

“米勒特”制度

奥斯曼帝国又是如何治理它那辽阔的领土，与众多不同种族、不同语言、不同宗教的臣民呢？答案是“米勒特制度”。奥斯曼王室以伊斯兰信仰的保护者自居，把所有臣民划分成“信仰者”（即穆斯林）、“有经者”（指犹太教徒和基督教徒）与“不信者”。

奥斯曼帝国范围内各宗教及教派人口被划分成大小不等的“米勒特”，即不同的宗教社区。各“米勒特”的人要穿不同的服装，以易于

辨认。穆斯林是一等公民，信仰其他宗教的人走在街上要给穆斯林让路。"有经者"要交纳人丁税，但各"米勒特"内部的宗教、教育、婚姻、遗产继承等事务一律自理，有很高的自治权；他们不能被强迫改宗伊斯兰教。

这就是说，奥斯曼帝国立国的原则是以宗教身份划分臣民，一个人的种族或民族属性并不重要。由于奥斯曼家族在西迁的过程中以及立国后都曾大量与异族通婚，王室成员本身的种族成分就非常复杂，许多宰相和大臣也不是突厥裔。

在奥斯曼帝国的非穆斯林人口中，地位比较突出的是希腊人、亚美尼亚人和犹太人。希腊人是奥斯曼大部分领土的旧主人公；在奥斯曼帝国六百多年中，希腊正教的组织得以保存了下来。许多著名学者、行政官员，特别是海军官兵，都是希腊裔。

亚美尼亚正教和希腊正教的历史一样长。在奥斯曼历史上，许多学者和商人都是亚美尼亚人，亚美尼亚人经营的商店遍布帝国各地。一次大战前后，不少亚美尼亚人倾向俄罗斯，被奥斯曼精英认为是通敌叛国，于是发生了令今天的土耳其在国际上很难自辩的"1915 年大屠杀”或“种族灭绝”。

大量犹太人在16世纪初从西班牙逃亡到当时欧洲最强盛的奥斯曼帝国。由于西班牙进行“宗教审判”，迫害穆斯林与犹太人，而在这里能受到奥斯曼王室的重视，犹太人自然愿意为之效命。在奥斯曼历史上，犹太人在各方面的贡献都很大，对奥斯曼王室的向心力也很强。有人估计，19世纪的伊斯坦布尔人口中，至少有四分之一是犹太人；20世纪以来，即使犹太人逐渐移民到北美洲等地，至今仍有相当数量的犹太人留在伊斯坦布尔。我在伊斯坦布尔就曾受到犹太社群的邀请，给他们作演讲。

被遗忘的细节

19世纪，在欧洲民族主义思想的影响下，希腊人、罗马尼亚人、保加利亚人、塞尔维亚人先后被列强支持“独立”了，大部分亚美尼亚人居住的地区被俄罗斯占领了。一次大战时，奥斯曼帝国与德国结盟，成为战败国。伊拉克（包括科威特）、叙利亚（包括黎巴嫩）、约旦与巴勒斯坦分别成了英、法两国的“托管地”，伊斯兰的圣地麦加和麦地那也被沙特王朝在英国的支持下“解放”了。今天中东的大部分问题都可以追溯到一次大战后各国瓜分原属奥斯曼帝国的领土。

大战刚结束，希腊就乘机进攻小亚细亚西部；意大利出兵地中海地区，占领了如今等同解体的利比亚；英国则占领了奥斯曼首都伊斯坦布尔。对土耳其人来说，“此诚危急存亡之秋也”！

穆斯塔法·凯末尔（Mustafa Kemal）将军及时领导奥斯曼帝国的主体民族土耳其人通过战争获得独立。土耳其军队夺回伊斯坦布尔，并击退来犯的希腊军。1923年，列强和土耳其临时政府签订《洛桑条约》，承认土耳其共和国。共和国的首都定在安卡拉，凯末尔被推选为总统。

在这段惊心动魄的历史岁月中，《洛桑条约》中有一个如今几乎被人遗忘的细节。那就是，希腊和土耳其同意交换人口：土耳其境内的一百多万希腊正教信徒（尽管有些是说土耳其语的，如安纳托利亚中部的希腊正教徒）要迁往希腊；希腊境内的大约二十万穆斯林（尽管很多是说希腊语的，如克里特岛的穆斯林）要迁往土耳其。《洛桑条约》又规定，住在伊斯坦布尔的希腊正教徒（包括希腊正教的大牧首）以及住在色雷斯西部的穆斯林不必迁徙，各自可以成为所在国的公民。这些条款应该是谈判者在会议桌上为了照顾彼此的愿望和实际情况，通过多轮谈判而达成的。

全世界东正教的最高精神领袖——希腊正教的大牧首（Patriarch of the Greek Orthodox Church）——就是一位长住伊斯坦布尔的希腊裔土耳其公民。他在伊斯坦布尔的直辖教民固然已不多，但他的存在就保证了伊斯坦布尔是一个多元开放、历史与文化气息浓郁的大都会。

我在伊斯坦布尔认识两位身世很特别的人。一位是享誉土耳其、弟子遍布全国的生物医学教授。他是伊斯坦布尔市亚洲地区的希腊社区领袖，管理大约几千名希腊裔东正教徒的内部事务。这位教授对我很友善，他向来都以土耳其公民自居，还为我解释土耳其的各种制度和风俗。我常想，如果时间可以倒退一千二百年，这位教授一定可以和当时住在中国长安的粟特人（Sogdians）社区领袖——“萨保”——交换心得，互道在大国中担任少数族裔社区领袖的甘苦。

我还认识一位依土耳其法律在伊斯坦布尔工业发展区投资设厂的希腊籍商人。他是出生于希腊境内西色雷斯地区的土耳其裔穆斯林。他的祖父在土耳其和希腊交换人口的时候曾经盼望被遣送到土耳其境内，但是《洛桑条约》的协定里没有包括他们这一部分人口，所以就成了希腊公民。这位前来土耳其投资的“希腊”商人自幼受的是双语教育，姓名、宗教和语言与一般土耳其人没有分别，但享有土耳其政府对待外国投资者的一切优惠，以及令他颇为头痛的繁琐手续。他如果有机会到中国，就一定能和近年来数目不断增加的“海鸥”派“外籍”投资者交流经验。

永远的郁金香

郁金香原来生长在中亚和中东的山地，波斯人大约从10世纪开始人工种植，不久就传遍当时的伊斯兰世界。15世纪末的一位奥斯曼苏丹据说曾经一次订购五万个郁金香花苞；从那时起，奥斯曼帝国的“国花”肯定是郁金香。18世纪初，就在帝国开始革新求变的时候，奥斯曼社会的上层人士手中常常拿着一朵郁金香。历史学家称这个时期为“郁金香时代”。就是在这个时代，荷兰等西欧国家开始超越奥斯曼帝国，郁金香也就从那时成为荷兰的外销鲜花之一。

奥斯曼时代的建筑装饰、艺术设计和生活用品中到处都可以见到郁金香的花纹。在奥斯曼帝国瓦解将近百年之后，郁金香仍然极受欢迎，今天在土耳其能见到十四种不同亚品种。

任何到访伊斯坦布尔的人随时随地可以见到郁金香图案，至少几乎所有人喝茶时所用的茶杯都是郁金香形状。这是一个没有任何宗教和种族意义的图腾，是一个既能回顾过去又能代表现在，甚且可能象征未来的符号。

不论土耳其世俗化与现代化的成果是什么，不论它百年来“脱亚入欧”的努力，以及最近几年又出现的局部“重返亚洲”倾向的结局如何，也不论博斯普鲁斯海峡的哪一边将来会更兴旺发达，在我心中，伊斯坦布尔是永远的郁金香之都。

土耳其：正在进行的“文化革命”

阿塔图克的燕尾服

土耳其共和国的缔造者穆斯塔法·凯末尔出生于巴尔干半岛南端的塞萨洛尼基（今希腊境内）一个说土耳其语的穆斯林家庭，父亲经营木材生意。他自幼学习成绩良好，是一个军校毕业、熟悉科学、法语流畅的战时英雄，也是一个有魄力和魅力的政治家。

他在共和国初期的一系列演说中宣扬他的“建国六原则”，也就是西方人所称的“凯末尔主义”。他主张土耳其要从西方化走向现代化，国家政权应该世俗化，宗教是个人的信仰和行为。

共和国的国民议会也通过了一系列法律，以促使土耳其与当时的西欧“接轨”。

1924 年，土耳其废除了哈里发制度，解散了过去在政治上很有影响力的苏非教团，没收了许多伊斯兰教产，政府直接介入清真寺的管理并支付高级宗教法官的工资。1928 年，土耳其废止了用阿拉伯字母拼写土耳其语的奥斯曼文字，改用拉丁字母拼写土耳其语，并加入了许多法语和英语的借词。

法律禁止人民戴奥斯曼人的圆柱形高帽（fez）。上层男士开始戴有沿的欧式礼帽，穿西装、皮鞋；女士则抛弃了头巾，穿欧式套装和高跟鞋。

国民议会通过法案，每个公民都要有一个姓氏；凯末尔也被国会冠以“阿塔图克”（Ataturk）这个姓，意为“土耳其人之父”。

公立学校里不再教学生读阿拉伯文的《古兰经》（这是旧式学堂里最基本的课程），只有一门介绍宗教（主要是伊斯兰教）的课程。

这是一场意义重大、影响深远的“文化革命”。今天，土耳其的中产阶级多半倾向于认同欧洲。他们已不能阅读清真寺里的阿拉伯文或是奥斯曼时代的书刊和碑文，也看不懂街头商店出售的大量旅游纪念品上的文字。

阿塔图克选派了许多年轻人到西欧各国去学习各种专业及技能。其中一个到巴黎学习裁缝的青年，回国后在伊斯坦布尔开了一家西装店。开张不久就有人向他定做一套燕尾服，这个顾客竟然就是阿塔图克。

世俗化的守护者

土耳其宪法规定国家公务员和军人必须严格遵守国家世俗化的原则。阿塔图克的几位继任者都是军人出身，秉承世俗化的原则。土耳其共和国成立八十年来，所有宣传伊斯兰主义的政党和政治人物都会受到军方和法院的制止。远的不说，前任总理、现任总统埃尔多安（Recep Tayyip Erdogan）1998 年就曾经因为在一次政治集会时背诵引用《古兰经》的诗句而被判入狱；他所属的政党也曾被解散，后来改名“正义与发展党”重新登记，才获得重生。

过去，每有军人不认可的政府，军队就发动政变，然后举行选举，由另一个文人政府执政。1980 年之前，平均每十年就有一次军人政变。最近二十多年，国际上和土耳其内部的政治生态都发生了变化，以至于过去曾被查禁的正义与发展党已经连续执政了十四年，靠着在议会里的多数票修改了不少颇具敏感度的法律和宪法条文，又利用媒体讨论、政客发声等手段，逐渐移动了凯末尔主义的世俗化标杆。此外，正义与发展党政府还分批逮捕了多名退休的高级军官、法官、大学教授和新闻记者，以秘密结党、图谋政变的罪名起诉他们，大大地削弱了反对正义与发展党的政治力量。

上一任总统居尔（Abdullah Gül）于 2007 年就任时，总统夫人戴着传统伊斯兰妇女的头巾参加典礼，引起三军总司令当场退席，表示对国家机构世俗化的坚持。但这大概就是军人所能做的最强烈的表态了。任何实际上干政的行为都会引起国内伊斯兰主义者的抗议和欧盟的强烈批评，分裂土耳其社会，并减低土耳其加入欧盟的机会。而加入欧盟是土耳其全国政治、文化精英（包括温和的伊斯兰主义者）和军人的共同愿望。

大学女生的头巾

土耳其世俗化政策的一个特殊表现是法律禁止大学女生在校园中戴头巾。土耳其现任政府几年前就开始提议修改这条法律。可想而知，这是会引起社会激烈辩论的敏感问题。所以法律至今仍未完成修改手续。

我到过多所土耳其大学访问，土耳其大学生的穿着和欧美大学生没有任何分别，校园里男女学生当众拥抱亲吻的现象也和欧洲、美国差不太多。这是土耳其多年来西化政策的结果。土耳其这一代大学生行为上如此西化，它未来社会精英的价值取向应该可以预测。因此，土耳其将来走回传统伊斯兰社会的可能性应该是非常低。

但是，没有什么事情是绝对的，而且有时还有物极必反的情况。

在土耳其，西方化最彻底的高校是伊斯坦布尔的海峡大学（Bosphorus University），它也是自由主义派的堡垒。海峡大学本名 Robert College，是美国教会于 1863 年创立的，至今仍以英语教学。前几年，正当土耳其社会热烈辩论大学女生头巾的时候，海峡大学具有浓厚自由主义思想的女校长说："如果我可以穿牛仔裤来上班，为什么我们大学的女生不能戴着头巾来上课？"

身着西式礼服的土耳其共和国国父凯末尔 · 阿塔图克

曾经企图由衰转盛但最终被迫施行君主立宪的阿卜杜 · 哈米德苏丹（1878—1909 年在位）

于是，闸门打开了一道缝。不少海峡大学的女生果真戴上传统头巾来上课。刚开始还发生一些骚动，后来不了了之，现在大家已经习以为常了。依我看，校园里大约有百分之十到百分之十五的女生戴头巾。随着正义与发展党执政时间的增加，土耳其世俗化外表也随着逐渐减弱。最近几年来土耳其社会戴头巾的女性明显比十年前要多。

土耳其的文化革命和中国的五四运动几乎同时出现，现在似乎也遭到了与中国类似的回潮现象。正如当今许多中国人强调儒家思想，没有读过什么古籍的家长要自己的孩子背诵《三字经》、《千字文》、《弟子规》，土耳其许多自己没有读过《古兰经》的家长现在也希望子女学习阿拉伯文与《古兰经》，重新认识土耳其的伊斯兰文化传统。

作者与安卡拉 Bilkent 大学的两位学生合影（2006 年）
作者在土耳其一个展览厅里（2014 年）

大学食堂里的斋月

2006 年 10 月，我曾经在土耳其首都安卡拉的科学之城大学（Bilkent University）做过一个月的学术访问。当时恰逢伊斯兰斋月，但我的生活和交流活动并没有受到任何影响。当然，一定有不少人是按规定从日出到日落既不进食也不饮水。但秘书为我和不少教授约定的会面一般选在大家都有空的中午，他们一般请我在完全正常营业的教员餐厅吃午饭。出于好奇，我也曾特地到学生食堂看过，中午同样是熙熙攘攘，感觉不出来这是伊斯兰的斋月。

伊斯兰传统与西方人的现代生活方式和节奏的确存在互相适应的问题。土耳其人既然无法改变《古兰经》有关斋月的规定，又想依照西方现代人的方式发展自己的社会，就只能在两者之间作一个并不容易的选择。

据我观察，大学高层和大部分学生都不守斋，但一部分学生和比较多的低层校工还是守斋的。十年过去了，我很想再去那两个食堂做一次实地观察，看看上面说的回潮现象在需要忍受肚子饿的时候是否依然如此。

“肥皂剧”里的乾坤

2009 年 10 月至 2010 年 2 月，我在海峡大学担任了一个学期的客座教授，住在校园内一栋可以俯瞰博斯普鲁斯海峡的小楼的顶层。公寓内的设备很齐全，但是电视只能收看土耳其语的频道。伊斯坦布尔的秋冬之际，经常阴雨连绵，所以我留在公寓里的时间很多。有时为了好奇而硬看土耳其电视，渐渐地居然看出一点道理来。

总体来说，一直到五年前，土耳其的电视节目和欧美国家差不太多：新闻、访谈、足球、有奖比赛、儿童节目、好莱坞电影、文艺表演，等等。连续剧和美国“肥皂剧”很相似，不外是大家族里不同人物的钩心斗角、男女私情、事业纠纷之类；热吻和缠绵戏镜头时而出现，但比美国节目要“自律”一些，比中国的同类电视剧似乎又开放一点。美国电视上有许多牧师布道以及信徒见证等宗教节目；在土耳其电视里，没有周五清真寺内聚礼的节目，但是任何对伊斯兰文化稍有认识的人都能看得出来，这些“肥皂剧”的主人翁是穆斯林。

有一次，我把我的直观印象说给一个很世俗化并且相当西方化的教授听，他首先说我的观察很正确，但他的分析却是我没想到的。

他认为，很多西方国家的谋士们并不希望土耳其真的西方化以后加入欧盟，而是设法把土耳其留在中东的伊斯兰阵营里，以“浅绿”色的穆斯林身份去影响其他“深绿”的穆斯林社会。制止土耳其军方压制当政的正义与发展党（属于温和伊斯兰主义），是这个大战略下的一个布局；鼓励土耳其的电影电视美国化并外销到中东各国，则是另外一个布局。

不论这个说法有没有根据，土耳其政府已加强对中东地区的关注，以及土耳其电影、电视在中东各国十分卖座却是事实。

当然，近五年来叙利亚的内战和“伊斯兰国”的出现改变了土耳其和周边国家的关系，也因此改变了整个大中东地区的生态。现在我能说的是，不论是哪个政党当政，土耳其在可见的将来仍然会是中东地区“肥皂剧”的出产地。

土耳其：清真寺的召唤声

丢不掉的手机

除了 2006 年在土耳其首都安卡拉住过一个月，我 2009 年末和 2010 年初在伊斯坦布尔的海峡大学任教，住了大约半年，跟许多不同阶层的人打过交道。我的总体印象是他们都很友善、热情而诚实。

在伊斯坦布尔这个国际大都会问路，几乎每次都能得到友善的帮助。在黑海之滨的特拉布宗，我和妻子在郊外找不到去市中心的路，问一个穿西装的中年男士。他说我们走反了方向，但如果退回去天就要黑了，不很安全。他于是用了二十分钟时间，带我们抄一条小路在天黑前回到酒店。

在土耳其西南部，塞尔柱时代的首都科尼亚，我为了想知道如何去旋转苏非（Whirling Dervishes）宗派的创始人兼大诗人鲁米（Rumi，即 Mevlana）的陵墓而走进一家理发店问路。不识英语的店主人叫一个伙计为我指路。没走几步，这个年轻人示意我该停下。我不明就里，只好站在那里研究地图。不久过来一辆小巴，我才明白年轻伙计的意思，但不知道该不该上车，所以又回理发店去问。当我无法让理发店

伊斯坦布尔西区的一座清真寺外，妇女们正在祈祷

里的人理解我的问题而要离开时，店主拖住我就往外走。原来他是要自己开车送我去。一路上我们只能用眼神和笑容交流。大约十五分钟后，他停下车来，指了一指不远处的蓝色瓷砖的尖塔，正是我多次在书中见到的科尼亚市的标志。

我时常丢东西，在伊斯坦布尔曾两度把手机忘在出租车里。

第一次是乘出租车到市中心，下车后很久才发现手机留在车里了，心中叫苦不迭。晚上回到住处，收到一位朋友的电话，说我的手机在她那里。原来司机发现手机后，主动打最后和我通话的手机号码，叫我朋友通知我电话在他那里。手机不在我手中，朋友当然找不到我，于是就派助理到那位司机的出租车站去替我把手机取了回来。

有一天晚上，我和朋友到伊斯坦布尔亚洲部分的中国餐馆去吃饺子。回到住处后才发现，手机又留在出租车里了。朋友知道后立刻拨打我的手机号码，司机听到后座电话铃响才知道车里多了一部手机。他说已经回到亚洲了。朋友请他即刻把手机送过来，会付给他来回车费。

这部历经沧桑的手机不久又回到了我口袋里。

游览塞利姆清真寺

埃迪尔内（Edirne）在伊斯坦布尔西北二百五十公里处，与希腊和保加利亚接壤，是土耳其西部的门户，14 世纪中叶到 15 世纪中叶曾经是奥斯曼帝国的首都。为了一睹这个有两千年历史的名城（希腊人称之为 Adrianopolis）以及奥斯曼建筑的瑰宝塞利姆清真寺（Selimiye Camii），尽管时间很紧张，我和妻子仍决定到埃迪尔内作一日游。

一大早我们就乘出租车到巴士车站。顺利拿到事先经电脑订位的车票。三小时的车程轻松愉快，车上还有穿制服的侍者端来茶水和糕点。巴士的终点站在市郊，乘客们可以免费转乘小巴去各自的目的地。虽然我们两个人的土耳其语合起来只会说“Selimiye Camii”，也在其他旅客的帮助下乘上了一辆小巴。一路上我又有些不安，担心搭错了车，去了不知什么地方。当司机停车后招呼我们下车的时候，我迫不及待地向窗外望去，看见在远处的林荫大道上，一座雄伟的清真寺被郁郁葱葱的树木半遮掩着。

塞利姆清真寺是由奥斯曼帝国最著名的建筑师米玛 · 希南（Mimar Sinan）设计和监造的，被誉为奥斯曼清真寺艺术形式之极致，也是希南一生的最后杰作。外观上，塞利姆清真寺是一个巨大的拜占庭式的穹顶结构，由很多小穹顶支撑着；四个高耸入云、典雅细长的宣礼塔（minaret）拱卫着寺院。塞利姆清真寺内部呈八角形，宽阔而明亮，装饰不豪华，但是十分精致。整个清真寺给人一种清新自然而庄严高贵的感觉。希南建成这座清真寺时已经是八十七岁高龄。我相信，这座建筑完美地体现出希南对设计艺术的追求。

我们在埃迪尔内还参观了其他几个很有价值的文化景点，也逛了街，喝了茶。我注意到在这个土耳其最西部的城市里，具有亚洲人面貌特征的人口占了颇高的比例。我猜想，可能在某段时间内有很多人从亚洲移民到这个位于欧洲的首都。回到住所后，翻查早期奥斯曼历史，14 世纪奥斯曼政府果真有一个移民戍边的政策。这次一日游，真是收获不浅！

特拉布宗的小女孩

黑海东南岸的特拉布宗是古丝绸之路从高加索通往君士坦丁堡的重镇，也是从黑海通往波斯和印度的要道。

由于它的地理位置和历史角色，特拉布宗邻近的地区一向被希腊—罗马人或亚美尼亚人控制。虽然塞尔柱突厥人 11 世纪进入小亚细亚是从亚美尼亚地区开始的，但奥斯曼帝国 15 世纪统一整个小亚细亚的最后一个障碍是第四次“十字军东征”（1204 年）后由希腊人建立起来的“特拉布宗王国”。这个希腊王国在特拉布宗留下一座与君士坦丁堡的圣智教堂同名而且也很有特色的教堂。其实这个希腊王国当时已在塞尔柱人的包围下，所以教堂的部分石雕具有明显的塞尔柱突厥人的伊斯兰风格。小圣智教堂落成后不久，君士坦丁堡的大圣智教堂便落入奥斯曼突厥人手中。奥斯曼人的第一个大工程便是模仿拜占庭风格修建了现在到伊斯坦布尔必须一游的“蓝色清真寺”（Sultan Ahmet Camii）。可见人类文明的发展经常互相学习和借鉴。

在特拉布宗西南部青翠的深山中，隐藏着一个 4 世纪时基督教徒修建的苏美拉（Sumela）修道院。这座修建在悬崖绝壁上的清静的修道院一千多年来是虔诚的信徒静思神修的好地方，也曾见证过时代的变迁与帝国的兴替。它有时被保护，有时被废弃，但从来没有被故意毁坏过。我在看过那里残留的壁画和石窟后，不禁浮想联翩。人类普遍都有追求宁静、修养心性的渴望。假如唐朝的诗人王维当初来到这里（不是全无可能，因为和他同时的唐朝军人杜环就曾经到过叙利亚），他会不会爱上这片深山而写出“深林人不知，明月来相照”这样的名句呢？

希南的旷世之作——塞利姆清真寺及内部一角

由于气候湿润和丘陵遍布，现在特拉布宗附近的地区是土耳其的茶叶产地。尽管“土耳其咖啡”名满天下，但多数土耳其人每天一定会用那种郁金香形状的玻璃杯喝几杯茶（chai）。无论是街上的店铺、公家机关大楼，还是大学办公室，都有专人托着一个圆盘来回送茶。据说土耳其的农业部正在大力推行有机茶，并且拓广绿茶的外销。他们希望土耳其绿茶有一天能像中国绿茶那样享誉国际。

在特拉布宗之南一百公里左右的一个山豁里，我和妻子在黄昏时分走近一个正在户外进行的结婚喜筵，主人看到我们这两个“外地人”，便热情地邀请我们坐下。只见男男女女跳着土风舞，儿童在一边奔跑嬉戏。我注意到一个骑在爸爸肩上的漂亮小女孩，正想问他爸爸能不能给她拍一张照片时，附近清真寺的大喇叭响起了召唤信众祈祷的广播。诵经声和土风舞曲的播音在山谷中竞鸣。似乎没有人停下跳舞。我们两人却顺着清真寺的召唤向那里走去。大约有十几个人在寺内祈祷，还有几个正在外面的水池前做净礼准备进去。附近的跳舞音乐还在播放，人群也还没散，虽然天色已不早了。望着清真寺里的信众，我在想，刚才那个漂亮小女孩成年后，假如她听到清真寺的召唤声，会怎么反应呢？

答案也许不在她，而在她的父母在未来二十年中选举什么样的政府。

从游览特拉布宗到现在已经是六年了，土耳其的多数人似乎对清真寺的召唤听得越来越真切。

土耳其：从“脱亚入欧”到“入欧不脱亚”

鲁米与帕慕克

土耳其的文化符号之一是13世纪的苏非神秘主义诗歌的集大成者鲁米（Jalal ad-Din Muhammad Rumi，1207—1273）。他出生于今阿富汗北部的巴尔赫（Balkh，古丝绸之路重镇，曾是佛教和伊斯兰苏非主义的中心）一个说波斯语的仕宦人家，父亲是著名的苏非学者，也是花剌子模（Khwarizm）地方朝廷的文臣。蒙古入侵时，父亲携带家眷和弟子西迁至塞尔柱朝廷统治下的小亚细亚，定居在首都科尼亚。鲁米二十四岁时继承了父亲的教职。他在神学、哲学、宗教律法，特别是文学方面都有很深的造诣；创立了以诗歌、音乐、舞蹈表现穆斯林对真主的爱，并由此达至与真主合一的仪式（Sema）。他的教团（Mevlevi Sect）在仪式中身着白袍，伸展双臂，左手心朝天，右手心朝地，随着音乐旋转，被称为旋转苏非。（在土耳其不少地方都能看到这样的演出。）苏非诗人经常以醇酒、美人隐喻真主，使伊斯兰文学增加了感染力。但这种神学思想和表现形式不见容于正统伊斯兰学者（思想比较接近现在所说的“原教旨主义”），被批评为“泛神论”，有违“信主独一”的基本教义。

鲁米后来受到一个朋友的影响，思想转变，于是离开了自己的教团，衣钵由他的儿子继承。他自己从此深居简出，专事写作，直至寿终。死后他与父亲葬在同一陵墓。他的陵墓一向是许多信徒前往朝拜的处所，也是今天科尼亚最著名的文化景点。鲁米的著作对波斯文学的影响极大，被译成多国文字。其中最受称道的是他以二万五千行的诗篇写成的《玛斯纳维》(*The Masnavi*)，讲述如何得到真主的爱。

苏非们采用不同于正统伊斯兰的崇拜形式，跟导师学习诵念经文、呼吸吐纳、默思冥想等方法，以求达到与真主合一的境界。

现在土耳其境内仍有许多不同的苏非教团和其他穆斯林运动，信徒众多，社会影响力也很大。他们在不同领域和岗位工作，经常相互提携，起到一种互助共济的社会功能。这是土耳其西化派和世俗派精英所不能忽视的现实。

近二十年来，土耳其最有影响力的宗教团体是伊斯兰学者法土拉·葛兰（M. Fethullah Gülen）所创建的没有正式名称但被他的会员们称作“Hizmet”（服务社团，一般土耳其人也称之为“Cemaat”，意为“集会”）的社会运动。葛兰说他很受19世纪的土耳其库尔德裔宗教学者赛义德·努尔西（Said Nursi）和鲁米的影响，倡导“文化伊斯兰”(以别于“政治伊斯兰”)，主张友爱、宽容、希望、对话、参与和互相尊重。他多年来在美国居住，推崇科学、市场经济和多党政治，强调伊斯兰、现代性和教育之间的相互适应。葛兰运动在全世界据说有几百万成员，采用松散而互不从属的组织方式建立了许多学校（在土耳其就有三百多所，全球有接近一千所）、慈善机构、地产信托基金、雇主联合会、学生团体、文化协会和大众传媒（包括在土耳其销路极大的《时代报》[*Zaman*])。对于这个组织，土耳其和国外都有不同的评价。有人认为这是伊斯兰教和穆斯林社会的未来形态，有人认为它是一个善于包装的秘密宗派，甚至还有人说它是由美国设计、组建和指挥的组织。

当今土耳其最出名的西化派和世俗派精英可能是2006年诺贝尔文

作者与 2006 年诺贝尔文学奖得主奥尔罕 · 帕慕克摄于香港城市大学（2004 年）

学奖得主奥尔罕 · 帕慕克（Orhan Pamuk)。我和妻子 2004 年初到伊斯坦布尔旅游，有机会和帕慕克见面并共进晚餐；我当场邀请他于那年秋季到香港城市大学访问并作公开演讲。那是他第一次到东亚，他后来跟我说很让他开眼界。

奥尔罕 · 帕慕克出身于伊斯坦布尔的一个商人家庭，全家都是西化派。帕慕克读的是英文高中，大学时修读建筑，但没毕业；喜欢美术，又做不成专职画家；现在，终于成为当代最著名的土耳其文作家。

2006 年 10 月 6 日下午，我正在伊斯坦布尔与 Sabanci 大学的校长晤谈，他的一位助理走了进来，说电视上刚才宣布，帕慕克得到诺贝尔文学奖。校长立刻邀请我和他的几位同事举香槟杯为我们共同的朋友庆祝。当天下午，我又去海峡大学，也见到一片欢欣的气氛。可是也有许多土耳其人不喜欢帕慕克，认为他的著作是讨好西方人，更认为他在一次瑞士电视台访问中承认 1915 年土耳其曾经对亚美尼亚人大屠杀，是大逆不道。为此，帕慕克曾被起诉，说他触犯了损害土耳其人尊严的一条法律；这项起诉后来以技术理由被撤销。帕慕克在土耳其电视上也曾作过解释和表示歉意，算是平息了对他的争议。但是，有关亚美尼亚人的争议还远远没有结束。

事实上，无论是接近正统的穆斯林，还是苏非教团的信众，无论是西方化的自由主义知识分子，还是民族主义者，他们都是百分之一百的土耳其公民，他们的信仰总和构成土耳其的灵魂。

百年伤痛

土耳其虽然以说土耳其语的“Turks”为大多数，但它不是一个单一民族的国家：有信仰亚美尼亚基督教的亚美尼亚人，大部分住在东部；另外有说古伊朗语、信奉逊尼派伊斯兰的库尔德人，占全国总人口五分之一以上，主要住在土耳其东南部。这两个民族的问题，是土耳其的百年伤痛，也是土耳其政府必须面对的难题。

流亡海外的亚美尼亚人已经在美国、法国等许多西方国家得到了普遍的同情和支持，给土耳其政府造成很大的压力。这固然主要是外交上的困境，但也是内政问题。今天在土耳其各地仍然有许多亚美尼亚人。他们的际遇（如当初被迫改名）和心境是多数突厥裔土耳其人所不易体会的。

近三十年来最困扰土耳其政府和军方的是库尔德游击队和恐怖活动。军事镇压了多年，虽然有效果，但是无法根除库尔德族人的分裂倾向。土耳其共和国成立后，政府把库尔德人称为“山地土耳其人”（Mountain Turks），希望用语言同化政策使库尔德人改说土耳其语。但是在伊朗、叙利亚和伊拉克境内也有大量的库尔德人，所以这个民族认同是抹杀不掉的。一百年来，库尔德人的民族认同不但没有消失，反而因为教育程度的提升和信息交流的便利而更为加强。

土耳其政府现在承认库尔德的语言（容许用库尔德语广播），恢复了当初被改名的库尔德地名，承认主要由库尔德族人组成的政党。不承认库尔德人的民族属性并得到他们对土耳其共和国的认同，土耳其就无法产生真正的内部凝聚力，国家的航船也就不可能一帆风顺。

阿塔图克的名言“能称自己为‘土耳其人’的人是快乐的”（Happy is someone who can call himself a Turk），到了21世纪必须要有一个新的诠释！

“与邻国零问题”

外交是内政的延伸；所有外交政策都不会离开内政的考虑。反过来，国际环境对一个国家的政治生态也会产生影响。

近二十年来，全球伊斯兰社会的自我意识普遍提升。土耳其的人口中超过百分之九十五是穆斯林，肯定会受到影响。2002年，单纯的世俗化的执政党终于被拥抱温和伊斯兰主义的政党所替代。

同一时期，欧盟的发展和西方主导的全球化使土耳其更想成为西方社会的一员；这是阿塔图克以来全体社会精英的共识，就连被认为刻意强调伊斯兰文化传统的现任政府也不例外。这也令西化派更为坚定地相信土耳其应该继续“脱亚入欧”。然而，苏联的解体彻底改变了土耳其周边的地缘政治环境。它必须改弦更张，把更多注意力放在俄罗斯、高加索地区、伊拉克、伊朗、叙利亚这些周边的邻居身上。土耳其的历史经验以及它的穆斯林国家的新定位，使它可以名正言顺地进入这些国家。即使未来当政者不强调自己的穆斯林身份，也肯定要把相当的精力放在周边地区，因为这些地区对土耳其来说，将永远既是挑战又是机遇。

埃尔多安政府上台后，提出“与邻国零问题”（zero problems with neighbors）的外交政策，给人以莫大的期望。但是从它当前与俄罗斯、伊朗、叙利亚、亚美尼亚以及以色列的错综复杂的关系来看，埃尔多安政府似乎敢说不会做，把一手好牌给打砸了！

跨越亚欧两洲的国度

这本《大中东行纪》，既是游记，也是历史，更是作者对人类不同文明之间横向交流与纵向演变的观察与体会。

在全世界的国家里，土耳其在地理上从来就是东西方文明冲突与交融之处；而在历史上先后经过哈提（Hatti）、赫梯（Hittite）、佛里吉亚（Phrygians）、希腊、罗马、拜占庭、塞尔柱—波斯、奥斯曼与现代西方等不同文明持续交替与传承长达四千年的，也只有土耳其。

2010 年夏季，由于联合国制裁伊朗和以色列袭击运货到加沙的船只事件，土耳其一再出现在国际新闻中。土耳其坚决要求以色列道歉并改变其封锁加沙的政策，否则就要考虑断交；美国斡旋其间，生怕自己在中东的两大盟友反目成仇。鉴于土耳其现任政府近几年来的作为，许多人都认为土耳其可能要摒弃西方转向东方了。但是 2011 年初阿拉伯国家出现历史性巨变后，土耳其的应对政策显示出以我为主的面貌；这个"我"就是一个亦东亦西、既亚且欧的国家。

纵观人类文明史，我深信地理影响文化，文化促成历史。土耳其的地理和文化决定了它既属于东方又属于西方。它有着不可否认的中亚、波斯和阿拉伯的文化基因，它的历史经验（包括领土和居民血统）又使它不容置疑地是欧洲的一部分。今后的土耳其将不会在亚、欧两洲之间做出"脱亚入欧"这样的选择，而只能够"入欧而不脱亚"。

新奥斯曼主义的浮现

土耳其历史的一个转折点是 2002 年的全国大选：正义与发展党获得国民议会过半席位，成为八十年来首次执政的伊斯兰政党。

正义与发展党的灵魂人物是埃尔多安，他从 2002 年起连任十二年总理和两年总统。这期间他惹起了几次国内政治风暴和国际争议，但在党内的领导地位却更加巩固，领导正义与发展党连续赢得大选。因

作者身后是土耳其内陆卡帕多奇亚的怪石（2012 年）

此埃尔多安本人对于土耳其的未来发展居于主导地位。

这个现象对于土耳其、中东、中亚和欧洲都很重要。究其原因，一是埃尔多安个人的能力和魅力，二是国际局势的变化，三是土耳其的社会现实。

先说埃尔多安本人。他出身草根，小学时在街上当过小贩，青年时读的是伊斯兰经堂学院，又曾是半职业的足球运动员。他的言语举止很受中下层百姓的拥护；他一般表现得坚毅、自信，有时对外国人说话很强硬，符合大部分土耳其人对领袖的期望。此外，他长于笼络盟友，也善于打击对手，是天生的政治人物。

再说国际环境。冷战结束后，土耳其的周边环境有了巨大的改变。虽然它仍旧是美国的坚强盟友，但大中东地区的地缘政治和商务关系都发生了根本性的变化。土耳其一方面和俄罗斯的关系明显改善，另一方面和伊朗也增加了文化与商务往来，而对南高加索三国和中亚五国则有了更大的影响力。这令许多土耳其人体认到，土耳其毕竟是大中东地区的穆斯林大国。

然后是土耳其社会的转变。凯末尔主义者连续统治土耳其八十年，多数社会精英（其中很大一部分住在伊斯坦布尔附近）认为西方化和世俗化乃是土耳其命运之所系。具讽刺性的是，这个精英群体包括了互相猜忌甚至经常敌对的两部分，即具有强烈民族主义倾向的军人和信奉近世西方自由主义、反对军人专政的知识分子。另一方面，许多土耳其社会的中下层（大多住在亚洲部分，即安纳托利亚）从来没有真正西方化和世俗化；许多人认为精英们对伊斯兰信仰和奥斯曼文化传统不够重视。在具有伊斯兰信仰的大量人口中，又有主要从事政治活动的正义与发展党和主要从事社会和文化活动的葛兰运动。

在经济上，主要位于安纳托利亚的中小企业过去从政府的工商政策中得不到好处，但近年来在对伊朗、埃及、高加索和中亚各国的贸易中展示了地理、文化和技术优势，增强了自信也增加了利润。而这些开始蓬勃的企业又在正义与发展党执政后推出的许多基建项目中大大提高了竞标的成功率，得到了政府的照顾。

可以说，埃尔多安和正义与发展党的选民基础是安纳托利亚的虔诚穆斯林，特别是与中小企业有关的人口。这些人的企业以及他们所管理的（在穆斯林社会非常普遍的）慈善基金（Vakf）因此成为正义与发展党的主要捐献者。

在争取选票和财政支持这两个互相关联的层面上，葛兰运动（包括与之相关的电视、报纸、电台）对正义与发展党的支持至关重要。如果没有葛兰运动的支持，正义与发展党和埃尔多安当初就未必能够上台执政。

埃尔多安上台后，前几年先在军警、情报和法院系统里安插同情自己的人，然后下令这些关键部门的人员去调查反对他们的世俗派。2010 年，土耳其官方开始调查一宗据称是十几年前由军人主导的代号为“大锤”的密谋政变计划。在“大锤”案中，几百名高级军官（包括前参谋总长和陆、海、空军司令）、警官、法官被起诉，大多数被判刑，许多现役军官也被迫退休。

不久之后，土耳其政府又掀起一个名为“Ergenekon”（于都斤山，即突厥人神话中的发源地）的大案，调查并判处了许多据称是属于极右翼恐怖组织的知识分子和文职人员。

在处理这个案子的同时，埃尔多安和葛兰这两位曾经联手对付世俗派精英的伊斯兰主义活动家之间出现了分歧。

2013 年，葛兰系统的报纸刊出三名内阁部长贪污的调查报道。这三人被起诉并且认罪后，埃尔多安一口气撤换了包括这三人在内的十名内阁部长，并且指称葛兰集团控制着一个包括军人、警官、法官和媒体从业者的“平行政府”。葛兰运动的媒体则指控埃尔多安独裁贪污，背离民主。

作为一个远在中国的观察者，我看到的是，当土耳其的西化世俗派几乎溃不成军时，原来的伊斯兰主义盟友之间出现龃龉，终于变成了对手。不论当事人是否具有相同的宗教信仰，大中东政治上的竞争法则在 21 世纪的土耳其又一次得到印证。

埃尔多安于 2014 年当选土耳其第一次由人民直接选举的总统。他随即提名自己多年来的助手担任总理，并且宣布自己要做一个实质的总统而不是象征性的国家元首。其实在此之前，许多土耳其老百姓已经开始称他为“苏丹”了。这位“苏丹”的第一个动作是把他当总理时花巨款修建的有九百九十九间房的总理府改为总统府，令现任总理无缘享受这座豪华的宫殿。

就在奥斯曼帝国垮台一百年后，愈来愈多的土耳其人开始怀念奥斯曼时代的时候，埃尔多安用他的一些做法满足了许多土耳其人的大国古国情怀。最近在他以总统身份迎接到访的巴勒斯坦总统时，土耳其总统府的仪仗队列成十六个身着不同装束的分队，代表历史上由突厥人先后建立的十六个政权！

埃尔多安执掌土耳其之初，既开了伊斯兰政党以民主方式在土耳其上台的新纪元，又恰逢“九一一”后国际联合反恐，使土耳其在大中东地区的重要性大增。正义与发展党政府提出的与邻国“零问题”，以及温和宽容地对待国内的库尔德族是两个良好的开端。无奈埃尔多安和他的团队出于自身的局限和更为迫切的博取选票的欲望，这两方面都没有成功。

在国内，埃尔多安政权和库尔德人以及库尔德政党（HTP）之间的善意已经不再。他们蔑视源自凯末尔、目前属于中间偏左的最大反对党（CHP）。令我最为注意的是 2016 年的几个大动作：埃尔多安公开宣称葛兰运动是个秘密会道门的组织，派人接管了他们的《时代报》，又关闭了许多家葛兰运动办的学校，包括我 2014 年曾在安卡拉参观过的、正在兴建中的依派克（Ipek）大学。

土耳其在叙利亚内战中采取的态度俨然是要做叙利亚的宗主国。它还为了摧毁阿萨德政权而特意姑息甚至援助叙利亚政府的死敌“伊斯兰国”组织。

2016 年 7 月，土耳其突然发生了一次为时不到一天的军人政变。这是土耳其共和国的一个大危机。政变时，土耳其世俗主义者和正义与发展党的支持者通过手机联系共同上街反对政变。事后，埃尔多安政府指控长期在美国居住的葛兰是政变的幕后主谋，因此立即大举逮捕据称是渗透到政府和军队里的葛兰运动核心分子，大批关闭与葛兰运动有关的学校、新闻机构和慈善基金等。

土耳其曾击落一架俄罗斯飞机，挑起和俄罗斯的冲突，引起俄罗斯的经济制裁；但是因为最近的政变而与美国产生龃龉，与俄罗斯言和。由于土耳其的摇摆，中东地缘政治的版图随时可能发生改变。

历史上，为了延续已经日薄西山的奥斯曼政权，奥斯曼帝国政府在 19 世纪末期一方面加紧对内控制，一方面提倡“泛伊斯兰主义”和“泛突厥主义”这两个具有扩张性的思想。如果要从埃尔多安政府这五六年来推出的各种政策中找到一个脉络，他似乎是在沿着晚期奥斯曼帝国政府的路，有意识地推行 21 世纪的“新奥斯曼主义”。

伊朗：革命之后

1963年暑期，我从台北到埃塞俄比亚探亲。一天晚上，我跟随父母去参加他们在WTO医学院的一位伊朗同事的家庭“派对”，结识了主人夫妇漂亮而健谈的女儿。后来，我和这位在英国读大学的伊朗女孩又见过几面。我告诉她，伊朗国王巴列维1958年访问台湾时我正在准备考大学。她说她父母喜欢国王，但是她自己觉得国王太过专权。

“白色革命”

当时我不知道，伊朗在国王的倡导下刚刚开始一场“不必流血”的“白色革命”。

巴列维（Mohammad Reza Pahlavi）于1941年以二十一岁的年龄登基，继承父亲礼萨汗（Reza Khan）开创的王朝。他们父子都致力于推动西方化、世俗化、民族化的改革。与大约同年代的土耳其相似，伊朗也规定每个人要有一个姓氏（礼萨汗以伊朗在伊斯兰化之前使用的巴列维文“Pahlavi”为姓，借此说明他认为伊朗民族比伊斯兰宗教更为重要），废止妇女的面纱，用民法取代伊斯兰教法。父子两人为了

伊朗清真寺内典型的蜂窝式壁龛装饰
什叶派圣地库姆的清真寺内装饰

伊朗的主权先后与苏联和英国交手，也为了石油权益与英、美、荷等国周旋。

1935年，礼萨汗把国名从已经使用了两千五百年的“波斯”(Persia)改为“伊朗”(Iran)，意为雅利安人（Aryans）之国，将国家的历史追溯到四千年前，也和当时德国纳粹党人宣传雅利安人种优秀的说法相呼应。二次世界大战时，伊朗虽然保持中立，英国和苏联仍然派兵入侵。

在美苏冷战期间，首相莫萨德（Mohammad Mosaddegh）于1951年宣布石油国有化，受到英国的制裁；他后来接近伊朗亲苏联的政党，有取代国王的意图，美国于是策动军人逼他下台。从此，巴列维国王大权独揽，完全一面倒向美国。

有鉴于伊拉克王室于1958年被推翻，巴列维发动“白色革命”，进行土地改革，推动工业化，赋予妇女投票权，借以防止共产党人的“红色革命”。土地改革虽然给予地主有息分期补偿，还是开罪了拥有全国一半土地的大地主和两成土地的宗教界；妇女投票权更是遭到教士阶层和宗教保守者的反对。批判国王最彻底最激烈的是什叶派重地库姆（Qom）的神学院导师霍梅尼。

巴列维在台湾刚完成土地改革的时候到访台湾，应该是注意到台湾经验。他和蒋介石推行土地改革的理由很相似：没有土地的农民容易受革命党的鼓动。他们的政治理念和做法也颇为接近，只是两人所处环境有异，所以最后结局不同。

当时，巴列维有两大难题是蒋介石在台湾无需面对的。第一，强大的宗教势力反对他的改革。第二，伊朗自16世纪以来就是由波斯人、土库曼人、库尔德人、阿塞拜疆人、阿拉伯人等构成的多民族共同体，其凝聚力是什叶派伊斯兰教；他以波斯民族为中心，在全国推行波斯语，想要借此统一和团结伊朗，其实却助长了其他几个民族的离心倾向。

特务与“职业学生”

我在纽约州立大学任教时，曾负责过一门大学三年级的必修课。记得在 1973 年的班里有一个年纪比较大的伊朗学生，很少来上课，考试不及格。第二年重修，还是不怎么上课，仍然不及格。后来另外一个伊朗学生告诉我，那个家伙是伊朗特务机关派来的“职业学生”，任务是监视其他伊朗留学生，所以他不能够毕业，因为他“毕业即失业”。

伊朗从 1962 到 1972 年依靠石油收入和外资快速进行工业化，经济增长每年在百分之十六以上，被称为“疯狂现代化”。但是到了 1973 年，开始出现危机。首先，由于港口装卸设备不足和官员办事效率低下，运输成为严重瓶颈。其次，土地价格飞涨，导致房价和房租高昂。工人以罢工争取增加工资，国王也支持提高工人收入，借此换取工人的忠心。然而提高工资不等于提高生产效率。第三，技术专才严重不足，政府和企业要用极高的工资聘用数以万计的欧美工程师、经理、顾问等，引起通货膨胀。第四，也是最严重的，是贪污和滥用公帑的情况蔓延全国，既消耗政府财力，更引发人民对政府的不满。

巴列维不相信民主改革有助于缓解经济和社会危机，为了制止国内外伊朗公民的不满，他越来越依赖特务组织。那个不能毕业的职业学生就是一个例子。

伊斯兰革命与“人质事件”

历史的进展应该是有迹可寻，但又不可完全预知。伊朗会发生革命应属必然，但是革命后的发展却有相当多的偶然性。

1977 年，一些知名的知识分子公开反对国王。1978 年开始，工人、农民、学生、手工业者、小商人持续在各地轮流示威。政府军在多个城市射杀大批示威者，更加激化了民众反抗情绪。此时，流亡海外多年的霍梅尼（他留在家乡的长子恰于此前离奇死亡，得到伊朗人民的

一群外出进餐的伊朗妇女
伊斯法罕的休憩会所
德黑兰北部风景美好的旅游餐饮区

同情）频频通过偷运入境的录音带向伊朗人民讲话，成为反对国王者的精神领袖。秋天，示威群众喊出“处死国王”的口号；尽管美国总统一再声言支持国王，巴列维已经岌岌可危。

到了 12 月，超过一百万人连续几天走上德黑兰街头。示威者通过决议：拥护霍梅尼为国家领袖，推翻君主制，建立伊斯兰政府。巴列维见大势已去，于 1979 年 1 月出走埃及，结束了伊朗两千五百年的王权。

2 月初，霍梅尼回到德黑兰，赢得短期的武装斗争后，着手组建新政权，并举行公民投票，确认他的领袖地位以及确定使用“伊朗伊斯兰共和国”（Islamic Republic of Iran）这个国号。由于多数军人原本效忠国王，新政权在国家军队之外又建立了一支“伊斯兰革命卫队”。随后制定的新宪法体现了行政、司法和议会各个国家机器的伊斯兰化，也订立了人民投票选举总统和议员的民主参与制度。总体来说，伊朗在革命后，政教合一得到了制度化的保障，教士阶层掌握了大权。

假如巴列维没有身患癌症，又假如美国没有允许他赴美治疗，伊朗的伊斯兰政权即使激烈反美，也不至于发动学生（当时的总统内贾德 [Mahmoud Ahmadinejad] 是当时的学生领袖之一）占领美国大使馆，扣押近六十名美国外交人员长达四百四十四天！美、伊关系也就不会恶化到完全不可逆转的地步。

在“人质事件”的过程中，我看到“文化大革命”的影子。一个历史悠久的民族，经过两百年的屈辱之后，在某种情况下爆发出来的民族自尊和仇外情绪交织在一起，就会做出看似壮烈实则自我戕害的行为！

“人质事件”前期，美国曾派兵营救，途中直升飞机失事，不但没救出人质，反而牺牲了多名军人。这使伊朗新政权中的“强硬分子”获得更大的发言权，本来由反国王的各种势力组成的统一战线在此之后变成了他们的工具。

当时，一个反对党决定以暴力对抗霍梅尼集团，炸死了包括最高法院院长在内的一大批部长、副部长、议员。这个事件为核心统治集团制造了一个镇压反对派的机会。结果有七千人被捕，五百人遭处决。

对新政权最大的考验是历时八年的“两伊战争”。1980 年伊拉克进攻伊朗，伊朗先守后攻，越战越强，1988 年双方同意停火。这场战争实质上给了霍梅尼集团一个绝佳的机会，来凝聚伊朗人心和证明他们的治国能力。

现代化问题

霍梅尼集团在十年里，把一个由西化世俗派主政七十年的君主国家，改造为一个行政、司法、议会、经济、教育、文化、新闻和社会生活各个方面皆由教士阶层主导的伊斯兰化的共和国，实现了“伊斯兰制度化，制度伊斯兰化”。

但是，由于经济停滞和其他国内、国外因素，近几年伊朗社会上滋生不满情绪，伊斯兰政权内部也出现分化。2009 年的总统选举和 2010 年的反对派持续上街游行，都暴露了伊朗神权政治的危机。

2011 年开始，阿拉伯世界的变革之风也吹到了伊朗。教士集团和世俗官员之间的矛盾开始愈来愈公开化。

伊朗是以色列最大的敌人，也是美国中东政策中最为棘手的问题。有人认为，目前在阿拉伯世界持续了将近半年的政治动荡将会传到伊朗；也有人认为，阿拉伯世界的变革将会对伊朗有利而令以色列陷入更为困难的情况。

我个人认为，伊朗和阿拉伯国家不可同日而语。毕竟，教士集团和政府官员贪污腐败的程度与阿拉伯几个国家还不一样；而已经在核子俱乐部边缘的伊朗，会令西方国家不敢像对付利比亚的卡扎菲那样对伊朗轻易采取军事行动。

伊朗问题的核心是伊朗将会如何处理宗教信仰、教士专政和社会现代化之间的关系。伊斯兰革命虽然体现了霍梅尼“不要东方，不要西方，只要伊斯兰”的主张，但是如何在什叶派宗教学者所共同理解的伊斯兰教义的指导下进行现代化，还是一个没有清楚答案的问题。

伊朗：波斯文明巡礼

上世纪 60 年代我第一次认识了一个伊朗家庭；70 年代我认识了几个伊朗学生；80 年代伊朗的伊斯兰革命引起全世界的关注，我曾想去体验一下这个革命后的文明古国的风貌。2008 年春，我终于有机会造访伊朗，满足了二十多年来的夙愿。

我看到的伊朗是一个既受传统束缚又有现代脉动的国家。伊朗人一方面以本国文化自豪，另一方面又渴望与外国交流。本文将对六个伊朗城市做一个简单的扫描，以此勾勒出伊朗历史与文化的特色。

波斯波利斯 (Persepolis)

大约四千年前，说印欧语言、自称“雅利安人”（意为“高贵之人”）的游牧部落自中亚北部迁徙到伊朗高原，征服了说闪米特语的埃兰人 (Elamites)，建立了米底王国。两千七百年前，一群语言文化与米底人相近的部落以阿契美尼斯（Achaemenes）家族为核心在今天伊朗的西南部建立起波斯王国。

波斯王国的居鲁士二世（Cyrus II，公元前 559 年—前 530 年在位）

波斯波利斯王宫遗址
波斯波利斯王宫遗址一角
波斯波利斯王宫遗址的浮雕

吞并米底王国后，继续征服了小亚细亚的吕底亚（Lydia）王国和美索不达米亚的新巴比伦王国，造就西亚最强大的国家。他实行中央集权和地方自治相结合，诸教共存、异法并举的统治政策，为日后的扩张打下了制度基础。

到了大流士（Darius，公元前 522 年—前 486 年在位）时代，波斯成为地跨亚、非、欧三洲的大帝国，领土西北达多瑙河，南至尼罗河，东北邻锡尔河，东界印度河。这个大帝国比秦帝国要早三百年。公元前 4 世纪时，波斯帝国在波斯波利斯大兴土木修建新宫殿。如今虽然已成废墟，遗址之辽阔壮观，柱廊之坚实高挺，仍然令人惊叹。

我特别留意地观赏了几组描述各国使臣到波斯波利斯觐见波斯国王，并呈献贡礼的精美浮雕。由此我联想到我们不必过分沉湎于中华帝国旧日的光辉，因为“万国衣冠拜冕旒”这个写作于盛唐时期的名句，完全适用于更早一千多年的波斯帝国。

库 姆

在德黑兰之南一百五十公里的库姆是什叶派的圣城和学术中心。几个世纪以来，这里培养出许多什叶派伊斯兰十二伊玛目支派的经注学、教义学和教法学的学者并且形成了库姆学派。伊朗革命后两任领袖——霍梅尼和哈梅内伊（Khamenei）——都属于库姆学派并且以这里为根据地。

在今日伊朗，女性在公共场所必须戴头巾，库姆的女性就更严谨，几乎每个人都穿从头到脚的黑色罩袍（chador），只把脸露出来。我们一行中的妇女都租了黑罩袍，并且兴奋地照相留念。但是在一袭黑袍之外，我们的领队需要与圣地管理员进行“台下交易”，才能使我们在仅有的时间内参观库姆最为神圣的陵墓和清真寺。

当如此多的黑色罩袍与清真寺的金色圆顶和斑斓装饰同时映入眼帘，又得知原来提早参观陵墓可以有“特殊安排”时，我不由得要回顾波斯社会伊斯兰化的历程。

波斯和拜占庭对峙了数百年，结果两败俱伤。7 世纪，阿拉伯人轻易地消灭了捐税苛重、为人民所厌恨的波斯萨珊王朝，并致全力于波斯的伊斯兰化和阿拉伯化。在不到两百年里，波斯人几乎全部改奉伊斯兰教；波斯语中加入了大量阿拉伯词汇。最终，波斯废弃了原有的巴列维文，开始用稍加改造的阿拉伯字母拼写波斯语言。

另一方面，因为波斯人娴熟于治国之术，阿拉伯帝国的大臣有许多波斯人。波斯人很效忠于伊斯兰，许多早期的伊斯兰教理学家都是波斯人。中世纪时，大批波斯裔的科学家和文学家用阿拉伯文著述；阿拉伯文学中最著名的《一千零一夜》，就是以波斯的《一千故事集》为素材写成的。因此，阿拉伯—伊斯兰文化在很大程度上也是波斯人的智慧结晶。

进入公元 9 世纪，波斯民族的自觉性再度显现。中亚首先出现了自从伊斯兰化之后的第一个由波斯人建立的萨曼王朝（Samanid Dynasty，819—999）。萨曼王朝末期，菲尔多西（Ferdosi，940—1020）写成十万余行的近韵体史诗《王书》（*Shahnameh*，又译《列王纪》），记载伊朗的神话传奇和历史故事。今天，《王书》是伊朗学生必读的课文，德黑兰的菲尔多西广场上有这位波斯文学巨人的塑像。

大不里士

伊朗先后被阿拉伯人、突厥人、蒙古人征服，也曾被奥斯曼人和俄罗斯人部分占领过，位于伊朗西北部的大不里士因而多次被外国人统治。今天大不里士是伊朗的第二大城，也是西阿塞拜疆省的首府，人口约一百万。

13—14 世纪时，蒙古人建立的伊儿汗国以大不里士为首都。那时正是亚欧大陆上东西交通最便捷的时代，因此这个城市见证了东亚与西亚多方面的文化交流。

作者与大不里士艺术学院的学生合影

其中很值得一提的是细密画（miniature painting）。细密画是结合伊朗装饰艺术和东西方绘画技巧的一种具有伊朗特色的绘画艺术。虽然它的起源可以追溯到前伊斯兰时期，但它的真正发展是在中国的造纸术于9世纪传入西亚之后。由于纸张成为书画的主要载体，细密画作品大量增加。伊儿汗王朝和帖木儿王朝时期，细密画进入繁荣阶段，各种著作抄本的插图都是细密画作品。这时出现的大不里士画派，融合了波斯对动物生活的关注与中国的自然主义。

从帖木儿汗国的首都赫拉特移居大不里士的细密画大师比扎德（Bihzad，1455—1536）为萨迪（Saadi，1208—1292）的《果园》和内扎米的《五卷诗》的抄本作了许多插图，开创了细密画更精致的笔法、更有节奏的构图和更微妙的色彩，把中国画的影响完美地融入波斯本土的传统。他的鞍马人物可以媲美中国元代大画家赵孟頫。

在大不里士游览，最大的喜悦是和几个美术学院的学生在比扎德的塑像前讨论波斯绘画里何时开始出现卷云、盘根、鸾凤和盘曲如蛇的龙。

17 世纪波斯绘画

伊朗伊斯法罕的一位工艺技师

伊斯法罕（Ispahan）

“伊斯法罕是世界的一半”，这是萨法维时代的流行说法。萨法维王朝把都城从大不里士迁到伊朗中央的伊斯法罕后，努力将伊斯法罕建设为一个舒适、美丽、有气派的城市。我去过很多伊斯兰文化的城市，伊斯法罕的建筑绝对是其中翘楚。

伊斯法罕给我印象最为深刻的不是可称极品的清真寺，也不是闻名遐迩的三十三孔桥，而是伊朗文化中特有的“左哈纳”（Zurkhaneh）。

左哈纳是一种集体健身的场所，起源于阿拉伯征服波斯之前，早期具有秘密结社的性质，近代发展为强身健体和培养意志的组织。这个组织有明确的等级和严格的纪律：一个鼓手在场外击鼓并吟唱波斯史诗《王书》中歌颂英雄的篇章，众人按照鼓声的节奏在队长的指挥下轮番做各种动作。

伊朗体操和使用的器械与中国武术的动作和器械全然不同。但是左哈纳的社会功能和中国的武术馆却十分近似：它们都有反对外族统治的传统，有“江湖规矩”，也都在一定程度上受当权者的操控。

设拉子（Shiraz）

设拉子在伊朗西南部接近波斯湾的法尔斯（Fars）省，距离波斯波利斯不远。今天伊朗全国通用的语言Farsi就源自Fars省，因此得名。

设拉子历史久远，是世界上最早酿制葡萄酒的地方，现在许多人喜爱的一种酿酒葡萄便是以它为名。13世纪中叶，蒙古大军到来前，设拉子的统治者决定献城投降，所以这里没有受到破坏。在蒙古人统治伊朗时期，设拉子出了两位伟大的诗人。

波斯世俗情诗发展到13世纪达到高峰，其中佼佼者是出生于设拉子、被称为“语言巨匠”的萨迪。萨迪最著名的叙事诗集《果园》描写他心目中的“理想王国”，是对纯洁、善良、正义和公道等美德的礼赞。

波斯宗教情诗的集大成者是与萨迪同时代、生活于小亚细亚（今土耳其的安纳托利亚）的苏非诗人鲁米（见《土耳其：从“脱亚入欧”到“入欧不脱亚”》篇）。

将世俗情诗与宗教情诗融为一体，结合鲁米的灵魂与萨迪的语言的是14世纪的诗人哈菲兹（Hafez，1327—1390；“哈菲兹”是能熟背《古兰经》者的称号）。哈菲兹生活在蒙古人统治日趋衰微、设拉子政权更迭的年代。所以他对时局十分关注，诗作中既有对暴政的揭露，又有对善举的颂扬。但是，他的许多抒情诗都含义暧昧，扑朔迷离，可以说是“朦胧诗”的先行者。

萨迪和哈菲兹在设拉子的陵墓都非常精致高雅，周围有宁静怡人的公园。而当日那些叱咤风云统治一方，有时也会附庸风雅邀请诗人在他们的宫廷里吟诵诗歌的王公们，却没有留下值得后人凭吊的遗产。

我游览设拉子最大的感受就是“The pen is mightier than the sword!”（文化之伟力更胜于刀剑！）

德黑兰（Tehran）

德黑兰作为城市的历史不算很长，不过却是古代丝绸之路上的一站。蒙古人入侵后，德黑兰才逐渐由一个小镇成为一个地区性的城市。由于这里有山、有河、有树林，16 世纪起开始被萨法维王朝逐渐修建成为一个皇家别宫。

18 世纪末，来自北方的军人消灭了建都于设拉子的赞德王朝（Zand Dynasty，1747—1779），建立了恺加王朝（1779—1925），把首都迁到德黑兰。从那时起，伊朗的首都一直在德黑兰。

作为一个古老国家的最新的首都，德黑兰见证了恺加王朝的衰朽颓废和帝国主义的强权侵凌。19 世纪时，俄罗斯和英国把伊朗北部和南部的领土分别并入自己的领土，又在伊朗人自己治理的地区划分势力范围；而恺加王朝那些没出息的王子们则不时从王宫里取出珍贵的绘画和珠宝，卖给常驻德黑兰的欧洲商人。

恺加王朝被巴列维王朝取代之后，德黑兰经历了半个世纪由皇家主导的现代化过程，但这个过程终于因为伊斯兰革命的到来而失败。

我见到的德黑兰有些像一个具有多重性格的人。它有庄严高贵令人赞赏的一面，如德黑兰大学的校园和伊朗国家博物馆；有华丽雅致的一面，如戈勒斯坦王宫（Golestan Palace）和地毯博物馆；也有庸俗平凡的一面，如德黑兰大巴扎。在南部旧区的一些小街里，还不难见到它猥琐龌龊的一面。城北近山的一区是现代化的果实，有优雅的咖啡馆、考究的餐厅和高档住宅区。

通过朋友介绍，我在一对伊朗教授家里吃了一顿典型的伊朗晚餐。我已经记不得那些菜的名字，但是很清楚地记得我们谈到了伊朗知识分子的处境。当时，我非常想知道主人夫妇认为伊朗未来会是什么样子，但是我没有追问。毕竟，我不应该滥用他们对我的善意。

带着这个疑惑，我登上了返程的飞机。当飞机差不多离开伊朗领空时，我注意到飞机上的妇女们纷纷摘下了她们的头巾，有些人涂上

伊斯法罕著名的三十三孔桥
伊斯法罕三十三孔桥下
伊朗健身运动“左哈纳”会馆

了唇膏，还有人到洗手间里换上了时髦的衣裳。顷刻之间，我明白了，伊朗的未来就在这些有机会出国的人们的心中。

到达德黑兰那天，朦胧的天气使我无法从机窗看清楚德黑兰的面貌。而离开这天，我在机舱内见到了它未来的轮廓。

伊朗：要东方还是要西方

正当我开始对伊朗和伊斯兰社会感兴趣的时候，我在麦吉尔大学的旧书销售会上买得一本 *The Adventures of Hajji Baba of Ispahan*（《伊斯法罕的哈只巴巴》）。此书是英国人莫利阿（James Morier，1780—1849）所著，1824 年在伦敦初次出版。当时正值欧洲人对“东方”很感兴趣，所以这本书为作者带来了颇为可观的收益。我买的是 1937 年兰登书屋（Random House）的纽约版，附有一位画家在伊朗游历一年多所作的多幅插图。

莫利阿出生在土耳其，是一位英国商人之子，后来在波斯担任英国外交官，退休前升任英国大使馆代办。他对波斯风土人情理解很深刻，他的书出版后被译为波斯文，许多波斯读者都认为原作者是波斯人，因为书中对波斯人生活描绘之细腻，人物用语之恰当，似乎只有本土作家才能做得到。

“东方”与“东方学”

这本书虽然好像只是一本颇有幽默感的个人奇遇记，但是它反映出 19 世纪时正当盛世的大英帝国对“东方”事物的知识确实是既广博，又细微。欧洲的“东方学”是一个全方位的、持续不断的知识积累过程，又是一个知识体系的构建过程。今天“东方”国家的学者们想要对他们本国或是本地区的民族来源、文字变革、宗教派别、政权兴替、物产工艺和风俗习惯等有深刻而系统化的了解，大都需要参考西方人的“东方学”著作。

反过来看，奥斯曼人、埃及人、波斯人以及印度人到 19 世纪时已经和欧洲人打了三百年的交道，他们有什么样的“西方学”足资世人参考呢？在“西方”与“东方”的遭遇中，一方是掠取者，一方是被掠取者，其原因绝不只是因为前者船坚炮利！

反观中国，又何尝不是如此？今天许多人都对我们近几十年来的经济发展感到骄傲（我当然也是如此），甚至沾沾自得，认为我们发达了，欧洲没落了。但是有什么对于欧美各国社会、文化的主要认知是出于中国学者的贡献呢？近几十年，中国人留学和移民海外的人至少一百万,有谁的著作可以和 18—19 世纪欧洲的“东方学者”相比拟呢？

莫利阿在他的书中流露了他本人对波斯的真实感情，但他有时又是带着英国人的优越感去嘲讽波斯社会的某些落后之处。按照 20 世纪出生于巴勒斯坦的思想家萨义德（Edward Said）的《东方学》（*Orientalism*）书中的说法，莫利阿可以说是一个令西方人对“东方”产生误解与偏见的“东方主义者”。

2008 年我到伊朗旅游之后，又重读了《伊斯法罕的哈只巴巴》。我觉得莫利阿并不是怀有强烈的傲慢与偏见，他其实就是一个对波斯社会能够看到它的不幸而没有感到激愤的英国人。这比今天某些掌握大众传媒者对他们不喜欢的“东方”国家，或是大放厥词，或是深文周纳，要好多了。

近几年我自己在土耳其、埃及和印度都住了一段时间，看到了他们社会中的一些落后面，也经常就我观察到的现象对照中国社会中的落后面。我时常感叹，何以有古老文化的“东方”国家都有这么沉

伊斯法罕附近的一座庭园

重的包袱与令人扼腕的陋习？何以偏居亚欧大陆一隅的西欧，在历经六七百年的封建割据之后，能够迸发出惊人的能量，在三百年里征服全世界六分之五的土地，控制几乎全部的海洋，并且至今仍然以优越的科技和金融手段主导全人类在21世纪的走向？

"自我"与"他者"

任何人类群体都会有"自我"与"他者"的意识。对欧洲人来说，希腊是"我们"的文化源头、民主政治的创始者，波斯是古代"他者"的代表，长期与希腊对抗的东方专制帝国。

希腊与波斯在小亚细亚（今土耳其）对峙几百年之后，亚历山大率军东进（公元前331年—前323年），征服了波斯，试图用怀柔的政策使波斯希腊化。不足两百年时间，波斯帕提亚王朝在波斯的兴起和

一个琐罗亚斯德教的崇拜场所

罗马帝国的扩张使东方和西方再度对峙。公元 5 世纪起，信奉了基督教的东罗马（拜占庭）帝国和尊奉琐罗亚斯德教为国教的萨珊波斯帝国仍然经常冲突，彼此敌视。公元 7 世纪阿拉伯人勃兴，重创了拜占庭又征服了波斯之后，东罗马人开始把阿拉伯人视为新的“他者”；西欧社会是从以拉丁人为主转为以北方南下的日耳曼人为主，虽然日耳曼人承袭了拉丁人的遗风。

“十字军”东征（11—13 世纪）时，他们的“自我”和“他者”的意识达到高点。“我”是拉丁教会的基督教徒，“他者”就是异教徒穆斯林：先是地中海东岸和南岸的阿拉伯人（11—13 世纪），后是小亚细亚和巴尔干半岛的奥斯曼突厥人(14—17 世纪)。18 世纪之后,“他者”包括了“东方”的奥斯曼帝国、波斯萨法维帝国和印度莫卧儿帝国（Mughal Empire）。

从 18 世纪起,“东”“西”双方的强弱已成定局。这也正是“东方主义”

在欧洲开始盛行的时期：一方面是商人、教士、外交官和学者对“东方”的知识的积累，另一方面是西方人对作为“他者”的“东方”的轻蔑、歧见与幻想的普遍流传。

这时欧洲人已经对地球有了清楚的认识，但他们仍然以自己的位置为中心，将美洲称作“西半球”，将欧洲以东的亚洲分为“近东”（如土耳其）、“中东”（如伊朗）和“远东”（如日本）。这个说法被受到西欧文化影响的美洲人和亚洲人普遍采用。因此，从中国一直向东去便到达“西半球”；从纽约搭火车到旧金山是“Going west”（去“西部”），但从旧金山再坐轮船到上海就是“Going to the Far East”（去“远东”）。

“东土”与“西域”

自公元前 5 世纪至公元 15 世纪的两千年间，以小亚细亚为界线，“西方”是指欧洲东部，“东方”是指亚洲西部。这是希腊人的地理方位观。

对位居东亚的中国来说，中国在中间，以东称东瀛，以西为西域。汉武帝时张骞通“西域”，就是今天我们所说的中亚。他曾派副使到西亚的安息（当时的伊朗）考察。东汉时，班超重振汉威，派副使甘英前往地中海东岸的罗马帝国重镇安条克（Antioch）。甘英到了波斯湾东岸就被当地人吓阻而不再前行，但这已经是中华帝国官员到过的最西的地方，时间是公元 97 年。

东汉时佛教传入中国。中国佛经的翻译，有记载的始于汉末。其中最早最著名的译经人是安世高（Parthamasiris）；因为他来自“安息”，故以“安”为姓。他本是安息国的王子，因未能继承王位而出家修习佛法，于公元 148 年到洛阳。不久即通中国语文，着手译佛经，前后共译出佛典九十五部。

中国与波斯的交流远不止于官员访问和高僧来往，东亚和西亚最主要的交往是丝绸贸易。据说早期有一支罗马军队和一支波斯军队作战时，波斯军队使用灿烂夺目的丝织军旗。罗马士兵从来没见过如此耀眼的旗帜，以为波斯军队有神灵相助，纷纷后撤逃跑。

波斯因为位于中国和罗马之间，所以在贸易上获利甚丰。波斯人之所以吓阻甘英，其故在此。

对中国来说，波斯是“西域”，中国乃“东土”。这个方位观和希腊人有矛盾。

抗“东”拒“西”情结

在伊朗历史上，除了阿拉伯人于公元 7 世纪的入侵令伊朗人脱胎换骨之外，还有几次强敌压境、受外国统治的痛苦经验。

西方来的亚历山大的马其顿—希腊军，东方来的突厥部族、蒙古大军，中亚的突厥—蒙古人帖木儿，还有 16 世纪从小亚细亚进犯波斯帝国的奥斯曼人，他们先后都统治过波斯的全部或部分领土。

萨法维王朝的阿拔斯国王（Shah Abbas，1587—1629 在位）为了牵制奥斯曼人，主动与欧洲建立联系，并希望借重欧洲改造波斯军队。这个政策固然得到一些效果，但也将欧洲列强引入了波斯，导致英国与俄罗斯在波斯和邻近地区进行恶性竞争，俄罗斯人夺走了大部分高加索，英国人拿走了半个俾路支（Baluchi）省，并使阿富汗于 18 世纪中叶脱离波斯而独立。

今天伊朗的领土要比历史上波斯帝国的领土小很多，而波斯文化圈的范围远不止于今日伊朗。这是伊朗民族主义者一个难忘的心理伤痛。

“东方和西方都属于真主”

第二次世界大战后，伊朗与英、美财团争取石油权益，又力抗苏联在伊朗建立左倾政治力量。后来巴列维国王依靠美国进行自上而下

德黑兰市北部一景
伊朗中部城市亚兹德的酒店内

的现代化，以失败告终。伊斯兰革命的导因是对巴列维改革失败的反应，但是历史上作为“东方”的伊朗和作为“西方”的欧美集团之间的心结，在新生的伊斯兰共和国和西方国家之间划下了一道极深的鸿沟。

美国对伊朗发展核能与核武器十分关注，使得联合国安理会中分属“东”和“西”的五个常任理事国一致同意对伊朗实行制裁。经过多年的艰苦谈判，伊朗终于同意了几个核大国给它的限制条件，赢得西方国家和东方国家都取消对它的制裁。尽管对立情绪有所缓和，伊朗政府对于“东”“西”之辨不会放弃。

霍梅尼有一句名言：“不要东方，不要西方，只要伊斯兰。”这应该是他对伊朗历史经验的总结，也表明在意识形态上，他既排斥资本主义，也不要共产主义的宣示。

两千年前向波斯王子学习佛教、把丝绸卖给波斯的中国，现在的国民普遍没有宗教信仰，大家的共识似乎是“东方也要，西方也要，有利于经济发展和社会稳定的都要”。依我看，在伊朗掌权的教士们对他们的教义似乎太执著，忽视了经济的发展；中国没有宗教信仰的官员们似乎又过于功利主义，忽略了人的心灵需要。

我诚心愿意见到在21世纪的新丝绸之路上，中国和伊朗能像古代那样，既有商品贸易，又有文化交流。

我也很想“班门弄斧”一番：《古兰经》的第二章（《黄牛》）里说，“东方和西方都是真主的；无论你们转向哪方，那里就是真主的方向”。

美索不达米亚：人类文明的摇篮

作为“游走于文明之间”系列的第一部，这本《大中东行纪》已经从东非、北非、巴尔干半岛、安纳托利亚、高加索转了一圈，又回到了西亚。从地图上看，下一个国家应该是被战火摧毁并且恐怖袭击仍然不断的伊拉克。

这里且不谈当今的局势，只说伊拉克是现在已知的最早出现人类文明的地方，而我对那里向往已久。

油印的世界历史教材

在台湾师大附中读初二时，有一门世界历史课。当时的台湾正处于物资短缺的时代，老师自己编写了一套教材，手抄后油印在劣质的纸上发给大家。就是这本教材，使我第一次知道发源自土耳其、注入波斯湾的幼发拉底河与底格里斯河；这“两河之间的土地”，希腊文称为“美索不达米亚”，主要在今天的伊拉克境内。

我从中知道人类最早的文明就出现在这里：苏美尔人的楔形文字（Cuneiform），古巴比伦（Old Babylonia）的汉谟拉比法典（Code of Hammurabi)，亚述人的战车，新巴比伦的“空中花园”(Hanging Gardens)。我也学到“美索不达米亚”和小亚细亚的东南部、腓尼基(Phoenicia)、迦南、西奈以及尼罗河谷可以连成一片，称为“肥沃新月”。原来这几个古老的文明是相通的，有许多人口、物资、制度和思想的交流。

这个油印的教材对我有很大的启蒙作用，从那时起，我就对世界不同文明之间的交流与互动有特别的兴趣。

苏美尔人：文明的开拓者

大约距今七千至八千年前,西亚和东亚分别有人开始种植谷类（小麦、大麦、稻米、高粱等）；过了一两千年，开始饲养家畜和家禽。人类由适应环境以获取所需，到生产食物而改变环境，是一个大跃进。这个跃进就是文明的开端。

现代人习以为常的屋宇、车轮、文字、历法、数学、宗教和灌溉，都是人类文明发展的里程碑。

公元前 4000 年左右，居住在美索不达米亚南部的苏美尔人说一种与今天任何语言都不相似的独特语言。他们引幼发拉底河与底格里斯河的水灌溉平原上种植的作物，集聚了一定的财富，可以供养许多从事其他工作的人口。由于种植与灌溉需要在不同季节组织人力从事不同的劳动，苏美尔人形成了超越家族、部落的行政组织——“国家”。也出于同样的原因，继苏美尔之后的所有位于美索不达米亚的国家都采用中央集权的政治制度。(较后出现的地中海文明没有同样的需要，也就没有近世欧洲学者所说的“东方的专制”。)

由于农产品的丰富和国家的形成，苏美尔人首先开始了城市生活，在乌尔建立了一座大型的城市。

苏美尔人生活于平原上，所以他们首先想到把制作陶器的转轮用在货物运输上，于是发明了车轮。大约一千年后，又有人想到把用木

苏美尔图形文字和楔形文字

板拼成的实心车轮改为更轻便的有轴与辐的车轮。

今天，如果有人想重新搞一个什么东西，人们会说这是"reinventing the wheel"（"重造车轮"），可见发明车轮对人类的重要性。单凭这一个发明，苏美尔人就可以在人类文明史上占据重要的一页。

此外，他们还为了掌握种植的周期而制定了每年十二个月的历法。日出和日落以及月的盈虚是很容易观察到的天象，因此以"日"和"月"为时间的单位相当自然。从季节的变换推论出"年"，也不特别困难。但是，能够把"月"分为二十九日和三十日两种，每隔几年加一个闰月，以调和太阳和月亮的运转，这确实是苏美尔人在五千年前的大智慧。此外，苏美尔人还规定一日为两个十二小时，每小时为六十分钟。也就是说，苏美尔人用的是以十二为单位的计算法，和后来的十进位不同。

根据至今的考古发现，全世界最早的文字应该是苏美尔人于距今五千五百年前所创的图形文字。大约在四千五百年前，苏美尔人的文字过渡到以芦苇笔在泥版上刻写的较为简易的楔形文字；这种文字在美索不达米亚和波斯一直使用了两千年。

苏美尔人对神灵的看法，在两千年的时间里有两次转化：第一次是从崇拜自然现象逐渐转变到具有人的行为方式的神灵；第二次则是从崇拜具有人类特征的神灵到想象神是全能全知的主宰。为了崇拜这高不可攀的神祇，苏美尔人在他们居住的平原上修建了宏伟的阶梯庙宇（ziggurat）；目前在乌尔附近，还有保存得很好的阶梯庙宇。

苏美尔人的继承者

由于耕地长期引水灌溉逐渐盐化，产量减低，导致苏美尔经济力量衰退，并在公元前2000年左右被美索不达米亚中部的阿卡德人所征服。

从考古学家发掘的保存完整的楔形文字的记录，我们知道阿卡德人大致继承了苏美尔人的文化，但有两点不同：地理与语言。阿卡德人的首领萨尔贡把首都建在美索不达米亚中部的巴比伦城，他们的国家因此被历史学家称为古巴比伦；阿卡德人说一种闪米特语言，与今日的阿拉伯人、以色列人和埃塞俄比亚人的语言近似。

古巴比伦时代最显著的文化成果，就是至今依然广为引用的汉谟拉比法典。它最主要的法学观点是“以眼还眼”和“买家小心”，不问缘由，只重“公平”。“以眼还眼”，所以某甲不小心打断了某乙的一根骨头，某乙就有权打断某甲的一根骨头。“买家小心”，只要买家出钱完成了交易，就无权再因为物品不良或是卖家有意欺骗而要求赔偿。今天流行的售后服务那时是绝对没有的。

古巴比伦对人类的最大贡献应该是数学，尽管他们有可能只是学习和继承了苏美尔人的成就。无论如何，古巴比伦庙宇中的书记员在公元前 1800 年已经会使用乘法表和除法表，并且会求平方根、立方根和指数函数（exponential functions）。

尽管古巴比伦人已经会让土地休耕，并且主要种植比小麦更能抗盐的大麦，其经济力量还是因为土地盐化而逐渐疲弱。公元前 14 世纪，来自土耳其的说印欧语言的赫梯人，驾着马匹拉的轻型快速的双轮战车（chariot）征服了巴比伦。

其后，赫梯人又被美索不达米亚北部的说闪米特语的亚述人赶走；于是，亚述人成为人类文明摇篮的新主人。他们继续使用楔形文字，建筑了宏伟的城市以及华丽的王宫和神庙。但是他们也难逃历史的宿命。公元前 7 世纪，另一个闪米特语民族迦勒底人成功地推翻了统治他们多年的亚述人；他们把新王国的首都设在巴比伦城，所以被历史学家称为新巴比伦王国，他们则被称为巴比伦人。

我在柏林的佩加蒙（Pergamon）博物馆里看到了高达十五米、十分精美的巴比伦的城门。讲解员很详细地介绍了巴比伦人在天文学和占星学上的成就：他们把天上的星体设想为不同的神祇；从追踪和预测这些星体的移动，揣测五个主要神祇之间的权力变化，从而估计人类会遭受到何种影响。这和后来在中国流行的民间信仰颇为相似。今天西方人仍然用五个罗马的神的名字（Mercury，Venus，Mars，Jupiter，Saturn）称呼九颗行星中的前五颗，这也是巴比伦留给他们的遗产。

新巴比伦最著名的国王叫做尼布甲尼撒（公元前605年—前562年在位）。他最为著名的业绩是修建了从幼发拉底河的岸边向外逐层升高的“空中花园”，被古代希腊人认为是“世界七大奇观”之一。巴比伦城的城墙，以深蓝色为底，上面有白色砖砌的狮、牛等图形。

犹太历史上很悲惨的一段是尼布甲尼撒领军攻占耶路撒冷后，毁坏了犹太人的教堂，强迫几万名犹太人迁移到巴比伦。公元前5世纪，波斯王大流士攻入巴比伦，释放了犹太人，犹太人才能在五十年之后回到家乡。

今天的以色列人自认是当初从巴比伦释放回家的犹太人的后裔，今天的伊朗人更自认是大流士的子孙，而伊拉克人当然是巴比伦人的继承者。然而，以色列和伊朗是西亚最为敌对的两个国家。至于伊拉克，这个人类文明摇篮的所在地，目前则是一个既不易保护文化遗产，又难以遵守文明法则的地方。

伊拉克：城市文明的源头

曾经的伊斯兰世界中心

推翻帝制，建立于1958年的伊拉克共和国是一个很年轻却又极古老的国家。

从13世纪中叶到20世纪初，这片被希腊人称为“美索不达米亚”的土地先后被蒙古人的伊儿汗国、土库曼的白羊王朝和奥斯曼帝国统治。一次大战后，这片土地由英国托管；1932年英国将它的大部分（科威特除外）改称“伊拉克王国”，并且把被法国人驱逐的叙利亚国王费萨尔（Faisal）立为国王。

从公元750年到1258年，伊拉克是伊斯兰世界的中心；这五个世纪同时也是伊斯兰文明的黄金时代。公元10世纪时，始建于762年的巴格达是全世界最壮丽、最繁华的城市之一，只有中国的汴梁（开封）、阿拉伯人统治下的西班牙的科尔多瓦和拜占庭帝国的君士坦丁堡可以与之媲美。

巴格达在伊拉克只是一个年轻的城市。近年来新闻中频繁出现的摩苏尔（Mosul）、巴士拉（Basra）、纳杰夫（Najaf）、埃尔比勒（Erbil）

巴格达附近乌尔的阶梯神庙

都比它古老许多。事实上，世界上最早的一批城市就在今天的伊拉克境内。

从村落到城市

根据考古学家的发现，大约一万年前已有原始村落出现。那时人们捕捉鱼虾、禽类和采集植物，居住在固定点，不必再为跟踪兽群而四处“游走”。他们学会用陶土制作罐和缸，把采集的植物储存起来，又用陶土制的水缸到河里去取水。

接着，有人开始种植谷物，并把收割的粮食储藏起来；又有人畜养猪、牛、羊、鸭、鹅等。人类有意识地生产所需要的食物，这就是农业文明的肇始。

由于定居的村民不能在自己村庄附近得到所有需要的物资，就有一些人到远处去交换本村人口所需要的东西，贸易由此开始。

也有些人组织起来，去抢劫自己想要得到的东西。有人要抢劫，就有人要保家卫土，战争于是发生。

在美索不达米亚，许多村落的生产足以让少数人去从事手工业、商业，或专门从事战斗和祭祀。在人类开始虔敬祀神的同时，生产力已经上升到每个人的劳动成果可以超过他的生存所需。有人于是开始拥有奴隶，并以战争的手段俘虏敌方的人口作为奴隶。贸易、战争和奴隶都是伴随着文明而出现的。

由于有些村落的战斗力量日益强大，居民也日益众多，需要依靠邻近的村落供给。一些统治家族于是通过武力建立起涵盖许多村庄的行政组织，在自己的所在地设立行政机构，维持战斗力量，并修建宫殿庙宇。这就形成了有别于村落的城市。

城市与神庙

美索不达米亚是人类最早的一些城市和城邦国家出现的地方。

根据考古学家的研究，公元前3000年左右，在这个区域已有几十个城邦国家。城邦以某一个城市为中心，包括附近的农村地区，人口一般不超过五万。

在早期的城邦中，神庙具有特殊的地位。位于美索不达米亚南部的苏美尔各个城邦都有规模宏大的神庙建筑。在一些城镇，从居民一在那里定居就开始建造神庙，并且不断在原址扩大修建，有的竟持续长达一千年。

神庙不仅是苏美尔城邦制国家的宗教和政治活动的中心，也是商业和文化中心：商贩们在神庙附近甚至神庙里面做生意，庙里一般设有训练僧侣的学校。僧侣们垄断宗教事务，操纵国家的祭祀礼仪和一切宗教活动；他们通常出身贵族家庭，拥有很大的经济势力和政治影响力。

公元前2500年左右，苏美尔的城邦开始衰落。公元前24世纪时，阿卡德国王萨尔贡征服了美索不达米亚中部的阿卡德地区及南部的苏美尔地区，建立起一个统一的大国，就是历史学家所称的古巴比伦王国。从此，美索不达米亚告别了城邦制国家时代，进入一个新时期。

美索不达米亚的城市文明比尼罗河谷和印度河谷的城市文明在时间上稍早，但是三者之间的丰富与精致程度相差无几，且有许多相似之处。因此可以认定，这三个古代文明之间曾经有过不少交往。东亚的黄河流域和长江流域的文明，比这三个古代文明发生得晚；中国周代“小国寡民”的城邦，要比伊拉克的城邦迟一千多年。

城市的演变

无论是在美索不达米亚、尼罗河流域、印度河谷，还是中国殷商时代的城市遗址里，都有奴隶存在的证据，包括以奴隶陪葬的习俗。这说明人类最早的城市文明和奴隶制是分不开的，即使被誉为民主之源的希腊城邦如雅典也是有奴隶的。

公元前3世纪起，奴隶制在亚欧大陆逐渐消失。此后的两千年里，社会生产主要是依靠农村经济。在早期还带有封建社会性质的中国，土地大部分掌握在大地主手中，小地主和自耕农民是少数。城市规模一般都不大，农村人口远远超越城市人口。但自从土地可以自由买卖之后，小地主和自耕农增加，乡村和城镇也随之兴起。由于大帝国的出现（如汉、唐、罗马、阿拉伯帝国），城市人口急剧增加；特别是帝国首都，有繁荣的商业、兴旺的手工业和蓬勃的都市文化。中国宋代的《清明上河图》就是这个情况最鲜明动人而有力的说明。

亚欧大陆上的贸易因蒙古帝国的兴起而大为畅通。欧洲人由于“十字军”运动而对亚洲发生兴趣并且增加了认识，他们开始直接参与亚欧大陆上的贸易，集聚大量的财富。威尼斯、热那亚和佛罗伦萨这些由商人控制的新型城邦，也相继出现。

这些城邦的历史作用绝对不可低估。它们推动了始于14世纪的“文艺复兴”，又导致重商主义（mercantilism）和资本主义的出现。这些新动力令原来落后的欧洲在短期内超越了此时发展已相对滞后的亚洲和北非。

16世纪的海外殖民推动了欧洲的商业发展，许多人从农村移居到城市。18世纪后期的工业革命则从根本上改变了人类的生产方式和居住形态。从20世纪开始，城市化的趋势在全球各地都更为迅速。

以韩国为例：1910年朝鲜半岛成为日本的殖民地，那时朝鲜半岛的农村和城市人口的比例是九比一；一百年后的今天，韩国农村和城市人口的比例大约是一比九。中国正在进行着本土工业化和经济全球化的双重巨变，其中最为基本的改变，就是农村与城市人口的比例从四十年前的八比二降到目前的五比五。

城市的作用

城市的规模与经济活动在过去五千年里发生了巨大的变化。不变的是城市的基本性质：它是一种人口密度高度集中的生活方式。

由于这个基本性质，无论是古时的、今天的，还是未来的城市，都必须满足三个条件才能存在、运转和发展。

首先，城市居民的安全必须有保障。无论是依赖军队和警察的力量，还是出于公民的自觉，破坏公共秩序的犯罪行为必须受到控制。

其次，城市必须要有繁荣的经济作为基本支撑，也必须要有足够的就业机会，让它的居民能够自食其力、安居乐业。

还有，城市的居民必须有大致相同的认同感和价值观。在过去，这可能来自种族、语言和宗教信仰。近一百年来的全球化过程，使许多大城市的共同价值观成为对多元文化的兼容与对异己人群的尊重。没有共同的认同感和价值观的城市，很难有序地运行。

遍读中外历史，我没有发现任何不满足这三个条件而长久兴旺的城市。

巴格达的命运

巴格达目前大约有六百万人口，占伊拉克全国人口的五分之一。这个城市的前景如何，可以从几个角度观察。

今天的巴格达没有主体经济支柱。伊拉克虽然有丰厚的石油收入，但是这并不能给巴格达的居民提供足够的就业机会。

最重要的，巴格达市民中的逊尼派与什叶派，阿拉伯人与库尔德人，本来就缺乏共同的教派和民族认同，十几年来的战乱和近几年什叶派人口通过选举当政后，更加剧了原先的矛盾。正是这些矛盾给了恐怖主义集团和极端组织（如 ISIS）生存的空间和破坏力量。如果阿拉伯人和库尔德人互相包容和尊重，如果什叶派政客不是为了报复萨达姆·侯赛因当初的暴行而特意边缘化和欺压逊尼派人口，今天的巴格达会有不同的命运。

一千年前曾经产生《一千零一夜》的迷人故事，并被称为“世界的十字路口”的巴格达，今后会往何处去，令人难以乐观。

阿拉伯半岛：伊斯兰文明的诞生地

1963 年我到美国后看的第一部电影是 *Lawrence of Arabia*（《阿拉伯的劳伦斯》），印象十分深刻。然而，那时我对故事的背景却不甚了了。

后来才知道，劳伦斯（T. E. Lawrence）是阿拉伯专家、高级间谍和著名作家。据他自述，一次世界大战时他作为英军的中校情报官，为总司令出谋献策，又劝服阿拉伯各个部落团结起来，共同对抗奥斯曼土耳其人以争取民族独立。但是英、法在 1916 年私自瓜分奥斯曼帝国的领土，阿拉伯人在战后并没有得到独立，而是受新殖民者的控制。

阿拉伯作家穆萨（Suleiman Mousa）却指称劳伦斯写的书夸大其词，实际上几个最具战略价值的城市都是阿拉伯人凭自己的力量拿下来的。

无论谁是谁非，劳伦斯在阿拉伯漫长历史的滔滔洪流中，只是一个耀眼的浪花。

沙漠与山岭

阿拉伯半岛位于亚、非、欧三大洲之间的中央地带，东部面对波斯湾和阿曼湾，南临阿拉伯海和亚丁湾，西部濒临红海，北面则以约旦之南的亚喀巴湾（Gulf of Aqaba）为界。它地域辽阔，面积等于三分之一个中国，是全世界最大的半岛。

阿拉伯半岛是一个主要由沙漠构成的高地，整体上自西南部的也门向东北的波斯湾倾斜。半岛北部主要是沙漠。西部的汉志（Al-Hijaz，又译希贾兹）地区和西南部的也门是重要商道，有若干绿洲城市点缀其间，伊斯兰教最重要的圣地麦加和麦地那就在这条商道上。半岛的内陆除少数绿洲外几乎尽是沙漠与山岭。半岛中部有一片南北向的高原叫内志（Najd，又译纳季德，意为“高地”），沙特阿拉伯的首都利雅得（Riyadh）就在这一地区。

由于这种地理环境，阿拉伯半岛是世界上唯一的居民成分历经多个世纪保持不变的地区；半岛上的居民分为定居的人口和逐水草而居的贝都因人（Bedouin），但是两者的种族与语言相同。

阿拉伯—伊斯兰文明的摇篮

阿拉伯半岛是闪族（Semites）的摇篮。一部分闪族人口后来从这里迁移到肥沃新月地区，先后成为历史上的巴比伦人、亚述人、腓尼基人和希伯来人。犹太教和基督教的基本要素就是从阿拉伯半岛的地理环境中形成的。闪族人虽然曾经大量外移，可是从来没有任何外来人口侵入半岛的内陆而改变了当地居民的特征。

在中世纪，一个具有鲜明闪族特色的阿拉伯民族因为伊斯兰教的出现而迈出阿拉伯半岛，在一百年里建立了一个自大西洋的东岸起，直至中国唐朝边境的庞大帝国。在这个空前迅速的扩张时期里，他们在宗教上和语言上同化了各地许多不同的民族。

阿拉伯人所建立的不只是一个大帝国，而且是一种文明。他们继承了幼发拉底河、底格里斯河流域和尼罗河流域的古代文明，又吸收了希腊—罗马文明的主要特征。在阿拉伯—伊斯兰文明的形成过程中，波斯文明与它相互融合。

哈里发 Ali Ben Hamed 及其随从（Théodore Chassériau 画作，1845 年）

前往麦加的朝圣者（Belly 画作，1861 年）

阿拉伯语的各族人民把阿拉伯—伊斯兰文明传到中世纪的欧洲，唤醒了西方世界，促使欧洲走上了近代文艺复兴的道路。

今天，全世界几乎四分之一的人口是穆斯林。说阿拉伯语的民族虽然早已不占多数，但由于诵读《古兰经》必须用阿拉伯文，伊斯兰教的圣地又在阿拉伯半岛，阿拉伯人在伊斯兰世界里仍然占有独特而重要的地位。

哈里发制度解体

公元 1258 年，蒙古军攻入巴格达，处死逊尼派伊斯兰的宗教和政治领袖哈里发，从而使伊斯兰世界正式进入了多个政权并立、互不从属的局面。

统治埃及的是由奴隶兵（来自高加索、东欧和突厥语民族地区）建立的马木留克王朝。马木留克王朝的首领苏丹不是世袭而是由奴隶兵的上层互选产生。他们在 1260 年击退入侵的蒙古军之后，成为耶路撒冷、巴勒斯坦、叙利亚以及阿拉伯半岛上汉志地区的统治者，并且在开罗拥立一位哈里发，作为他们合法性的表现。奥斯曼人于 1517 年攻占埃及，消灭了马木留克政权，把阿拉伯半岛西部的领土据为己有，并开始由奥斯曼苏丹在伊斯坦布尔兼任哈里发。

一次大战后，奥斯曼帝国解体；1924 年，哈里发制度被正式废除。

今天盘踞在部分伊拉克和叙利亚领土的极端组织 ISIS 自称“伊斯兰国”，声称它已经恢复了往日的哈里发制度，甚至还在世界不同地方设立这个省那个省，封官縻爵，煞有介事。这个冒充的全球伊斯兰组织，其实是玷污了早期哈里发的名字，也完全无视自从 1258 年阿拔斯帝国的哈里发被蒙古王公旭烈兀处死之后伊斯兰世界所发生的变化。

瓦哈比教派与沙特家族

在哈里发制度废除后，源于半岛中部的沙特家族取代了由奥斯曼人指派的穆罕默德的哈希姆家族（the Hashemites）的后裔，开始管理麦加与麦地那，以伊斯兰教的正统自居。无论从地理位置、宗教力量还是石油财富上看，沙特阿拉伯的确是中东，甚至是全世界举足轻重的国家之一。

沙特建国的历史是一个非常曲折的过程。

自 16 世纪奥斯曼人统治阿拉伯半岛、入主伊斯兰圣地之后，苏非主义开始在半岛盛行。由于奥斯曼人的宽容甚至是鼓励，苏非思想在伊斯兰世界占据显要地位长达数百年。

18 世纪上半叶，一个出生于内志地区的宗教世家，也受过苏非主义教育的学者伊本 · 阿布杜 · 瓦哈布（Ibn Abdul Wahhab，1703—1792）决心与苏非主义决裂，立志宗教改革，排除异端，净化信仰。他得到内志地区一个贝都因部落酋长伊本 · 沙特（Ibn Saude）的支持。伊本 · 沙特有改变现状、统一半岛的政治抱负。他们两人一拍即合，互娶对方的女儿为妻，通过这种联姻建立了特殊的联盟。

瓦哈布在伊本 · 沙特的支持下讲学、宣教，利用武装力量传播新教义；而伊本 · 沙特则建立起以瓦哈比教义（Wahhabism）为基础的神权政体。后来，伊本 · 沙特的儿子继承了他父亲的位置，将势力扩张到半岛的西部和东北部。而瓦哈布的儿子也取得了沙特王朝宗教大法官“穆夫提”这个职位的世袭权。于是王权和教权在沙特家族与瓦哈布家族的通婚中融为一体。

公元 18—19 世纪，由突厥语民族统治的奥斯曼帝国、波斯萨法维帝国和印度莫卧儿帝国在伊斯兰世界里三足鼎立，欧洲人在伊斯兰世界的影响也日益强大。这使得伊斯兰的发源地阿拉伯半岛的形势纷纭多变。

在此期间，沙特家族的瓦哈比派政权曾经两次被奥斯曼帝国剿灭，但他们的后人又两度重建王国。一次大战后奥斯曼帝国解体，在阿拉伯世界最有力量的英国决定支持沙特家族统治阿拉伯半岛的大部分。1932年，“黑金”石油的发现，更巩固了沙特家族在阿拉伯半岛乃至在整个中东的地位。

瓦哈比教派的影响

当今在阿拉伯半岛占统治地位的瓦哈比教派，源自逊尼伊斯兰四大教法学派中最为严格的罕百里派（Hanbali），但其严格程度远超过原有的罕百里派。

瓦哈比派坚持所有的法律和社会规范必须符合《古兰经》和《圣训》，一切应回到《古兰经》。这种主张与基督教的基本教义派（fundamentalism）颇为相似，因此瓦哈比派也被西方学者称为“伊斯兰基本教义派”。

瓦哈比派反对通过偶像、实物等手段作为接近安拉的媒介，认为求助于使者和圣徒消灾祈福的行为都属于多神信仰。他们十分注重祈祷、斋戒和行善，禁止吸烟、饮酒、赌博、跳舞或穿着华丽。

近几十年，在受到沙特阿拉伯推动的瓦哈比教义的影响下，伊斯兰极端主义在世界各地逐渐抬头。这些极端的“圣战者”主张一个人不应顺从统治者，只应顺从真主；只有和他们信仰一致的人才算是真正的穆斯林，其他人即便祈祷和斋戒，只要支持被他们认为是亵渎真主的统治者，就不算是真正的穆斯林。所以在“圣战者”眼中，沙特阿拉伯和其他国家的统治阶层都不是真正的穆斯林，而是需要清除的对象。

“基地组织”就是由具有这种极端思想的恐怖分子组成。而阿拉伯半岛情势之所以复杂，恰恰是由于瓦哈比主义既是统治者的意识形态，又是企图推翻他们的极端主义者的理论基础。

2010年，沙特阿拉伯的一个王子在英国被判无期徒刑，因为他在伦敦一家酒店里虐杀一名仆人。像他这样信奉瓦哈比教派，但在行为上却放浪而为的王族和统治阶层比比皆是。几年前被美军击毙的“基地组织”领导人本·拉登自己就是出身于沙特阿拉伯的五大统治家族之一，所以他才腰缠万贯，以财力支持恐怖主义组织。在近来整个阿拉伯世界进入政治板块大调整的时候，沙特阿拉伯政府的因应之道是一方面用武力支持遭到挑战的巴林等政权，一方面将手中的财富发放一部分给老百姓。这一手段是否长远有效很成疑问。有鉴于沙特阿拉伯地位之重要与石油蕴藏之丰富，它的未来走向一定是各大国极为关心的事，也必然是它们互相角力的重点。

角力的重点就是原油定价和谁应该生产多少原油。在所有这些国家中，美国目前具有无可争议的优势，因为它的能源已经不止自给自足，还有外销，不再依赖国外的石油。最为脆弱的当属沙特阿拉伯，因为它的经济运转和社会安定完全要靠开采和出口石油。正在此时，一个沙特阿拉伯在宗教上和地缘政治上的劲敌成为角力的一个重要的新角色。这就是刚刚被联合国解除了经济制裁的伊朗。别的国家或许想要降低开采量以争取价格上升，饥渴了许多年的伊朗却是绝不能在太阳能、风能、页岩油气取代石油之前让自己地底下蕴藏的大量石油变为地质标本。有人说，真主非常照顾穆斯林，因为差不多每一个穆斯林国家 / 地区的地下都有石油，只要穆斯林一跺脚，就会有石油冒出来。可是真主也很会考验穆斯林，让他们站在石油上面头疼。

除了真主的考验，有意思的是：西方一些国家为了经济利益，一向维护和笼络宗教信仰、基本价值观与他们自己的信念格格不入的沙特政权。而这个政权的统治阶层中有许多人，恰恰又成了恐怖主义者的免费“招募广告”。

波斯湾诸国：购买现代化

波斯湾（阿拉伯人称之为阿拉伯湾，许多人因此使用“海湾”这个中立的名称）无疑是当今国际政治的大热点。东岸的伊朗是文明古国，石油大国，由什叶派教士当家的伊斯兰共和国；它强烈反美反以色列，对伊拉克、叙利亚、黎巴嫩、阿富汗和巴基斯坦都有影响。波斯湾之北是人类较早出现文明的美索不达米亚，幼发拉底河与底格里斯河万千年来依然如故地注入波斯湾；但是位于两河流域的伊拉克，在 2003 年美军入侵后，连年战火纷飞，什叶派与逊尼派尖锐对立，阿拉伯人与库尔德人也冲突不断。波斯湾西岸的几个小国却是伊斯兰世界中发展最为蓬勃的地区。

这几个小国的兴盛当然得益于石油，但也是因为它们的统治者各有一套治国求存之道。这些求存之道是否能适用于未来，是我最近走访波斯湾地区所关注的问题。

在讲述我的所见所闻之前，先说说中国历史上两个前往波斯湾地区的重要使臣。

甘英与郑和

据正史记载，第一个到波斯湾的中国人是东汉时的甘英，他是班超坐镇西域时的一位副将。那时中国（东汉）和罗马帝国（大秦）已有贸易，但都是由波斯（安息）作为中介。班超于是在公元97年派甘英前往大秦一探究竟。

甘英历经艰苦到达波斯湾东岸，想找船渡海前往大秦。安息人不愿意中国使节直通罗马帝国，不但不给甘英提供方便，还夸大其词数说渡海的各种危险。甘英在恐吓之下决定回程。

中国历史上到达波斯湾的访者中，最著名也最威风的当然是郑和。他的舰队曾于1414、1418、1421、1431年四次在波斯湾南端的霍尔木兹海峡停留。郑和为什么要一再前往波斯湾呢？

明朝初年，蒙古人虽退回漠北，并未溃败，而且积极谋划卷土重来。在明永乐帝心中，北方蒙元的势力始终是个心结。

元朝时，世祖忽必烈将一个公主嫁给伊儿汗，因陆路不靖，就委派马可·波罗（Marco Polo）等人由海路护送公主到波斯湾，再到伊儿汗国的首都。怎知公主到达时，伊儿汗已经去世。按蒙古的习俗，这位公主应嫁给伊儿汗的大儿子，而当时这位王子正驻守在别处（今阿富汗北部），于是马可·波罗等人又花了几个月的时间护送这位待嫁公主沿陆路东行，才见到新郎官正式成亲。这个行程等于绕了一个大圈又回到离中国边境不远之处。

假如被明永乐帝赶下台而据说是逃到南洋的惠帝，也像元朝公主那样由南洋到波斯湾，再辗转从陆路和北方的蒙古人接上头，甚至来个“政治联姻”，永乐帝将会怎么办？因此，我一直不认为郑和七次下西洋只是为了宣扬国威。

他或者是奉命打探惠帝的下落，或者是想考察当时统治波斯与中亚的帖木儿汗国的虚实，以仿效当年张骞通西域，设法在中国的西北寻找同盟，夹击在北方的蒙元势力。郑和的副手马欢（今绍兴人，回族，

卡塔尔伊斯兰艺术博物馆藏品：

印度莫卧儿王朝镶嵌珠宝的壶
经典性的伊斯兰艺术珍品
早期伊斯兰艺术品，盘内花纹为阿拉伯文
16 世纪土耳其瓷器

通阿拉伯语）回国后著有《瀛涯胜览》，其中有“曾闻博望使绝域，何如当代覃恩光”的诗句。“博望侯”是张骞的封号，马欢说博望侯也不会比他当代的“覃恩”更有光彩，明显是认为他们两人的功勋很相似。可惜郑和七下西洋之后，明廷销毁了有关的档案，使后人无从稽考郑和回国后的报告内容。

乳香与石油

几千年来，阿拉伯半岛的乳香是它财富的来源。乳香是埃及、希腊、罗马、印度和中国等古老文明所钟爱的特产。我看到的也门乳香树（Boswellia Sacra）貌不惊人。可是割开它的树皮后流出来琥珀色的汁液，在日光下凝固后，就成了重要宗教典礼中不可或缺的乳香，也是十分珍贵的药材。所有我认识的内行人都说最优等的乳香产于阿拉伯半岛东南部的阿曼。所以我去阿曼时花了不少钱买乳香，也不知道究竟值不值。

19 世纪，不同航道的开辟使波斯湾的转口贸易量大为降低，但是上等珍珠还非得要在波斯湾沿岸才能采集到。从北方的科威特到南方的阿曼，珍珠是最重要的商品。不少人都说这是真主的照顾：失去了港口的收入，还有遍布波斯湾沿岸的珍珠。

一次大战后，日本发明了人工养殖珍珠的方法，严重地打击了波斯湾的天然珍珠市场。真主似乎真是照顾穆斯林，就在此时，波斯湾两岸都发现了石油，使它再度成为大国竞相争夺的战略要地。

2015 年 5 月，我曾参加由卡塔尔外交部和美国加州大学洛杉矶校区合办的多哈论坛。在论坛上的发言者中，大多数亚洲学者都同意亚洲与中东的关系将会更加紧密，而中国则将在中东地区扮演日益显著的角色。我也以“乳香与石油”为题做了演讲，讨论中东局势与亚洲的关系，并讨论了地缘政治的转移。

贝都因人、奥斯曼人与英国人

阿拉伯半岛上最有代表性也最引起外人注意的，是身着长袍披戴头饰的贝都因人（原属于游牧部落）。他们人数不多，但却是近二百年来波斯湾西岸各国的统治阶层。

这要从奥斯曼人入侵阿拉伯半岛说起。16、17 世纪的奥斯曼人虽然强大，但是只能控制重要城市和战略要地而无法制服顽强不驯的贝都因部落。18 世纪时，贝都因人中出现了如沙特家族那样的力量，有意以武力统一阿拉伯半岛。同时，英国人也开始进入阿拉伯半岛东部，企图获取经济利益。

一些霸占一方的贝都因酋长不愿听命于奥斯曼人，又不愿被沙特家族吞并。英国人利用这种形势，对各个贝都因酋长慑之以威，诱之以利。19 世纪中叶一些部落酋长与英国结成同盟，称为休战国（Trucial States），彼此不交战，共同对付波斯湾的海盗。后来这些酋长国一一成为英国的保护国。

1968 年，英国宣布放弃这些保护国之后，形成了今天的局面：科威特、巴林、卡塔尔和阿曼是独立国家，而阿联酋则是由休战国的七个酋长国联合组成。

购买现代化

科威特是波斯湾西北部的战略要地，奥斯曼时代属于伊拉克的巴士拉省。一次大战后，英国托管伊拉克。科威特发现石油后，英国让它脱离伊拉克，成为英国的保护国。伊拉克的每一个政府都想“收复”科威特，沙特阿拉伯也一直想“统一”它。科威特王室的办法是在外交上紧靠西方，在国内政治改革中小步前进。目前在国王任命的内阁之外，还有一个五十人的国民议会。

面积比香港还小的岛国巴林位于波斯湾中部，是一个重要的转口港。因为有充足的地下淡水，已有几千年的文化底蕴。居民的八成是什叶派，但掌政已逾两百年的统治家族是由半岛中部过去的逊尼派贝都因人（早前的游牧者）。巴林于 2000 年改为君主立宪制，但总理和百分之八十的部长仍由国王的家族成员担任。2010 年 11 月巴林举行国会选举，发生了激烈冲突和抗议。2011 年以来，尽管巴林王室谨慎应付群众的持续示威，但是无法独力支撑，需要沙特阿拉伯动用装甲车和镇暴部队前往助阵。

人口和巴林相若，但面积要大十余倍的卡塔尔利用石油收入填海造地，创造了阿拉伯世界的发展奇迹；它的下一个大工程是连接巴林的海上堤道，可以避免绕道沙特阿拉伯。卡塔尔锐意提升软实力，不只主办了 2001 年的 WTO 大会、2006 年的亚运会，前些年还开办卡塔尔大学，准备吸收阿拉伯世界的知识精英。当然，半岛电视台是卡塔尔的招牌：英语台和阿拉伯语台在中东乃至世界各地都有很大的听众群，影响力和这个小国的面积不成比例。

我 2010 年第一次去卡塔尔。一组鲜明的对照引起我的注意：在多哈（Doha）的有几百年历史的市场里，买者和卖者大半是南亚人和菲律宾人，货物多是内衣、鞋袜、晚礼服等；在填海新建的由贝聿铭设计的伊斯兰艺术博物馆里，我看到的是大量精致的古典伊斯兰艺术品。

阿拉伯联合酋长国的面积只有八万三千平方公里（不到广东省的一半），石油储量却居世界第七位。首都阿布扎比（Abu Dhabi）在石油产区，但是阿联酋最大的卖点是迪拜。我四次到这个“购物天堂”都没有买东西，却学到了不少。迪拜的酒店虽然昂贵，但也颇为注意基础建设。它还把港口管理的经验推行到外国：亚丁湾的吉布提港就曾由迪拜承包管理；迪拜曾有意投标管理美国的一个港口，但被美国否决了。另外，阿联酋（以及波斯湾各地）的人口结构是一个四层的金字塔：贝都因人是老板，欧美人是高级顾问，其他国家的阿拉伯人是技术骨干，超过人口半数的南亚和东亚人是劳动大众。

阿曼大部分领土是沙丘，也有美丽的海滩。它在阿拉伯世界很受

迪拜海港一景
卡塔尔首都多哈（2015 年）
卡塔尔的现代化步行街

尊重，也得到西方国家的认可。阿曼这几十年来的政策是“踩钢丝”：维持传统，对外宽容；亲近西方，效忠阿拉伯；政治专权，社会开放。当今苏丹在位已经四十年，始终未婚，没有子嗣，所以阿曼今后的发展还难预料。

我在阿曼旅游时，做了两件很得意的事。第一个是我光脚站在阿拉伯海的海岸照了一张照片，当作当年的贺年片照片。第二是我在阿曼首都马斯喀特（Masqat）旧城区的市场（souq，和波斯语的 bazaar 或巴扎是一个意思）买了不同种类的乳香，还特地去了离旧城不太远的皇宫。那里很肃静，有警卫但是不很严密。我举起照相机对着皇宫做照相状，偷看门卫有没有反应。结果是，他注意到了，但没有干涉我照相。

在迪拜我曾问一位因为伊拉克战争到迪拜避难的伊拉克著名学者，何以波斯湾几个小国的经济进步比其他伊斯兰社会快这么多？他的解释词语很清楚，意思却有些隐晦：“这几个小国各有一批聪明的领袖，肯以石油换来的钱和他们自己的方法购买他们想要的现代化。”

叙利亚和黎巴嫩：游走的文明

2007 年从香港城市大学退休后，我应清华大学邀请，为本科学生上一门通识课程，定名为“游走于文明之间”。课程分两部分：第一部分讲同一地区在不同时期所见证的不同文明，第二部分讲某个地区在某段时期出现的文明日后如何传播或是“游走”到其他地区。

本文要谈的叙利亚和黎巴嫩，正是上面所说的两种文明游走的范例。

地中海东岸的古老聚落

地中海东岸，即叙利亚和黎巴嫩西部地区，是人类最早聚居的村落所在。考古学家在叙利亚海岸的乌加里特（Ugarit）发现了距今大约九千年的聚落遗址；黎巴嫩海岸的比布鲁斯（Byblos）在约七千年前已有种植区和动物饲养区，学者也在那里发现了简单的农具、陶罐和武器。

大约四千五百年前，说一种闪米特语的腓尼基人迁入地中海东岸地区，建立了几个城邦，其中一个城邦故址就在今天黎巴嫩的首都贝鲁特。腓尼基人善于航海和贸易，在地中海周边也开拓了不少殖民地，最著名的就是位于今天突尼斯的迦太基。

腓尼基人把黎巴嫩山上的木材卖到埃及，从亚美尼亚买来黑曜石，在美索不达米亚采购蓝宝石，再转卖到地中海世界。他们虽然累积了许多财富，但始终保持着城邦的形式，没有建立统一的王国。公元前15世纪以后，今天的叙利亚和黎巴嫩这一带先后被东面来的阿卡德人、北面来的赫梯人、中亚来的米塔尼人（Mitanians）和南面来的埃及人占领；这些统治者相互争夺，各自给这个地区留下了印记。

这些印记中，最为明显的莫过于文字。埃及的象形文字，多数刻在石板上；阿卡德人、赫梯人和米塔尼人分别采用苏美尔人发明的楔形文字来书写自己的语言，用尖笔刻画在泥版上，符号比较简单，刻写也较容易。

留存的文字记载中，有赫梯人与米塔尼人两种文字并列的和平条约。从条约中提及的双马战神的名字，可以得知赫梯人和米塔尼人都是属于印欧语系的民族，宗教信仰也相近。现存的记录还包括一封埃及皇后写给赫梯皇后的私人信件，刻写在一块泥版上，外面还包着一层相当于信封的密封泥套。

统治者好似走马灯

世界上唯一的六千年来连续有人居住的城市是叙利亚的首都大马士革，距离贝鲁特只有一百公里。它位于肥沃的新月地区，自古以来就是商道上的重镇。六千年来，统治大马士革的民族你来我往，好似走马灯；多个政权有如潮起潮落，各领风骚若干年。大马士革岿然不动，但是各种文明在时间的轴线上彼此交替。

公元前14世纪，继埃及人和赫梯人之后，闪米特语族的以色列人曾占领大马士革，接着另一个闪米特语族的阿拉米人（Aramaeans）又建国于此，然后是从东部来的也属于闪米特语族的亚述人入侵。亚述帝国消亡后，新巴比伦人、波斯人、希腊塞琉古王朝、亚美尼亚人、罗马人、拜占庭人轮番在这里登上舞台。罗马在大马士革修建的许多设施现在仍然有迹可寻。在多个世纪的政治跌宕起伏中，阿拉米语成为整个西亚地区的通用语言，生活于巴勒斯坦的耶稣就说阿拉米语。

对大马士革影响最深远的两次宗教事件，一是公元 225 年叙利亚东方基督教会的成立（比罗马教会早一百年），一是公元 634 年穆斯林军队攻占大马士革。大马士革现在还是地中海东部地区基督教的中心；公元 661—750 年，它是倭马亚王朝的首都。

阿拔斯王朝以武力取代倭马亚王朝，迁都伊拉克，大马士革受到破坏和忽略。当阿拔斯王朝衰落时，大马士革先后被什叶派的法蒂玛王朝和信奉逊尼派的塞尔柱突厥人占领；接着它又被“十字军”包围和威胁百余年。萨拉丁击败“十字军”解救了大马士革，建立起由他家族世袭的阿尤比王朝，统治这座古老的城市将近一百年。

蒙古人在 13 世纪曾短暂统治过大马士革，但被篡夺阿尤比家族权力的马木留克击退。13—15 世纪，在马木留克人统治下的大马士革颇为安定繁荣。15 世纪初，大马士革被从中亚来的“真主之鞭”帖木儿狠狠地抽打了数年，受到严重的破坏。从 1516 年到 1920 年的四百年间，大马士革处于奥斯曼人的统治下，社会堪称稳定，市容大为改善，人口日益增多。

六千年来见证过多种不同文明相继在这里“各美其美”的大马士革，城内有许多具有珍贵历史价值的建筑物。如建于 7 世纪的倭马亚大清真寺，是在更古老的建筑之上修建起来的，令考古学家无法在这里挖掘更多的重要信息。今天大马士革的一条名为“直街”（Straight Street）的长街仍像两千年前罗马人修建时那样，把大马士革的古城分为南北两部分。2010 年秋我在这条街上彳亍独行，不能不感怀岁月流转，人间沧桑。当时哪能预见，不到一年之后，分裂大马士革的不再是这条长街而是政治动荡和武装冲突？

倭马亚清真寺广场及内景

游走的字母

文字已有大约六千年的历史，但是不用大量图形，只用少数符号来表达语音是由地中海东岸闪米特语的民族在公元前 14 世纪才开始使用的。世界最早的字母系统有三十个符号；这些由楔形文字改变而来的符号刻在乌加里特出土的一块泥版上，现在收藏在大马士革国家博物馆里。我看到这块泥版时兴奋莫名，因为我知道这套字母走了多远的路！

住在地中海东岸的腓尼基人在公元前 13 世纪创造了一套只有二十二个符号的书写法（Phoenician script），公元前 11 世纪经过改变后成了今日世界上各种字母系统的老祖宗。

腓尼基字母向西传，先后出现了希腊字母、拉丁字母等，这里且略去不谈。

现在要谈的是向东方传播的一支。公元前 10 世纪大马士革等地的墓碑上开始出现源自腓尼基字母但字体比较弯曲的阿拉米字母。这套字母向东传到波斯等地，又衍生出多种不同的字母系统。

亚洲西端的阿拉米语后来逐渐发展成为今天仍然有人使用（特别是在宗教仪式中）的阿拉米语的叙利亚方言，公元 1—2 世纪时出现的书写这种方言的叙利亚文字（Syriac script）其实也源自阿拉米文，可以说是阿拉米字母的草写体。早期叙利亚和其他东方国家（如伊拉克、波斯和印度）的基督教会都使用叙利亚文书写宗教经书。波斯人摩尼（Mani）于 2 世纪所创的摩尼教和始于 5 世纪的聂思脱里派基督教徒（Nestorian Christians，即景教徒），也都用稍加变化的叙利亚字母书写他们的经文。

因为中亚的粟特人经常往来于丝绸之路上，他们借用了叙利亚字母来书写属于伊朗语族的粟特语；许多粟特人信奉了摩尼教，于是将摩尼教和它的经文向东传给在丝绸之路上的早期突厥人，以及后来由突厥人分化出来的回鹘人。公元 9 世纪，回鹘人以粟特文（Sogdian script）和摩尼经文为本创制了回鹘文（Uighur script）。由于回鹘人一向习惯见到的汉字、契丹文、金文都是竖写，所以回鹘文也是竖写，等于是把粟特字母逆时针旋转九十度来书写。“回鹘族”后来在汉语中称为“维吾尔族”；他们在 11—15 世纪伊斯兰化之前，不论是佛教、摩尼教还是景教的信徒，都使用这种源自粟特文的回鹘文。

成吉思汗即大汗位后，命令一个维吾尔学者为蒙古语造字。这个学者以回鹘字母为基础，创造了蒙古文字母，也是竖写。这种蒙古文字一直使用到今天，现在每张人民币上都看得到。最有意思的是，今天在北京故宫和台北故宫博物院里，都可以见到许多满文的匾额和文书。统治中国二百六十八年的满族，在入关前已经借用蒙古字母创造了满文。他们统治中国之后，全国都能见到满文。但是，有多少中国人（包括满族在内）知道满文其实是源自地中海东岸！

“游走于文明之间”，还能找到比从地中海游走到长白山的字母更好的范例吗？

叙利亚：从司机到总统的命运

2010 年 10 月我首次走访叙利亚，在此之前对这个中东国家的印象是：地方不大，地形复杂；人口不多，人才不少；建国不久，历史长远；社会多元，政府专权；资源充裕，经济一般。

经由一位研究阿拉伯文学的朋友介绍，我在大马士革和一位资深作家做了长时间的交谈，很有收获。在阿勒颇的亚美尼亚社区的一家餐馆里，我和一位小学女教员也聊了好一阵子，让我更加认识叙利亚各民族和各宗教之间的关系。在叙利亚和我谈得最多的是陪伴我三天的汽车司机，他十分坦率健谈，给我提供了另外一个视角。

善做国民外交的作家

依事先约定，我在住宿酒店的大堂里等候那位作家。只见一位西装革履、颇具威仪的长者朝我走来。寒暄之后，他建议到附近一家餐厅先喝茶，再进餐。这顿午餐从上午 11 点多吃到下午将近 4 点钟。

作家乘坐由跟随他已二十年的司机驾驶的奔驰轿车，可见出身钟鸣鼎食之家。他和我谈得十分有兴致。临别时，送了我一本他用阿拉

上图：阿勒颇市容　下图：阿勒颇的碉堡（citadel）

伯文写的关于中国的书；又说，如果时间许可，希望我周末到他家的庄园看看，了解一些叙利亚的地方风情。可惜我的行程早已安排，连他次日要给我介绍一位大马士革大学历史学教授的建议，都只能遗憾地推到“下一次”！

我们的话题集中在历史与宗教，偶尔也旁及当代政治。他知识渊博，有问必答，对任何问题都不避讳。在某些环节上（如被以色列占领的戈兰高地），他会清晰地阐述和官方一致的观点；但在其他问题上（如对什叶派的某些教法），他会从个人（逊尼派）的角度表示意见。这位作家对中国颇有认识（可惜我看不懂他那本书），对其他文化传统和宗教信仰也表现出善意和尊重。

我最想从这位穿西服、说法语、态度开放的资深作家的口中得知的，是他如何看待叙利亚的现代化进程。他的看法并不新鲜，但能引经据典，又辅以生动的例子。他认为现代化对叙利亚十分必要，但他对真主的话《古兰经》坚信不疑，认为伊斯兰社会传统与由西方开始的现代化没有冲突。

与这位叙利亚作家四个多小时的谈话中，我清楚地感觉到他对宗教的虔诚信仰，对国家的热诚效忠，对阿拉伯文化的自豪以及对不同文明的宽容与尊重。对话一直都是自然而互动，绝不像是向我做宣传，虽然我很清楚，他事实上是为叙利亚做了一次颇为高明的国民外交。

亚美尼亚学校的教师

和大马士革一样，阿勒颇也是世界上连续有人居住时间最长的城市之一。目前它是叙利亚的第二大城和工商业中心；从罗马时代起，它就是由中国到地中海的丝绸之路上重要的商业城市。

尽管我去阿勒颇是因为对它久远的历史感兴趣，可是我在阿勒颇的最大收获却是和一位女教师坐在同一张桌上吃晚饭。

我住的喜来登酒店附近就是亚美尼亚人集中的社区，大堂经理介绍我去附近的一家餐馆吃晚饭。这家餐馆就像许多穆斯林城市里的高级餐馆一样，原本是一处私人豪宅，布置得相当精致。餐馆很大，但是仍然满座。侍者看我可以说法语，就问我愿不愿意和别人同坐一桌。我当然没问题！

和我同桌的是一对姐妹，姐姐住在阿勒颇，妹妹在大马士革的一所亚美尼亚学校教书，英文说得很好。这次她回家探亲，晚上和姐姐到餐馆吃饭，竟然撞到一个去过亚美尼亚的中国人，所以很愿意和我交谈。

叙利亚约有两百万基督教徒，占人口的十分之一左右。大致分成六个不同的教会：一是用叙利亚语（Syriac，由阿拉米语演变而成的方言）的天主教的马龙派（Maronites，是 4 世纪就已存在的基督教派，“十字军”之后逐渐融入拉丁天主教会）；二是用阿拉伯语的希腊东方正教（Greek Orthodox Church）；三是用叙利亚语的叙利亚正教（Syrian Orthodox Church）；四是使用希腊语的属于拉丁仪式的天主教的一支（Greek Catholics）；五是用叙利亚语的天主教叙利亚仪式派（Syrian Catholics）；六是亚美尼亚使徒教会。

这个复杂的情况是因为叙利亚素来就处于许多历史洪流的汇合点上，今天仍然如此。亚美尼亚人自从 1915 年在土耳其遭受屠杀后，四处逃散，许多人来到距土耳其不远的阿勒颇。在叙利亚政府的认可下，亚美尼亚教会始终维持着自己独立的教育系统，学童可以从小学开始学习亚美尼亚文，一直到中学毕业。阿勒颇曾有五万多亚美尼亚人，近年来移民国外的很多，所以才会有豪宅空出来改为餐馆。

这位教师和她的姐姐彼此说亚美尼亚语。虽然毕业于叙利亚最好的大马士革大学，她却愿意在学生人数日益减少的亚美尼亚学校教书，想来有文化认同感和使命感的因素。她告诉我，叙利亚的亚美尼亚人在社会上都讲阿拉伯语；如果不相识，一般人分不出谁是亚美尼亚人。另外，她颇为自豪地用法语告诉我，亚美尼亚人很注重教育，因此多数人也会法语和英语。

巴尔米拉遗址一景

她主动透露，她的未婚夫小时候移民澳大利亚，一年前回叙利亚时和她结识。想来这位女教师如果下次再回阿勒颇探亲，就要长途飞行了。

坦率热情的司机

叙利亚另外一个丝绸之路上的古城，是以色列的所罗门王所建立的巴尔米拉（Palmyra）。后来罗马和波斯的军事和商业势力在巴尔米拉附近相遇。巴尔米拉王国左右逢源，发挥了缓冲作用，也获得了丰厚的回报。公元 3 世纪后，巴尔米拉受罗马控制，因此我见到的是一个罗马式古城的遗址。

在大马士革，我向旅行社包了一辆汽车前往巴尔米拉和阿勒颇，要求司机一定要英语流利。旅行社派来的司机是一个不到

巴尔米拉遗址一景

三十岁的年轻人，英语专科毕业，最近读了一年旅游课程，刚考完导游执照，正在等待放榜。

我们刚到巴尔米拉，司机就收到朋友的电话，告诉他考试已经通过，应该在来年2月得到导游执照。他说他觉得虽然有能力给我导游，但是别的导游不会同意他这样做，所以他拿着导游图跟我仔细讲解了一番，然后我就自己游览了巴尔米拉。

叙利亚旅游资源丰厚，出于政治原因，旅游业一直不发达。即使如此，从这个司机的话里，我觉得叙利亚对旅游业还是颇为严肃，至少对导游的要求比中国不少省份都要严格。

司机一路和我谈到许多问题。我印象最为深刻的是他对宗教的看法。他已订婚两年，但是没钱结婚。他们两人决心尊重伊斯兰传统，未婚前不“越轨”，但是他未婚妻的家人仍然防范他，令他不悦。他说他亲眼见到一些海湾国家的游客到叙利亚和黎巴嫩之后就饮酒作乐，胡作非为，认为这是伪善，不是穆斯林的行为。至于什叶派教法允许暂时而有期限的婚姻，他就更为不齿。他还说，在穆斯林国家的电视上经常报道什叶派游客到外国娶一星期甚至一天的妻子，他认为这根本是性交易。他还说，伊朗女游客也经常一落地就换装打扮，招蜂引蝶。

说到什叶派，我们自然谈到统治叙利亚已经四十年的阿萨德父子。他们信奉什叶派中的一个很小的流派——阿拉维派（Alawites）。过去阿拉维派经常被逊尼派欺压，甚至不承认他们是穆斯林；20 世纪之前称为努赛里耶派（Nusayris），后来为了证明自己是真正的穆斯林才改名为 Alawites，意为阿里（Ali）的追随者。法国人利用穆斯林之间的矛盾，刻意扶持阿拉维派，特别吸收阿拉维派青年加入军队和公务员系统。叙利亚独立后，阿拉维派在通过政变取得政权的复兴党（Ba'ath Party）中占有相当的力量。

老阿萨德（Hafez al-Assad）是出色的飞行员出身，而且果断、霸道、狠辣。年轻的司机很喜欢小阿萨德（Bashar al-Assad），一则佩服他的本事（本行是眼科医生），二则觉得他开明灵活，肯为老百姓着想。

西方媒体普遍认为儿子要比父亲软弱无能得多，因此可能无法长久执政，动不动就挑剔他，给他找麻烦，想把他拉下马。自从“阿拉伯之春”兴起之后，又把阿萨德作为实现“政权更迭”的首要目标。这位坦率热情的年轻司机的看法倒是给我提供了另一个视角。

总统：宽严皆误？

回到香港后，知道有一批朋友已经安排好行程，预计 2011 年 4 月去叙利亚、黎巴嫩和约旦旅游。2 月初，正当埃及局势非常混乱时，他们问起我对叙利亚局势的看法。我说我在 2010 年 10 月的所闻所见，令我觉得叙利亚与埃及很不同，如果不出大意外，社会上的矛盾应该不至于像在埃及那样总爆发，而且叙利亚政府的应对措施也更为厉害。

言犹在耳，2 月中，叙利亚就传出了群众示威的消息。叙利亚政府的初步反应是立即放宽对手机短信和互联网的限制，以自由开放换取人民的接受。

但是，席卷整个阿拉伯世界的风潮未能止于叙利亚国门。示威从南部的一个城市扩散到南北多个城市，政府在宣布终止戒严法的同时，动用了军队镇压示威者，射杀了数以百计的“武装犯罪分子”，并逮捕了几千人。

其实，叙利亚在老阿萨德时代就已经有过穆斯林兄弟会的暴乱。1980 年，他以血腥手段在我曾经路过吃饭的哈马（Hama）炸死几万名反叛者。之后，他实行铁腕高压统治，把军队和安全系统整合到一起，并且把他的亲信和许多阿拉维派的军人安插到机要部门。

1999 年老阿萨德去世后，三十四岁的小阿萨德在老臣们的辅佐下，通过修改宪法（把担任总统的法定最小年龄从四十岁降低到三十四岁），以接近百分百的票数当选总统。2011 年，小阿萨德似乎已能驾驭叙利亚的内部政局。军队和安全部门应该是掌握在他手中，不会像埃及的穆巴拉克那样最后要听任军队高层的摆布。由于少数教派和少数民族对逊尼派的恐惧，小阿萨德对这些人的态度应该可以赢得他们的中立。他也拥有一部分城市中产者和年轻人的衷心支持，比如给我驾车的那位导游司机。然而，复兴党的信条是阿拉伯民族主义和社会主义。这个打了六十年的旗号今天已经不再吸引人。只有做出真成绩，让老百姓感到生活愈来愈富裕，心情愈来愈宽松，继承父位的小阿萨德才能得到他自己的“天命”（mandate），也就是现代政治语汇中的“正当性”（legitimacy）。

但是，2011 年的国际局势推着叙利亚国内形势朝着恶化的方向发展。

一向不喜欢阿萨德政权的西方国家和曾经与阿萨德十分友好的土耳其联手支持了几个反阿萨德的武装力量，利用土耳其与叙利亚的边境输送武器和人员；阿拉伯半岛的几个国家也出钱又出力地攻击阿萨德政权。

叙利亚境内的贝都因人
叙利亚公路边的咖啡店

即使在烽烟四起，小阿萨德和他的谋士们越来越难以应付的时候，他们想做的似乎仍然是争取库尔德族、其他少数民族和城市中产者的支持，打击逊尼派激进势力和亲西方分子，并用军队和安全部门的力量保持大马士革和阿勒颇这两个大城市的稳定。2012 年的选举让小阿萨德通过了一次考验，信心更为增强。

然而反对他的国家和武装力量也更为相信，在利比亚的强人卡扎菲迅速垮台并毙命之后，阿萨德面对同样命运不过是迟早的事。

经过了五年的战乱，叙利亚死伤一百万人，逃往国外的几近一千万人。剩下的一千多万人大半正在准备逃难，给欧洲带来了巨大的负担和恐慌。然而阿萨德和他的核心支持者似乎没有逃亡的迹象，也越来越没有逃亡的必要。

当初高呼“政权更迭”的人明显错估了形势，对叙利亚局势的认识连给我导游的那位叙利亚司机都不如。

在这几年的人间惨剧里，那些想要在伊拉克和叙利亚建立一个哈里发政权的圣战者，大多来自被美军在伊拉克战争中缴械解散的前萨达姆的军队；他们近来在世界各地视西方国家为仇敌，也被西方国家认为是必须歼灭的“恐怖分子”；但是在叙利亚，这些必须被歼灭的“恐怖分子”集团却是与西方国家（以及土耳其、沙特阿拉伯、卡塔尔等国）有共同敌人的力量。

2015 年俄罗斯参与叙利亚战争，决定性地改变了战斗各方力量的对比。在此之后，美国和俄罗斯在互相猜忌和互相敌视的情况下，分工合作地大规模轰炸几乎已经只剩下瓦砾但是还能容得下一些圣战者士兵藏身的叙利亚国土。在这片连续存在着高度文明的国土上，一个像是闹剧实则是不能再悲惨的惨剧在人类进化到 21 世纪之后，由几个代表人类现代文明的国家编剧、导演并部分地参加演出。

2016 年初，叙利亚政府军从“伊斯兰国”军队手上收复了我曾游览一日的罗马和波斯争霸时代的缓冲小国巴尔米拉。叙利亚政府军重新占领并且布防的是一堆遭到炸药破坏、由古代废墟变成的现代废墟。

叙利亚内战之初，在联合国安理会因为阿萨德政府有违反人权的记录而辩论应该如何对其制裁时，中国代表坚定地主张由有关各方进行谈判，寻求政治解决的方案。回想我六年前见到的叙利亚和今天电视画面传过来的惨状，不知当初不愿接受中国建议的人现在有什么话要说？

黎巴嫩：再度近距离观察

1963 年夏天，我要从台北去埃塞俄比亚的首都亚的斯亚贝巴，选择飞行路线颇费周章。有一点我很坚持：一定要在黎巴嫩的贝鲁特停留。这是因为我从法语教授那里得知贝鲁特是一个现代化的繁华城市，素有“小巴黎”之称；它同时又是一个历史悠久的城市，是发明字母和建立迦太基的腓尼基人的根据地。

旅行社经理为我安排了理想的路线：从印度孟买飞到约旦的安曼（Amman）停留一晚，第二天转到贝鲁特，因为错过每周两次飞亚的斯亚贝巴的班机，“被迫”要在贝鲁特逗留两夜三天，航空公司负责我的住宿。

“狮子奶”

泛美航空公司安排我住在地中海滨最高级的宾馆——腓尼基酒店（The Phoenician Hotel）。我这个二十三岁初出茅庐的后生仔确实很幸运。到前台询问第二天如何游览黎巴嫩时，遇到和我同班机从安曼来的一位美国女郎。我们合包了一辆汽车，司机是一个留着短须的粗壮

1963 年作者摄于巴尔贝克的古罗马神庙遗址

汉子，三言两语就谈好了价钱，早上 9 点到下午 6 点，两人共付三十美元，还包括午餐。

第二天早晨，汽车如约而至。天气炎热而干燥，车上没有冷气，司机不断建议停下来买柠檬汁、可口可乐。他是基督教徒，绘声绘影地告诉我们他在前几年的内战中如何英勇战斗，后来又如何多次协助依据“地区稳定”条约前来维持秩序的美国海军陆战队。在他看来，美国政府最大的错误就是一年前将一万四千名海军陆战队撤出黎巴嫩。

一路上司机带我们拐来拐去，说是避免进入穆斯林区域；中间停了几个小镇，还逛了一个市场。中午，司机带我们到一个风景颇佳的露天餐馆吃羊肉。司机劝我们喝一杯当地著名的 Arak(意为“狮子奶”)，是一种透明的烈酒，加上水之后呈乳白色。据这位基督教徒说，《古兰经》禁止穆斯林饮酒，所以这里就“偷天换日”，把这种奶色酒精饮料称为“狮子奶”(后来知道地中海周边不少地方都有这种用大茴香制成的酒，希腊叫“ouzo”，土耳其叫“rake”，法国叫“pastis”)。吃完饭，他跑到一个水果摊上买了三个极大的水蜜桃，我生平从没吃过那么好吃的桃子。一日三次饱口福，觉得很满意。

行程中最值得去的地方是肥沃的贝卡谷地（Bekaa Valley)，而其中的珍品是巴尔贝克（Baalbek）的神庙遗址。我对这个地方一无所知，司机用他那阿拉伯英语给我们介绍，美国游伴偶尔补充两句，使我大约明白了这是一个极为重要的罗马时代的遗址，庞培和凯撒都来过这里。于是在一根半倒塌的高柱前摄影留念；照片保存至今，看到像中人，不能不感叹岁月之流逝。

回到饭店，司机收费时把一路上的咖啡、可乐、水蜜桃和 Arak 都算在内，又加收额外路程的汽油费，每人再付十五美元。我们这才知道被这个嘻嘻哈哈的家伙给宰了。天下真是没有免费的午餐！

宪法、内战、和解

一次世界大战前，叙利亚（包括今天的黎巴嫩）是奥斯曼帝国的一个行省。在英（尤其是 Lawrence of Arabia）、法两国的鼓励下，属于穆罕默德的哈希姆家族的费萨尔酋长领导叙利亚人夺取了大马士革，于 1918 年建立政府，并颁布宪法，领土是大叙利亚（包括今天的叙利亚，及黎巴嫩、巴勒斯坦和土耳其的一小部分），费萨尔担任国王；他的哥哥阿卜杜拉（Abdullah）被推为伊拉克国王。

由于英、法私下早有协议，国际联盟后来通过由法国托管叙利亚，英国托管伊拉克及巴勒斯坦。法国随即放逐了费萨尔，英国也不承认阿卜杜拉。

1926 年，法国将黎巴嫩与叙利亚分开。黎巴嫩当时的人口构成依次是马龙派基督教徒、逊尼派穆斯林、什叶派穆斯林和德鲁兹派（Druzes，一个 11 世纪始于埃及的带有神秘色彩的什叶派的小宗派）。法国在托管的二十多年里，基本上是利用各派的矛盾，实行分而治之。

1943 年，正当法国被德国占领之际，黎巴嫩的各方势力达成一项不成文的协议：未来独立后，总统由马龙派基督徒担任，总理由逊尼派穆斯林出任；国民议会的席次由基督教徒与穆斯林按 1932 年的六比五的人口比例分配，议长由什叶派穆斯林担任；军队总司令是马龙派人，参谋长是德鲁兹派。这个协议看起来是寻求权力的平衡，实际上是固化不同的身份。

黎巴嫩 1946 年独立后，内部有不同的身份认同，外部又有以色列建国与几次以、阿战争，这些外部因素无一不凸显黎巴嫩国内不同派别之间的分歧。虽然黎巴嫩举行了多次选举，但是在任上被暗杀的高官为数众多，而各派之间兵戎相见的事件更是屡见不鲜。

由于黎巴嫩紧邻以色列，有大量巴勒斯坦难民分批涌入黎巴嫩，迫使黎巴嫩政府不得不调和国内不同集团对巴勒斯坦难民的不同态度。黎巴嫩的邻国叙利亚、以色列、约旦，以及稍远的伊朗、埃及、沙特阿拉伯，都对黎巴嫩有自己的图谋与行动。在这样的内外环境中，如果黎巴嫩能够不卷入冲突，避免内战，简直就会是人类史上的大例外。

黎巴嫩并未逃过历史的规律。自杀袭击、汽车炸弹、劫持人质、屠杀难民营，马龙派的长枪党（Phalangists）与什叶派的真主党（Hezbollah）的军事力量，使黎巴嫩从1975年开始陷入了十五年的全面内战。我1963年住过的腓尼基酒店被战火摧毁，那位主动为我买水蜜桃的司机命运难测。

1990年黎巴嫩各派宣布结束内战，但是派系武装力量和社会张力并没有消失。叙利亚、以色列和伊朗分别有自己的代理人，并且时而指挥代理人为他们火中取栗。

又是十五年后，致力于战后重建、深受民众拥戴的前任总理哈里里（Rafik Hariri）死于汽车炸弹。这次事件引起强烈反响。从那以后，属于什叶派并受到伊朗支持的真主党在黎巴嫩南部与以色列长期交火。以色列曾经连续轰炸三十三天，也没能消灭真主党的武装力量。相反，由于真主党是阿拉伯人第一次和以色列对垒而没有以失败告终，它在伊斯兰世界的声誉隆起；在国内，它又加强在贫困社区的服务工作，获得了下层老百姓的拥护。

以色列撤兵和停止轰炸后，黎巴嫩进入了一个新时期。外资开始进入，政府大力推动社会和解，发展旅游业。

再度近距离观察

2010年1月底，我在四十七年之后故地重游。刚一落脚，我就迫不及待地赶往在原址重建、仍袭用原名的腓尼基酒店。新酒店气势恢宏，布置精致，大堂里熙熙攘攘。我找到一个较为安静的角落，要了一杯咖啡。

大堂里，客人与侍者的面貌、语言反映了黎巴嫩多世纪以来的多元文化。在三天行程中，我几乎看不到战争的痕迹，但是从基督教徒导游的话语中，我知道抚平心灵的伤痕绝不是三年五年的事。

由于基督教徒大量移民海外以及穆斯林生育率较高，今天黎巴嫩的人口以穆斯林占多数。在伊朗的支持下，什叶派的真主党目前是黎巴嫩最具有社会动员能力和战斗力量的组织。2011 年叙利亚内战开始后，首批离开战区的难民就是进入黎巴嫩。这个过程中，黎巴嫩真主党显示了它的组织效率和运输能力。

黎巴嫩是整个阿拉伯世界与西方最为接近的国度；虽然人口不多，却有极大的文化影响力。19 世纪美国（主要是基督教会的力量）在黎巴嫩建立了一个享誉中东的贝鲁特美国大学（American University of Beirut），它培养出好几代阿拉伯知识分子的精英，也有若干参加以色列建国的犹太知识分子在这里受过教育。

早期鼓吹阿拉伯民族主义的知识分子中，许多是黎巴嫩人，而且是信仰基督教的阿拉伯人。20 世纪初到美国读博士，之后任教于普林斯顿大学，曾和爱因斯坦为了以色列应否建国而公开辩论的阿拉伯史专家希提（Philip K. Hitti），就是贝鲁特美国大学的毕业生，一生著作甚多，我熟悉的是他的两大卷《阿拉伯通史》。此外，长期在英国牛津大学教授阿拉伯民族史，不久之前去世的胡拉尼（Albert Hourani）的著作《阿拉伯诸民族史》（*A History of the Arab Peoples*）流传也很广。他也是贝鲁特美国大学毕业的信仰基督教的阿拉伯人。

但是在全球化时代，阿拉伯民族主义逐渐式微；在苏联解体之后，伊斯兰社会主义思潮也全面退却。黎巴嫩今后能否摆脱历史的包袱并超越地理的影响，我不敢妄下断语。

我特意去了一趟黎巴嫩北方的历史名城，马木留克时代的商业重镇特里波利（Tripoli）。我见到的是一个缺乏经济活力而无特色的小城，在多座古旧的建筑上留有没被洗刷掉的竞选海报。在一家制造香料肥皂已有七百余年历史的小工厂里，为了向继承腓尼基人传统的黎巴嫩商人的坚韧致敬，也为了让我自己对人类历史的发展有信心，我买了三十块并不需要的香皂。

约旦：谁说命运可以自己掌握

在中学时学过一首美国黑人灵歌《轻摇！甜蜜的马车！》(*Swing Low! Sweet Chariot!*)，里面有一句“I looked over Jordan, and what did I see?”（我朝约旦河对岸望去，我看见了什么呢？）

十年前，我和妻子在以色列和约旦游览了十余天，那时以色列和阿拉伯邻国关系缓和，我们两度乘车通过以色列占领的约旦河“西岸地区”与约旦王国的边境，跨越约旦河上的两座桥梁。从不同方向不同角度朝约旦河对岸望去，我看见了什么呢？

新建的国家

首先看到的是民族的兴衰与帝王的更迭。

从 1516 年到 1918 年，阿拉伯地区属于奥斯曼帝国。虽然奥斯曼帝国早已式微，但它在一次世界大战时仍然对伊斯兰圣地所在的汉志地区实行统治，在肥沃新月地区（包括今伊拉克、科威特、叙利亚、黎巴嫩、约旦、巴勒斯坦和以色列）驻有大军。

20 世纪初，中东各地受到欧洲民族主义的影响，掀起民族独立的浪潮。在伊斯兰的发源地阿拉伯半岛上，新式知识分子与旧式封建豪族找到了共同的语言和行动纲领：驱逐占领他们家园的土耳其人，建立阿拉伯人的国家。一次大战时，英国人尽力劝说阿拉伯人与英国合作，以期战后可以独立；阿拉伯学者兼情报官员 T. E. Lawrence（“阿拉伯的劳伦斯”）就担任这项工作。

1916 年，英、法在美国知情之下达成协议，战后瓜分奥斯曼的阿拉伯领土：法国得到叙利亚（包括今天的黎巴嫩）；英国得到巴勒斯坦（包括今天的以色列、约旦）和伊拉克（由三个奥斯曼行省合并而成）。

这里有两个背景需要介绍：

第一，当时奥斯曼帝国委派的麦加首长（sharif）侯赛因（Hussein）是先知穆罕默德所属的哈希姆（Hashem）家族的传人。他意图建立一个由哈希姆家族统治、包括汉志与全部肥沃新月地区的阿拉伯国家。他的二儿子阿卜杜拉和三儿子费萨尔虽然都是奥斯曼帝国议会的议员，却积极参与阿拉伯独立战争。他们与英、法建立合作关系，希望借此达到独立的目标。在战后的巴黎和会中，费萨尔还曾表示若他当政后，会同情犹太人在巴勒斯坦建国的愿望。可见这家人雄心虽然不小，判断局势的能力明显不足。

第二，19 世纪末到 20 世纪初，法、俄等欧洲国家先后掀起反犹太风潮，许多欧洲犹太人因而发动犹太复国主义运动（Zionist Movement），逐渐移居巴勒斯坦。1917 年，犹太复国主义者在英国犹太人领袖罗斯柴尔德男爵（Lord Rothschild）的协助下，得到英国外交大臣贝尔福（A. J. Balfour）的承诺，即著名的“贝尔福宣言”（Balfour Declaration）：英国政府会在战后尽力协助犹太人在巴勒斯坦建立一个犹太民族的家园。上篇提到的《阿拉伯通史》的作者希提反对“巴勒斯坦”这个概念。作为一名阿拉伯基督教徒，他认为“巴勒斯坦”这个名词和地理区域是 19 世纪欧美基督教会的主日教学校最早把它放进教室的挂图里，并且经常向主日学校的儿童灌输这个以往并没有明确政治含义的地理概念。

英国在一次大战期间既应允让阿拉伯人在战后独立，又支持犹太人在巴勒斯坦建立自己的国家，这可以说是后来以、巴冲突和中东问题的根源。

1918年，费萨尔率领阿拉伯骑兵攻占大马士革，被拥立为叙利亚国王；1920年，阿拉伯上层人物开会，阿卜杜拉被推选为伊拉克国王。其后法国军队击败费萨尔，废除其王位，并将之放逐。英国也不支持阿卜杜拉出任伊拉克国王，但当时的殖民大臣丘吉尔（Winston Churchill）说服阿卜杜拉改任英国特别成立的外约旦（Transjordan）的酋长。事实上，英国人并不愿意大批犹太人移民到自己的管辖地，所以特意在约旦河以东建立了外约旦，不许犹太人在那里定居。1921年，英国决定对伊拉克进行间接统治，就任命被法国人放逐、无事可为的费萨尔为伊拉克国王。

1946年，英国决定放弃对外约旦的托管，阿卜杜拉成为外约旦的国王。1948年，阿、以第一次战争，外约旦积极参战，占领了包括耶路撒冷东区在内的约旦河以西大片领土。1950年，外约旦更名为约旦哈希姆王国（The Hashemite Kingdom of Jordan）。次年，阿卜杜拉遇刺，他年仅十九岁的长孙侯赛因不久继任国王。侯赛因有现代教育背景，勤于治国，善于治军，在位四十七年，一直与美、英交好。现任国王阿卜杜拉二世是侯赛因的长子，母亲是美国人。十年前我去约旦时，他刚继位不久；十年来似乎颇有作为。在最近的阿拉伯世界大变局中，他频频更换内阁，保住王位之心彰彰明甚。

阿卜杜拉当不成伊拉克国王，接受了外约旦酋长的位置，后来却有机会创建一个至今已经传到第四代的王国。费萨尔领军攻占大马士革却当不上叙利亚国王；被命运之神放到伊拉克的王位上之后，王朝只延续了两代，便于1958年被革命军人推翻。同是先知后裔的一对兄弟加战友，造化却很不同。谁说人的命运可以由自己掌握？

约旦南部的狭窄山谷——佩特拉，罗马时代曾是亚欧交通要道，属于当时阿拉伯半岛的强国纳巴泰。

施洗者约翰曾为耶稣施洗的地点，位于加利利海附近的一条约旦河支流
世界最低的湖泊——死海岸边的游客

古老的土地

我最先见到的约旦土地是 1963 年的安曼，当时我对阿拉伯世界和大中东还处于混沌无知的状态。在溜达的时候发现安曼市中心有一家中国餐馆（台湾人开的，因为约旦那时和台湾有交往）。

约旦河北起加利利海（Sea of Galilee），南至死海（Dead Sea），全长三百六十公里，是世界上海拔最低的河流，也是水源争夺最激烈的河流。今天，约旦河的流量只剩下原有流量的百分之四，全球的环境保护者都呼吁约旦河周边的国家致力于挽救这条有如此特征的河流。目前这几个国家能够合作救治这条河吗?

约旦河的意义远不止于它的地理特点。对犹太人来说，当初希伯来人是在约书亚的领导下渡过约旦河才到达耶和华的花园；对基督徒而言，耶稣的表兄约翰就是在约旦河里为信众施洗礼，耶稣也在今日以色列境内约旦河的一条支流里接受了约翰的洗礼。

我们在河边的一个古老基督教堂入口处，看到一幅耶稣显示神迹的“五饼二鱼”马赛克图案，当时就在教堂的纪念品商店里买了六套这种图案的瓷杯盘。几天后，在河对岸约旦境内的商店中又见到同样图案的瓷杯盘。为了见证以色列和约旦的共同文化遗产，我们不顾携带不便，又买了六套。

约旦河南端的死海是地球表面的最低点，在海平面以下三百九十八米，也是水密度最高的咸水湖。游览到此，我不免俗地在水面漂浮了一阵，然后也跟随其他游客用岸边的黑泥涂抹在脸上和身上，至今我都不明白那天何以会有如许兴致，甚至摄影留下“污黑”的形象。

纳巴泰人与巴勒斯坦人

到约旦边检站来接我们的司机是一个三十岁的巴勒斯坦人。他在约旦出生，父母是从巴勒斯坦逃到约旦的难民。他驾车带我们从北到南游览了约旦全境，参观罗马古城杰拉什（Jarash）的遗迹，安曼市区和郊区，沙漠中的贝都因人，还去了约旦南部的古城佩特拉（Petra）。

佩特拉是一条长度不过一公里半、最窄处只有五十米的峡谷，是公元 3 世纪之前由阿拉伯半岛通往地中海的必经之路。属于闪米特语族的纳巴泰人（Nabataeans），利用这个险要的地形对来往货物征税而致富。他们自早先同样属于闪米特语族的亚述人的阿拉米字母那里得到启发，创造了一套纳巴泰字母，可以说是阿拉伯字母的前身。纳巴泰人曾建立过一个以佩特拉为首都的国家，领土包括大马士革；但是后来被罗马帝国控制，有三百年时间与罗马和平相处；最后，因为出现了另外的商道而失去地理优势。在罗马被北方民族灭亡前，纳巴泰人已开始没落。现在纳巴泰人留给世人的，只是在峡谷的石山中开凿的精致宫殿与祭祀神堂，以及令人浩叹的兴亡史。

回程路上，我不禁思索：纳巴泰人曾经是商业要道上的强者，但是和罗马人相比就高下立见；巴勒斯坦人在阿拉伯人中素以善于经商、长于知识著称，但是在最近一个世纪的比较中，犹太人确实又胜一筹。那么，巴勒斯坦人和犹太人会不会和平相处三百年呢？

在边检站道别时，我问司机可想回到巴勒斯坦去生活。他淡然地说，约旦的六成居民都是巴勒斯坦人，他并不想回去把以色列人赶走，只要以色列人不继续扩张，他就愿意与犹太人和平共处。

站在桥头，我突然想起那首美国黑人灵歌——“我朝约旦河对岸望去，我看见了什么呢？”

以色列：犹太人的国家

百老汇著名音乐剧《屋顶上的小提琴手》（*Fiddler on the Roof*）描绘的是1905年俄罗斯沙皇下令驱赶犹太人时，一群乡下犹太人的故事。无论是剧情还是音乐，感染力都非常强。剧中的一首歌《传统》（*Tradition*）颇能道出犹太民族的心声。

犹太民族的确是一个历史久远、几经磨难而始终没有失去自我的民族，它也是一个特性鲜明、人才辈出的民族。当今世界上只有汉民族和印度民族与之相类。

对人类文明影响最为深远而广泛的几个思想体系中，属于一神教的犹太教、基督教和伊斯兰教源自犹太民族，属于多神教而不着重探讨造物主的印度教和佛教源自印度民族，不问前生来世，专注社会伦理与个人修养的儒家和道家思想则源自汉民族。汉民族和印度民族几千年来偏于东亚和南亚定居繁衍，形成了今日中国与印度这两个人口大国的主体民族。而犹太民族两千年来散居世界各地，总人口只有汉民族和印度民族的百分之一左右。

然而，近二百年来，在全世界科学、教育、文化、艺术、金融、工商、政治等方面的翘楚中，犹太人所占的总人数超过中国人和印度人，在

古希伯来文的死海羊皮卷

比例上也超出欧美列强中的各个主体民族。

谁是犹太人

我曾问过一位犹太裔美国教授，犹太人的定义究竟是什么？是民族还是宗教？古时的希伯来人和以色列人又怎样区分？他说“犹太人”严格的学术和法律界定素来有争论，但是在现实生活中，母亲是犹太人，孩子就是犹太人，外教人改信犹太教之后也算犹太人。他又说，今天的犹太人是古时以色列人的后裔，也就是希伯来人的后裔。前面一个社会学的定义无可非议，后面一个血统上的定义就未必正确。

一如汉民族、印度民族、阿拉伯民族，犹太民族不是纯人种或血缘的结合，但它又不像阿拉伯民族或汉族具有共同的语言和文字。中世纪的里海之北，曾有一个由突厥族裔建立的哈扎尔国（Khazaria）；他们信奉犹太教，改说希伯来语，遵守犹太法典（*Talmud*），所以应该被承认为犹太人。其实，一个人自认是犹太人的主要原因是犹太法典所形成的风俗习惯。转奉基督教或是伊斯兰教的犹太人一般就不再被认为是犹太人，而有犹太家庭背景却不遵守犹太教律法，甚至不信宗教的人一般仍然被认为是犹太人，马克思（Karl Marx）是最著名的例子。今天，在以色列和欧美国家都有很高比例不信教的犹太人。美国建制派元老、高龄九十三岁的基辛格和反建制派的健将、也将近九十岁的乔姆斯基都不信教，也都被认为并且自认是犹太人。

中国开封曾有相当数量北宋时从巴格达迁来的犹太人，他们的子弟自小学习孔孟“圣贤书”而逐渐放弃了犹太教的信仰与习俗，到明朝末年时，连一个会读讲犹太教经文的拉比（意为“老师”，犹太教的教士）都没有了。前些年有人向中国国务院申请恢复犹太民族的身份，可是因为他们早已不遵守犹太习俗而无以为果。然而，最近以色列却又接受了几个中国人为犹太人，允许他们依照《回归法》定居以色列。

犹太教认为犹太人是上帝的选民。这个思想以及不同的风俗习惯，使犹太人经常受到当地多数居民的歧视。因此犹太人的自我认同有一部分是来自非犹太人对他们的看法，也就是说，犹太人心中的“我”有一部分是由“他”那里得来的。开封的犹太人当初不但没有受到歧视，反而有不少人经由科举而入朝廷为官，他们的自我认同也就逐渐弱化，最后同化于汉族之中，这在犹太人历史中是极罕见的例子。

希伯来文化的构建者

希伯来文化的真正构建人极可能是具有埃及人血统的摩西。他带领从埃及逃出来的群众在沙漠里辗转游走四十年，用宗教和法律把这些不同的部落，包括从亚洲到埃及的希克索斯人，融合为一个具有共同文化的群体。摩西坚持比早先希伯来人更为严格的“一神崇拜”，并且以上帝和人订立契约的形式，首次把人的社会责任和道德与人对神的崇拜结合起来，使“一神崇拜”成为“一神教”。

用政权的力量使希伯来文化得到巩固的是大卫王（King David）和他的儿子所罗门王。大卫王于公元前1004年统一以色列南北部，建立了以耶路撒冷为首都的犹大国；所罗门王把版图扩大到叙利亚，并且在耶路撒冷修建了犹太神庙。他们的后裔从此被称为犹太人。犹大国在公元前 586 年被新巴比伦人灭亡，犹太庙被毁，犹太人的上层被分批遣送到巴比伦城。公元前 538 年，波斯国王居鲁士灭巴比伦，允许犹太人返乡；许多犹太人自此不说希伯来语而使用中东通用的阿拉米语。公元前 66 年罗马开始派出军政长官管理犹太国。裁定耶稣钉十字架的彼拉多(Pontius Pilate)就是罗马军政长官。公元66年，犹太人大举反叛罗马统治，遭到强烈报复；公元 70 年耶路撒冷的神庙被罗马人摧毁，犹太人开始四散。公元 135 年，罗马皇帝哈德里安（Hadrian）不许犹太人在耶路撒冷居住。

抵抗罗马人到最后的一批宗教狂热者（被称为“zealots”），据守在罗马人修建于死海南端高山上的马萨达(Masada)堡垒里。公元 73 年时，他们深知寡不敌众，就在罗马军队发动进攻的前夜集体自杀。去参观堡垒的那天，我看到大批以色列儿童聚精会神地听讲解员给他们叙述这些犹太战士壮烈牺牲的史迹。

我在中国、美国和法国不少地方都参观过一些鼓舞国民爱国情操的历史景点，也听过不少令人动容的讲解，但是就我而言，总体效果最好的就是这个位于山中的马萨达堡垒。后来听说以色列全国小学生必须到马萨达参观，而以色列军人也经常在这里举行宣誓典礼，誓言“永远不让马萨达再度陷落”。马萨达就是以色列最好的“爱国主义教育基地”，不过没有任何以色列官方机构在入口处或是任何地方挂上一块写着“爱国主义教育基地”之类字样的牌匾。

希伯来语的复兴

犹太人自“巴比伦之囚”回来之后，血统和语言就与摩西时代或所罗门王时代很不相同。即使宗教仪式和宗教论述仍然使用希伯来文，一般也只有宗教老师才通晓希伯来文。

近两千年以来，犹太人在世界各地都以当地的语言为母语。中世纪后期，许多犹太人从德国、法国等地向波兰、立陶宛等对待犹太人相对宽容的地区迁移。这些犹太人逐渐形成了自己的语言“意第绪语”（Yiddish）；它是一种混合语，以日耳曼语法为基础，夹杂大量希伯来语的词汇与表述方法。后来俄罗斯领土扩张，犹太人成为俄罗斯管辖下的少数民族，意第绪语中又加入了不少斯拉夫语词汇。19 世纪是民族觉醒的时代，犹太人也开始用意第绪语从事文学创作，成绩斐然。

20 世纪初，世界各地的犹太复国主义者（Zionists）大量移民巴勒斯坦，却缺乏可以彼此沟通的语言。当时虽然多数人以意第绪语作为生活语言，但也有许多人认为应该恢复希伯来语文。其实，世界各地犹太人的共同宗教语言一直是希伯来语，虔诚的犹太人或多或少都认得一些希伯来字。犹太裔的语言学家由是创造了现代希伯来语，就是今天以色列共和国的官方语言之一（另一个官方语言是阿拉伯语）。

以色列建国

多世纪以来，基督教会将“杀死基督”的责任置于犹太人身上。教士们在讲述世界末日到来时经常会说，末日审判到来之前有两种可能出现的情况：一个是耶稣的福音传遍全世界，另一个是犹太人重新建国。潜台词是，连手上染有耶稣宝血的犹太人都可以振兴，这世界也就该毁灭了。

犹太人能够在巴勒斯坦建立以色列，不能不说是一个奇迹。这个奇迹的近因是纳粹的暴行导致“物极必反”的效应；西方基督教国家出于对犹太人的负疚感以及对中东地区的战略考虑，成为以色列最坚定的支持者。而与犹太人在信仰上和生活习惯上比较接近，社会上素来没有反犹太传统的阿拉伯人却成了以色列的主要敌人。最直接的原因当然是巴勒斯坦人受到的严重伤害以及阿拉伯国家四次战败的挫折感，间接原因则是阿拉伯国家（及其他穆斯林国家，如伊朗）对殖民主义的憎恨和对基督教徒的怨怼。

以色列既没有能力消灭所有阿拉伯人，也不能忽视大量阿拉伯人就在身边的事实。所以，以色列应该设法消解阿拉伯人对它的敌视而不是相反。

然而，以色列继续在“西岸”扩建居民点，并为保护这些居民点而修建城墙，把东耶路撒冷与“巴勒斯坦国”隔开，又把“巴勒斯坦国”切得七零八碎。这样下去，以色列人与巴勒斯坦人还能达成什么和平协议吗？以色列和它周边邻国的关系又会有什么改进？

巴勒斯坦：耶路撒冷的归属

2000 年一个大热天的中午，我和妻子通过设在约旦河东岸的简陋边防站，跨过阿卜杜拉国王大桥，进入以色列占领下的“西岸地区”。

边防站里只有两名军人坐在窗口后面，一边聊天一边吃午餐，我们是仅有的两名过境者。等了半天，其中一人看了我们一眼，拿过我们的护照翻了翻，盖上章，把护照一推，就继续和同事聊天。我们往以色列的方向走去，见到几名荷枪的士兵在以色列边防站外面。以色列的边检人员向我们看了看，敲了几下电脑，翻到几天前我们出境时盖章的那页，又盖上一个章，把护照交还给我时，用英语说：“Welcome to Israel again!”

走出边防站，有一位阿拉伯青年驾着一辆越野车来接我们，他是耶路撒冷旅行社派来的，准备陪我们游览三天。当我们坐车驶往耶路撒冷时，以色列人最初越过约旦河进入巴勒斯坦的历史不禁浮上心头。

巴勒斯坦和它的早期居民

在地中海和阿拉伯半岛之间的荒漠中，有一条狭长而肥沃的地带，那里有茂盛的植被，有平原旷野、山脉峡谷，也有河流和湖泊。它的北面和叙利亚相接，南面毗邻埃及沙漠。早期人们把这片土地称为迦南；大约两千年前，罗马人攻破了犹太人的防御，将他们赶走，故意以曾在这里与犹太人争夺地盘的非利士人的这块地方命名，称之为“非利士人之地”(Philistine)，不过罗马人发音不同，读作巴勒斯坦(Palestine)。

早期的迦南人（Canaanites）主要务农或经商。大约四千年前，许多游牧部落纷纷从美索不达米亚涌入这里。其中最与众不同的是由乌尔迁来的亚伯拉罕和他的子孙们，因为他们尊奉独一的神；亚伯拉罕甚至为了敬奉这唯一的神而愿意牺牲自己的儿子以撒（Isaac），神在最后决定用羔羊替代了以撒。现在世界上所有说闪米特语言的民族（主要是阿拉伯人和犹太人），都认为他们是亚伯拉罕的子孙。亚伯拉罕的部落后来自称以色列人，因为饥荒而南下埃及，受到当时统治埃及的希克索斯人的欢迎。希克索斯王朝衰亡后，以色列人沦为埃及人的农奴。

大约在公元前 1450 年，在埃及王宫里长大的以色列人摩西领导了一场解放和自新运动，带领以色列人与其他在埃及受到苦难的人（如希克索斯人）渡过红海，向迦南地进发。

由于埃及在迦南地的势力仍然很强大，摩西率领的人群不可能立刻进入迦南地，而是在埃及和迦南地之间的西奈旷野中漫游，长达四十年。真正带领以色列人进入迦南地的是摩西死后的领袖约书亚，他们在距离我们过河的大桥不远的地方渡过约旦河，迅速占领了人类最早的聚居地之一——杰里科。(见《绪言》)

耶路撒冷的归属

在各国国王和总统们经常住宿的大卫王酒店（King David Hotel）顶楼的餐厅，我们两人颇为挥霍地吃了一顿晚餐。虽然已经不记得吃了些什么，但是我还记得这家餐厅的价钱。

大卫王是古今所有以色列人的英雄。他于公元前 1000 年前后统一迦南地，建立了犹大王国，把首都命名为“Zion”，意思是“烤焦的沙漠”，后来改称耶路撒冷，意思是“和平的住所”。他的儿子所罗门王扩张领土，在耶路撒冷修建圣殿，将摩西的约柜放在殿里。但后来所罗门王的国家分裂为南北两部分，北部称为以色列，南部仍称犹大国。

今天的耶路撒冷仍然是一座具有沙漠风格的都市，因为一次大战后英国统治期间曾经规定，所有的建筑物外表必须采用灰色的沙石。1948 年之后，它的西区新城属于以色列，东区旧城则属于约旦；1967 年“六日战争”时，以色列占领了耶路撒冷的东区和约旦河以西的全部领土。

四十多年过去了，以色列老早就把全部耶路撒冷当作它的领土，并且把首都迁移到这里（许多国家不肯把大使馆迁来）。但是历来代表巴勒斯坦的组织和所有阿拉伯国家都不承认这一点，认为耶路撒冷应该是巴勒斯坦共和国的首都。目前以、巴和阿、以冲突的焦点之一就是耶路撒冷的归属。

从力量上说，以色列具有任何阿拉伯国家所无法挑战的军事优势，任何阿拉伯国家都没有力量强占西耶路撒冷。从法律观点看，以色列可以引用“既成事实”的原则，而巴勒斯坦人则可以援引当年联合国的几项决议。

我喜欢从历史与文化的角度剖析国际冲突，而在这个问题上，双方都有相当的理据，很难做出清楚的判断。

犹太人自公元 70 年神庙遭罗马人捣毁、人口被驱赶四散之后，历经罗马帝国、拜占庭帝国、阿拉伯帝国、“十字军”时代、马木留克王朝，一直到近代以来奥斯曼帝国的统治，都没有多少人住在耶路撒冷。但如果说因为以前没有大量人口居住某地，便缺乏提出领土主张的合法性，那么世界上的政治版图永远都不可能有大变动。阿拉伯军队在公元 638 年进入耶路撒冷进行统治之前也很少有阿拉伯人住在那里，而阿拉伯人进入耶路撒冷是对以往政治版图的否定，与以色列人目前的做法属于同一性质。

耶稣圣墓，“十字军”运动即由夺取耶稣圣墓开始

今天，犹太人以他们的古老历史和被毁的神庙地基（temple mount）为主权的理由。阿拉伯人则以在同一地点的两座清真寺和《古兰经》里记载穆罕默德被真主在夜间由耶路撒冷召上天（“登霄”）为理据，声称耶路撒冷是穆斯林的圣地。以此类推，基督教徒一样可以用耶稣的被钉十字架与复活，以及现在被维修得很好的耶稣圣墓（Holy Sepulchre）都在耶路撒冷为依据，主张对耶路撒冷有控制权。事实上，在伊斯兰世界恶名昭彰的“十字军”正是以此为借口发动战争，并且以耶路撒冷为首都建立了持续一个世纪的拉丁王国。有意思的是，由于基督教几个宗派在耶路撒冷古城的基督教管区里都占有一席之地，彼此又互不相让，耶稣圣墓大教堂那把古旧的大钥匙多个世纪以来一直由一个住在附近的穆斯林家族保管。

19 世纪末，从俄罗斯到波兰，从法国到德国，都掀起了反犹太的风潮。这时一位已经融入当地社会，并不信奉犹太教的奥地利犹太裔记者赫茨尔（Theodor Herzl）提出了犹太人建国的理论，称为“Zionism”（汉译“犹太复国主义”），希望在巴勒斯坦建立一个社会主义的国家。这个理念得到许多犹太殷商的资助。奥斯曼统治者从来都对犹太人很欢迎也很重视，因此当时统治巴勒斯坦的奥斯曼人并没有阻止欧洲犹太人移民巴勒斯坦。

自一次大战后到二次大战前，英国人托管巴勒斯坦的时期，犹太人在英国人的应允下加速移民。巴勒斯坦的阿拉伯人开始警觉到犹太人大量移民对他们的不利，促发了几次大暴动。

1948 年，以色列宣布建国，引起第一次阿、以战争。以色列以寡敌众，英国的蒙哥马利（Montgomery）元帅认为以色列支持不了三个星期，结果阿拉伯国家的军队“内战内行，外战外行”，让以色列这个新国家在巴勒斯坦站稳脚跟。

约旦河“西岸”的氛围

以色列在 1967 年战争得胜后不久，开始在“西岸”建立移民点，以致今天的巴勒斯坦民族权力机构（Palestinian National Authority）的控制区像瑞士乳酪一样，到处都有窟窿。

2000 年，当我们漫游“西岸”的时候，大家对和平的预期相当乐观。大批以色列人到被犹太极端分子暗杀的拉宾（Yitzhak Rabin）的纪念碑前致敬；巴勒斯坦的阿拉伯人认为《奥斯陆协议》（Oslo Accords）和美国的调停如果不能为他们带来公义，也将带来安定。

我们开车在“西岸地区”的大小市镇里穿行了两整天，从赫布伦（Hebron）到伯利恒（Bethlehem），从拉姆安拉（Ramallah）到纳布卢斯（Nablus），到处气氛轻松，一片熙熙攘攘的景象。我有时故意要求司机停下，到路边的咖啡馆喝杯咖啡，他从来没有犹豫过，我们也没见到任何不寻常的迹象。

我们的司机是 1970 年在耶路撒冷出生的阿拉伯裔以色列公民，受雇于一家既有犹太人也有阿拉伯人的旅行社。他一路和我们畅谈，说他正在存钱，希望在东耶路撒冷的房价还没高升之前，买一个可以容下他们夫妇和他父母的房子。

所有与我交谈的犹太裔以色列人都觉得土地应该可以换到和平，只有一两位刚从美国去的新移民认为终须一战。

我们和司机在耶路撒冷机场道别之后不到三个月，利库德党（Likud Party）的领袖沙龙（Ariel Sharon）到访耶路撒冷旧城的阿克萨清真寺（Al-Aqsa Mosque），引起了巴勒斯坦阿拉伯人第二次以投掷石块为标志的“intifada”（起义）。

以巴之间：一块土地，两个民族，三种宗教

1981年我在巴黎大学任客座教授，与一位资深女教授有不少合作。她的叔公是19—20世纪之交在法国引起社会大辩论的间谍冤案的受害人——法军参谋总部唯一的犹太裔军官德雷福斯（Alfred Dreyfus）上尉。他们家族是几百年前从德国移居阿尔萨斯（Alsace）的犹太人，好几代以来都以法国人自居。这位教授从来不提她的叔公，也很少表露她是犹太裔。有一位我们都认识的以色列人对她这种态度颇不以为然，认为她是被过去反犹太人的事件给吓怕了。

犹太人建国之路

德雷福斯案审判时期，在巴黎为奥地利最大报纸采访这一案件的赫茨尔，是一个已经同化了的犹太裔法学博士。德雷福斯事件使赫茨尔重新认同犹太人的身份，于1896年出版《犹太国》（*The Jewish State*），又于次年组织了“世界犹太建国组织”（World Zionist Organization）。

有鉴于俄罗斯犹太人当时的恶劣处境，赫茨尔勉强同意了英国的

伊斯兰世界第三大圣地的圆顶清真寺，20 世纪 70 年代由约旦政府出资重建

建议，让一百万俄罗斯犹太人移民到英国在非洲的殖民地乌干达。但这项建议没有获得犹太建国组织的认可。赫茨尔病逝后，继之领导犹太复国运动的是优秀的化学家魏茨曼(Chaim Weizmann)。一次大战时，魏茨曼在英国犹太裔的罗斯柴尔德男爵协助下，赢得了犹太复国运动一项重要的外交胜利：经英国内阁同意，时任外交大臣的贝尔福通过他写给罗斯柴尔德男爵的一封私人函件，应允于战后协助犹太人在巴勒斯坦建立他们的民族家园，并明载于 1923 年英法与土耳其签订的和平条约中。这封决定巴勒斯坦命运的私人信函又由罗斯柴尔德男爵转交给英国的犹太建国组织。

二次大战期间，领导犹太复国运动的任务落在二十岁时自波兰移民巴勒斯坦的本－古里安（David Ben-Gurion）身上。巴勒斯坦犹太人组成犹太军团协同英军作战；战后拒绝解散，且筹款购买武器，扩充兵员。他们并用宣传、外交和军事手段争取独立，曾在耶路撒冷我们曾去过的大卫王酒店用定时炸弹炸死近百名英国人、阿拉伯人和犹太人。

1946 年，英国人宣布放弃对巴勒斯坦的托管。在美国操作之下，联合国于 1947 年通过巴勒斯坦由阿拉伯人与犹太人分治的决议，其间犹太裔美国人对杜鲁门总统和洛克菲勒家族的游说起到了关键作用。

1948 年，犹太人在巴勒斯坦人的家园建立了以色列国。

巴勒斯坦人的命运

以色列建国后，阿拉伯国家不予承认。阿拉伯和以色列先后四次战争，以色列取得了更多领土。

根据以色列宪法，境内的阿拉伯人是以色列公民，他们有选举权，但“免除”服兵役的义务。逃亡在外的巴勒斯坦人成为无国籍者，数十万家庭的几代人已在各邻国的难民营中度过了六十多年。

与此形成强烈对照的是，1950 年以色列颁布《回归法》（Law of Return），欢迎世界任何地方的犹太人随时“回到”以色列定居。前文提到，最近有几位自称是犹太人的中国人被接受“回到”以色列定居。

近六十年来有几百万犹太人移民以色列。第一批是纳粹种族灭绝的幸存者，大约一百万；第二批是几次阿、以战争后从阿拉伯国家迁移至以色列的大约一百五十万主要是说阿拉伯语的犹太人；第三批则是自前苏联移民去的说俄语的犹太人。

目前，以色列境内的阿拉伯人大约有一百五十万，加上“西岸”和加沙地带的四百万人，阿拉伯人和犹太人的总数大致相同，各约五百五十万人。由于人口素质、军事和经济力量、国际动员能力的明显弱势，巴勒斯坦人想要在 1948 年前的巴勒斯坦领土上建立国家已没有现实性。所以，巴勒斯坦人同意在约旦河“西岸”和加沙地带先建立巴勒斯坦民族权力机构，实行自治，再设法建立以东耶路撒冷为首都的巴勒斯坦共和国。这符合 1947 年联合国所建议的“分治”原则，但拟议中的巴勒斯坦的领土却较当年决议案中小了许多。

基督教徒是弱势团体

上世纪 80 年代，我有一个博士后是巴勒斯坦人。他在加利利海西南方的拿撒勒（Nazareth）出生成长，和耶稣是小同乡。他有三种身份：以色列公民、阿拉伯人和基督教徒。

阿拉伯基督教徒其实是在今天以色列领土上居住时间最长的一群，他们有些是从拜占庭时代就一直居住在巴勒斯坦，至少也是在“十字军”统治时期信奉基督教的。但是，今天他们在以色列是弱势群体。

近年来，欧美国家与伊斯兰世界的芥蒂越来越深，敌视基督教徒的穆斯林人数大为增加。这个心理转折最直接的受害者就是住在巴勒斯坦的阿拉伯基督教徒。埃及的科普特基督徒和伊拉克、叙利亚的东方仪式基督徒都受到不同程度的歧视，有时还会受到暴力袭击。三十年前，巴勒斯坦解放组织（Palestine Liberation Organization）的高层里有基督教徒，领导人阿拉法特（Yasser Arafat）的妻子便是一位基督教徒。今天，且不说控制加沙、属于激进伊斯兰主义派的哈马斯，就连阿拉法特所创的控制“西岸”的法塔赫的领导层中也没有基督教徒了。

以色列的处境

从心理看　以色列和巴勒斯坦的悲剧是：基督教的德国纳粹党人杀害了六百万犹太人。原本就因为受到迫害而希望建立国家的犹太人因此更坚定了决心，不顾一切阻力，在巴勒斯坦人已经居住一千多年的地方建立犹太人的国家。他们深信纳粹的罪行使他们别无选择，必须且有权这样做，但他们不能设身处地去考虑巴勒斯坦人受到的伤害。以色列人一般不仇恨巴勒斯坦人，但巴勒斯坦人多数都仇视以色列人。目前双方谁都消灭不了对方，但是要他们在目前情况下和平共处却是非常困难。

从地理看　以色列的地理条件很难给它安全感：三面被阿拉伯国

哭墙前的犹太教徒

一名十三岁犹太男孩正在哭墙广场上举行受诫礼（bar mitzvah）

家包围，地形狭长，缺乏纵深。尽管世界上的强国都与以色列友善，美国更是它的大后台，但是以色列人需要随时戒备。当前以色列的大敌是伊朗，埃及最近的变动会朝什么方向转移难以预测，假如土耳其出于任何原因开始与以色列敌对，那将是以色列最大的梦魇。叙利亚的地理位置和军事力量也是以色列必须考虑的因素，但是近期内已经成为一片片瓦砾的叙利亚绝不会有什么举动。无可置疑，以色列位处中东地区，从长远看，地理大环境和生存的需要将会使它不再是欧洲人在西亚建立的国家，而是位于地中海东岸的亚洲国家。

从人口看　今天世界上犹太人的总数将近一千四百万，其中大约有六百五十万在美国，五百五十万在以色列。由于纳粹实行种族灭绝的伤痛难以消解，美国犹太人必将继续支持以色列。但是美国犹太人的出生率非常低，而阿拉伯裔、伊朗裔、土耳其裔美国人已经开始在美国主流社会崭露头角，因此美国犹太人的总影响力将来有可能会缓慢下滑。以色列想继续依赖“以色列游说团”来影响美国的中东政策将会越来越困难。而最为关键的是，美国犹太人作为忠诚的美国公民，有可能在中东问题上会由于视角不同而做出有异于以色列当权者的判断。

犹太人历来分为两部分：一部分主要居住在德国、波兰和俄罗斯的阿什肯纳兹（Ashkenazim，原意为德国犹太人），另一部分主要居住在西班牙和北非的塞法迪（Sephardim，原意为西班牙犹太人）。前者肤色较白，说意第绪语。后者肤色略深，说阿拉伯语；16 世纪以后大量从西班牙移居土耳其的犹太人则早已改说土耳其语。阿什肯纳兹与塞法迪的宗教仪式、生活习惯不同，在以色列的社会地位也有所不同。在对巴勒斯坦人的立场上，塞法迪似乎更为强硬，过去这些年来大多数都支持“鹰派”政党。

以色列的初期建国者都是阿什肯纳兹犹太人。建国以后因为与阿拉伯国家关系恶化，使多世纪以来并未受到穆斯林当政者迫害的塞法迪犹太人受到冲击，几乎全部移民到以色列。这些移民的平均生育率较高，对以色列的人口组成将会有影响。

新近来自前苏联的犹太人基本上没有宗教信仰，不会说希伯来语，也不一定认同犹太复国主义，只承认自己是犹太人，甚至不在乎自己是否犹太人而只是想要离开前苏联。他们的政治倾向是以色列的当政者需要面对的另一个问题。

以色列的选择

我很相信心理决定行为，地理决定文化，人口决定政治。以色列与巴勒斯坦的前途有三个主要的可能性：第一，分为两个领土稳定而互相交往的国家；第二，以色列逐渐蚕食巴勒斯坦土地，压缩巴勒斯坦人的生存空间，迫使巴勒斯坦人逐渐迁居阿拉伯邻国，把以、巴矛盾转化为更长期的阿、以矛盾；第三，双方缠斗不休，生活质量下降，一部分年轻的以色列人开始移民国外，逐渐改变犹太人和阿拉伯人在数量上的均势。

以色列的当政者面对着十分困难也极为严峻的选择。在最近几年的阿拉伯世界的动荡中，以色列的"鹰派"政府十分低调，很少评论；伊朗禁核协议签订后，以色列政府十分愤怒，但怒气似乎更针对美国，在中东并没有实际行动。与以色列的态度相对照，巴勒斯坦的世俗派"法塔赫"和激进伊斯兰主义者"哈马斯"近几年似乎比较能够配合，已经正式建国，并且成为联合国的观察员。

美国奥巴马总统于 2015 年又一次重申了美国一贯的政策，促使以色列和巴勒斯坦以 1967 年战争前的边界为基础，进行直接谈判，决定双方日后的领土。以色列总理内塔尼亚胡（Benjamin Netanyahu）并不拒绝谈判，但是坚决不承认哈马斯，并且坚持耶路撒冷绝对不可以再度分裂。为此，美国行政当局和以色列政府之间已经出现了裂痕。

美国联同世界上几个大国（包括中国）和伊朗于 2015 年达成了关于核材料与核武器的协议，因此停止了此前多年来对伊朗的制裁。以色列对此极度反对并且猛烈抨击。

阿拉伯世界正在进行着一场大半个世纪甚至是一个世纪以来最为深刻的社会变化。依我看，纳赛尔时代的阿拉伯民族主义已不可能成为阿拉伯世界的未来方向；本·拉登已死，他所代表的“圣战运动”和建立现代哈里发国家的思想也不会得到多数阿拉伯人的支持；继“基地组织”而起的“伊斯兰国”虽然嚣张，其实不会得到多数阿拉伯人的支持，更不会真正影响到世界格局。

目前的国际形势有利于解决六十年来没有得到解决的以巴问题。然而，无论这场大改组、大变革把阿拉伯各个国家带往何方，以色列都不会变得比今天更具有优势。因此以色列应该致力于建立一个和平的外部和内部环境。以色列限于地理环境，很难防御从加沙地带和“西岸”某些地点发射的火箭炮，因此它要求有安全的地理环境，坚持在约旦河西岸某些地方建立居民点（并且驻军守卫），并不是虚构的理由或无理取闹。问题是，以色列能够用什么来交换自己安全所需要的居民点？

以色列当政者的最佳选择应该是在还具有明显优势的时候，在联合国安理会五个常任理事国的支持下，与巴勒斯坦达成协议，令“两个领土稳定而互相交往的国家”这一选项得以早日实现，并尽力为“一块土地，两个国家，三种宗教”的局面寻求广泛而长久的国际保证。因为短期内以色列虽然似乎占尽上风，十分安全，实则它当前的坚强支持者可能会在未来的世界格局中对中东局势做出不同的判读，令以色列较目前更难以保证自己的安全。

[别辑] 通史而知今

农耕文明与游牧文明

游牧民族与亚欧大陆历史

国王与僧侣

伊斯兰源起略谈

突厥语民族与伊斯兰教

蒙古帝国与现代世界

农耕文明与游牧文明

文明的“冲突”

自小就听惯了凄婉动人的名歌《王昭君》。第一次直接感受到昭君和亲的历史意义,是1978年在内蒙古呼和浩特附近参观昭君墓的时候。这位两千年来牵动着汉族对匈奴的情感的南方女子，就埋在一个简单的小土丘下面。“一去紫台连朔漠，独留青冢向黄昏”，唐朝的杜甫道尽了人们心中的恻隐和唏嘘。

当然，秦始皇和汉武帝的修筑长城，苏武和李陵的不同际遇，张骞和班超的英勇事迹，也都是形成汉族文化意识的重要部分。然而，在王昭君之前一百年就有一位被汉武帝嫁到乌孙（今新疆伊犁一带）的汉宗室之女刘细君，她的一首诗就更能形象地表达出汉民族的心态：

“吾家嫁我兮天一方，远托异国兮乌孙王。庐为室兮旃为墙，以肉为食兮酪为浆。居常土思兮心内伤，愿为黄鹄兮还故乡。”

张骞出使西域之后，乌孙王虽然自幼被匈奴单于抚养长大并且一向臣事匈奴，此时也愿意与汉交好，要求娶汉家公主。汉武帝决定把年方二十的远房侄女刘细君嫁给年已七十的乌孙王。细君自幼在长安皇宫内长大，才艺出众，因父母参加“八王之乱”被处死，所以出于赎罪心理，欣然接受和亲的使命。不过两年，年老的乌孙王病逝，新国王是老王的孙子。按游牧民族的习俗，新国王要继承老国王的后妃。出身中原皇家的刘细君无法忍受这种不堪，请求回国。汉武帝以抑制匈奴为重，下令“从其国俗”。刘细君只能从命，并为乌孙新国君生了一子，但她不久病死异域。

中国北方一直就有草原游牧民族，如战国时的猃狁即是。为了应付来自北方的挑战，有赵武灵王的“胡服骑射”，也有各国的修筑长城。公元前 3 世纪，匈奴崛起，成为连贯东西的北方大帝国。汉高祖曾经险些被俘；文帝、景帝需用大量的锦帛财宝安抚。汉武帝时国力已强，于是他选择抑制匈奴，很有绩效。东汉时南匈奴“内附”，大将军窦宪于公元 1 世纪末率兵远征北匈奴，直抵燕然山（今蒙古境内杭爱山），北匈奴单于向西逃遁，不知所终。

不过，中原农耕民族与北方游牧民族的斗争并没有终结。从公元 316 年西晋南迁到 589 年隋朝统一的两个半世纪里，北方“五胡十六国”的统治者大部分是游牧民族。他们时常“胡马南牧”，把农田改为马场；而当中原政权能够“不教胡马度阴山”的时候，又把马场再改为农田。如果我们把视角放宽，这种拉锯战其实只限于农业和牧业的边缘地区。当游牧民族迁移到气候温暖、雨量充足的地区时，会改为种田；农业人口如果迁移到寒冷的草原区，也会改以放牧为生。

人都是环境的产物。本书中一再强调“地理决定历史”，这个观点可以说是了解人类历史的一把钥匙。

如果我们把视角再放宽，就会发现在公元 250—550 年这三个世纪里，亚欧大陆上东部、中部和西部的古典文明纷纷受到来自北方的游牧或半游牧民族的冲击。

中国南北朝时期，北方是中国人口最为稠密的地区，因此能够吸收和同化游牧民族而不用经历基本的变革。而在这几个世纪里，为了躲避入侵者，大量北方人口移居南方，所以，不但北方仍是中国的北方，

古埃及农民，身旁为象形文字

南方也成为更巩固的中国文化区。也就是说，北方民族的入侵等于为中国从南到北提供了一个巨大的纵深，形成日后唐代蓬勃发展的基础。

印度的笈多王朝（Gupta Dynasty）受来自中亚的嚈哒人（Hephthalites，据说是匈奴人的后代，所以又称白匈奴）攻击而崩溃。印度原有的文化中心向南迁移，一如中国的南朝。在北方，也一如中国的北朝，有人数众多的移民迁入，但经过若干世纪，这些外来民族大都融入了印度教文化中。特别是拉杰普特人（Rajputs）被吸收成为刹帝利种姓（Kshatriya），即占统治地位的武士贵族。所以，印度的历史进程也没有因为外族的入侵而发生根本的变化。

波斯萨珊帝国和拜占庭帝国也被攻击，但因本身力量还够强大，没有溃败。然而，在边境上增加了许多转为定居并因受人口压力而蠢蠢欲动的异族人口。这些人有时被招募为雇佣兵，有时则成为威胁社会稳定的因素。

约公元前 400 年的希腊大理石浮雕残片

再看欧洲西部。日耳曼等“蛮族”消灭了罗马帝国，占领了中欧和东欧，也就是从波罗的海到多瑙河，从莱茵河到俄罗斯平原的广大地区。他们破坏了罗马社会的全部秩序，因此中世纪的欧洲历史是由日耳曼人重新谱写的。也许是“不破不立”，正是因为罗马的秩序受到了不可恢复的毁坏，一千年后，当这些“蛮族”文明起来的时候，他们是在一个全新的基础上，以前所未见的活力，创造出大大超越罗马古典文明的近代新文明。

本是同根生

早期农耕文明和游牧文明的交往历史几乎都是中国和希腊史家所写，因此不可避免地表现出对游牧人口的偏见。我个人也受到这种影响多年。

但 2005 年我在土耳其学术访问时，有机会结识了一位专攻游牧民族历史的 Isenbike Togan 教授。她的父亲 Zeki Velidi Togan 本是俄罗斯自治共和国巴什科尔托斯坦（Bashkortostan，又称 Bashkirs）的伊斯兰学者，十月革命前后成为政治领袖；后来移民土耳其，担任伊斯坦布尔大学的教授，是突厥语民族史专家。Togan 教授继承父业，获得哈佛大学历史学博士，在中亚和突厥—蒙古史方面著作甚多，近来又把《旧唐书》和《新唐书》有关突厥的部分由中文译为土耳其文，并旁征博引，附加许多注解。

Togan 教授不同意农耕文明高于游牧文明的观点，认为它们是在不同地理环境下平行发展起来的互有借鉴的两种生活方式。

目前已知的事实的确如此。大约一万二千年前，地球开始变暖，大批人类赖以生存的兽群因为不适于温热气候而逐渐向北迁移，一部分人也跟随野牛和驯鹿等动物向寒带移动。约八千年前，有人驯化了牛、羊、鹿等，并开始人工养育这些动物；后来，又逐渐发展到以动物的多少计算私有财产。正如农业标志着人类从采集食物进步到生产食物，牧业则是从捕猎动物进步到畜养动物。不同的是，农业人口必须择地定居，靠土壤和水养活作物，而牧业人口必须经常迁移，让牧草和水养活牲畜。农耕人口不能随处定居，必须找到土壤肥沃和水源充足的地方；游牧人口也不能随处漂泊，必须事先拣选条件适合的地点进行放牧。

不论农耕社会还是游牧社会，都逐渐开始崇拜神灵、观察天象、制造器物，也分别发展出与生活方式相适应的人际关系、行政组织和社会伦理。

游牧社会和农耕社会有一个基本的不同点。农业人口相对固定，族群和语言的分别比较清晰，历史学家、考古学家和语言学家对农业社会的研究比较容易。游牧人口经常移动，彼此的交往和混杂十分频繁，因此，族属关系、部落名称以及语言的变动较大，难以确认历史上某群人的族属、部落和语言，尤其难以界定各族群之间的关系或把他们与特定的地域相联系。

对整个人类文明的发展来说，农耕定居人口最主要的贡献应该是文字的发明和使用。而游牧者把原先只是作为食物的马匹驯服成为驮重的交通工具，绝对是一大贡献；他们对人类文明最重要的贡献可能是发明了冶铁术。

文明的融合

在亚欧大陆上，有一片东起大兴安岭西迄匈牙利平原的亚欧大草原。这片横贯亚欧两大洲的草原是早期游牧民族繁衍的地区，也是数千年来亚欧之间人口、物资、信息、思想交流最为方便的通道。相对于北方大草原这条通道，我们所熟悉的“丝绸之路”是通过气候相对温暖而人口比较稠密的地区，由许多城市和沙漠中的绿洲串联起来的。

大草原上的游牧民族中，早期在东部的主要说阿尔泰语系的语言，种族上早期属于蒙古人种；在西部的主要说印欧语系的语言，属于高加索人种。由于彼此的接触非常频繁，公元前1000年的时候，草原上种族和语言混杂的情况已经十分普遍。战国时期在中国河西走廊的乌孙人、大月氏人和塔里木盆地东部的楼兰人都是源自今天乌克兰和俄罗斯南部草原的印欧种族，他们所说的吐火罗语也属于西部印欧语。

交往当然不限于东、西之间。来往更多的是南、北两向。今天的阿拉伯文化、波斯文化和印度文化，都是农耕文明与游牧文明南北交流的结果。今天的土耳其文化，则可以说是东、西、南、北多维交流的产物。

尽管中国与西亚以及欧洲也早已有交流（比如马和战车进入中原），但总体来说，由于中国的地理位置在亚欧大陆的最东部，东、西向的来往相对要少，又由于中原地区与北方有长城和黄河的阻隔，南、北向往来的程度也比不上欧洲、西亚和南亚。

即使如此，也不是没有南北文化交流的明显例子。比如唐朝的李氏家族是经略西北的军事将领，而且和当地的胡人望族数代相互通婚，唐朝皇帝不但具有胡人血统，在文化上也有一部分胡人的影响。试想，被唐太宗喜爱的“才人”武则天成为唐高宗的皇后，而且辅佐朝政许多年，这和汉时匈奴、乌孙等国的国君以父亲的妃为后不是很相似吗？

再者，唐之前，汉族用“兄”和“姊”称呼家中年长的同辈。唐以后，“哥”、“姐”或“阿哥”、“阿姐”才出现。据语言学家考证，“阿哥”和“阿姐”都是从突厥—蒙古语中借过来的。“阿哥”是指同一个大家庭中年龄较长的男性，可以是“兄”，也可以是“表兄”，甚至是“表叔”；“阿姐”也有相应的含义。元代以后，“阿哥”和“阿姐”逐渐经过了一个汉化的过程，才变成了叠音的“哥哥”和“姐姐”。

从汉武帝下令“从其国俗”到唐高宗以父皇的“才人”为后，从刘细君的忍辱负重到武则天的意气风发，从“兄”到“哥”，游牧民族的习俗融入中华文化还是有迹可寻的。

游牧民族与亚欧大陆历史

战车与骑兵

我生平只骑过两次马，坐在马背上离地很高，觉得很神气。可惜由于本事不高，没能领略到策马驰骋的快感。

马的脖颈长，头可以抬得很高，双眼在头两侧的高端，因此不但能看得很远，而且视角宽广。马的神经系统高度发达，除了视觉好，听觉也敏锐，可以依据口令行动。它的嗅觉发达，能找到埋在积雪下的牧草。另外，马的方向感和记忆力都十分强，因此有“老马识途”一说。

马在很早以前就已被人类驯化为家畜。大约四千五百年前，马开始被用来从事运输，大约四千年前马又成为战争的工具。

战车通常由两匹马拉，车上站着两个士兵，一个是驾驶员，另一个是弓箭手。这种战车的出现是由于两项技术革新：一是马匹的挽具由套在颈部改为套在肩部，使马可以拉动更大的重量；二是车轴和轮辐的轻便化和车身结构的强化，使战车的速度更快。原先游牧于黑海北部草原的赫梯人是历史上最早用马拉战车克敌制胜的人。他们于公元前 18 世纪南下安纳托利亚（在今土耳其）建立王国，继而于公元前 14 世纪征服美索不达米亚。战车由此再向西传到埃及，向东传到中国。周之能够击败殷商主要是依赖战车的威力。

大约三千年前，草原游牧者发明了简单的马镫，使骑者在马上易于保持平衡。这个发明除了军事意义外，对畜牧经济和游牧者的土地需求也有很大的影响。一个在地面行走的牧羊人，最多只能照顾五百到六百只羊，而骑马的牧者可以管理数倍于此的羊群。游牧民族因此可以有更多的羊只与农业人口进行贸易；不过也因此需要更广大的草场和游牧的范围，增加了游牧部族之间的竞争与冲突。

公元 300 年左右，中国北方的鲜卑族发明了圆饼形马镫，骑者可以仅用双足控马，空出双手来挽弓射箭。这种马镫的发明增加了骑兵的战斗力，从而改变了战争的方式。这是游牧民族对人类文明进展的重大影响。

在火车问世之前，马匹是人类最迅速的交通工具；在枪炮没有普及之前，骑兵是世界上最威猛的军事力量。美洲大陆和非洲由于没有马、牛、驴和骆驼这些驮重的动物，远程的交流很困难，因此文明的发展也比较慢。

斯基泰人与匈奴人

公元前 1000 年前后，亚欧大陆上的几个农耕文明几乎在同一个时期迅速发展。公元前 500 年左右，亚欧大陆上的几个古典文明又几乎同时产生了琐罗亚斯德、释迦牟尼、孔子、苏格拉底这几位伟大的思想家。这究竟是纯然偶合，还是因为亚欧大陆上的交通使得这几个文明之间已有一定的交流与平衡？

无论是希腊、波斯，还是中国的历史学家都注意到一个现象，那就是在温带农业文明之北的亚欧大草原上，还有一批人口较少、占地广袤，但又彼此交往频繁，并且经常南下贸易的游牧民族。

这时在亚欧大草原西部，纵横于高加索与黑海之北广大地区的是斯基泰人。他们有两张军事王牌：骑兵和铁箭镞。通过与美索不达米亚的交往，斯基泰人学习到集权王国的组织形式，建立起了自己的草原帝国。他们的踪迹西起多瑙河，东至蒙古草原。盛产美玉、自汉代以来和中原政权关系一向良好的绿洲之国于阗（今新疆和田），就是由斯基泰人所建立。

波斯人称斯基泰人为萨迦人（Sakas），中国史籍则称之为塞人或塞种。他们的历史很古老，最早可能源于中亚北部，其语言是属于印欧语系的伊朗语，属于高加索人种。

考古学家从地域分布很广的墓葬中，发现了大量斯基泰人和其他草原民族的遗物。这里面包括了具有斯基泰独特风格的动物造型的金银工艺品、陶器、青铜器和旃毯等，被学者称为“动物风格艺术”。

学者们经过几十年的研究对比发现，在绿洲丝绸之路还没有开通之前，亚欧大陆上已经存在着一条草原商路。而从草原上发掘出来的器物中，可以看出草原游牧文明与定居文明之间在艺术风格以及制造工艺等方面都有明显的双向影响。

在这些交流中，对人类文明影响最深远的是北方游牧民族发明的铸铁术和铁器（如马镫、箭镞）传到了农业社会；而农业社会（特别是中国）又将铸铁术改进，并将铁器普遍应用在农具和兵器上。

公元前3世纪，正当雄踞亚欧草原商道数百年的斯基泰人开始衰落的时候，在商道东端的匈奴人崛起于蒙古高原。

现在可以肯定匈奴人属于蒙古人种，与大月氏、乌孙、楼兰、于阗人等不同；但是，对匈奴人的语言还很难做出准确的判断。大部分学者认为匈奴语与鲜卑语、突厥语、女真语、蒙古语等相似，属于阿尔泰语系。

汉朝与匈奴来往甚多，《史记·匈奴传》记载得很详细：“……居于北蛮，随畜牧而转移。……毋文书，以言语为约束。……苟利所在，不知礼义。自君王以下，咸食畜肉，衣其皮革，被旃裘。壮者食肥美，

突厥人在马上使用双弧桦木弓，有很强的军事优势

老者食其余。贵壮健，贱老弱。父死，妻其后母；兄弟死，皆取其妻妻之。”

东汉时，南匈奴归附，北匈奴则被驱逐，远走中亚。其中之一部分后来南下印度，另一部分则西进到乌拉尔山地区，造成北方草原上各民族西迁的连锁效应，给后古典时期的欧洲历史造成极大的震撼。

突厥人初登历史舞台

从公元 500 年起，整个亚欧大陆陷入混乱状态，北方游牧民族逐步渗入各地区的定居农业社会，并且在很多地区取得了支配地位。

本书另有文章谈蒙古和突厥帝国的历史作用。这里先简单地介绍一下将来会扮演重要角色的突厥人的早期历史。

由于草原民族迁徙频繁，聚散快，血统与语言的变化也快，所以很难确定公元 6 世纪才在中国史书中出现的“突厥”的族源。

人们所说的“突厥人”(英文译为“Turks”)是一个古代民族的称号。今天这个词是指一个语言群体，而不是一个种族群体，所以英文中的“Turkic languages”表示“各种突厥语”，“Turkic peoples”是指“说突厥语的诸民族”。这些民族由于都说属于阿尔泰语系的突厥语族中的某种语言而联结在一起，这是很自然的事。但“说突厥语诸民族”目前定居的范围从中国青海的东部，一直到巴尔干半岛的西部，还包括俄罗斯的中部和南部。所以，这个庞大的群体包含了许多不同体形特征和不同生活习惯的人。

在现代英文中，“Turkish”专指“土耳其人”或“土耳其的”，并不泛指哈萨克、土库曼等“突厥语民族”；有时“Turks”一词也可作为土耳其人的复数，但已没有“突厥人”的含义。

“突厥”这个名词在中国文献中出现时，是指在蒙古草原西北部、叶尼塞河（Yenisei）上游一带放牧的部落群，被当时很强盛的柔然人所奴役。他们因为锻铁娴熟而被称为“锻奴”。6 世纪时，突厥诸部落灭柔然，于公元 552 年建立领土广阔的突厥汗国。但因草原民族没有一定的继承制度，不久即分裂为东、西两个汗国。东突厥被隋、唐所灭，内附于中原。

西突厥占有中亚的一部分，659 年也被唐朝灭亡。在此期间，许多突厥人因受到粟特人和波斯人的影响而信奉摩尼教。

突厥汗国其后又在草原上恢复，但在 8 世纪中叶被汗国中亲唐朝的回纥部（后改名为回鹘）所灭，突厥人自此四处流散，许多人进入了刚伊斯兰化不久的中亚。由此回鹘人在横写的粟特文字的基础上创造了竖写的回鹘文字。

安史之乱后，唐朝国势衰微。回鹘与占据河西走廊的吐蕃缠斗多年，力量疲惫。公元 840 年，牙帐设于今蒙古国西南部的回鹘被来自蒙古北方的黠戛斯所灭，于是分为三股逃散：一部分进驻河西走廊；一部分移居吐鲁番附近；另一部分向西远走，和早前到此的西突厥人一样，加入到种族、语言、宗教十分复杂的中亚。从那里，先后抵达的突厥语诸族开始登上了亚欧大陆心脏地区的大舞台。

国王与僧侣

阶级社会的出现

人类文明史的第一章是在美索不达米亚写下的。

在居无定所、倚赖采集果实和猎捕动物生存的原始社会中，个人不可能积聚财产，所以私有财产的概念并不存在。进入农业生产的文明时代以后，有了多余粮食或家禽，个人可以累积财产。一些人也因而可以专门从事管理、战斗、工艺和贩卖等工作。在城邦时代之前，这些人数量不会超过总人口的百分之一，但是他们所拥有的财产却远远高于这个比例。有财产的人可以获得较好的武器，控制其他人，从而获取更多财产。于是，早期的平等社会转变为阶级社会。

在最早出现“国家”的美索不达米亚，上层是武士，其次是僧侣，然后是从事种植和手工艺的平民，最下层是奴隶。初期的国家实行“共和”，但在修渠、灌田、建庙和御敌等任务面前，出现了集大权于一身的“国王”。国王有文官帮他规划和管理，武士为他对外作战和对内震慑。

但是平民为什么会甘心情愿地向国王纳税，并且在外敌来袭时为他战斗呢？原因是他们要崇敬本地的神，为神修建庙宇，还要在外敌

公元 800 年，查理曼大帝接受教皇利奥三世加冕为神圣罗马帝国皇帝

入侵时保卫神庙，以免自己的神被人亵渎。为了更好地管理庙宇、观察天象和敬拜神灵，就需要受过训练的僧侣阶级。

僧侣一般是社会上层出身，能读能写，能策划能指挥。神庙拥有地产，又有信众奉献的礼金，所以僧侣一般生活舒适，是既有社会制度的支持者。

欧洲：君权与教权的博弈

罗马帝国的皇帝不是世袭产生，而是由军事和政治寡头彼此互选。君士坦丁皇帝迁都希腊不久，帝国分为东、西两部分，在 4 世纪末奉基督教为国教。

东罗马帝国形成了拜占庭传统。皇帝掌握军政大权，教会分为若干教区，君士坦丁堡的大牧首是教会的精神领袖，对皇帝没有多少影响力。公元 6 世纪，查士丁尼皇帝和他那马戏班舞女出身但足智多谋的皇后蒂奥多拉把自己宣扬成头上戴有光环的圣人，也暗示他们是耶稣的继承人。东罗马帝国因为接近美索不达米亚和波斯，所以受到东方的影响较大；武士阶级高于僧侣阶级，君权高于教权的传统一直延续到 1453 年东罗马帝国灭亡。

公元 476 年，罗马城被日耳曼人攻陷，西罗马帝国灭亡。此后整个西欧陷于无序状态长达三个世纪。这段时间西欧唯一能够保存文化和维持社会秩序的组织，就是以罗马的主教为首的天主教会，因而教会在西欧具有崇高的地位。

公元 800 年，天主教会的“教皇”（Pope）为感谢法兰克人的首领查理曼（Charlemagne）出兵解围，替他加冕为“神圣罗马皇帝”（Holy Roman Emperor）。但这只是良好的祝愿；查理曼去世之后，“神圣罗马帝国”随即瓦解。

在封建割据盛行之际，罗马教会的教皇也拥有自己的领土和军队；他既是“耶稣在世上的代表”，又是一个地方政权的君王。教皇国（Papal State）与它周边的封建公国常有战争，所以领土时大时小。这个历史残留至今：地占罗马市一角的梵蒂冈既是天主教教廷（Holy See）之所在，又是一个与许多国家都有外交关系的独立主权国。

中世纪的欧洲曾有封建王公企图建立统一的大国，譬如 10 世纪中叶的日耳曼强人奥托一世（Otto I），但他还是需要教会认可他的“罗马皇帝”封号。也曾有教皇为了加强教会的权威而向世俗的君权挑战，譬如 11 世纪的教皇格里高利七世（Gregory VII）为此与那些不愿受日耳曼国王亨利四世控制的贵族结成同盟。由此可见，欧洲封建时期宗教和政治的关系错综纠缠，难以分开。

16 世纪由日耳曼地区开始的宗教改革（Reformation）引起了将近一百年的宗教战争，但是没有改变宗教与政治难以分割的事实。战争后的威斯特伐利亚和约（Peace of Westphalia）承认各国的主权，决定由各主权国的君主为他们领土上的臣民在新教（Protestantism）与旧教（Roman Catholicism）之间作出选择。其结果是欧洲的宗教版图与古代历史上曾经存在的三个政治区域大致吻合：天主教（Catholic Church）区就是当年罗马帝国直接控制的地区，新教（Protestant）主要在当初不受罗马帝国控制的莱茵河以北，英国国教（Church of England）地区则是在被罗马帝国征服但未能完全威慑的海岛上。这个局面是地理决定历史的极佳例证。

进入17世纪，欧洲的君权和教权仍然相互渗透。路易十三在位时，使法国走向君主集权的强势宰相黎塞留（Richelieu）是天主教的枢机主教；而历代英国国王同时也是英格兰教会的领袖。

经过18世纪理性主义及启蒙运动的洗礼，19世纪出现了一个君权与教权同时下降的民主化和世俗化的欧洲。（当今英国的伊丽莎白女王具有君主与教主的双重身份，但是两个头衔都没有实权。）

法国大革命是欧洲现代宗教秩序的催生者。公民有权选择自己的宗教信仰，但他们所组成的国家不应尊奉任何宗教。这确是欧洲历史的一大转折，它开始向中国式的世俗化国家体制迈步。

伊斯兰世界：政教合一

穆罕默德于公元610年开创伊斯兰教。他既是接受真主天启的先知，又是世间穆斯林社群的领袖。穆罕默德之后的继承人，即哈里发，也都具有宗教领袖和国家元首的双重身份，是“真主在世上的影子”，管理人间所有事务。

倭马亚王朝（661—750年）和阿拔斯王朝（750—1258年）时期的哈里发，以及后来兼任哈里发的奥斯曼帝国苏丹，都是政教合一的代表人物。在这一千三百年间，虽然拥兵自立的地方政权始终存在，但是从来没有出现过质疑政教合一制度的声音。是以雄霸一方的“君王”一般都不敢僭越哈里发；在各地方政权的辖区内每星期五的聚礼中，会先为哈里发祈祷，然后再提地方王者的名字。

土耳其共和国的成立打破了伊斯兰世界政教合一的传统。今天的伊斯兰国家多数都把政治领袖和宗教权威分开，但沙特阿拉伯和伊朗是两个显著而重要的例外。尤其是伊朗，为了贯彻伊斯兰教义在国家各个方面的体现，伊朗设有由教士领导的多范畴多层次的组织，监督国家和地方政府的运作。

在当今各个伊斯兰国家里，都有一部分人或是出于对宗教传统的执著，或是出于对现实政治的不满，希望恢复当年的哈里发国家，不分民族，只看宗教，以伊斯兰教法为国家的法律。这样的思潮很难消灭，但是真正获得穆斯林的广泛认同并贯彻实行的机会实在微乎其微。

“神职人员”的苏维埃模式

俄罗斯在10世纪受到希腊教士的宣化而信奉基督教，并由此创制了西里尔字母，教士享有崇高的地位。18世纪初彼得大帝革新，教士受到国家权力的规管，宗教礼仪也在彼得大帝的推动下有所变更。俄罗斯在彼得大帝力求西方化的同时，保持了君权高于教权的拜占庭传统。

十月革命后，布尔什维克领导人中，列宁等出身于东正教家庭，托洛茨基等是犹太人。这些无神论的革命者为了确保共产党对国家机器的控制，制订了由政治委员（commissar）领导的制度。继承列宁的是东正教神学院出身的斯大林。他非常了解宗教在群众中的作用，所以很注重意识形态，强调具有“神职人员”功能的政治工作干部的重要性。

苏联解体后，俄罗斯共产党基本消失，俄罗斯正教复苏。普京当选总统以后，承认幼时曾被祖母送进教堂领洗，身上一直带着一个十字架。他很支持俄罗斯正教的重建，但是鉴于彼得大帝的传统和七十年的苏维埃统治，俄罗斯教会只有与政府合作才能有发展的空间，因此教士既支持政府又需要政府的认可。

中国的“僧侣阶级”

中国是一个典型的世俗化国家，没有宗教战争，更没有君权和教权之争。有人说，中国社会的上层什么都不信，下层什么都信。

佛教早期在中国流传时，佛教高僧们很清楚地认识到“不依国法，佛法难立”。世俗政权绝对高于宗教组织，但是传统上中国的世俗力量并不迫害宗教力量。五十年前开始的为时十年的“文化大革命”是在中国历史中短暂的例外。

目前，把宗教视为人民的鸦片的观点已经从人们的脑中消失。可能由于社会上层什么都不信，他们之中的大部分就热衷于追求金钱和权位；因为一般老百姓什么都信，所以佛教、道教、基督教以及五花八门的信仰十分盛行。这固然是“兼容性”的表现，也是大众心灵空虚的反映。

过去中国的士大夫阶级具有“僧侣阶级”教化百姓的功能。今天中国各地的“士大夫”们从任何意义上来说，既具有“君权”，又掌握“教权”，教化的职能当然就落到掌管意识形态的部门和公共知识分子的头上。希望这些当代的“士大夫”们，能够针对当前全社会的虚妄和浮躁，起振聋发聩之效，尽劝化引导之责，帮助普通百姓在面对生活压力的同时，找到一个宁静而祥和的心灵家园。

伊斯兰源起略谈

伊斯兰的凝聚力

在这本《大中东行纪》中，我所“游走”的地方全都在伊斯兰文化圈或是它的边缘。近年来伊斯兰和大中东地区成为“显学”，而最近几年来国际形势的变化也让我觉得这本书中应该有一篇对伊斯兰教的简介。但是以几千字的篇幅来讨论如此严肃而重大的课题，由一个教外人介绍十几亿穆斯林的信仰，确实是自不量力。

公元10世纪初，有四个并存的穆斯林政权：西班牙的后倭马亚王朝，埃及的法蒂玛王朝，西亚的阿拔斯王朝和中亚的萨曼王朝。这四个伊斯兰政权在地理上、种族上和文化传统上都有很大的差异。然而，从科尔多瓦到撒马尔罕（Samarkand）的清真寺的格局和礼拜的仪式几乎完全相同，诵读的是同一本《古兰经》，它们的工艺美术风格也极为近似。

政权虽有兴亡，伊斯兰的文化版图却一直在扩张。一个地区一旦多数人信奉了伊斯兰教，就没有再改奉其他宗教的例子。这和佛教、印度教以及基督教地区的情况很不同。

穆罕默德接受天启

公元610年,年约四十的商人穆罕默德受到天启,宣扬独一真主"安拉"(Allah)。在阿拉伯语里,"Allah"即是英语中的"God";"Islam"(伊斯兰)是动名词,意思是"顺从",与"和平"(salaam)属于同一字根;信从"Islam"的人叫做"Muslim"(穆斯林)。穆斯林见面时会说:"As-salaam alaikum!"(和平降临于你!)

穆罕默德开始宣教的麦加是阿拉伯半岛的商业中心。那时麦加供奉着阿拉伯各个部落的不同偶像,每年可以从定期集市和宗教聚会取得大笔收益,所以他宣扬的一神教遭到当地统治者的抵制。公元622年,穆罕默德决定将信众秘密分批转移到商路上较北方的古老城市雅特里布(Yathrib),因为那里的几个有纷争的部落邀请他去充当仲裁者。穆斯林掌权后,将雅特里布改名为麦地那(意为"城镇")。

穆斯林的长征

公元622年的"Hejira"(迁徙)为穆斯林社团打开了崭新的局面,因此被定为伊斯兰历的元年。穆罕默德在麦地那既是宗教领袖,又是政治领袖,而且亲自指挥战斗。从麦加跟随他到麦地那的人称为"迁士",属于创教开国功臣,享受很高的待遇;在麦地那加入穆斯林队伍的人称为"辅士",也很受尊敬。

穆罕默德宣扬的基本教义很简单:除了安拉没有其他神灵,穆罕默德是安拉的使者;安拉无形无象、全知全能、至仁至慈;穆斯林要信安拉、信先知、信经典、信天使、信末日;所有穆斯林同属一个社群(Umma),彼此应该和平友爱。安拉通过天使向穆罕默德传达了很多启示,穆罕默德都一字一句地向信众口述。穆罕默德死后不久,信众们的记录被搜集编纂为全世界穆斯林共同遵奉的《古兰经》（意为“背诵”）。

伊斯兰教的许多规定对7世纪时的阿拉伯社会都很有进步意义：禁止血亲复仇，严禁高利贷，男子不许有四名以上的妻子，女子可以有自己的财产、可以要求离婚，等等。

公元630年时，穆斯林军已经十分强大，阿拉伯半岛上多数部落都表示归顺；穆罕默德率军进入麦加，下令捣毁所有偶像，其后宣布异教徒不可进入麦加。这个禁令至今仍被严格执行。公元632年，穆罕默德到麦加朝觐后不久辞世归真。他当日在麦加的言行举止成为日后全世界穆斯林敬奉的典范。

四大哈里发

穆罕默德生前没有指定继承人。许多人支持对他忠心耿耿的堂弟兼女婿阿里（穆罕默德长女法蒂玛的丈夫）。但是前三任哈里发先后是阿布·伯克尔（Abu Bakr，穆罕默德的老友和岳父）、欧麦尔（Omar，穆罕默德另一位妻子之父）、奥斯曼（Osman，麦加最有权势的倭马亚家族中唯一早年就支持穆罕默德的人）。

公元656年，阿里终于被拥戴为第四任哈里发。但却遭到驻叙利亚总督穆阿维叶（Muawiyah，奥斯曼的堂兄弟）和穆罕默德的遗孀阿伊莎（Aisha，阿布·伯克尔之女）的反对，穆斯林之间发生第一次内战。阿里派最初获胜，但穆阿维叶叫士兵用长枪挑着《古兰经》，要求由真主裁决。阿里同意裁决，然而仲裁结果却对他不利。一部分阿里的支持者愤而出走，被称为“哈瓦利吉派”（Khawarij），意为“出走者”。他们主张任何一个穆斯林都可以出任哈里发，其中一支至今在阿曼和北非的山区里仍有少数信徒。

阿拉伯文手抄本《古兰经》和中文版《古兰经》

旋转苏非在土耳其的科尼亚鲁米纪念馆前表演 sema

什叶派与逊尼派

阿里失败后，前往伊拉克的库法（Kufa）。661 年，他被一个哈瓦利吉派士兵在纳杰夫刺杀。680 年，他的儿子侯赛因应邀前往库法的途中，在卡尔巴拉（Karbala）遭到伏击，英勇战死之后被倭马亚士兵斩首。这次惨剧使忠于阿里的人结为“什叶派”（意为“党人”），他们主张只有先知穆罕默德的后人才有资格担任哈里发。此后，什叶派在教理、教法、教仪上发展出一套与多数派（即逊尼派）不同的理论与制度。

什叶派的最高领导人称为“伊玛目”（原意为带领读经者，此名词在“逊尼派”中指清真寺的主持）。在什叶派的发展过程中，曾经有过三次重大的分裂。当第五、第七和第十二位伊玛目离世时，一部分人认为伊玛目已经死去，应由下一任伊玛目继任，但另一部分人则认为前任伊玛目并未去世，只是暂时隐遁，将来还会回到世上来，不承认以后的伊玛目。因此什叶派有三大支派。一是相信第五任伊玛目宰德只是在隐遁状态的“宰德派”，或称第五伊玛目派；他们不承认第六任及以后的伊玛目，今天主要在北也门；近年来在也门内战中的胡塞武装就是宰德派的信众。二是相信第七任伊玛目伊斯玛仪乃是处于隐遁中的伊斯玛仪派，或称第七伊玛目派，不承认第八任及以后的伊玛目，目前在巴基斯坦等地尚有不少信众；此派于 10 世纪初建立法蒂玛王朝，统治北非近三百年。三是占伊朗和伊拉克大多数人口的十二伊玛目派，今天一般人所说的什叶派就是指这一支派。

在伊斯兰历史上居主要统治地位、自认继承四大正统哈里发的是“逊尼派”，意为“遵奉传统者”。今天，全世界百分之八十五的穆斯林都属于逊尼派。

穆阿维叶击败阿里后，建立倭马亚王朝，以大马士革为首都，积极经略伊斯兰帝国。在巩固四大哈里发时代已经征服的叙利亚、伊拉克、埃及和波斯这四个文明古国之外，倭马亚军队继续以惊人的速度向外扩张。公元711年，穆斯林军队在西方入侵西班牙；在东方征服粟特人的城市撒马尔罕，与唐朝势力接近；又进入当时印度的信德（Sind）地区。今天伊斯兰的政治版图基本上是由倭马亚王朝所奠定，如今世界上有二十多个阿拉伯国家也是倭马亚王朝推行阿拉伯化政策的结果。

"学问虽远在中国亦当求之"

公元750年，穆罕默德一位叔叔阿拔斯（Abbas）的后裔联合波斯人推翻了倭马亚王朝，建立阿拔斯王朝，迁都到较近波斯的库法，接着又在附近修建新都巴格达。

阿拔斯王朝前期的哈里发都很注重学术，热心学习希腊、波斯和印度的哲学和科学。他们建立了"智慧宫"，进行了长达百年的翻译运动。当时常被引用的一句穆罕默德的话就是："学问虽远在中国亦当求之"。

公元8—12世纪是伊斯兰的盛世。逊尼派和什叶派的学者分别搜集、筛选、编纂了穆罕默德在世时言行的《圣训》，发展了教法学、教义学与教理学，并热烈讨论真主的本质、《古兰经》是否为"被造物"、人的自由意志与前定的关系等基本问题。在科学领域，伊斯兰地区在天文学、数学和医学方面领先于全世界。

苏非神秘主义

宗教上艰涩的课题并无法满足一般穆斯林的心灵需要。一些苦修的"苏非"（Sufi）所发展的亲近真主的方法开始流行。各种或高颂、或低吟、或运气、或舞蹈、或击鼓、或冥思的崇拜方式，常能令信徒如醉如痴。尽管被宗教学者谴责为异端，但这类宗教体验难以禁绝。由一位教长创立、信众围绕他形成个人崇拜，并由他的子孙世袭教长职位的苏非教团，也相继出现。

出生于中亚的苏非家庭但受过传统教育的学者安萨里(Al-Ghazali,

1058—1111)，在伊斯兰力量开始衰退时，提出一个调和传统信仰和神秘主义的主张：承认苏非是正统伊斯兰的一部分，但苏非的活动必须在正统教法和仪式的范围之内进行。这项调和适时地给正统伊斯兰注入了新的活力，但是也阻碍了伊斯兰学者在科学和哲学上的理性追求。

伊斯兰社会在科学上的成就从 13 世纪起停滞不前。许多穆斯林学者认为这是蒙古人破坏文化长达一百年的缘故；一些西方学者则提出，这是正统伊斯兰在 12 世纪放弃用理性主义进行思辨的结果。

孰是孰非，难以判断。我看到的是，全球各地的伊斯兰社会都在挣扎着谋求调和伊斯兰传统与现代社会。

突厥语民族与伊斯兰教

寻访突厥语民族

源自蒙古高原鄂尔浑（Orkhon）河地区的突厥人向西迁徙的历史，我自幼就受到家父的影响而很感兴趣。突厥人信奉伊斯兰教之后跃升到世界大舞台的经过，是人类历史上最动人心弦的篇章之一。近几年来，我和不少说突厥语的人有过接触，这使我对突厥语各民族增加了不少感性知识。

2007 年的伊斯兰斋月，我和妻子在乌兹别克斯坦旅游。我注意到乌兹别克斯坦守斋的人口比例似乎不很高。我也注意到，合同等文件都是俄文的，导游与人谈工作是用俄语加乌兹别克语，但和家人通电话则说自己的方言。

2008 年 7 月，我到青海东部黄河岸边的循化撒拉族自治县访问。这个县里大约有八万多撒拉族，其余是藏族、回族和汉族，彼此一般以汉语或藏语交谈。撒拉族都是穆斯林，许多人和回族通婚，家里说汉语。友人介绍我认识了一位以保存撒拉语为志向的先生，他送给我一张他自己制作的撒拉语谚语光碟。在餐馆里，他随机找了两三位客人，邀请他们和他用撒拉语对谈。有一个从乡下来的年轻人能和他流畅交谈。一位妇女带着女儿从西安回家探亲，也能说撒拉语；她七岁的小女儿能说一点撒拉语，但是也在她妈妈的鼓励下跟我用英语谈了几句。

2009 年 6 月底，我到河西走廊张掖市西部山区里的肃南裕固族自治县，在一个山镇里度过了一整天。裕固族是由回鹘的一支与蒙、藏、汉等民族融合而成。今日裕固族总共约一万五千人，一半说突厥语，另一半说蒙古语，都信仰藏传佛教。裕固族人数虽少，由于是信仰藏传佛教的突厥语民族，受到不少国际学者的重视。

2010 年 7 月，我到俄罗斯鞑靼斯坦共和国的首府喀山（Kazan）游览了三天。共和国的居民中半数是鞑靼人（Tartars），但是城市里的鞑靼人一般已不说鞑靼语（突厥语的一种）而使用俄语。在街上我分不出鞑靼人与俄罗斯人；年轻女郎都打扮得非常时髦，和巴黎街上的女郎几乎一样。喀山城的世界文化遗产——16 世纪建的大型碉堡（kremlin）近期翻修过，清真寺也明显刚装修不久。鞑靼人大约是从 10 世纪就在这里定居而不再游牧，从 16 世纪起臣属于俄罗斯，但一直保持自治。喀山国立大学最著名的学生叫列宁，据说有鞑靼人的血统。

2015 年夏天，我又去了位于蒙古国西北的俄罗斯的图瓦（Tuva）共和国。那里有十几万图瓦族人，大都能说图瓦语，也信奉藏传佛教，生活习惯和蒙古人十分近似。由于他们（以及蒙古人）受到将近一百年的俄罗斯教育，在生活习惯上也不免相当俄罗斯化。

突厥语诸民族

突厥语和蒙古语、满洲—通古斯语、高丽语同属于阿尔泰语系。突厥语族目前包括三十多种语言，全世界讲突厥语的人口约一亿四千万。我前面提到的几种语言都属于突厥语族，其中最主要的是土耳其语，使用者接近七千万。

今天的突厥语族粗略可以分成三类：一是克普恰克（Kipchak）类，

包括哈萨克语、鞑靼语、金帐汗国西部的语言等；二是察合台突厥语（Chagatai-Turki）类，包括乌兹别克语、维吾尔语、撒拉语、金帐汗国东部的语言等；三是乌古斯（Oghuz）类，包括土耳其语、阿塞拜疆语、土库曼语等。这个简单分类很有用但是不全面，比如说吉尔吉斯语就介于一类和二类之间，而裕固族的语言又因为是直接从古时的回鹘语演变而来，无法列入以上任何一类。

突厥语民族在从 6 世纪到 9 世纪的西迁过程中，有的向西北方前进到伏尔加河中游（如喀山），有的向西南进入塔里木盆地（如和田），也有的向西散布在亚洲大草原上。因此在血统、语言、风俗方面都因受到新融入者的影响而出现了分化，不再是单一的民族。以上的语言分类主要是由于地理区域不同而分化的结果。

伊斯兰化与突厥语化的双向过程

公元 9 世纪起，大量突厥语民族南渡锡尔河进入伊朗语民族定居的地区（今乌兹别克斯坦），然后又渡过阿姆河进入今天的阿富汗和伊朗。

突厥语民族在迁徙过程中曾受到摩尼教、犹太教、景教和佛教的影响而信奉了这些宗教。不过，他们最后遇到的也是对他们最具吸引力的，是漫游于草原上的穆斯林苏非。突厥语民族在信奉伊斯兰教的同时，也把自己的萨满教传统带入了伊斯兰教，因此许多苏非的仪式都有萨满教的痕迹。

社会组织半军事化而机动性很强的突厥语民族在与定居民族遭遇时，通常成为胜利者和统治者，并且通过通婚和行政方式同化了许多定居民族。中亚由此出现了一个双向同化的现象：征服者信仰被征服者的宗教，即伊斯兰化的过程；被征服者接受征服者的语言，即突厥化的过程。在这个双向过程中，部落和民族逐渐分化、融合及重组。

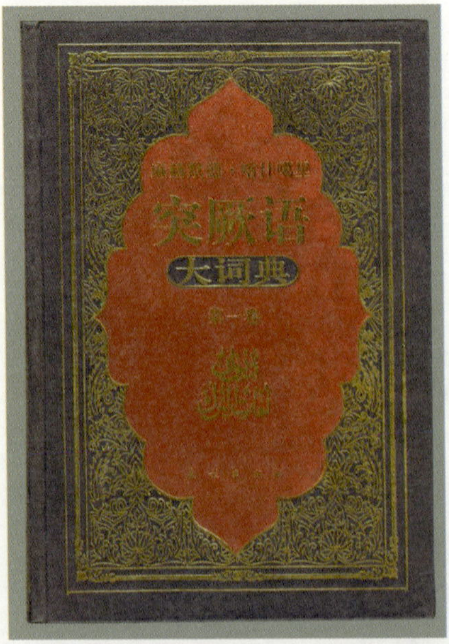

突厥语大词典

太阳在突厥人家中升起

公元 10 世纪起，信奉伊斯兰教以后的突厥语各族，发动了多次战争，对中国新疆、印度、波斯等地的政治版图造成了极大的冲击。

葛逻禄部突厥人在楚河流域建立的喀喇汗王朝最早皈依伊斯兰教。他们攻下喀什，建为都城。11 世纪时，马赫穆德·喀什噶里（Mahmud al-Kashgari）以阿拉伯文写成《突厥语大词典》一书，是关于当时的突厥语诸民族的人文、地理、语言、风俗、科学和宗教的百科全书，也是现今研究突厥语民族的重要参考资料。他在词典的序言中自豪地写道："真主令帝国的太阳在突厥人家中升起。"

喀喇汗王朝以喀什为基地，向信仰佛教已一千余年的和阗（今和田）、龟兹（今库车）等地发动了持续半个世纪的圣战，使塔里木盆地的西部伊斯兰化。15 世纪初，新疆东部的哈密也终于伊斯兰化。

与喀喇汗王朝大致同时期的萨曼王朝的军事首领，突厥人马赫穆德（Mahmud，999—1030 年在位）在伽色尼（Ghazni，今阿富汗东南部的加兹尼）拥兵自立，并请求巴格达的哈里发册封，成为伊斯兰教历史上第一个被授以“苏丹”称号的地方统治者。他的后人占领德里和北印度，建立了德里苏丹国，开始了印度半岛的伊斯兰化。

对世界历史影响最为深远的是 10 世纪中叶时，一个乌古斯突厥语的部落在首领塞尔柱（Seljuk）的带领下，由锡尔河之北的草原南下至波斯文化圈的精华之地布哈拉（Bukhara）。他的孙子突格里勒取得伽色尼的全部领土后，西进巴格达。公元 1056 年，巴格达哈里发身披先知的斗篷，手持先知的手杖，出城迎接这位征服者，任命他为阿拔斯帝国的摄政王，授予他“东方和西方的国王”和“苏丹”的官职。

三大伊斯兰帝国

突格里勒的后人于 1071 年在亚美尼亚大败拜占庭军，俘虏东罗马皇帝，打开了突厥语穆斯林进入拜占庭地区的闸门，引起西方教会的惊慌，因此发动了为时两百年的“十字军东征”。不想此时另一个东方游牧民族勃兴，伊斯兰和基督教同时遭到蒙古人的破坏。

百年灾难之后，在金帐汗国、察合台汗国的蒙古人几乎全部转而使用当地的突厥语，在伊儿汗国的蒙古人则转用波斯语；几乎所有在大汗统治区之外的蒙古人都皈依了伊斯兰。这大大地增加了突厥语族在伊斯兰世界中的力量。

塞尔柱王国逐渐将整个小亚细亚伊斯兰化，而其中的一支奥斯曼人后来建立了跨亚、欧、非三大洲的帝国，从 1517 年到 1922 年由奥斯曼帝国的苏丹兼任逊尼穆斯林的哈里发。

突厥化的蒙古人帖木儿一度统一西亚，而他的后人则进行了一个世纪的伊斯兰文化复兴——修建清真寺，建立伊斯兰学院，提倡天文学研究，鼓励诗歌与细密画。帖木儿的玄孙，能文又能武的巴布尔(Zahir al-Din Babur）由于故国被占而进入印度，建立了莫卧儿王朝。今天巴基斯坦、孟加拉的全部人口和印度百分之十五左右的人口都是穆斯林，一个主要原因就是莫卧儿帝国统治印度长达三百年。

在伊朗，从 16 世纪开始的萨法维帝国是由土库曼突厥语族的军人所建立。

16—18 世纪是伊斯兰世界振兴的阶段。尽管此时期奥斯曼帝国、萨法维王朝、莫卧儿帝国彼此屡有冲突，但是它们领土相连，文化基因相同。

在这个阶段中，创教的阿拉伯民族已处于被统治状态。而赋予统治者文化底蕴并且使他们彼此之间产生文化联系的，是早期参与阿拉伯—伊斯兰文化建设的波斯民族。无怪乎有一句谚语 :“没有波斯人的头，哪里有突厥人的帽子？”

蒙古帝国与现代世界

首都喀喇和林

公元 1235 年左右，一个姓布歇（Guillaume Boucher，意为“屠户威廉”）的法国金匠离开了巴黎到匈牙利的布达佩斯工作。不料数年后蒙古军来袭，布歇和许多有手艺的俘虏都在 1242 年蒙古人离开时被带回到东方。

以后的十五年里，布歇在蒙古的首都（喀喇和林，今蒙古国哈拉和林）的作坊里监管五十名工匠，为宫廷打造金银饰物。这个由成吉思汗下令建造的都城，那时已是一个五方杂处的“国际大都会”，有不少德国人、匈牙利人、俄罗斯人、意大利人和法国人，也有许多亚美尼亚人、波斯人、中亚人、畏兀儿人、朝鲜人和汉人。他们有的是工匠，有的是宫廷侍女，也有不少是官员，还有一些传教士。

蒙古的传统宗教是萨满教，但许多蒙古人信奉景教（即基督教的东方教会，亦称聂思脱里派），忽必烈的母亲唆鲁和帖尼就是其中一位。天主教方济各会的教士鲁布鲁克（Rubruck）于 1253 年奉法国国王路易九世之命前往伏尔加河地区的萨莱（Saray）拜见钦察汗国的拔都，

成吉思汗像（左）和忽必烈像

希望劝服蒙古人改宗天主教，但拔都叫他去喀喇和林觐见大汗。他到那里住了两年，曾参加过在大汗宫廷里举行的宗教辩论会：不同宗教的信徒们互相辩论，由分属佛教、基督教和伊斯兰教的三个学者共同作评判。

冲冠一怒

成吉思汗(1162—1227)原名铁木真，出身蒙古贵胄，幼时际遇艰难，但勇于战斗，长于谋略。他于1206年召开蒙古部落首领大会“忽里台”(Quriltay)，被公推为“成吉思汗”，意为“全世界的统治者”。他随即委任功臣和亲信为千户长和万户长，又令一位被俘的畏兀儿学者创制蒙古文。一个开始摆脱部落制而有自己文字的蒙古国，在大漠之北迅速形成。

成吉思汗本想先征服西夏，再灭金，最后打南宋。但历史没有事先写好的剧本，成吉思汗没能按计划演出。

蒙古之西是信奉伊斯兰的各突厥语民族。与蒙古接近的吐鲁番的畏兀儿人首先主动归附；接着蒙古势力向西扩张至塔里木盆地和伊犁河、楚河流域，进入了契丹人耶律大石建立的西辽和葛逻禄部突厥语族建立的喀喇汗王朝。它们之西，就是当时中亚和西亚最为强大的由不同突厥语民族建立的花剌子模。

为了报聘花剌子模派来的通商使团，成吉思汗于 1219 年派遣一个有四百多名商人、五百匹骆驼的庞大商团到花剌子模。当时花剌子模边境城市讹答剌（Otrar）的长官是国王的表叔。此人贪图商团带来的财物，又因为商团里有过去认识他的人对他不够尊重，于是以团中有蒙古奸细为借口报请国王杀死整个商团。有一个驮夫避过劫难，逃回蒙古。成吉思汗闻讯震怒，派出一名花剌子模人为特使，两名蒙古人为副使，要求交出凶手。花剌子模王拒绝，杀死特使，将两名副使剃去胡须后逐回。

改变世界的蒙古西征

接着就发生了改变世界历史的蒙古西征。

第一次西征历时六年（1219—1225）。成吉思汗和四个儿子率领二十万大军远征。随行者还有德高望重的道士丘处机和曾入仕于金的辽国皇裔耶律楚材（字晋卿，寓意“楚才晋用”）。丘处机的弟子撰写的《长春真人西游记》及耶律楚材写的《西游录》，都是很有分量的报告文学。

在行军至兴都库什山脉（Hindu Kush，今阿富汗境内）北麓时，成吉思汗曾问长春真人有何长生之药，真人答曰：“有卫生之道，而无长生之药。”而耶律楚材是佛教居士，所以在他的《西游录》中，除了记载他在西域六年的所见所闻之外，也站在佛教的立场非难道教。

蒙古军在讹答剌、布哈拉、撒马尔罕和花剌子模第一大城玉龙杰赤（Urgench）大肆劫掠和屠杀。花剌子模国王败逃到里海的一个小岛上，郁郁而终。国王死后，他的儿子札兰丁（Jalal ad-Din Mingburnu）继续抗争，在今阿富汗的加兹尼募兵再战。蒙古军跟踪追击至印度河畔，札兰丁纵马入河，泅水而遁。成吉思汗赞曰：“天下的父亲谁不想有这样的儿子！”决定不再续追。札兰丁后来在中亚和西亚成为家喻户晓的英雄人物，事迹传颂至今。

第二次西征被称为“长子出征”，历时七年（1237—1244）。成吉思汗的四个儿子的长子，以及驸马、诸王、万户长、千户长等都派长子出征。统帅是成吉思汗长子术赤的长子拔都。

蒙古军这次先攻伏尔加河流域，再深入俄罗斯，击溃诸公国的联盟，摧毁斯拉夫人早期的中心基辅（Kiev）；后又攻入波兰、匈牙利，渡多瑙河，困奥地利，兵锋直指意大利。

正当罗马教皇呼吁各国王公合力御敌之际，拔都得知大汗窝阔台去世，急速回师。到达伏尔加河下游后，他决定杯葛忽里台的召开，自己建立领土广袤的钦察汗国（西方人称之为“Golden Horde”，意为“金帐”）。钦察汗国和继承它的诸苏丹国统治俄罗斯、乌克兰和哈萨克斯坦的大片领土，几达五百年。

第三次西征历时七年（1253—1260）。窝阔台死后，儿子贵由几经波折被选为大汗。贵由早逝，成吉思汗四子拖雷的长子蒙哥于1251年继任大汗。蒙哥旋即派弟弟旭烈兀再度西征。

那时波斯有许多反对哈里发的伊斯玛仪派中的一个异端小派盘踞在各地深山中，经常派敢死队暗杀高级官员。暗杀者受严格训练，食用大麻（阿拉伯语称hashish），坚信死后必升天堂。“食大麻者”一字的讹音为“阿萨辛”（assassins），英语里“暗杀者”一词就是由此而来。（今日信仰瓦哈比教派的“基地组织”以及“伊斯兰国”极端组织，与八百年前的“阿萨辛”颇为相似！）

旭烈兀的军中包括许多汉族军人。在捣毁伊斯玛仪派堡垒的作战中，特别是摧毁他们的巢窟阿剌模忒（Alamut）时，骑兵派不上用场，汉人中的“武林高手”发挥了作用。

旭烈兀在剿平“阿萨辛”的老巢后，1257年秋致信巴格达的哈里发，要他献城投降，但被拒绝。蒙古军于1258年初围城猛攻，哈里发表示愿意投降。旭烈兀不予理会，驱军进城劫掠焚烧，屠杀居民数十万，并处死哈里发父子。历时五百年的阿拔斯王朝从此结束，伊斯兰世界进入接近三百年的“无首”状态。

旭烈兀被大汗册封为伊儿汗；“伊儿”意为“从属”，表示它是蒙古汗国的一个宗藩政权。伊儿汗国统治阿姆河至地中海的领土，覆盖今天的阿富汗、土库曼斯坦、伊朗、伊拉克、叙利亚和南高加索等地。

蒙古军制胜之道

13世纪时，蒙古的总人口不超过一百万，它如何能迅速地建立一个东起太平洋，西至地中海，面积将近三千万平方公里的世界历史上最大的帝国呢?

其中原因，首先是骑兵的素质。工业革命前，骑兵是最威猛的军事力量。蒙古人骑术射术精良，并且坚毅勇敢；他们善于利用地形，诈退、埋伏等战术运用自如。其次是机动性。蒙古每名士兵经常配备六七匹马，军需物资都带在身边，不需要后勤部队。急行军时，士兵不食不眠，换马乘骑，只偶以马奶、马血补充营养，因此经常令敌人措手不及。

此外是心理战术。蒙古军队攻城之前，必派人宣布：自动献城投降者，只需缴纳贡金；抵抗者，必遭屠城。屠城时极端残忍，令人闻之丧胆，许多地方都选择投降。

还有军队的组织。蒙古军每十人设一个“十夫长”,每十个“十夫长”设一个“百夫长”，层层负责一直到总指挥。如此在战场上能够有效地传达命令，战后也易于行赏和治罪。更主要的，是它打破了部落制各自为政，由世袭的部落首领兼任作战指挥的旧习俗旧制度。

最后是使用降军。军中有许多不同民族的部队。旭烈兀西征时，善于使用火药武器和长于攀登峭壁的汉族军人发挥了重要的作用。蒙古军攻打南宋时，围攻襄阳数年不果，旭烈兀又从波斯派来擅长用抛石机（catapult）的能手，方攻破襄阳。

全球化的开端

蒙古的三次西侵为亚欧大陆带来巨大的创伤：农田荒废，城池毁坏，经济凋敝，且死伤无数。欧洲人惊呼“黄祸”，伊斯兰文化受到难以估量的破坏。然而，蒙古统治者迅速认识到，从繁荣的社会征税要比劫掠城池更有利。

作为草原民族，蒙古人很注重长途贸易；13 世纪末以后，又加上了伊斯兰社会重视商业的因素。因此各地致力于修建道路并沿途巡逻；开设商旅客栈和商场；统一度量衡，管理市场；发行货币并保证汇率，更为官员和商旅发行护照。这些措施使蒙古统治下的亚欧大陆上贸易来往激增，商品的产量和质量都大为提高。

一如罗马帝国的统治被称为“Pax Romana”（罗马和平），学者称 14 世纪蒙古统治的时代为“Pax Mongolica”。当时的治安良好，商旅可以放心地长途旅行。意大利人马可 · 波罗和摩洛哥旅行家伊本 · 白图泰的旅行经验都是很好的例子。

把时段放长一点看，突厥人于 6 世纪迁离蒙古草原后的几个世纪都游走于中国和波斯文化圈的边缘；从 10 世纪开始，突厥语民族进入波斯文化圈的内部；13—17 世纪，蒙古人与突厥语诸民族轮流成为亚欧大陆主要区域的主宰者，并且促成伊斯兰教进一步扩张。

他们发展了跨区域的长途贸易，促进了不同文化的交流，实现了大规模的民族融合。正是这些游牧民族，为我们所熟悉的现代世界打下了基础。

[附录]

大中东地区大事年表

公元前

约 8000	在巴勒斯坦出现早期人类遗迹
约 6000	伊朗开始有农作物种植
约 3500	苏美尔人开始使用车轮
约 3200	苏美尔文明开端；开始使用世界最早的文字
约 3100	埃及统一
约 2500	早已被驯化的马由为人类提供肉食改为驮载动物
约 2100	犹太教的创始者亚伯拉罕生于美索不达米亚的乌尔
约 2000	古巴比伦文明兴起
约 1760	汉谟拉比颁布法典
约 1600	赫梯帝国统治今土耳其地区；开始使用双人战车
约 1440	摩西颁布“十诫”
约 1400	腓尼基产生音节文字
约 1000	大卫王与所罗门王建立统一的以色列王国
约 1000	阿拉伯半岛南部人在非洲之角建立埃塞俄比亚王国
约 1000	骆驼自阿拉伯半岛引入北非
约 900	希腊人改良腓尼基字母，创造希腊字母
约 930	以色列分裂；北部称以色列，南部称犹大
605	尼布甲尼撒建立新巴比伦帝国
585	新巴比伦征服犹大国；犹太人被带返巴比伦
538	波斯居鲁士征服新巴比伦帝国；允许犹太人还乡
499	第一次希波战争，波斯战败
331	亚历山大打败波斯；开始十年东征
约 300	埃及、小亚细亚和西亚开始希腊化时代
200	罗马在北非建立行省
247	波斯帕提亚王国建立；公元 226 年灭亡
88	罗马在西亚各地和埃及建立行省，历时约二百年
约 4	耶稣诞生；“圣家”曾往埃及

公元后

约 29	耶稣传教；33 年被钉十字架处死
63	罗马将军庞培访问佩特拉的纳巴泰文明
70	罗马击败犹太人的反抗，攻陷耶路撒冷，毁坏犹太神庙
226	波斯萨珊王朝建立；642 年亡于穆斯林大军
313	罗马皇帝君士坦丁允许基督教合法化
325	君士坦丁召开尼西亚会议，确定基督教基本教条
330	君士坦丁堡建城（现称伊斯坦布尔）
约 305	亚美尼亚成为基督教国家；埃塞俄比亚、格鲁吉亚于公元 400 年前后皈奉基督教
381	基督教成为罗马帝国的国教
395	罗马帝国分裂，君士坦丁堡成为东罗马帝国首都
约 400	埃塞俄比亚、亚美尼亚和格鲁吉亚各自制定字母系统
500	拜占庭皇帝查士丁尼建立强势政权，扩张领土并修建君士坦丁堡的圣智教堂
570	伊斯兰教创始人穆罕默德诞生
610	穆罕默德接受天启；后编纂为《古兰经》
622	穆罕默德及弟子分批离开麦加，前往麦地那；是为伊斯兰教纪元之始
632	穆罕默德辞世；进入四大哈里发（阿布·伯克尔、欧麦尔、奥斯曼和阿里）时代
642	穆斯林于十年内完成征服波斯、巴勒斯坦、叙利亚和埃及
661	穆罕默德堂弟和女婿阿里被杀；阿里的支持者形成什叶派；倭马亚哈里发政权成立
680	阿里之子侯赛因在卡尔巴拉之战中被杀；什叶派自此与逊尼派决裂
711	北非穆斯林占领西班牙
750	阿拔斯家族灭倭马亚王朝，建立阿拔斯哈里发王朝，于 762 年建立新都巴格达
909	什叶派中的伊斯玛仪派在北非建立政权，969 年建首都开罗
1071	塞尔柱突厥人大败拜占庭军；突厥开始大量涌入小亚细亚
1096	“十字军”东征开始；1099 年占领耶路撒冷；1187 年 萨拉丁夺回耶路撒冷
1250	马木留克统治埃及；1517 年为奥斯曼人所灭，哈里发自此由奥斯曼苏丹兼任
1258	蒙古军攻陷巴格达，处死哈里发，人肆屠杀居民；1260 年被马木留克击退
1263	蒙古人伊儿汗国成立；1355 年灭亡
1299	突厥人奥斯曼“加齐”在小亚细亚西部建立公国
1378	土库曼部落联盟白羊王朝统治波斯；1502 年灭亡
1453	奥斯曼军攻陷君士坦丁堡；灭东罗马（拜占庭）帝国

1492　摩尔人全部被逐出西班牙

1502　波斯萨法维王朝建立；1722 亡于恺加王朝

1529　奥斯曼军第一次围攻维也纳；1683 年第二次围攻维也纳

1699　奥斯曼帝国与神圣同盟签订《卡罗维兹条约》，首次丧失领土

1798　拿破仑率军入侵埃及；发现罗塞塔石碑

1805　穆罕默德·阿里任奥斯曼帝国驻埃及总督，建立实际统治埃及的家族王朝

1803　瓦哈比势力首次占领麦加与麦地那

1829　希腊成为首个自奥斯曼帝国独立的巴尔干国家

1830　法国占领阿尔及利亚

1839　奥斯曼帝国进入“坦齐马特”时代

1853　克里米亚战争

1869　苏伊士运河开通

1881　法国占领突尼斯

1882　英国实际统治埃及

1908　青年土耳其人夺取奥斯曼帝国政权，实行君主立宪

1912　意大利夺取奥斯曼领土利比亚；奥斯曼帝国在巴尔干战争中丧失领土

1914　第一次世界大战爆发；奥斯曼与德国结盟，对英、法、俄作战

1916　英、法签订协定，秘密瓜分西亚阿拉伯地区

1917　在英国支持下，阿拉伯人反抗奥斯曼在阿拉伯半岛的统治

1922　土耳其在凯末尔领导下战胜希腊；1923 年签订《洛桑条约》

1923　土耳其共和国成立，凯末尔出任总统

1924　土耳其废止哈里发制；沙特夺得包括麦加和麦地那的阿拉伯半岛西部地区

1925　伊朗立宪会议宣布礼萨汗为国王；巴列维时代开始

1926　英国承认沙特阿拉伯独立

1932　波斯湾发现石油；沙特建立国家；伊拉克获得英国准许“独立”

1945　叙利亚和黎巴嫩自法国获得独立

1947　联合国大会通过巴勒斯坦分治决议

1948　以色列在英国同意下于 5 月 14 日宣布独立；第一次阿以战争爆发

1951　利比亚独立；亲英的伊德里斯任国王

1952　埃及军人政变，废止君主制，建立共和政体

1956　埃及收回苏伊士运河；英、法与以色列联合进攻埃及，因美国反对而失败

1956　突尼斯王室恢复；1960 年改为共和政体

1958　伊拉克军人推翻君主制，改制共和；埃及和叙利亚组建阿拉伯联合共和国

1960　塞浦路斯独立

1961　科威特独立

1962　阿尔及利亚独立

1964　巴勒斯坦解放组织成立

1967　“六日战争”，以色列占领大片领土；联合国通过第 242 号决议案

1969　利比亚的卡扎菲发动政变推翻君主制，建立共和国

1973　“赎罪日战争”，以色列战胜，但埃及挽回颜面

1979　伊朗伊斯兰革命成功；埃及与以色列签订和平条约；萨达姆·侯赛因任伊拉克总统

1980　伊拉克进攻伊朗，掀起历时八年的两伊战争

1987　第一次巴勒斯坦起义

1990　伊拉克进攻科威特；次年初，美国主导海湾战争

1990　苏联开始解体

1991　格鲁吉亚、阿塞拜疆和亚美尼亚独立；亚美尼亚与阿塞拜疆为领土发生战争，双方损伤甚大，现为休战状态

1993　以色列与巴勒斯坦在华盛顿签署协议

1994　约旦与以色列签订和平条约

1998　“基地组织”开始攻击美国驻外使馆

2000　第二次巴勒斯坦起义（仍在继续）

2001　9 月 11 日“基地组织”在美国进行恐怖突袭，造成巨大伤亡；美国发动阿富汗战争

2003　美国领导联军入侵伊拉克；萨达姆·侯赛因被推翻并于 2006 年被处死

2005　埃及废除“唯一候选人”制度，举行普选；穆斯林兄弟会在国会席次大增

2006　激进伊斯兰政党哈马斯在巴勒斯坦选举中获胜，美国与以色列不予承认

2008　以色列对加沙的哈马斯发动军事行动；格鲁吉亚与俄罗斯为南奥塞梯军事冲突

2009　伊朗举行选举，反对派宣称政府舞弊，连续示威，最后被政府压制

2010　突尼斯爆发群众持续大规模示威，引起多国连锁反应

2011　突尼斯总统本·阿里被迫出走；埃及总统穆巴拉克被迫辞职；两国开始修改宪法

2011　也门、巴林、叙利亚、利比亚持续出现反政府示威及内战

2011　“基地组织”创始人及领导人本·拉登被美军在巴基斯坦击毙；反恐战争进入新阶段

2012　突尼斯、埃及、利比亚、也门政权更迭；叙利亚陷入全面内战

2013　埃及军人再次夺得政权；也门内战；利比亚难以统一

2014　埃尔多安当选土耳其总统，正义与发展党再次执政；“伊斯兰国”在伊拉克和叙利亚势力扩张

2015　伊朗签署禁止核武器协定；俄罗斯出兵叙利亚；土耳其与俄罗斯交恶；沙特阿拉伯与伊朗断交

2016　土耳其发生未遂政变，全国陷入紧急状态；土耳其为此与美国龃龉，而与俄罗斯恢复来往；“伊斯兰国”恐怖袭击不断；欧洲难民问题加剧

索　引

Ⅰ. 人　物

Ⅱ. 地区、国家

Ⅲ. 宗教词汇

Ⅳ. 民族、语言

V. 帝国、王朝、政权

Ⅵ. 其 他